Cadillac juke-box

Du même auteur
chez le même éditeur

Série Dave Robicheaux

La Pluie de néon
Prisonniers du ciel
Black Cherry Blues
Une saison pour la peur
Une tache sur l'éternité
Dans la brume électrique avec les morts confédérés
Dixie City
Le Brasier de l'ange
Cadillac Juke-Box
Sunset Limited
Purple Cane Road
Jolie Blon's Bounce
Dernier Tramway pour les Champs-Élysées
L'Emblème du croisé
La Descente de Pégase
La Nuit la plus longue
Swan Peak
L'Arc-en-ciel de verre
Creole Belle

Série Clan Holland

La Rose du Cimarron
Heartwood
Bitterroot
Déposer glaive et bouclier
Texas Forever

Autres ouvrages

Le Boogie des rêves perdus
Vers une aube radieuse
Le Bagnard
Jésus prend la mer
La Moitié du Paradis

James Lee Burke

Cadillac juke-box

Traduit de l'anglais (États-Unis)
par Freddy Michalski

Collection dirigée par
François Guérif

Rivages/noir

Retrouvez l'ensemble des parutions
des Éditions Payot & Rivages sur

www.payot-rivages.fr

Titre original : *Cadillac Jukebox*,
Hyperion, New York

106, boulevard Saint-Germain – 75006 Paris

ISBN : 978-2-7436-1084-5

à Russ et Jayne PIAZZA

1

Aaron Crown n'aurait pas dû revenir dans nos existences. Après tout, il n'avait jamais été réellement des nôtres, n'est-ce pas ? Il venait d'une famille de bûcherons, des incapables sans ressources, originaires de Louisiane du Nord, qui étaient arrivés dans la paroisse d'Iberia, avec, dans leurs bagages, leurs façons de faire coutumières : ils volaient de temps à autre un peu de bétail le long des rivières, braconnaient le cerf, et aux dires de certains, allaient jusqu'à pratiquer l'inceste.

J'avais vu Aaron Crown pour la première fois trente-cinq ans auparavant, lorsque, pendant une brève période, il avait tenté de vendre des fraises et des pastèques tigrées sur la grand-route à même le camion qui lui servait à transporter le fumier.

Il donnait l'impression de marcher de côté, à la manière d'un crabe, toujours vêtu d'une salopette, même en plein été, et tous les samedis matins, il passait chez le barbier, où, pour un dollar, il se faisait savonner et raser le crâne. De son corps épais et velu émanait une odeur âcre de lait aigre, et le barbier ne manquait jamais d'ouvrir les portes avant et arrière de son salon et de mettre les ventilateurs en marche lorsque Aaron était dans son fauteuil.

Si son comportement laissait présager des tendances violentes, nul n'en avait jamais rien vu. Les Nègres qui travaillaient pour lui le considéraient avec indifférence : un Blanc, ni pire ni meilleur que les autres, dont les humeurs, le langage de péquenot pas toujours très clair, les yeux verts si particuliers étaient gouvernés par des réflexions et des explications connues de lui seul. Afin de distraire les Nègres qui traînaient autour de l'étal de cireur à chaussures face au vieil hôtel Frederick le samedi matin, il jouait à gratter des allumettes sur ses dents serrées, à faire se consumer une petite flaque de pétrole au creux de sa paume jusqu'à n'y laisser qu'une rougeur cireuse, à lancer un couteau dans la pointe de ses brodequins de travail.

Mais quiconque croisait un jour son regard ne l'oubliait jamais tout à fait. Les yeux de Aaron Crown s'embrasaient sans raison d'une lueur circonspecte, se retournaient sur vous, reptiliens, sans paupières, voraces, en vous laissant un sentiment de malaise sexuel que vous soyez un homme ou une femme.

D'aucuns prétendaient qu'il avait été jadis membre du Ku Klux Klan avant de s'en faire exclure pour s'être battu dans une église baptiste en balançant un banc en bois dans la figure de ses adversaires.

Mais c'était là matière à folklore chez les petits Blancs de la cambrousse, aussi éloignée de notre communauté franco-catholique que les récits de lynchage et de bombes dans les églises du Mississippi.

Comment pouvions-nous savoir que, sous un chêne vert tendu de mousse et de toiles d'araignées bleutées par le clair de lune, Aaron Crown allait pointer le canon d'une carabine Mauser à crosse allégée, le corps confortablement allongé sur le sol à la manière d'un tireur d'élite de l'infanterie, la bandoulière en cuir enroulée serrée autour de l'avant-bras gauche, le bas-ventre agacé, titillé par le contact de la terre, qu'il allait viser et percer une vitrine d'une balle solitaire qui irait se loger dans la tête du plus célèbre dirigeant du NAACP[1] de Louisiane ?

Il avait fallu vingt-huit ans pour l'épingler, avant de réunir un jury dont la moyenne d'âge était suffisamment jeune pour que ses membres n'aient aucune raison de défendre des hommes comme Aaron Crown.

Tout le monde avait été convaincu de sa culpabilité. Et lui ne l'avait jamais niée, n'est-ce pas ? En outre, il n'avait jamais été des nôtres.

***

C'était le début de l'automne, en cette année d'élections, et chaque matin, après que le soleil se fut levé des marais, balayant de ses chaleurs la brume des cyprès inondés sur la rive du bayou, face à ma boutique à appâts et aux barques de location, le ciel se faisait plus dur, jusqu'à atteindre un bleu à vous noyer le cœur, un bleu si profond, qu'on se sentait à même de tendre la main pour l'en emplir de sa couleur comme s'il s'agissait de boulettes de coton teinté. L'air était aussi sec et frais, et sur le chemin de terre le long du bayou, la poussière donnait l'impression de se lever en colonnes dorées de fumée et de lumière à travers la marquise des chênes en surplomb. Aussi, lorsque je relevai les yeux des planches du ponton que j'étais occupé à poncer ce samedi matin-là et aperçus Buford LaRose et son épouse, Karyn, trottinant sous le long tunnel d'arbres dans ma direction, j'eus le sentiment

1. National Association for the Advancement of Colored People.

qu'ils sortaient droit d'une photographie de magazine genre *Sport et santé*, l'un et l'autre parties prenantes d'un instant idéalisé, saisi par un photographe inspiré illustrant ce qu'il est convenu d'appeler le New South, plutôt qu'une incongruité bien éloignée de la maison de planteur rénovée qu'ils habitaient à quarante kilomètres de là.

Je parvins à me convaincre que ce n'était pas moi qu'ils étaient venus voir, et que de les obliger à interrompre leur course par simple politesse ne serait guère généreux de ma part. Aussi reposai-je ma ponceuse pour me diriger vers la boutique à appâts.

– Salut ! s'écria Buford derrière moi.

Votre passé vous revient de bien des manières. Dans ce cas précis, il prit la forme de Karyn LaRose, sa chevelure platine trempée de sueur rassemblée sur le haut de sa tête, son short et son T-shirt mauve et or à l'effigie de Mike the Tiger collé à sa peau comme un Kleenex humide.

– Comment allez-vous ? répondis-je, le sourire figé comme une céramique.

– Aaron Crown t'a déjà appelé ? demanda Buford en s'appuyant d'une main sur la rambarde du ponton pour tirer de l'autre une cheville vers sa cuisse musclée.

– Comment le sais-tu ? dis-je.

– Il cherche des mecs au cœur tendre. Pour leur raconter son histoire.

Buford eut un grand sourire, avant de cligner de l'œil avec toute l'assurance du quarterback capable de passes de quatre-vingts mètres qu'il avait été lorsqu'il était étudiant à la L. S. U. vingt ans auparavant. Il avait toujours le ventre plat et la taille mince, la poitrine aussi dure que celle d'un boxeur professionnel, ses larges épaules à la peau lisse hâlées jusqu'à en être olivâtres, les pointes de ses cheveux bruns bouclés blanchies par le soleil. Il étira son autre cheville de la même manière, les yeux plissés vers moi à travers la sueur qui coulait de ses sourcils.

– Aaron a décidé qu'il était innocent, dit-il. Il a déjà une équipe de cinéma entière qui est tout ouïe. Tu commences à voir le tableau d'ensemble ?

– Lui reste à se trouver un flic stupide pour plaider sa cause, c'est bien ça ? dis-je.

– J'ai dit « au cœur tendre », dit-il, le visage maintenant rayonnant.

– Pourquoi ne passes-tu pas nous voir plus souvent, Dave ? demanda Karyn.

– Je te remercie, dis-je en hochant la tête tandis que mon regard s'égarait au-dessus des eaux.

Elle releva le menton, essuya la sueur sur sa nuque, regarda le soleil paupières fermées et respira par la bouche, une moue aux lèvres, comme si l'air était froid. Puis elle rouvrit les yeux et sourit avec bonhomie et naturel, les deux bras en appui sur la rambarde tandis qu'elle étirait les jambes l'une après l'autre.

– Vous voulez entrer boire quelque chose ? demandai-je.

– Ne laisse pas ce mec te mener par le bout du nez, Dave, dit Buford.

– Et pour quelle raison le laisserais-je faire ?

– Pourquoi t'a-t-il appelé pour commencer ?

– Qui t'a raconté ça ? demandai-je.

– Son avocat.

– Ça me paraît relever d'une éthique professionnelle douteuse, dis-je.

– Lâche-moi un peu, Dave, répliqua-t-il. Si Aaron Crown sort un jour d'Angola, la première personne qu'il ira tuer sera son avocat. Et ce, une fois qu'il aura abattu le juge. Et comment savons-nous tout cela ? Parce que Aaron a appelé le juge, en PCV, note bien, et le lui a dit.

Ils dirent au revoir et reprirent leur footing, courant côte à côte le long des arroseurs qui tournoyaient parmi les troncs d'arbres dans mon avant-cour. Je les suivis du regard qui disparaissaient petit à petit dans le lointain, avec au cœur le sentiment irraisonné qu'il venait de se produire une chose incongrue, voire inconvenante.

Je montai dans ma camionnette et les rattrapai quatre cents mètres plus loin. Pas un instant ils ne ralentirent leur foulée.

– Une chose me tracasse, Buford, dis-je par la vitre. Tu as écrit un livre sur Aaron Crown. Ce qui pourrait faire de toi notre prochain gouverneur. Et maintenant tu voudrais avoir un droit de regard sur ceux qui auront accès à ce mec ?

– Ça te tracasse, hein ? dit-il, ses chaussures de course à coussin d'air résonnant en rythme sur le sol.

– Ce n'est pas illogique comme attitude, dis-je.

Karyn à son côté pencha la tête en avant, un grand sourire sur le visage. Sa bouche était rouge vif, ses yeux marron tout joyeux, chargés de l'énergie que leur donnait la course.

– Tes petits tracas seront bien pires si tu aides ces débiles de droite à s'emparer de la Louisiane en novembre. À un de ces quatre, mon pote ! dit Buford.

Il leva les pouces en l'air avant d'accélérer bon train en compagnie de son épouse, puis il coupa par un bouquet ombragé de pacaniers.

***

Elle m'appela ce soir-là, non pas chez moi mais à la boutique. Par la moustiquaire, je voyais la maison, de l'autre côté du chemin de terre, en haut de la pente, galerie et fenêtres illuminées, au travers des arbres qui allaient s'obscurcissant.

– Ce qu'a dit Buford t'a contrarié ? dit-elle.
– Non.
– Il ne veut pas qu'on se serve de toi, c'est tout.
– J'apprécie qu'il se fasse du souci pour moi.
– Aurais-je dû vous laisser seuls ?
– Je suis content que vous soyez passés tous les deux.
– Nous n'étions mariés ni l'un ni l'autre à cette époque-là, Dave. Pourquoi le fait de me voir te met-il aussi mal à l'aise ?
– La conversation prend un tour que je n'aime pas, dis-je.
– Je ne suis pas très portée sur la culpabilité. Au contraire de toi, et ce n'est vraiment pas de chance, répondit-elle avant de raccrocher doucement.

Le prix à payer pour un ciel de velours noir éclatant d'étoiles et pour trop de champagne, une levée de terre envahie d'herbes et de boutons d'or sous une douce brise soufflant des eaux, songeai-je. Le célibat n'était pas une vertu facile à emporter avec soi pour les heures de la nuit.

Mais la culpabilité relative à une impulsion érotique fugace n'était pas le problème. Karyn LaRose était une femme à tenir à l'écart de ses pensées lorsqu'on était marié.

***

Aaron Crown était habillé d'un bleu délavé trop petit pour lui lorsqu'il arriva sous escorte, entravé aux jambes et enchaîné à la taille, depuis le quartier des cellules jusqu'à la salle d'interrogatoire.

Il était obligé d'avancer à petits pas hachés, et du fait de ses deux poignets menottés à la chaîne passée juste sous sa cage thoracique, il marchait penché en avant, semblable à quelque créature simiesque saucissonnée de fil de fer comme un ballot.

– Je ne veux pas m'entretenir avec Aaron ficelé comme ça. Qu'en pensez-vous, Cap ? dis-je au gardien, qui, depuis cinquante-cinq ans, veillait à la pointe d'un calibre douze à double canon sur les détenus du pénitencier d'Angola.

Le garde-chiourme avait les yeux rétrécis, toujours à jauger le pour et le contre, les yeux d'un homme perpétuellement occupé à prendre la mesure du potentiel de ses adversaires, les coins tissés de rides, la peau ratatinée, aussi sombre qu'une peau de mulâtre, au point qu'on aurait pu la prendre pour une viande fumée. Il ôta la pipe de bruyère qu'il portait à la ceinture, la colla dans sa bouche avant de la coincer entre ses molaires avec un cliquetis sec. Il ne dit pas un mot tandis qu'il libérait le filet de chaînes qui enserrait le corps d'Aaron Crown. Elles tombèrent au sol autour de ses chevilles comme un vêtement inutile. Il se contenta simplement de pointer un index rigide enchâssé de cals à la figure de son prisonnier avant de déverrouiller la porte latérale qui ouvrait sur une cour en terre clôturée de barbelés où se dressait un saule pleureur solitaire aux feuilles jaunies par la saison.

Je m'assis sur un banc d'haltérophilie tandis qu'Aaron Crown s'accroupissait, dos contre la clôture, avant de se rouler une cigarette avec du tabac à pipe sorti d'une petite blague en cuir. Ses ongles avaient l'épaisseur et la coloration marbrée d'une carapace de tortue. Des poils lui sortaient des oreilles et du nez ; épaules et pectoraux étaient tressés de nœuds de veines et de muscles. Lorsqu'il gratta une allumette sur l'ongle du pouce avant de l'abriter du vent dans la coupe de ses mains, il inhala soufre, colle et fumée en une seule bouffée.

– C'est pas moi, dit-il.

– Tu as plaidé *nolo contendere*, collègue.

– C'est le merdeux qui a été commis sur mon affaire qui a fait ça. Il a dit que c'était réglé.

Il tira sur sa cigarette roulée, chassant les cendres dans le vent d'une pichenette.

Voyant que je ne répondais pas, il dit :

– Y m'ont collé quarante ans. J'en ai eu soixante-huit hier.

– Tu aurais dû passer un marché avec les fédés. Tu t'en serais tiré à meilleur compte si tu avais été condamné dans le cadre des droits civiques, dis-je.

– Tu traites avec les fédés, et tu te retrouves en cellule avec des hommes de couleur.

Il leva les yeux vers les miens.

– Y te découpent un mec en plein sommeil. Je l'ai vu de mes yeux.

Au loin, j'apercevais la levée qui endiguait le Mississippi, des arbres gonflés sous le vent sur fond de ciel vermillon.

– Pourquoi as-tu choisi de m'appeler, moi? demandai-je.

– C'est toi qui as été chercher après ma fille quand elle s'a perdue dans le marais Henderson.

– Je vois... Je ne sais pas ce que je peux faire, Aaron. C'était bien ton fusil qu'on a retrouvé sur les lieux du crime, pas vrai ? Et il ne portait qu'une seule série d'empreintes, en plus – les tiennes.

– Y m'a été volé, et y'avait pas une série d'empreintes dessus. Y'avait l'empreinte d'un pouce sur la crosse. Pourquoi un Blanc y s'en irait tirer sur un Négro au beau milieu de la nuit et y laisserait son prop' fusil sur place pour qu'on le retrouve ? Pourquoi qu'y s'en irait essuyer la détente et pas la crosse ?

– Tu croyais que tu ne serais jamais condamné dans l'État de Louisiane.

Il suçota une de ses dents, écrasa le bout cendreux de sa cigarette sur la pointe de son brodequin et déchiqueta le papier qu'il laissa s'envoler au vent.

– C'est pas moi, répéta-t-il.

– Je ne peux pas t'aider.

Il se remit debout, les genoux claquant sous l'effort, et se dirigea vers le quartier des cellules, les poils argentés de ses bras luisant au soleil du crépuscule comme une toison de singe.

2

Les cyprès et saules pleureurs inondés étaient barbouillés de gris-vert dans la brume du petit matin sur le marais Henderson. Ma fille adoptive, Alafair, était assise à la proue d'un hors-bord que je manœuvrai pour lui faire emprunter un chenal entre deux îlots de jacinthes d'eau avant de mettre plein gaz en direction de la baie. L'air était moite et frais, chargé des odeurs des bancs de *sac-à-lait* et des torchères de gaz brûlant dans l'humidité du matin. Lorsque Alafair présenta son visage au vent, sa longue chevelure, noire comme celle d'une Indienne, fouetta l'air derrière elle comme un cordage. Elle avait aujourd'hui quatorze ans, mais paraissait plus âgée, et il était fréquent que des hommes se retournent sur elle et la suivent des yeux au passage, avant de se détourner, gênés par leur propre attitude.

Nous traversâmes une longue baie sans relief pleine de souches d'arbres et de plates-formes pétrolières abandonnées, puis Alafair indiqua une rangée de pilotis noirs et luisants dans la brume. Je coupai le moteur et laissai le bateau continuer sur son erre tandis qu'Alafair faisait glisser l'ancre, un morceau de rail de trente centimètres, par-dessus le plat-bord jusqu'à ce qu'elle accroche à la vase, obligeant la proue à s'inverser autour de l'axe du cordage tendu. L'eau du bac à vifs était froide et dansait de menu fretin lorsque j'y plongeai la main pour appâter nos lignes.

– Tu sens les *sac-à-lait* ? Il doit y en avoir des milliers par ici, dit-elle.

– Tu peux parier.

– C'est le meilleur endroit de toute la baie, non ?

– Je n'en connais pas de meilleur, dis-je, avant de lui tendre un sandwich une fois qu'elle eut lancé son bouchon entre les pilotis.

Neuf années s'étaient quasiment écoulées depuis le jour où je l'avais sortie de l'épave submergée par les eaux d'un petit avion qui transportait des réfugiés de guerre du Salvador. Parfois, dans mon sommeil, il m'arrivait de revivre ce moment, lorsque je l'avais découverte, luttant pour une goulée d'air à l'intérieur de la cabine retournée, le visage tourné vers la surface, pareille à un guppy d'aquarium, au creux de la bulle d'air mouvante qui s'en allait diminuant au-dessus de sa tête, ses jambes battant en ciseaux frénétiques au-dessus du corps de sa mère noyée.

Mais aucun de nous n'échappe à l'emprise du temps, et aujourd'hui j'avais perdu mon obsession et ne considérais plus les eaux comme des lieux de passage vers le monde des morts. Les esprits des villageois, bouche béante sous le choc, traumatisés par les explosions, avaient eux aussi cessé leurs murmures depuis les profondeurs du Mékong aux courants bruns, tout comme le spectre de mon épouse Annie assassinée, qui jadis me téléphonait par l'interurbain depuis son lieu de résidence sous la mer et s'adressait à moi à travers la pluie.

Aujourd'hui, les eaux n'étaient plus qu'une large plaine alluviale inondée, sans plus, dans le Bassin d'Atchafalaya, en Louisiane du Sud, avec ses odeurs d'humus et de fumée de bois, où les cols-verts prenaient leur essor par escadrons entiers au-dessus des saules pleureurs avant de tracer de longues lignes noires sur fond de soleil éclatant de couleur comme un jaune d'œuf.

– Tu es vraiment allé voir cet Aaron Crown à Angola, Dave ? demanda Alafair.

– Bien sûr que j'y suis allé.

– Mon professeur a dit que c'était un raciste. Il a assassiné un Noir à Baton Rouge.

– Aaron Crown est un ignorant et physiquement, il est laid. C'est le genre d'individu que les gens aiment à haïr. Je ne suis cependant pas certain que ce soit un assassin, Alf.

– Et pourquoi donc ?

– J'aimerais bien le savoir moi-même.

Ce qui était une réponse non seulement évasive, mais dérangeante.

Pourquoi ? Parce que Aaron Crown ne correspondait pas au bon profil. S'il était raciste, il n'était pourtant pas fanatique, dévoré de haine comme la plupart de ceux de son espèce. Il n'avait pas de convictions politiques, tout au moins à ma connaissance. Alors quel était le mobile, me demandai-je. Les affaires d'homicide tournent toujours autour des mêmes questions, argent, sexe et pouvoir. Duquel de ces termes relevait donc l'affaire Aaron Crown ?

– À quoi tu penses, Dave ? demanda Alafair.

– Quand j'étais jeune flic à La Nouvelle-Orléans, j'étais revenu à la maison en congé et Aaron Crown est passé me voir. Il a dit que sa fille s'était perdue en bateau dans les marais. Personne ne voulait partir à sa recherche parce qu'elle avait quatorze ans et la réputation de faire des fugues, de fumer de la came et d'autres trucs encore, tu me suis ?

Elle regarda son bouchon qui flottait entre les pilotis.

– Alors je l'ai retrouvée. Elle ne s'était pas perdue, cependant. Elle se trouvait sur une péniche, juste de l'autre côté de la baie, là-bas, avec deux hommes. Je n'ai jamais dit à Aaron ce qu'elle y faisait. Mais je pense qu'il le savait.

– Tu crois qu'il est innocent ?

– Probablement pas. C'est juste une situation étrange, comme il s'en produit parfois, Alf. Ce mec aimait sa fille, ce qui signifie qu'il a des émotions, qu'il est capable d'affection comme le reste d'entre nous. C'est une chose à laquelle nous n'aimons guère réfléchir lorsque nous affectons à un individu donné le rôle d'assassin et de taré de la communauté.

Elle trouva le mot *taré* drôle et pouffa par le nez.

Il se mit à crachiner ; nous nous couvrîmes la tête et les épaules de nos imperméables comme deux moines cloîtrés et continuâmes à sortir des *sac-à-lait* d'entre les pilotis jusqu'au milieu de la matinée, avant de les étendre dans la glacière entre des couches de glace pilée pour reprendre la direction de la maison, à l'instant précis où un grain arrivait du sud en barattant comme une fumée qui se tordait en volutes à l'intérieur d'une bouteille.

***

Nous vidâmes les poissons avant de les étêter au niveau des ouïes et de les écailler à l'aide d'une cuillère sous la bâche en toile du ponton. Batist, le Noir qui travaillait pour moi, sortit de la boutique à appâts, un cigare non allumé collé au creux de la mâchoire. Il laissa la moustiquaire claquer derrière lui. Il était chauve et portait un jean pattes d'éléphant et un T-shirt blanc qui ressemblait à une mousseline pourrie sur sa poitrine en barrique.

– Y a un garde de la ferme-prison à l'intérieur, dit-il.

– Qu'est-ce qu'il veut ? dis-je.

– J'y ai pas demandé. Ch'sais pas ce qu'y veut, mais l'est pas venu pour dépenser son argent. Dave, faut vraiment qu'on accepte des mecs de c't'espèce dans not' boutique ?

Oh, bon sang, me dis-je.

J'entrai et vis le vieux maton affecté au quartier des cellules où je m'étais rendu à Angola la veille. Il était assis à une table au fond, près de la vitrine réfrigérée abritant les viandes du déjeuner, le dos raide, le profil sculpté comme un bois de teck. Il portait chemise et pantalon en toile kaki propres et frais repassés, une ceinture artisanale, un chapeau en paille blanche incliné sur le front. Sa canne de marche, la pointe enchâssée dans un tube d'acier de quinze centimètres, de celles que portaient les gardes-chiourme des travaux forcés, était accrochée par la poignée au dossier de sa chaise. Il avait acheté une boîte de soda à cinquante *cents*, qu'il buvait en accompagnement des biscuits au gingembre qu'il avait apportés dans un sac en papier marron.

– Comment va, Cap ? dis-je.

– J'as besoin de vot' opinion sur queq'chose, répondit-il.

Il avait un accent de paysan des collines, du nord de la Louisiane, les voyelles rondes, épaissies par les mucosités, sortant du fond de la gorge, comme une voix arrachée au XIXe siècle.

Ses mains, semées de taches hépatiques, tremblaient légèrement, agitées de soubresauts nerveux. Le début de sa carrière remontait à une époque où les détenus d'Angola se faisaient fouetter à la Black Betty, crucifier sur des nids de fourmis, verrouiller dans les cages à suées en acier du camp A, lorsqu'ils ne se faisaient pas assassiner au gré du caprice d'un garde pour finir enterrés dans la levée du Mississippi. Je le connaissais depuis des années et, de tout ce temps, je ne l'avais jamais vu sourire ni faire état du moindre élément de vie personnelle en dehors du pénitencier.

– Y a des gens de cinéma qui m'ont offert cinq mille dollars pour une interview sur Crown. Qu'est-ce vous pensez que je devrais faire ? dit-il.

– Prenez-les. Quel mal y a-t-il ?

Il mordit le bord d'un biscuit au gingembre.

– J'ai comme le sentiment qu'y veulent que je dise qu'il a pas sa place dans la ferme-prison, qu'on s'est peut-être trompés de bonhomme en le mettant en prison.

– Je vois.

– Y a queq'chose qui cloche, pas vrai ?

– Pardon ?

– Y a un Blanc qui tue un Noir au fin fond du Sud, les gens d'Hollywood, d'habitude, y descendent pas pour faire sortir le Blanc.

– Je n'ai pas de réponse à vous fournir, Cap. Dites-leur tout simplement ce que vous pensez et oubliez ça.

Je consultai l'horloge électrique au mur au-dessus du comptoir.

– Ce que je pense, c'est que ce fils de pute, il est qu'à moitié humain.

Mon regard croisa le sien.

– Il pue, c't'homme, et ça part pas au lavage. S'il a pas tué le Négro du NAACP, il a descendu quelqu'un d'autre. Y a déjà tué.

Il mâchonna un biscuit au creux de la joue, avec un bruit sec, puis l'avala en le faisant passer d'une petite gorgée de soda, la peau tannée du visage tissée d'un réseau de rides dans la pénombre.

***

Les informations circulent vite parmi les citoyens habitant aux confins de notre monde.

Le mardi matin, Helen Soileau entra dans mon bureau, aux services du shérif, paroisse d'Iberia, pour m'apprendre que nous devions prendre en charge et incarcérer un truand de La Nouvelle-Orléans du nom de Mingo Bloomberg, recherché comme témoin dans le meurtre d'un officier de police du Vieux-Carré.

– Tu le connais ? demanda-t-elle.

Elle portait une chemise blanche amidonnée et un pantalon de toile bleue, l'insigne agrafé à son ceinturon. Elle était blonde et musclée, affichant une attitude et un regard arrogants qui donnaient l'impression d'anticiper défi ou insulte, voire de s'en délecter par avance.

– C'est un nervi à la solde de la famille Giacano, dis-je.

– Nous n'avons rien de tout ça sur lui.

– Mauvaise communication avec le NOPD, dans ce cas. La spécialité de Mingo, c'est de faire disparaître ses victimes. Il est très doué pour les pâtées à poissons.

– Ça, c'est superbe. C'est Expidee Chatlin qui nous le garde, il fait le baby-sitter.

Nous prîmes une voiture de service, direction le sud de la paroisse, sur de petites routes au long desquelles s'étiraient des files de remorques pleines de cannes à sucre en route vers la raffinerie. Puis nous suivîmes une levée de terre qui traversait un champ partiellement dégagé jusqu'à un campement de pêche au toit de tôle en retrait de la route, dans un bouquet de pacaniers et de plaqueminiers. Une voiture de patrouille était garée devant la galerie fermée de moustiquaires, portières avant ouvertes, radio coupée.

Expidee Chatlin avait passé la majeure partie de sa carrière dans les services de la loi et de l'ordre à faire respecter les passages cloutés à la sortie des coles ou à accompagner les ivrognes depuis la prison jusqu'au tribunal des flagrants délits. Il avait les épaules étroites et les hanches larges, la taille enrobée d'un rouleau de lard, et une fine moustache qui ressemblait à un trait de crayon gras. Lui et un autre adjoint mangeaient des sandwichs en compagnie de Mingo Bloomberg à une table en planches sur la galerie.

– Qu'est-ce que tu crois que tu es en train de faire, Expidee ? demanda Helen.

– J'vous attends, non ? J'ai l'air de faire quoi ? répondit-il.

– Alors, ça pendouille toujours, Robicheaux ? dit Mingo Bloomberg. Quoi de neuf ?

– Pas grand-chose, Mingo.

Il vida sa canette de bière et mit une cigarette à sa bouche sans l'allumer. Il était bel homme, vêtu d'un pantalon en toile grise sans ceinture sur des mocassins et une chemise fleurie à manches longues. Ses cheveux avaient la couleur du cuivre, plaqués vers l'arrière, et ses yeux, d'un bleu de glace, vous pénétraient comme un doigt sale lorsqu'ils se verrouillaient aux vôtres.

Il ouvrit son briquet et commença à actionner la molette, avec un bruit sec, comme si nous n'étions pas là.

– Sors de ce fauteuil et appuie-toi contre le mur, dit Helen.

Il abaissa le briquet, la bouche vissée en sourire autour de la cigarette. Helen la lui ôta des lèvres, la jeta par-dessus son épaule et pointa son neuf millimètres au beau milieu de son visage.

– Fais le malin, connard. Dis quelque chose. Vas-y. J'ai envie que tu l'ouvres, dit-elle.

Je soulevai Mingo pour le remettre debout, le poussai contre le mur et lui écartai les chevilles avec le pied. Je le passais à la fouille lorsque mes doigts palpèrent un objet dur, à angles vifs, dans sa poche gauche. J'en sortis un automatique calibre .25, éjectai le chargeur, tirai la coulisse sur une chambre vide et jetai le pistolet sur les genoux d'Expidee.

– Personne m'a rien dit. Je croyais que ce mec, c'était un témoin ou queq'chose comme ça, rien d'autre, dit-il.

Helen menotta Mingo, poignets dans le dos, et le poussa brutalement vers la porte-moustiquaire.

– Eh ! Robicheaux, doucement toi et ta dame. Pas la peine de vous enflammer, dit-il.

– Ça ne dépend que de toi, Mingo, dis-je.

Nous étions dehors, devant la maison, sous un ciel gris, le vent dans la figure, au milieu des feuilles qui tombaient des arbres en bordure de clairière. Mingo roula les yeux au ciel.

– À moi de voir ? C'est une caisse enregistreuse que vous devriez vous coller tous les deux sur le toit de votre bagnole de patrouille, dit-il.

– Tu veux bien m'expliquer ça ? dis-je.

Son regard se porta sur Helen, avant de revenir sur moi.

– Donne-nous une minute, dis-je à Helen.

Je le fis avancer jusqu'au côté opposé de notre voiture, ouvris la portière arrière et l'obligeai à s'asseoir derrière le treillis métallique. Je m'appuyai contre le véhicule, un bras sur le toit, et baissai les yeux pour croiser son regard. Une mèche de cheveux cuivrés et gominés retomba sur son front, lui barrant les yeux.

– T'as fait cc qu'il fallait avec Crown. Tu fais ce qu'il faut, et on prend bien soin de tes intérêts. Y a quelque chose de mal là-dedans ? dit-il.

– Ouais. Personne ne prend soin de mes intérêts.

– Alors, c'est ton problème, putain de merde.

– Quand tu seras retourné dans la Grande Sale [1], Mingo, restes-y, dis-je avant de refermer la portière.

1. Démarquage de « La Grande Facile », surnom de La Nouvelle-Orléans. (*N.d.T.*)

– J'ai un permis pour le calibre que tu m'as pris. Je veux le récupérer, dit-il par la vitre baissée.

J'attendis qu'Helen s'installe au volant, tambourinant des doigts sur le toit de la voiture, en essayant de cacher l'expression désemparée de mon visage.

***

Lorsqu'on se convertit sérieusement à l'alcool, je veux dire plein pot, de la même manière qu'on devient adepte d'une nouvelle religion, lorsqu'on rejoint les rangs de cette vaste troupe de fêtards qui chantent bras dessus, bras dessous, en disant adieu à toute innocence dans leur existence, on apprend vite les règles de comportement obligé au sein de cette confrérie très fermée qui exige un droit d'entrée à nul autre pareil ici-bas. On boit toujours en dessous de sa condition. On ne peut plus boire dans les endroits bien éclairés au milieu de gens ordinaires, parce que la folie qui se lit sur votre visage, reflet de votre psychologie furieuse, fait de vous un paria. Alors on se trouve d'autres ivrognes à la situation aussi désespérée que la sienne et, de préférence, pire encore.

Mais le temps passe, et l'on arrive à court de lieux, de gens un tout petit cran en dessous de soi, de bars dont la seule modalité d'admission est le prix d'un carafon de picrate à six heures du matin.

C'est alors qu'on se retrouve en des endroits comme le bar de Sabelle Crown à l'Underpass de Lafayette.

Le quartier de l'Underpass avait jadis compté un hôtel sordide en brique et une rangée de bars de bas étage tenus par une célèbre famille de criminels syriens. Aujourd'hui, après le passage du bulldozer, les vieux bars et l'hôtel en brique n'étaient que gravats et tout ce qui restait du dernier refuge de la cité réservé aux débinards était le bar de Sabelle, bâtisse sombre à un étage aux murs de bardeaux qui se dressait au-dessus de l'Underpass comme une dent solitaire.

Il n'y avait pas de miroirs, et les seuls éclairages venaient du juke-box et des enseignes de bière au-dessus du comptoir. C'était le genre de lieu où les décorations de Noël restaient en place une année durant, où l'on n'était jamais obligé de croiser son propre reflet ni de faire de comparaison défavorable avec les autres. À moins d'inclure dans le nombre Sabelle, qui avait été pute à vingt dollars la passe à La Nouvelle-Orléans avant de disparaître vers le nord pendant plusieurs années. Elle était aujourd'hui entre deux âges, ses cheveux châtains étaient semés de gris, mais elle avait belle allure en jean et chandail beige au col en V, et son visage avait conservé une sorte de beauté austère propre à faire fantasmer ces hommes qui buvaient jusqu'à une heure avancée en continuant à croire que l'obscurité d'une salle de bar pouvait faire revivre des occasions remontant à leur jeunesse.

Elle ouvrit une bouteille de Seven-Up et la posa devant moi avec un verre rempli de glace.

– Tu vas bien, Belle-Mèche ? dit-elle.

– Pas mal. Et toi, Sabelle ?

– J'espère que tu n'es pas venu ici pour quelque chose de plus fort que le Seven-Up.

Je souris sans rétorquer. La surface du comptoir collait à mes poignets.

– Pourquoi un truand au petit pied de La Nouvelle-Orléans du nom de Mingo Bloomberg irait s'intéresser à ton père ? dis-je.

– Je donne ma langue au chat.

– J'ai repris en détail tout ce que j'ai pu trouver sur l'affaire d'Aaron cet après-midi. Je crois qu'il aurait pu s'en tirer s'il avait eu un bon avocat, dis-je.

Elle examina mon visage d'un air curieux. L'enseigne de bière sur le mur dessinait dans ses cheveux de minuscules étincelles rouges.

– Le gros problème, c'est qu'Aaron est allé raconter qu'il l'avait fait, dis-je.

Elle éteignit sa cigarette dans le cendrier, puis posa un verre-dosette et une bouteille de sherry moelleux près de mon coude avant de longer le comptoir sur les caillebotis, sortir à son extrémité et venir s'asseoir tout à côté de moi, les jambes crochetées aux barreaux du tabouret.

– T'es toujours marié ? dit-elle.

– Bien sûr.

Elle n'alla pas jusqu'au bout de sa pensée. Elle versa du sherry dans son verre et le but.

– Papa est allé à l'école jusqu'en primaire. Il gagnait sa vie en charriant le fumier. Les richards d'East Main le faisaient entrer par la porte de derrière.

Je continuai à la regarder bien en face.

– Écoute, quand ce Noir des droits civiques s'est fait tuer avec la carabine de Papa, Papa a commencé à inventer des histoires. Les gens parlaient de lui. Il a réussi à être une célébrité pendant un moment, dit-elle.

– Il a menti sur un meurtre ?

– Est-ce que ça te plairait d'avoir une réputation de raclure de Blanc dans une ville comme New Iberia ?

– Sacré échange de procédés ! dis-je.

– Qu'est-ce qui n'en est pas un ?

Elle fit signe au barman, en montrant une boîte à chaussures sous la caisse enregistreuse. Celui-ci la lui tendit et s'éloigna. Elle ôta le couvercle.

– Tu as fait l'armée. Regarde un peu ce que tu reconnais là-dedans. Je suis incapable de faire la différence entre deux médailles, dit-elle.

La boîte était lourde, remplie de montres, bagues, canifs et décorations militaires. Parmi ces dernières se trouvaient des Purple Hearts; au moins deux étaient des Silver Stars. S'y trouvait également un revolver calibre .32, les plaquettes de crosse maintenues par de l'adhésif.

– Si on m'apporte une médaille dans un coffret doublé en feutre, j'offre un crédit de trois verres, dit-elle.

– Merci de m'avoir consacré un moment, dis-je.

– Tu veux avoir des renseignements sur mon père, touches-en un mot à Buford LaRose. C'est son livre qui a expédié Papa en prison.

– Il se pourrait bien que je fasse ça.

– Quand tu verras Buford, dis-lui...

Mais elle secoua la tête sans terminer sa phrase. Elle fit une petite moue de ses lèvres et embrassa l'air.

***

Je rentrai déjeuner à la maison le lendemain et, en sortant de la courbe qui longeait le bayou, j'aperçus la décapotable Mazda bleue de Karyn LaRose qui quittait mon allée en marche arrière pour se diriger dans ma direction sur le chemin de terre. Karyn s'arrêta devant moi et ôta ses lunettes de soleil. Elle sourit, les dents très blanches, sa peau hâlée et ses cheveux platine mouchetés des rais de soleil qui transperçaient les ramures des chênes.

– Que se passe-t-il, Karyn ?

– Je me disais que ce serait un moment superbe pour vous inviter.

– Je te demande pardon ?

– Oh, cesse un peu tous ces enfantillages, Dave.

– Écoute, Karyn...

– À un de ces quatre, petit, dit-elle.

Elle repassa en première et disparut dans mon rétroviseur, sa chevelure fouettée par le vent.

***

Je m'engageai dans notre chemin de terre avant de me garer sur le côté de la maison, montée en troncs de cyprès entaillés à mi-bois et chevillés ; elle avait été bâtie pendant la Dépression par mon père, Cajun immense, tout sourires et buvant sec, qui avait trouvé la mort sur la Grande Salée dans l'explosion d'une tête de puits. Au fil des années, le toit de tôle de la galerie s'était violacé sous l'effet de la rouille et les planches de bois des murs avaient noirci et durci sous l'effet conjugué de la pluie, des tempêtes de poussière et de la fumée des feux de chaume. Mon épouse, Bootsie, et moi avions suspendu des corbeilles d'impatiens sous la galerie, disposé des jardinières aux fenêtres, et planté les parterres de roses, d'hibiscus et d'hortensias, mais dans l'ombre quasi permanente des chênes verts et des pacaniers la maison avait acquis une tonalité sombre qui la maintenait dans l'année 1930, comme si mon père avait toujours un droit de regard sur elle.

Bootsie avait préparé sandwichs au jambon et aux oignons, thé glacé et salade de pommes de terre et nous mîmes la table ensemble avant de nous asseoir pour déjeuner. J'attendais qu'elle mentionne la visite de Karyn. Mais elle n'en fit rien.

– J'ai vu Karyn LaRose plus loin sur la route, dis-je.

– Ah, oui, j'ai oublié. Demain soir, elle nous invite à un dîner en plein air.

– Qu'est-ce que tu lui as dit ?

– Je pensais bien que nous n'avions rien de prévu. Mais j'ai dit que je te demanderais.

Elle avait arrêté de manger. Je sentais son regard sur mon visage.

– Tu ne veux pas y aller ?

– Pas vraiment.

– Pour une raison précise ? Ou est-ce qu'il faut simplement répondre aux gens d'aller se faire voir arbitrairement ?

– Buford est trop finaud et retors pour moi.

– Il est thérapeute et professeur d'université. Peut-être que l'État finira au bout du compte par avoir un gouverneur avec plus de deux neurones.

– Très bien, allons-y. Ce n'est pas un problème, dis-je.

– *Dave...*

– Je suis impatient comme une puce.

Finalement, l'exaspération de Bootsie céda la place à un sourire, puis à un rire.

– T'es vraiment trop, Belle-Mèche, dit-elle.

Je m'essuyai les lèvres sur ma serviette, puis contournai sa chaise, mis les bras sur ses épaules et lui embrassai les cheveux. Des cheveux couleur de miel sombre, qu'elle brossait en boucles épaisses relevées sur la tête, et qui sentaient toujours le shampooing à la fraise. Je l'embrassai au long de sa joue et lui frôlai les seins.

– Tu as quelque chose de prévu ? dis-je.

– Il faut que tu retournes travailler.

– Les criminels comprendront.

Elle tendit le bras derrière sa chaise et sa main s'arrondit à l'arrière de ma cuisse.

Les rideaux de la chambre, voilages blancs imprimés de fleurs minuscules, se gonflaient et se tordaient sous le vent soufflant à travers les arbres de la cour. Lorsque Bootsie se dévêtit, son corps apparut comme sculpté, brillant de lumière à contre-jour de la fenêtre. Elle avait le plus beau teint que j'aie jamais connu à une femme. Quand elle faisait l'amour, sa peau s'empourprait de chaleur, comme si elle souffrait de fièvre, pour prendre la couleur d'un pétale de rose fraîchement éclose. J'embrassai ses seins, pris ses tétons dans ma bouche, retraçai de mes doigts son ventre plat, puis je la sentis qui glissait le bras et me saisissait au creux de sa paume.

Lorsque je la pénétrai, elle crocheta ses jambes aux miennes, glissa les doigts d'une main dans mes cheveux, et l'autre main au creux de mes reins. Je sentais son souffle sur le côté de mon visage, la transpiration sur son ventre et au creux de ses cuisses, puis sa langue sur mon cou, la mouillure de sa bouche près de mon oreille. Je voulais me retenir, donner plus de satisfaction que je n'en recevais, mais ce terrible moment de plaisir et d'assouvissement solitaire typiquement masculins l'emporta sur mes résolutions.

– Boots... dis-je d'une voix rauque.

– Tout va bien, Dave. Laisse-toi aller, murmura-t-elle.

Elle laissa glisser ses deux paumes au bas de mon dos et me pressa plus profond à l'intérieur d'elle, puis quelque chose se brisa, comme un barrage, pour venir se fondre dans mon bas-ventre et je fermai les yeux, pour ne plus voir qu'un poisson volant se lever d'une vague crénelée d'écume, la gueule déchirée d'un hameçon, sa peau bleue et dure, ses ouïes tissées de filets de mousse rose. Puis il disparut à nouveau au creux de la vague, et les courants de fond s'apaisèrent soudain, plats et vides, dentelés de pluie, glissant sur le corail-feu des profondeurs.

***

L'après-midi aurait dû être parfait. Mais en me voyant sortir de la chambre, Bootsie demanda, comme si elle venait d'y penser :

– Y avait-il une autre raison pour que tu ne veuilles pas aller chez les LaRose ?

– Non, bien sûr que non.

J'essayai d'éviter son regard, mais c'était trop tard. Je vis à son visage qu'elle avait compris, comme si je l'avais giflée sèchement sans qu'elle s'y attende.

– C'était il y a bien longtemps, Boots. Avant que nous soyons mariés.

Elle hocha la tête, ses pensées bien cachées. Puis elle dit, d'une voix neutre :

– Nous sommes tous des gens modernes aujourd'hui. Comme tu dis, Belle-Mèche, pas de problème.

Elle descendit jusqu'à la mare à l'arrière de notre propriété, en solitaire, avec un sac de croûtons, pour nourrir les canards.

3

Au lever du soleil, le lendemain, tandis que j'aidais Batist à ouvrir la boutique à appâts avant de partir au travail, le vieux garde-chiourme m'appela par l'interurbain depuis Angola.

– Vous souvenez que je vous ai parlé de ces gens de cinéma qui viennent me voir ? Y'en a un qui sera pus là à traîner ses guêtres, dit-il.

– Qu'est-ce qui s'est passé, Cap ?

– Mon neveu est à l'uniforme au NOPD, Premier District. Les flics ont d'abord cru que c'était juste qu'un Blanc qui s'intéressait à la fesse fraîche et qui s'était trompé de poulette. Jusqu'à ce qu'ils trouvent la caméra, dit-il.

Après avoir raccroché, je remplis des seaux de vifs pour deux pêcheurs, mis un hors-bord de location à l'eau, et tirai la bâche sur ses câbles au-dessus des tables-dévidoirs du ponton au cas où il pleuvrait. Batist répartissait des morceaux d'hickory sur les charbons de bois dans la cuve à barbecue, que nous avions fabriquée à partir d'un baril à pétrole sectionné dans le sens de la longueur et sur lequel nous faisions cuire poulets et chapelets de saucisses pour nos clients de la mi-journée.

– C'était le vieux qui est là-bas à la ferme-prison ? demanda-t-il.

– Je crains bien que oui.

– Je vais pas le dire deux fois, non. Ç'a pas d'importance ce que ce genre de mec y va amener dans notre vie, c'est pas du bon.

– Je suis officier de police, *podna*. Je ne peux pas toujours choisir les gens auxquels je m'adresse.

Il secoua la tête et s'éloigna.

Je laissai un message à l'intention du neveu au NOPD et partis pour le bureau au moment où la brume commençait à tomber. Le neveu me rappela deux heures plus tard et passa le combiné à un inspecteur de la Criminelle. Voici comment j'ai reconstitué le récit qui m'a été fait.

***

Les Mœurs avaient identifié la racoleuse comme étant Brandy Grissum, une Noire droguée à l'héroïne, âgée de vingt-cinq ans, qui avait fait un an de taule à la prison de St. John the Baptist pour revente et possession de came.

Elle travaillait avec trois ou quatre macs, spécialistes de l'entaulage dans le Vieux-Carré. Les maquereaux étaient là pour la clientèle régulière, bon an mal an. Les artistes de l'entaule détroussaient les touristes, en particulier ceux qui étaient ivres, mariés, respectables, en ville pour un séminaire, et qui craignaient à la fois les flics et leurs employeurs.

L'arnaque n'avait rien de difficile. Brandy entrait dans un bar, élégamment vêtue, arborant parfois même un tailleur; elle s'asseyait à une extrémité du comptoir, ou en solitaire dans un box, croisait une fois le regard du miché, l'œil timide, mains croisées en parfaite sainte-nitouche bien élevée, avant d'attendre tranquillement pendant que son partenaire proposait le marché.

Voici le baratin qu'il servait : « La dame qui est là, c'est ma nana, elle fait pas ça en pro, voyez ce que je veux dire ? Comme qui dirait, une lycéenne qui serait juste de sortie en ville. » Et là, il souriait. « Elle a besoin que quelqu'un la sorte et lui fasse voir le monde, voyez ce que je veux dire ? Y me faut soixante dollars pour couvrir la chambre, on y va tous ensemble, je me défile pas en vous plantant là. Après, si vous voulez lui faire un petit cadeau, ou queq' chose, c'est vous qu'ça regarde. »

La différence cette fois dans le scénario, c'est que le miché avait sa propre chambre, ainsi qu'un programme tout prêt.

Il s'appelait Dwayne Parsons, nominé aux Academy Awards, et avait remporté par deux fois l'Emmy Award pour ses scénarios de documentaires. Mais Dwayne Parsons avait également une autre passion créatrice, inconnue de la racoleuse et de l'entauleur comme du Noir qui devait bientôt faire son apparition – une caméra vidéo montée sur trépied dans son placard, l'objectif pointé par une fente dans la porte vers le lit à eau dans son studio meublé de location à un bloc de Bourbon.

Parsons et la femme étaient nus, allongés sur des draps de satin noir, lorsque des coups sonores et insistants résonnèrent à la porte. La tête de l'homme se redressa des oreillers, son visage affichant d'abord la surprise avant de faire place à la perplexité et à l'agacement.

– Ils finiront par s'en aller, dit-il.

Il essaya de se saisir des bras de la fille pour la maintenir en position au-dessus de lui, mais elle se dégagea en se glissant sur le côté.

– C'est mon petit ami. Y me laisse pas tranquille. Y va fracasser c'te porte... dit-elle.

Elle commença à rassembler ses vêtements pour s'en couvrir les seins et le ventre.

– Hé, est-ce que je te fais l'impression d'un débile complet ? dit Parsons. N'ouvre pas cette porte... Tu m'as entendu... Écoute, espèce de putain de Négro, n'essaie pas de m'arnaquer.

Elle tira le pêne dormant de la porte, et soudain le dos et la tête défrisée aux côtés rasés d'un Noir gargantuesque apparurent dans l'objectif. Apparemment, ce n'était pas lui que Brandy Grissum s'attendait à voir. Elle déglutit comme si une lame à rasoir s'était prise dans sa gorge.

Mais Dwayne Parsons n'était pas encore bien entré dans le scénario.

– Tu veux me voler, enfoiré, alors prends le pognon qui est sur la commode. T'as eu l'arme au magasin d'accessoires du syndicat des acteurs ?

Le Noir armé ne dit pas un mot. Mais la terreur qui se lisait sur le visage de la femme ne laissait aucun doute sur les intentions qu'elle voyait se dessiner sur les traits de l'homme.

– Je t'ai 'core jamais vue, salope. T'essaie de bosser en indépendante ? dit-il.

– Non... Je veux dire, si, je connais personne ici. Je suis pas de La Nouvelle-Orléans.

Elle pressa ses vêtements contre ses seins et son pubis. Sa bouche tremblait.

À un bloc de distance, un orchestre de cuivres jouait sur Bourbon. L'homme réfléchit un instant, puis désigna la porte d'un geste brusque du canon de son arme. La fille enfila jupe et chemisier, rassembla en boule sous-vêtements, chaussures et sac à main et s'enfuit. C'est tout juste si elle ne volait pas en passant la porte.

Le visage de Dwayne Parsons avait pâli, presque exsangue. Il fit mine de se lever.

– Non, non, mon gars, dit le Noir en s'approchant, masquant à l'objectif de la caméra le visage de Parsons. Hé, ça arrive à tout le monde. Tu t'es envoyé la frangine. Ç'aurait pu être pire. J'ai dit bouge pas, mec. Tout ça, ça se finit tout le temps pareil. Alors, pas la peine de souffrir.

Il ramassa un oreiller et le pressa devant lui, son biceps gonflé aussi dur et aussi rond qu'une bouche incendie tandis que le corps de Dwayne Parsons tressautait comme celui d'un poisson. L'homme armé recula vivement et tira deux balles à travers l'oreiller – *pop, pop* – avant de passer dans le champ de l'objectif, un éclair de dent en or dans une mâchoire d'homme de Cro-Magnon grisonnant qu'on aurait prise pour un profil de requin dans un aquarium de zoo.

Au loin, l'orchestre des rues résonnait des accords grondants de *Fire House Blues*. Le corps de Dwayne Parsons, la tête toujours couverte par l'oreiller, ressemblait à un ver blanc coupé en deux au beau milieu du drap.

***

La plantation des LaRose se situait aux limites de la paroisse, presque à St. Martinville. Le corps d'habitation, construit en 1857, avait la couleur poussiéreuse des coquilles d'huître, avec un large avant-toit sur colonnes auquel s'entrelaçaient les volutes des chênes verts en façade qui atteignaient le second étage. Des cahutes en enfilade sur l'arrière, jadis quartier réservé aux esclaves, étaient aujourd'hui pleines de balles de foin empilées, et la vieille forge en brique avait été reconvertie en écurie-sellerie, ses fenêtres en voûte fermées par leurs volets métalliques d'origine qui laissaient suinter une rouille orangée qu'on aurait cru couler d'une blessure.

Je passai en voiture en compagnie de Bootsie devant le magasin de la compagnie LaRose, ses fenêtres en façade cassées et oxydées, sa galerie au toit de tôle où des barriques de noix de pacane encadraient les doubles portes-moustiquaires qu'avaient franchies des milliers de métayers endettés, jusqu'à ce que les années soixante et la reconnaissance des droits civiques mettent un terme aux salaires quotidiens de cinq dollars que touchaient les ouvriers agricoles ; puis nous nous engageâmes sur une allée délimitée par des clôtures blanches qui conduisait à l'arrière de la maison et au repas en plein air qui avait déjà débuté, sur fond de chênes verts tendus de mousse espagnole et d'un ciel d'automne piqueté de rose qui paraissait nous assurer une fois encore, tous autant que nous étions, que l'été indien de nos existences ne connaîtrait jamais de fin.

Pendant qu'on disposait le buffet sur une rangée de tables de jardin, Buford organisa une partie de football sans plaquage en parvenant à convaincre jusqu'aux invités les plus réticents de poser leur verre et de se joindre à l'une ou l'autre des deux équipes. Certains étaient universitaires à Lafayette mais la plupart étaient des gens connus dans les cercles de la politique louisianaise aux façades si trompeuses de bonhomie enjouée et d'atmosphère carnavalesque. Au contraire de leurs équivalents un peu péquenots des paroisses reculées des campagnes du Nord, ils étaient brillants, cultivés, ouvertement hédonistes, toujours prêts à recevoir et bien plus soucieux de violations du protocole que d'idéologie.

Leur compagnie était drôle et agréable ; ils étaient étourdis par l'alcool et la fatigue de la partie, leurs rires résonnant haut et clair entre les arbres chaque fois qu'une balle était récupérée, accompagnés d'un martèlement de pas de course sur le sol meuble et de claques sonores sur les arrière-trains.

Puis un Noir en veste blanche fit tinter un triangle de métal et tous se dirigèrent en file, heureux et enjoués, vers le buffet.

– Cours un peu, Dave ! Je vais t'en envoyer une belle, une vraie de vrai ! s'exclama bruyamment Buford, le ballon en attente au creux de la paume.

Il portait des chaussures de tennis et un pantalon blanc à pinces, les manches de son chandail couleur prune nouées autour du cou.

– Ça me suffit, dis-je.

– Arrête de me faire ton numéro de vieillard, dit-il.

Et il arma le bras comme pour un boulet de canon avant de sourire et d'expédier une passe en cloche facile qui atterrit dans mes mains comme s'il l'avait fait tomber au creux d'un panier.

Il me rattrapa et mit la main sur mon épaule.

– Wow, on dirait un sac de pierre quand on touche. Tu lèves beaucoup de fonte ? dit-il.

– Juste assez pour ne pas tomber en morceaux.

Il récupéra la balle dans mes mains et la lança d'une pichenette vers l'écurie. Il la regarda rebondir et rouler dans la pénombre comme s'il se concentrait sur une pensée informe au centre de son esprit.

– Dave, je crois que nous allons gagner le mois prochain, dit-il.

– C'est bien.

– Tu crois que tu pourrais vivre à Baton Rouge ?

– Je n'y ai jamais réfléchi.

Quelqu'un alluma les lanternes japonaises dans les arbres. L'air sentait les coques de noix de pécan et la fumée d'une fosse à barbecue creusée dans le sol. Buford eut un temps de réflexion.

– Qu'est-ce que tu dirais de devenir chef de la police d'État ? demanda-t-il.

– Je n'ai jamais été très doué comme administrateur, Buford.

– J'avais le sentiment que tu me répondrais quelque chose de ce genre.

– Oh ?

– Dave, pourquoi, à ton avis, avons-nous toujours eu le plus mauvais gouvernement de tous les États de l'Union ? C'est parce que les gens bien ne veulent pas le servir. Tu saisis l'ironie de la chose ?

– J'apprécie ton offre.

– Tu veux y réfléchir ?

– Bien sûr, pourquoi pas ?

– C'est ce qu'il faut, dit-il, avant de retourner au milieu de ses autres invités, son beau visage rayonnant de la perfection de cette soirée et de toutes les promesses qu'elle semblait représenter.

Karyn s'avança vers moi, une assiette en papier garnie de canard et de gibier rôtis accompagnés de gros riz brun pimenté dans une main, dans l'autre, serrés maladroitement, une bouteille de Corona et un verre en cône au rebord duquel s'accrochait une tranche de citron vert. Mes yeux fouillèrent la foule à la recherche de Bootsie.

– Je me suis permis, dit Karyn, avant de me poser assiette, verre et bière sur une table.

– Merci. Où est passée Bootsie ?

– Je crois qu'elle est dans la maison.

Elle s'assit sur le banc fait d'une planche, le dos tourné à la table, jambes croisées. Elle avait noué ses cheveux d'un bandana rouge, sa chemise de toile bleue brodée bien tendue dans le jean. Elle avait chaud au visage, encore un peu rouge après la partie de football. Je poussai la bouteille de Corona et le verre dans sa direction.

– Tu ne bois plus du tout ? dit-elle.

– Non.

– Tu veux un Coke ?

– Ça va très bien, Karyn.

– Est-ce que Buford t'a parlé du poste à la police d'État ?

– Bien sûr.

– Seigneur, Dave, tu es un véritable moulin à paroles, pas vrai ?

J'avalai une bouchée de riz, puis roulai une tranche de viande de canard dans un morceau de pain français et la mangeai.

Les yeux de Karyn se dilatèrent.

– Est-ce qu'il t'aurait offensé ? dit-elle.

– Voici comment se présente la situation, Karyn. Un tueur à gages qui travaille pour la pègre de La Nouvelle-Orléans, un authentique sociopathe du nom de Mingo Bloomberg, m'a dit que j'avais bien fait de ne pas me mêler des affaires d'Aaron Crown. Il a dit qu'on allait prendre soin de moi. Et je me vois maintenant proposer un poste.

– Je n'arrive pas à y croire.

– Croire quoi ?

– *Toi.* Toi, tes putains de présomptions et ta foutue rectitude morale.

– Ce que je viens de te dire, c'est ce qui s'est passé. Tu as le droit d'en faire ce que tu veux.

Elle s'éloigna, s'enfonçant dans les ombres, sur les feuilles et coques de noix de pécan moisies jusqu'à l'endroit où son époux s'entretenait avec un groupe de personnes. Je les vis repartir ensemble, Karyn brassant l'air de ses gestes tout en parlant avant que Buford tourne la tête dans ma direction.

Quelques instants plus tard, il était debout à côté de moi, les bras ballant mollement à ses côtés.

– Je ne sais plus que penser, Dave. J'ai beaucoup de mal à croire ce que tu as dit à Karyn, dit-il.

Je posai ma fourchette dans mon assiette, roulai ma serviette en papier et la laissai tomber sur la table.

– Je ferais peut-être bien de partir, dis-je.

– Tu l'as véritablement bouleversée. Je ne pense pas qu'il te suffise de répondre que tu pars.

– Alors je te présente mes excuses.

– Je suis au courant pour toi et Karyn et votre histoire passée. Est-ce que c'est ça, la cause du problème ? Parce que je ne vous en garde aucune rancune, ni à toi ni à elle.

Je sentis à l'intérieur de moi une bouffée de chaleur brûlante, comme si l'on venait d'entrouvrir la porte d'un poêle à bois.

– Écoute, collègue, un mec du genre de Mingo Bloomberg n'a rien d'une abstraction. Pas plus que le scénariste de documentaires qui vient de se faire dessouder dans le Vieux Carré.

Il affichait une expression sidérée, presque triste et compatissante, à croire qu'il regardait de haut quelque individu ne jouissant pas de toutes ses facultés.

– Bien le bonsoir, Dave. Je suis convaincu que tu ne penses pas à mal, dit-il en retournant vers ses invités.

Je contemplai le soleil rouge au-dessus des champs de cannes à sucre, le visage brûlant d'embarras.

4

Il pleuvait fort et la circulation était dense à La Nouvelle-Orléans lorsque je me garai non loin de St. Charles avant de courir me mettre à l'abri sous les colonnades de la façade du Pearl. La vitrine était embuée par la chaleur de l'atmosphère à l'intérieur, mais j'aperçus Clete Purcel au comptoir, un panier de gressins, un verre de whiskey et un verre de bière à long col devant lui, occupé à lire la première page du *Times-Picayune.*

– Hé, grand homme, dit-il en repliant son journal, le visage fendu d'un large sourire lorsqu'il me vit franchir la porte.

Il avait le visage rond et irlandais, une cicatrice barrant un sourcil et l'arête du nez. Son costume en coton et son chapeau rond à petit bord de couleur bleue paraissaient absurdes sur son corps massif. Sous sa veste, j'aperçus son étui d'épaule en nylon et son revolver bleu-noir calibre .38.

– Mitch, donnes-en donc une douzaine à Dave, dit-il au serveur derrière le comptoir avant de se retourner vers moi. Attends une seconde.

Il vida son verre de whiskey qu'il fit suivre d'une bière, souffla et écarquilla les yeux. Il ôta son chapeau et s'essuya le front de sa manche de veste.

– Tu as dû avoir une matinée agitée, dis-je.

– J'ai participé à la récupération d'une voiture pour impayés parce que le mec n'avait pas réglé les intérêts sur sa caution. Sa femme a piqué une vraie crise, en disant qu'il ne pourrait plus aller travailler et ses gamins pleuraient dans la cour devant la maison. Ça te donne vraiment le sentiment de faire œuvre utile. Ce soir, il faut que j'aille ramasser un mec en cavale de caution dans le lotissement d'Iberville. J'en ai un autre qui se planque dans celui de Desire. Je continue ?

Le serveur installa devant moi un plateau métallique rond plein d'huîtres crues. Les coquilles étaient froides et luisantes de glace. Je les arrosai de citron avant d'y ajouter de la sauce Tabasco. Au-dehors, le tramway métallique peint en vert claquait sur ses rails en virant à l'angle de Canal pour remonter l'avenue vers Lee Circle.

– Laisse tomber et raconte-moi une nouvelle fois toute cette histoire sur Mingo Bloomberg, dit Clete.

Je lui racontai tout depuis le début. En tout cas la plus grande partie.

– Quel intérêt Bloomberg aurait-il à se préoccuper d'un mec comme Aaron Crown ? dis-je.

Il se gratta la joue des quatre doigts.

– Je ne pige pas non plus. Mingo est un affranchi. Il fait partie de la mafia depuis son passage à la maison de redressement. Les têtes d'huile ne s'intéressent pas aux bouseux de la cambrousse, et ils croient que les Noirs sont cannibales. Je ne sais pas, Belle-Mèche.

– Qu'est-ce que tu penses du scénariste assassiné ?

– Peut-être une erreur sur le moment, sur le lieu.

– Pourquoi le tireur a-t-il laissé filer la fille ?

– Peut-être qu'il ne voulait pas descendre une poule.

– Allons, Clete.

– Il savait qu'elle ne pouvait pas racoler de michés dans le Vieux-Carré sans la permission de la famille Giacano. Ce qui signifie qu'elle ramenait un minimum hebdomadaire à des mecs avec lesquels on ne fricote pas.

– Ce qui signifie que le mec est un pro, dis-je.

Il haussa les sourcils et alluma une cigarette.

– Ça se pourrait bien, preux chevalier, mais tout ça ressemble fort à un beau paquet de merde dont tu pourrais te passer, dit-il.

Voyant que je ne répondais pas, il ajouta :

– Alors pourquoi es-tu en train de te coller la main en plein dedans ?

Ses yeux verts s'égarèrent sur mon visage.

– Buford LaRose t'a rendu fou furieux en te proposant un boulot ? demanda-t-il.

– Je n'ai pas dit ça.

– J'ai le sentiment qu'il y a quelque chose que tu ne me dis pas. Qu'est-ce que c'est, ce truc à propos de sa femme ?

Ses yeux continuaient à scruter mon visage, un sourire tiraillant la commissure de ses lèvres.

– Tu veux arrêter ça ?

– Je suis en train de recevoir des signaux bizarres, grand homme. S'agirait-il de souvenirs de galipettes passées ?

Je mis une huître dans ma bouche et essayai de garder le visage vide. Mais cela ne servit à rien. Même ses pires détracteurs reconnaissaient que Clete Purcel était l'un des meilleurs enquêteurs que le NOPD eût jamais possédés. Jusqu'à ce que sa carrière vire à l'aigre à coups de pilules et de gnôle qui l'avaient obligé à fuir en Amérique centrale avec un mandat pour homicide aux trousses.

– Ainsi donc elle essaie de te remonter la manivelle ? dit-il.

– Est-ce que tu es obligé d'utiliser ces termes ?... Ouais, O.K., peut-être bien.

– Pour quoi faire ?... Tu sais que tu as les cheveux trempés ?

– C'est le Tabasco. Clete, tu voudrais bien me lâcher un peu, s'il te plaît ?

– Écoute, Dave, la leçon fondamentale de tout ceci est la suivante : ne va pas te mêler aux riches et à leurs histoires. D'une manière ou d'une autre, ils te feront du mal. C'est la même chose pour cette affaire de droits civiques. C'est sans solution, alors laisse tomber.

– Est-ce que tu veux bien m'emmener discuter avec Jimmy Ray Dixon ou pas ? dis-je.

– Tu ne l'as jamais rencontré ?

– Non.

– Jimmy Ray est un genre de mec assez spécial. Tu le rencontres une fois et tu n'oublies plus jamais tout à fait cette belle expérience.

J'attendis qu'il précise mais il n'en fit rien.

– Qu'est-ce que j'en sais, après tout ? dit-il, balançant son gressin dans le panier avant d'enfiler son imperméable. Il n'y a rien qui cloche chez ce mec qui ne puisse se guérir avec un bon tube de pâte anticafards.

***

Nous traversâmes le Garden District, longeant les universités de Tulane et de Loyola, Audubon Park et des rangées de résidences à colonnades d'avant la guerre de Sécession dont les jardins étaient pleins d'arbres et de fleurs. La brume tourbillonnait au sortir de la voûte des ramures de chênes au-dessus de St. Charles, et les volutes des néons des restaurants au coin des rues et des cafés de plein air vides faisaient l'effet d'une fumée colorée sous la pluie.

– Il a été au Viêt-nam ? demandai-je.

– Ouais. Comme toi et moi. T'as déjà vu son casier ?

Je secouai la tête.

– Il a été mac à Chicago. Il est tombé pour agression, voie de fait et port d'arme cachée. Et il s'en vante. Aujourd'hui, tu l'entends raconter à la radio comment il a retrouvé Dieu pour renaître nouveau chrétien. Ce mec est un merdaillon, Dave.

Jimmy Ray Dixon était propriétaire d'un centre commercial portant le nom de son frère assassiné, du côté de Chalmette. Il possédait également un immeuble de rapport, une boîte de nuit dans le Vieux-Carré, et une maison de cinq pièces en banlieue. Mais il menait ses affaires dans une petite bâtisse de plain-pied des années 1890, sans peinture, ornée de jardinières fleuries, dans le district de Carrollton, près de la levée du Mississippi, à l'extrémité de St. Charles, là où le tramway faisait demi-tour. C'était un quartier d'étudiants, plein de verdure, avec palmiers et terre-plein de gazon au milieu de la chaussée, petits restaurants, galeries d'art et librairies. C'était un secteur de La Nouvelle-Orléans resté vierge de tags et sans verre brisé dans les caniveaux. Cinq minutes suffisaient pour comprendre que Jimmy Ray avait choisi de jouer le rôle du pouce qu'on vous colle dans l'œil.

– Vous êtes ici pour me poser des questions sur le bouseux qui a tué mon frère ? Vous rigolez, ou quoi ?

Il mâcha et fit claquer son chewing-gum. Il portait une chemise à manches longues à rayures bleues qui cachait l'appareillage fixant le crochet métallique au moignon de son poignet gauche. Ses dents étaient plombées d'or, sa tête couleur d'acajou, toute ronde, reflétant la lumière comme une boule de bowling cirée. Jamais il ne nous invita à nous asseoir, et il paraissait se faire un point d'honneur à faire pivoter son fauteuil pour s'adresser à ses employés, tous Noirs, au beau milieu d'une question.

– Certaines personnes pensent qu'il pourrait bien être innocent, dis-je.

– Vous êtes du nombre ?

Il ricanait.

– Votre humour ne me touche pas, monsieur.

– Il a fallu presque trente ans pour le mettre à Angola. On aurait dû l'exécuter, en le piquant comme un chien. Et aujourd'hui y a des Blancs qui se tracassent sur l'injustice.

– Un môme dans mon peloton a attendu deux jours durant à un gué pour descendre le Viêt-cong qui avait tué son ami. Il s'est servi d'un lance-grenades. Il l'a fait gicler en petits morceaux jusque dans les arbres, dis-je.

– Y a queq'chose que je comprends pas bien ?

– Il faut se convaincre de sa propre haine pour quelqu'un avant de se mettre en planque pour l'attendre. C'est juste que je ne suis jamais parvenu à voir Aaron Crown comme un mec de ce genre-là, dis-je.

– Permettez-moi de vous dire ce que je pense du Viêt-nam et de l'allée aux souvenirs, coco. J'ai chopé ça – il tapota son sous-main avec son crochet – en désamorçant des mines, des réchauffeurs à petons dans une rizière à six kilomètres de Pinkville, My Lai si vous préférez. Vous voulez raconter des histoires, le service des invalides de guerre se trouve en centre-ville. Vous voulez faire sortir ce bouseux du trou, c'est vos oignons. Simplement, venez pas ici pour qu'on vous y aide. Vous me suivez ?

Clete me lança un regard, alluma une cigarette.

– Eh, fumez pas ici, mec, dit Jimmy Ray.

– *Adios,* dit Clete à mon adresse avant de passer la porte et de la refermer derrière lui.

– Est-ce que vous avez reçu la visite de gens de cinéma qui veulent faire le documentaire ? demandai-je.

– Ouais, je leur ai dit que c'était le bon bonhomme qui se trouvait en prison. Je leur ai dit que c'était bien sa carabine sous l'arbre. Je leur ai dit que Crown était membre du KKK. Ils ont coupé la caméra alors que j'avais pas fini de parler.

Il jeta un œil au cadran de sa montre, attachée face sous le poignet.

– Je veux pas me montrer impoli, mais j'ai une affaire à faire tourner.

– Merci de votre aide.

– Je vous ai pas aidé du tout. Hé mec, moi et mon frère Ely, on avait rien de pareil. Lui, il croyait en vous aut', les libéraux. Y pensait que le grand jour allait arriver. Vous savez ce qui fait de nous des égaux ?

Il sortit son portefeuille de sa poche-revolver, en écarta le soufflet du pouce, et en extirpa un billet de cinquante dollars à l'aide de son crochet métallique.

– C'est ça, mec, dit-il, en agitant le billet sur son sous-main.

***

Tard le lendemain, le souper terminé, j'aidai Bootsie à faire la vaisselle et à ranger. Le soleil s'était consumé, réduit à une braise rouge au cœur d'un amoncellement de nuages bordeaux au-dessus de la ligne des arbres qui bordaient le champ de cannes de mon voisin, et par la moustiquaire, je sentais les odeurs de pluie et d'ozone au sud. Alafair appela depuis la boutique à appâts, où elle aidait Batist à fermer.

– Dave, il y a un homme en barque qui n'arrête pas de repasser devant le ponton, dit-elle.

– Qu'est-ce qu'il fabrique ?

– On dirait qu'il essaie de voir par la fenêtre.

– Batist est là ?

– Oui.
– Passe-le-moi, tu veux bien ?
Lorsque j'eus Batist en ligne, je lui dis :
– Qui est l'homme en barque ?
– Un mec qui met des boucles d'oreille.
Comme à son habitude, Batist traduisait le français littéralement en anglais, dans ce cas précis, en utilisant le mot *mettre* au lieu de *porter.*
– Est-ce qu'il vous embête ?
– *Moi*, y va pas m'embêter. Je me prépare à boucler.
– Quel est le problème, alors ?
– Y a pas de problème, suffit qu'y est parti quand je passe la porte.
– Je descends.
Lorsque je descendis la pente vers le ponton, l'air était lourd, chargé de relents d'humidité, quadrillé de vols d'oiseaux, le ciel au-dessus du marais couleur d'étain calciné. Batist et Alafair avaient replié les parasols Cinzano plantés au milieu des tables-dévidoirs et allumé la guirlande d'ampoules. La surface du bayou s'ébouriffait sous le vent, et tout contre les cyprès et saules pleureurs sur la rive opposée, je vis un homme assis dans un hors-bord, vêtu d'une chemise bleu sombre et d'un chapeau de paille blanc.
J'avançai jusqu'à l'extrémité du ponton et m'appuyai contre la rambarde.
– Puis-je vous aider en quoi que ce soit ? demandai-je.
Il ne répondit pas. Son visage était dans l'ombre, mais j'apercevais les reflets de ses boucles d'oreille en or à la lumière du ponton. J'entrai dans la boutique à appâts.
– Allume le projecteur, Alf, dis-je.
Lorsqu'elle enclencha le coupe-circuit à bascule, la lumière s'épanouit à la surface des eaux avec

l'éclat d'une fusée de détresse. C'est alors que je vis ses yeux.

– Remonte jusqu'à la maison, Alafair, dis-je.

– Tu le connais ? dit-elle.

– Non, mais nous allons quand même le renvoyer d'où il est venu. Et maintenant, fais ce que je t'ai dit, O.K. ?

– Je ne vois pas pourquoi je...

– Allez, Alf.

Elle leva le visage, orné de sa plus belle moue, et poussa la porte-moustiquaire qu'elle laissa claquer derrière elle.

Batist réchauffait un pot de café sur le petit réchaud à butane derrière le comptoir. Il se pencha et regarda par la fenêtre une nouvelle fois en direction du bayou, un cigare au milieu de la bouche.

– Qu'est-ce tu veux faire de ce gus, Dave ? dit-il.

– Voir de qui il s'agit.

Je ressortis et m'appuyai bras tendus contre la rambarde du ponton. Les projecteurs montés sur le toit de la boutique à appâts brûlaient de leur éclat toutes les ombres autour de l'homme dans sa barque. Il avait les cheveux longs, comme un Indien du XIXe siècle, les joues mal rasées, la peau sombre et grenue, à croire qu'on l'avait frottée au poivre noir. Ses bras s'enveloppaient de tatouages écarlates, d'un genre que je n'avais encore jamais vu. Au contraire de l'art qui se pratique en prison, l'encre coulait en filets au long des bras, en arabesques tissées d'éventails éclatants, comme si toutes ses veines s'étaient superposées à la surface de la peau.

Mais c'était les yeux qui vous accrochaient avant de vous empaler. C'était des yeux de chasseur, d'un vert chimique, chargés d'une énergie frissonnante, comme si leur propriétaire entendait les bruits d'adversaires cachés portés par le vent.

– Qu'est-ce que tu fabriques par ici, *podna* ? demandai-je.

Il donna l'impression de réfléchir à ma question. Une main s'ouvrit et se referma sur une rame.

– J'ai pas mangé 'jourd'hui, dit-il.

L'accent était vaguement espagnol, la tonalité sans expression, déconnectée de la mâchoire à la ligne primitive.

Batist me rejoignit à la rambarde, une tasse de café à la main.

– Venez, dis-je.

Le regard de Batist se fixa au mien.

L'homme ne lança pas son moteur. Il se servit d'une rame pour franchir le bayou jusqu'à la rampe en béton. Il entra dans l'eau, jusqu'à hauteur des chevilles, souleva la proue d'une main et tira la barque jusqu'à ce qu'elle soit bien au sec sur la rampe. Puis il tendit le bras derrière lui et sortit un sac de couchage roulé serré, tenu par des lanières en cuir.

Ses brodequins d'ouvrier résonnèrent sur le ponton lorsqu'il s'avança vers nous, son Levi's remonté haut sur les hanches, serré sous les côtes par un large ceinturon en cuir avec boucle en laiton.

– Tu devrais pas y demander de rentrer, Dave. Ici, c'est chez nous, dit Batist.

– Ça va bien.

– Non, pour sûr que c'est pas bien.

L'homme laissa filer le regard sur nos deux visages en entrant dans la boutique. Je le suivis à l'intérieur et pour la première fois sentis son odeur, un mélange de charbon de bois et de kérosène, de cheveux sales, de boue virée à l'aigre dans l'eau stagnante. Il attendait au comptoir, comme espérant quelque chose, son sac de couchage sous le bras. Il avait le dos droit comme une épée.

Je lui préparai deux hot dogs au chili sur une assiette en carton, que je plaçai devant lui avec un verre d'eau. Il s'assit sur le tabouret et mangea à la cuillère, le manche serré au creux du poing, nettoyant les haricots, la sauce et le hachis de viande à l'aide d'une tranche de pain. Batist nous rejoignit dans la boutique et se mit en devoir de remplir la glacière à bières derrière le comptoir.

– T'es d'où ? dis-je.

– El Paso.

– Où as-tu trouvé la barque ?

Il réfléchit un instant.

– Je l'ai trouvée il y a deux semaines. Elle était coulée. Je l'ai pas mal nettoyée.

Il s'interrompit à nouveau et m'observa.

– Jolie barque, dis-je.

Son visage tressaillit, ses yeux se vidèrent une nouvelle fois, ses mâchoires occupées à mastiquer.

– Z'avez des toilettes ? demanda-t-il.

– Dans le fond, derrière ces caisses de limonade vides.

– C'est combien vos lames à rasoir ?

– C'est pas un drugstore 'ci. Qu'est-ce tu cherches, mec ? dit Batist.

L'homme s'essuya la bouche du revers des doigts, ses pattes-d'oie étirées sur les tempes.

Batist se mit en appui sur les bras, les biceps noués comme des rouleaux de rondelles d'acier.

– Viens pas me chercher des crosses, dit-il.

Je m'avançai doucement le long du comptoir jusqu'à ce que le regard de l'homme quitte Batist et se fixe sur moi.

– Je suis officier de police. As-tu besoin d'indications pour te rendre quelque part ? dis-je.

– J'ai une bicoque tout là-bas. C'est de là que je viens. Je suis capable de la retrouver même dans le noir, dit-il.

D'une main, il agrippa son ballot, qui incluait apparemment des poteaux de tente, et longea les présentoirs à viande réfrigérés en direction des toilettes du fond.

– Dave, laisse-me te d'mander un truc. Faut-y donc que té fasses entrer un 'gator dans ton enclos à cochons pour apprendre que les 'gators, ça mange les cochons ? dit Batist.

Dix minutes s'écoulèrent. J'entendais un bruit d'eau dont on s'éclaboussait derrière la porte des toilettes. Batist était retourné sur le ponton et il chaînait les bateaux de location pour la nuit. J'avançai le long du présentoir et tapotai à la porte verrouillée.

– On ferme, *podna.* Il faut que tu sortes, dis-je.

Il ouvrit la porte d'une secousse brutale, le visage dégoulinant d'eau. Sa chemise bleu sombre était déboutonnée, et j'aperçus sur sa poitrine le même réseau écarlate de lignes que celles tatouées sur ses bras. Les pupilles de ses yeux avaient l'air de s'être brisées, comme deux taches d'encre de Chine sur une soie verte.

– J'aimerais bien que tu nettoies toute l'eau et les serviettes en papier que tu as laissées par terre. Ensuite, je voudrais discuter un peu avec toi, dis-je.

Il ne répondit pas. Je fis demi-tour et retournai dans la boutique.

J'allai derrière le comptoir et commençai à regarnir les étagères de sucreries pour le lendemain, avant de m'interrompre pour appeler le répartiteur des services de police.

– Je crois que j'ai un mec à la cervelle cramée à la boutique. Il se peut en plus qu'il ait une barque volée, dis-je.

– Le gouverneur est en ville ?

– Arrête ton numéro, Wally.

– Tu me vexes, Dave... Tu veux une voiture ?

Je n'eus pas l'occasion de répondre. L'homme au chapeau blanc arriva derrière moi, la main à l'intérieur de son baluchon. Je jetai un œil à son visage, lâchai le téléphone et tombai avec fracas contre les étagères et le réchaud à butane lorsqu'il balança baluchon et étui pour en dégager la machette dont il trancha l'air à deux centimètres de mon visage.

La lame affûtée sectionna le cordon du téléphone et s'enfonça dans le rebord du comptoir en bois dur. Il se pencha et frappa à nouveau, la lame rebondissant avec violence sur les étagères, tranchant en deux des paquets de vers de terre, faisant exploser un pot de saucisses au vinaigre.

La cafetière de Batist était noire, calcinée par l'usage, et bouillait sur le gaz. La poignée me fit l'effet d'un câble surchauffé contre ma paume nue. Je balançai le café, le couvercle et le marc liquide à la figure de l'homme, vis le choc dans son regard, sa bouche grande ouverte, la douleur montant de sa gorge comme une bulle éclatée.

J'agrippai alors le poignet tatoué qui tenait la machette et pressai le fond de la cafetière sur son avant-bras.

Il lâcha l'arme qui jaillit de sa main comme si c'était elle qui avait infligé la blessure plutôt que la cafetière. Je crus que j'étais sorti de l'auberge. Je me trompais.

Il me frappa du poing plus fort que je ne l'avais jamais été, le genre de coup qui vous remplit le nez d'aiguilles et vous renfonce les yeux au plus profond des orbites.

Je me remis debout et tentai de le suivre sur le ponton. Le côté de mon visage était déjà engourdi et palpitait, comme si l'on y avait plaqué une compresse de neige carbonique. L'homme au chapeau blanc avait sauté du ponton sur la rampe en béton et, un genou à l'avant de sa barque, poussait celle-ci dans le courant, le corps dans un halo d'humidité et de lumière électrique.

Batist sortit de la cabane en tôle au milieu des saules où nous rangions nos moteurs hors-bord, leva les yeux vers moi, puis en direction du fuyard.

– Batist, non ! dis-je.

Batist et moi étions debout, immobiles, tandis que l'homme tirait brutalement le cordon de démarrage d'une traction de l'avant-bras. Le moteur se mit à rugir avant de creuser un long sillon jaunâtre dans la courbe du bayou pour disparaître dans les ténèbres.

Je me servis du téléphone de la maison pour rappeler le service, puis retournai au ponton. La lune au-dessus du bayou était voilée ; des fourches d'éclairs jaillissaient du ciel noir au sud.

– Comment que ça se fait que t'as pas voulu que je l'arrête, Dave ? dit Batist.

– Il n'est pas dans son état normal. Je crois que c'est du PCP, dis-je.

Mais il ne comprenait pas.

– On appelle ça de la poussière d'ange. Les gens se défoncent à ça et ils cassent des murs de brique à mains nues.

– Y savait qui t'étais, Dave. Ça l'intéressait pas de rentrer tant qu'y t'avait pas vu... Et tout ça, ç'a commencé avec le vieux du pénitencier.

– Qu'est-ce que tu racontes ?

– Ce gardien, ç'ui que t'appelles Cap'tain, ç'ui qui tue les Négros dans c'te prison depuis cinquante ans. Ch't'avais dit de pas faire entrer ce genre de mec dans not' boutique. T'acceptes qu'y débarque sur ton perron avec tous ses problèmes, tu peux être sûr que ça s'arrête pas là, ça, non. Ça te viendra jusque dins t'maison. Mais t'écoutes jamais, ti.

Il sortit sa casquette pliée de sa poche-revolver, l'ouvrit et l'enfonça sur son crâne. Il descendit le ponton jusqu'à son camion sans dire bonne nuit. Sous les bourrasques de vent venues du sud, le toit en tôle de la boutique à appâts craquait et claquait contre les solives.

5

Le lundi matin, le ciel était bleu, une brise chaude soufflait du golfe lorsque je me rendis sur le campus de l'université de Southwestern Louisiana à Lafayette pour m'entretenir avec Buford LaRose. Les cours venaient de se terminer pour l'heure du déjeuner, et le quadrilatère vert pâle ainsi que les allées briquetées à colonnades étaient pleins d'étudiants qui s'en allaient déjeuner. Mais Buford LaRose n'était pas dans son bureau du département d'anglais, ni dans le restaurant vitré du campus, bâti au-dessus d'un lac avec cyprès derrière l'ancienne résidence Burke.

J'appelai son bureau à l'Oil Center, le centre pétrolier, où il exerçait les fonctions de thérapeute-conseil à temps partiel, et appris par la réceptionniste que je pourrais le trouver au gymnase de Red Lerille, le Health and Racket Club, non loin de Johnson Street.

– Vous êtes sûre ? Nous étions censés déjeuner ensemble, dis-je.

– Le docteur LaRose va toujours au gymnase le lundi, répondit-elle.

Le gymnase de Red occupait une longueur de bloc et comprenait piscines chauffées, terrains de tennis et de jeu de raquette, salles de boxe et de basket-ball, pistes de course intérieures et en plein air, auxquels s'ajoutaient des salles caverneuses avec air conditionné où s'alignaient des centaines d'haltères, bancs de levers et machines de musculation.

Je cherchai Buford une demi-heure durant avant de jeter un œil par l'étroite fenêtre vitrée dans la porte ouvrant sur le sauna pour hommes, où je le découvris, nu, sur une estrade carrelée de jaune, occupé à lire un journal détrempé.

Je me fis prêter un casier par le moniteur attaché à l'établissement, me dévêtis et pénétrai dans le sauna pour m'asseoir à côté de lui.

Son visage tressaillit lorsqu'il releva la tête de son journal. Puis il sourit, presque avec tendresse.

– Tu as une drôle de manière de respecter tes rendez-vous, dis-je.

– Tu n'as pas eu mon message ?

– Non.

– Je t'ai attendu. Je ne pensais pas que tu viendrais, dit-il.

– C'est étrange. J'étais à l'heure.

– Pas à ma montre, dit-il, avant de sourire à nouveau.

– Je voulais te redire que j'étais désolé pour les remarques que j'ai faites lors de ta petite fête.

– Tu t'es donné bien du mal pour une chose qui n'était pas nécessaire.

Le thermostat s'enclencha et remplit l'air de nouveaux nuages de vapeur. Je sentais la chaleur du carrelage remonter dans mes cuisses et mon dos. J'essuyai de la main la sueur que j'avais dans les yeux.

– Tu as un bleu à la mâchoire, dit-il.

– Nous avons reçu une visite à la boutique ce week-end. Le NOPD pense qu'il s'agit d'un Mexicain qui travaille pour les carnavals et qui s'est enfui d'un centre de désintox.

Il hocha la tête, fixant sans être intéressé le mur de carrelage qui nous faisait face, mit les bords des mains en appui sur l'estrade carrelée et commença à faire jouer les muscles de son dos, son corps dur et brun suintant de sueur par tous les pores. J'observai le côté de son visage, son beau profil, les yeux intelligents qui semblaient ne jamais se voiler sous l'emportement et la passion.

– Tu as deux thèses de doctorat d'État, en anglais et en psychologie, Buford ? dis-je.

– J'ai pu valider des matières pour les deux diplômes. Il n'y a pas de quoi en faire tout un plat.

– Impressionnant quand même.

– Pourquoi es-tu ici, Dave ?

– J'ai le sentiment que j'ai peut-être fourré le bras dans un broyeur à ordures. Tu sais comment ça se passe, tu y mets un doigt, et tu te retrouves la main dans le tuyau jusqu'au coude.

– Nous sommes revenus à notre sujet, je vois, dit-il.

D'autres hommes arpentaient la pièce dans la vapeur, agitant les bras en extension, respirant à bouffées profondes.

– Comment se fait-il que tu connaisses la fille d'Aaron Crown ? demandai-je.

– Qui dit ça ?

– Elle.

– Elle a grandi à New Iberia. Si elle dit qu'elle me connaît, très bien... Dave, tu n'as aucune idée de ce dans quoi tu mets les pieds, ni de la manière dont on pourrait éventuellement se servir de toi pour détruire tout ce en quoi tu crois.

– Et pourquoi tu ne me l'expliquerais pas ?

– Ce n'est pas vraiment l'endroit qui convienne, monsieur.

Nous prîmes notre douche avant de nous rendre dans une zone cloisonnée et inoccupée, sur l'une des travées de la salle principale des vestiaires pour nous habiller. Buford se sécha d'une serviette, enfila un slip en nylon noir et des mules, et commença à se coiffer devant le miroir. Les muscles de son dos et de ses flancs ressemblaient à une eau couleur de thé se crénelant à son passage sur une pierre.

– J'ai de graves problèmes, Dave. Ces gens de New York avec leur film veulent bâtir toute une histoire pour prouver l'innocence de Aaron Crown. Ils peuvent faire disparaître ma candidature aussi vite qu'un coup de chasse d'eau, dit-il.

– Tu crois qu'ils ont un intérêt caché dans l'histoire ?

– Ouais, faire du fric... Ouvre les yeux, mon pote. Tout ce foutu pays passe les libéraux à tabac. Ces mecs-là sont sur la vague, portés par le courant. Un Blanc injustement condamné pour avoir tué un chef noir du mouvement des droits civiques ? Une histoire comme ça, c'est un cadeau du ciel.

J'enfilai ma chemise, la rentrai dans mon pantalon de toile avant de m'asseoir sur le banc et de mettre mes mocassins.

– Rien à dire ? demanda Buford.

– Tes explications sont trop simples. Le nom de Mingo Bloomberg ne cesse de ressurgir dans mon esprit.

– Ce mafieux de La Nouvelle-Orléans ?

– Celui-là même.

– Je dois voir un collecteur de fonds pour la campagne à Shrevenport à dix-huit heures. Prends l'avion avec moi, dit-il.

– Pour quoi faire ?

– Te mettre en congé de ton service. Travailler pour moi.

– Pas intéressé.

– Dave, je suis candidat au poste de gouverneur et j'enseigne en même temps. Je n'ai pas de machine électorale derrière moi et peu d'argent. Ce qui n'est pas le cas de l'autre camp. Et maintenant ces salopards de New York débarquent ici et essaient de réduire à néant la seule et unique chance que nous ayons depuis des années d'avoir un gouvernement honnête. Au nom du ciel, mon gars, qu'est-ce qui ne tourne pas rond chez toi ?

***

Buford avait peut-être raison, songeai-je, tandis que je roulais sur l'ancienne grand-route qui traversait Broussard pour rentrer à New Iberia. Il m'arrivait parfois de voir des desseins cachés là où il n'y en avait pas, et je manifestais depuis longtemps une profonde méfiance à l'égard de toute forme d'autorité, même celle que je servais, et la famille LaRose vivait dans l'opulence et le pouvoir depuis avant la guerre de Sécession.

Mais peut-être l'heure était-elle venue d'avoir un nouvel entretien avec Mingo Bloomberg, à condition que je puisse mettre la main sur le bonhomme.

L'ironie du sort voulut qu'à mon retour aux services de police je trouve un message de l'avocat de Mingo dans ma boîte aux lettres. Mingo ne serait pas difficile à trouver au bout du compte. Il se trouvait dans la prison municipale de La Nouvelle-Orléans et il voulait me voir.

En fin de matinée, le mardi, je me retrouvai à l'entrée barrée de grilles qui ouvrait sur un long couloir desservant des cellules individuelles, où l'on bouclait, vingt-trois heures sur vingt-quatre, les balances, les violents et les irrécupérables. Le geôlier ouvrit la cellule de Mingo, le menotta à une chaîne de ceinture, et lui fit emprunter le couloir pour le conduire vers moi. Pendant qu'un second geôlier manœuvrait les leviers pour faire coulisser la grille fermant le quartier de sécurité, je vis des mains tendant des miroirs sortir d'entre les barreaux sur toute la longueur de la rangée de cellules, chacune reflétant une paire d'yeux désincarnés.

Les deux geôliers nous escortèrent jusqu'à une salle d'interrogatoire aux murs nus, avec, pour mobilier, une table en bois balafrée et trois chaises pliantes. C'était deux hommes puissants et trapus, au torse hypertrophié des leveurs de fonte.

– Merci, dis-je.

Mais ils restèrent à la même place, sans bouger.

– Je veux être seul avec lui. J'aimerais également que vous lui enleviez ses entraves, dis-je.

Les geôliers échangèrent un regard. Puis le plus âgé joua de sa clé sur chacune des menottes et dit :

– Comme vous voudrez. Cognez à la porte quand vous en aurez fini. Nous ne serons pas loin.

Après leur départ, je les vis qui continuaient à regarder à la porte, par le judas oblong en verre armé.

– On dirait qu'ils te traitent sans vraiment prendre de gants, Mingo. Je croyais que tu serais déjà sorti, à ce stade, dis-je.

– Ils disent que je risque de prendre la tangente.

Il était rasé de près, son bleu de prison soigneusement repassé, sa chevelure cuivrée plaquée en arrière sur le crâne comme un jeune premier des années 30. Mais ses yeux fous donnaient l'impression d'être chargés d'électricité et il émanait de lui une odeur sèche de corps mal lavé, comme une sueur qui aurait cuit sur la peau à la chaleur d'un radiateur.

– Je ne pige pas. Tes gens ne protègent pas les tueurs de flics, dis-je.

Il mit un coude en appui sur la table et se mordilla l'ongle du pouce.

– C'est dans l'autre sens que ça marche. Tout au moins c'est ce que pense le bureau du procureur.

C'est ce que pensent ces clowns avec qui tu travaillais dans le temps au Premier District, dit-il.

– Là, tu m'as perdu.

– Tu te souviens du flic des Stups qui s'est fait descendre dans le Carré l'année dernière ? J'étais dans la cage au Premier District quand les flics ont ramené le mal blanchi qui avait fait le coup. Quelqu'un, et je dis bien *quelqu'un*, lui a foutu une telle branlée qu'il en est mort. On lui a fracassé la tête, il avait le crâne ouvert sur le béton, et on lui a écrasé, comment t'appelles ça, le thorax. En tout cas, c'est ce qui s'est dit. Je ne sais pas, parce que je ne l'ai pas vu. Mais la famille du Négro mort fait un foin de tous les diables et elle attaque la municipalité de La Nouvelle-Orléans pour cinquante millions de dollars de dommages et intérêts. Il y a quelques flics qui pourraient bien se retrouver à Angola, en plus. T'as déjà vu un flic faire de la taule ? Réfléchis un peu aux possibilités qu'offrirait sa bouffe avant même qu'il y plante la fourchette.

Mon regard ne laissa rien paraître, j'attendis un instant, ôtai mes lunettes de soleil de leur étui, et les tapotai dans le creux de ma paume.

– Qu'est-ce que tu essaies de marchander ? demandai-je.

– Je veux sortir d'ici.

– Je n'ai pas ce pouvoir-là.

– Je veux plus rester au trou.

– Les droits communs, ce n'est peut-être pas une bonne place pour toi, Mingo.

– Tu vis sur Mars ou quoi ? Je suis en sécurité au milieu des détenus. J'ai des problèmes quand je me retrouve bouclé au trou et que des flics avec du sang sur les godasses croient que je vais les cafter.

– Tu es un témoin essentiel. Il est hors de question que tu ailles rejoindre le gros des prisonniers, Mingo.

La peau à la racine de ses cheveux brillait de transpiration. Il se vissa une cigarette aux lèvres mais ne l'alluma pas. Ses yeux bleus étaient pleins de lumière lorsqu'ils se fixèrent sur les miens.

– T'as travaillé avec ces mecs. Fais-leur passer le mot, j'ai rien vu de ce qui est arrivé au Négro. Je veux bien tomber pour faux témoignage si j'y suis obligé, dit-il.

Je laissai mon regard s'égarer sur son visage. Le bleu de ses yeux était moucheté de minuscules taches noires, comme des débris de mouches mortes, des traces microscopiques d'événements dont l'âme ne parvient jamais tout à fait à se rincer.

– Combien de personnes as-tu trucidées ? demandai-je.

– Quoi ? Pourquoi tu poses une question comme ça ?

– Pour rien, en réalité.

Il essaya de recentrer ses réflexions.

– Y a un Mexicain qui est passé chez toi, pas vrai ? Un mec à la cervelle en purée, complètement frit. Il était pas là-bas par accident.

– Continue.

– Il transportait l'héro pour les lotissements de l'assistance. On l'appelle Arana, ça signifie « Araignée » en espagnol. Il vient d'un village du Mexique qui est célèbre pour sa statue. Je le sais parce qu'il arrêtait pas d'en parler.

– C'est sûr que ça rétrécit le champ des recherches. Pourquoi l'avoir envoyé à ma boutique ?

– Qu'est-ce que je gagne ?

– Nous pouvons envisager une détention fédérale protégée.

– C'est pire. Les gens pensent tout de suite Programme de Protection des Témoins.

– C'est tout ce que j'ai à t'offrir.

Il arracha une allumette d'une pochette et la craqua, portant la flamme jusqu'à sa cigarette, sans jamais ciller sous la fumée et la chaleur qui montaient vers son beau visage.

– Y a des trucs en marche, des trucs tout nouveaux, pour certaines personnes, c'est vachement important. Tu as mis le pied dedans par accident avec ce péquenot, le bouseux qui a tué le frère de Jimmy Ray Dixon.

– Quels trucs ?

Il fit tomber ses cendres dans un petit cendrier en fer-blanc, le regard perdu dans le vide. Ses joues étaient marquées de flaques de couleur, les doigts de sa main droite noués des entrelacs de fumée de sa cigarette.

– Je n'ai pas l'impression que tu aies grand-chose à vendre, Mingo. Sinon, tu l'aurais déjà fait.

– Je t'ai tout mis sur la table. Tu ne veux pas te servir, c'est ton problème...

Il fit rouler sa cigarette de biais dans le cendrier pour en détacher l'extrémité incandescente et replaça le mégot restant dans le paquet.

– Tu m'as posé une question personnelle il y a une minute. Rien que pour le plaisir, ça veut rien dire du tout, tu comprends, je vais te donner un nombre. Onze. Pas un ne l'a vu venir. Le mec à la tête frite qui est venu chez toi, probable que c'était pas vraiment du sérieux.

« Et je dis “ probable ”. Je ne suis pas toujours au parfum. Je suis mi-juif, mi-irlandais et je n'ai pas mes entrées dans les restaurants ritals de la pègre. La plupart du temps, je suis devant la vitrine, et je regarde à l'intérieur. Eh ! t'es un mec intelligent, je sais que t'es capable de comprendre.

– Amuse-toi bien, Mingo, dis-je, et je cognai à la porte du plat du poing pour que le geôlier m'ouvre.

***

Plus tard dans la journée, juste avant que je ne signe le registre de sortie, le téléphone de mon bureau sonna.

Ce fut comme d'entendre la voix d'une personne dont on savait qu'elle ne s'en irait pas, qu'elle serait toujours là, en suspens, aux alentours, comme un mauvais souvenir, attendant de vous ramener dans le passé.

– Comment ça va, Karyn ? dis-je.

– Buford est à Baton Rouge jusqu'à tard ce soir. Toi et moi, il faut qu'on mette certaines choses au clair.

– Je ne pense pas.

– Tu veux que je vienne à ton bureau ? Ou chez toi ? Je le ferai, si c'est indispensable.

Je quittai le bureau et pris la route au sud de New Iberia en direction de mon domicile. J'essayai de me concentrer sur la circulation, le ciel rouge à l'ouest, les aigrettes perchées sur le dos du bétail dans les champs, les remorques pleines de cannes que l'on tractait vers les sucreries. Je n'allais pas laisser Karyn LaRose prendre les rênes, me dis-je. Je ne lui devais rien. J'étais au moins sûr de cela.

J'essayais toujours de me convaincre que j'étais libéré de mon passé lorsque j'exécutai un demi-tour, en pleine infraction, au beau milieu de la route, pour prendre la direction de la plantation LaRose.

***

Elle arborait une robe jaune, sa chevelure platine coiffée en tresses relevées sur le sommet de la tête, et portait au cou une broche en saphir victorienne sur une chaîne en or.

– Pourquoi t'es-tu garé à l'arrière ? dit-elle en ouvrant la porte.

– Je n'y ai pas vraiment réfléchi.

– À d'autres.

– Dis-moi donc ce que tu as à me dire, Karyn. Il faut que je rentre chez moi.

Elle sourit du regard, fit demi-tour et s'éloigna sans dire un mot. Voyant que je ne suivais pas immédiatement, elle s'arrêta et se retourna une expression d'attente dans le regard. Je la suivis et franchis la cuisine, puis une pièce-refuge pleine de livres, de vitrines garnies d'armes et de fauteuils en cuir moelleux, empruntai un couloir au sol de cyprès sombre et patiné, aux murs ornés de peintures à l'huile des ancêtres de Buford, jusqu'à un salon dont les fenêtres et les portes-fenêtres allaient du sol au plafond.

Elle tira les rideaux de velours sur les fenêtres en façade.

– Il fait un peu sombre, non ? dis-je.

J'étais debout près du manteau de cheminée, tout près d'une fenêtre éclairée qui donnait sur un champ de cannes nettoyé et un chêne frappé par la foudre qui tranchait sur fond de ciel comme un faisceau de doigts brisés enchevêtrés.

– La lumière fait des reflets abominables sur la route à cette heure de la journée, dit-elle.

Elle remplit deux verres de glace et de soda à un petit bar intégré au mur et déboucha une bouteille de scotch ornée d'un sceau d'épaisse cire rouge en relief.

– Je n'ai envie de rien, je te remercie, dis-je.

– Il n'y a pas de whiskey dans le tien.

– J'ai dit que je ne voulais rien.

Le téléphone sonna dans une autre pièce.

– Nom de Dieu, dit-elle.

Elle reposa son verre et se rendit dans une chambre.

Je consultai ma montre. Il y avait dix minutes déjà que j'étais là et je n'avais rien accompli. Sur le manteau de la cheminée était posée une photographie d'un aviateur de l'U.S. Army Air Corps assis à l'intérieur du nez au Plexiglas fracassé d'une Forteresse volante. La photo avait dû être prise à haute altitude, car le col en fourrure de son blouson était givré de sueur, comme un énorme collier de verre. Son visage était épuisé et hormis le contour des yeux, là où ils avaient été protégés par des lunettes, la peau était noircie par la fumée des éclats de D.C.A.

J'entendais la voix de Karyn gagner en force dans la pièce voisine.

– Je ne vais pas rester sans bouger encore une fois. Tu loues une voiture s'il le faut absolument... Je ne veux pas entendre le même mensonge... Tu ne vas pas détruire ça, Buford... À toi d'écouter... Non... Non... Non, à toi d'écouter.

Puis elle poussa la porte pour la refermer.

Lorsqu'elle ressortit de la chambre, ses yeux étaient électriques, chargés de furie, le haut de ses seins se soulevait contre le tissu de sa robe décolletée. Elle alla jusqu'au bar et but son scotch et soda avant de s'en servir un autre. Je détournai le regard de son visage.

– Tu admires la photo du père de Buford ? dit-elle. Il a été l'un des bombardiers qui ont incinéré Dresde. Tu vois le chêne mort en bordure du champ ? Quelques-uns des autres membres de la famille de Buford, des messieurs qui appartenaient aux Chevaliers du Camélia Blanc, y ont pendu un Nègre et un *carpetbagger* [1] blanc en 1867. Quand tu vis avec Buford, tu as droit au récit de ce genre de choses tous les jours de ton existence.

Elle but trois doigts de scotch on the rocks, sa gorge déglutissant méthodiquement, sa bouche mouillée, comme glacée sur le rebord du verre.

– Je ferais bien de partir, Karyn. Je n'aurais pas dû venir t'embêter, dis-je.

1. Aventurier et profiteur qui cherchait à s'enrichir dans les États du Sud après la guerre de Sécession. (*N.d.T.*)

– Ne sois pas aussi hypocrite. C'est moi qui t'ai fait venir, Dave. Parfois, je me demande bien comment j'ai pu même me retrouver mêlée à ta vie.

– Tu n'es pas mêlée à ma vie.

– Tu as une mémoire sélective.

– Je suis désolé que cela soit arrivé, Karyn. J'ai essayé de te le faire comprendre. C'est toi et ton mari qui continuez à essayer de faire revivre le passé ou de me ramener dans vos existences.

– Tu as dit " cela ". Qu'est-ce que tu entends par " cela " ?

– Cette nuit au bord du bayou. Je suis désolé. Je ne sais pas quoi te dire.

– Tu ne te rappelles pas être venu chez moi deux semaines plus tard ?

– Non.

– Dave ?

Ses yeux se voilèrent, avant de s'accrocher aux miens, comme si elle les fouillait à la recherche d'un mensonge.

– Tu n'as aucun souvenir de cet après-midi-là, ou du suivant ?

Je me sentis déglutir.

– Non, aucun. Je ne pense pas t'avoir revue avant un an, après cela, dis-je.

Elle secoua la tête, s'assit dans un fauteuil en cuir profond tourné vers l'arbre mort.

– C'est difficile à croire. Je ne t'en ai jamais voulu pour tous les soucis, les angoisses, la douleur que j'ai dû traverser ensuite, parce que je ne t'avais pas fait prendre de précautions. Mais quand tu me dis...

Inconsciemment, je me frôlai le front.

– J'avais des pertes de conscience à l'époque, Karyn. J'ai perdu le souvenir de jours entiers de mon existence. Si tu dis qu'il est arrivé quelque chose, alors...

– Des pertes de conscience ?

– Je me défonçais la nuit au Jim Beam et le matin je dessoûlais à la vodka.

– Comme c'est charmant. Et si je te disais que je me suis fait avorter ?

La peau de mon visage se tendit sur les os. Je sentais une faiblesse dans ma poitrine, quelque chose qui sombrait, comme si des charançons me dévoraient le cœur.

– Ça ne s'est pas produit. J'ai simplement eu du retard. Mais pas grâce à toi, espèce de salopard... Et arrête de me regarder comme ça, sans rien faire, dit-elle.

– Je m'en vais.

– Oh ! que non, tu ne t'en vas pas.

Elle se leva de son fauteuil et se planta devant moi.

– Mon mari a quelques défauts bien à lui, mais c'est encore lui la meilleure chance qu'a cet État et je ne vais pas te laisser détruire ça.

– Quelqu'un a essayé de m'ouvrir en deux d'un coup de machette. Je pense que ç'avait un rapport avec Aaron Crown. Je pense aussi que je ne veux plus jamais te revoir, Karyn.

– Voyez-vous cela ? dit-elle.

Le haut de sa poitrine s'était durci, gonflé et veiné de lignes bleues. Je sentais le whiskey dans son haleine, le parfum derrière ses oreilles, la chaleur qu'elle semblait excréter par sa peau brunie de soleil. Elle me frappa en plein visage du plat de la main.

Je me touchai la joue, sentis une tache de sang là où son ongle m'avait déchiré la peau.

– Excuse-moi une fois encore d'être venu chez toi, dis-je.

Je retraversai la maison d'une démarche raide, de la cuisine jusqu'à l'arrière-cour et rejoignis mon camion que j'avais garé là. Lorsque je mis le contact, je regardai par le pare-brise et la vis qui m'observait depuis la porte-moustiquaire sur l'arrière de la maison, en se mordillant la commissure des lèvres, comme si le choix qui s'offrait maintenant à elle était seulement en train de se présenter à son esprit.

6

Il plut cette nuit-là sans désemparer. À la fausse aurore, une brume blanche et basse se mit à rouler du marais, et les cyprès sur la rive opposée du bayou paraissaient aussi noirs et durs que des pierres taillées. Dans les profondeurs du brouillard, on entendait les clapotis des perches qui jaillissaient de l'eau dans les criques. Lorsque le soleil perça au-dessus de l'horizon, pareil à un diamant rouge se scindant en éclats entre les troncs des arbres, Batist et moi étions encore occupés à écoper nos barques de location à l'aide de boîtes à café. Un bruit de voiture nous parvint de la route et, levant les yeux, nous vîmes une Lincoln Continental mauve, avec Sabelle Crown sur le siège passager, s'arrêter et reculer en marche arrière près de la rampe à bateaux bétonnée.

Il n'était pas difficile d'imaginer de quelle industrie américaine le conducteur se faisait le serviteur. Il donnait l'impression, en toute conscience, d'arborer le costume de son rôle – bottines en cuir d'élan, pantalon de toile à pinces, chemise en coton ample probablement coupée sur Rodeo Drive, verres teintés sans monture, ses cheveux bruns noués en queue de cheval.

Lorsqu'il descendit la rampe dans ma direction, le visage brûlé par le vent, le menton à fossettes, le profil romain, se firent de plus en plus familiers, comme des images sorties des pages de *People* ou *Newsweek* ou d'un quelconque de ces programmes télévisés illustrant les célébrités cinématographiques.

Il avait les avant-bras et les poignets épais, tendus de veines, pour une poignée de main d'une douceur désarmante.

– Je suis Lonnie Felton, monsieur Robicheaux, dit-il.

– Vous êtes metteur en scène.

– C'est exact.

– Comment allez-vous, monsieur ?

– Serait-il possible d'aller à l'intérieur, que nous bavardions quelques minutes ?

– Je crains qu'un autre boulot m'attende lorsque j'en aurai terminé avec celui-ci.

Sabelle était debout près de l'aile de la Lincoln, elle se brossait les cheveux et se refaisait une beauté avec les produits sortis de son sac à main.

– Il y a des gens qui font passer un mauvais quart d'heure à Aaron Crown au pénitencier, dit-il.

– C'est un endroit dur. C'est pour cela qu'il a été conçu.

– Vous savez ce qu'est la BGLA ?

– La Black Guerilla Liberation Army ?

– Crown est innocent. Je pense que Ely Dixon a été assassiné par deux hommes du Klan du Mississippi. Peut-être que l'un d'eux était membre de la patrouille des autoroutes.

– Vous devriez dire cela au FBI.

– C'est auprès du FBI que j'ai eu cette information. J'ai le témoignage de deux ex-agents de terrain.

– Il me semble que le mot important dans tout ça, ce soit toujours " ex ", monsieur Felton, dis-je.

Il lâcha un petit rire, comme une quinte de toux.

– Vous êtes un salopard qui ne s'en laisse pas compter, pas vrai ? dit-il.

Je me redressai dans la barque que j'étais en train d'écoper, vidai l'eau de ma boîte dans le bayou, laissant négligemment tomber les dernières gouttes sur la proue.

– Je ne me soucie pas particulièrement de ce que vous pensez de moi, monsieur, mais je vous serais reconnaissant de ne pas prononcer de grossièretés chez moi, dis-je.

Il porta son regard au loin, un sourire réprimé sur les lèvres, et observa un héron bleu se lever d'une anse pour disparaître dans le brouillard.

– Un de nos écrivains s'est fait assassiner dans le Vieux-Carré, dit-il. Le mec était un peu spécial, mais il ne méritait pas de se faire tuer. Mon attitude vous paraît-elle déraisonnable ?

– Je serai à mon bureau aux services du shérif à huit heures. Si vous voulez nous donner des renseignements, vous serez le bienvenu.

– Sabelle m'a dit que vous étiez quelqu'un d'intelligent. Qui croyez-vous qui ait révélé au grand jour les scandales de notre époque ? My Lai, Watergate, le trafic de came de la CIA, les ventes d'armes de Reagan au Nicaragua ? Ç'a toujours été les médias, pas le gouvernement, pas les flics. Pourquoi ne pas abandonner votre attitude de “ bon citoyen moyen ” ?

Je sortis de la barque dans l'eau peu profonde dont je sentis la froideur à travers mes bottes en caoutchouc. Je posai ma boîte à écoper sur la rampe, enserrai la chaîne de proue dans ma paume et tirai la quille sur la mousse mouvante à la base de l'avancée bétonnée, avant de dégager ma gorge de ce qui l'obstruait.

Il ôta ses lunettes, les glissa négligemment dans la pochette de sa chemise, sans cesser un instant de sourire.

– Merci d'être passé, dis-je.

Je remontai la rampe avant de grimper la volée de marches jusqu'au ponton. Je le vis avancer vers sa voiture et secouer la tête à l'adresse de Sabelle.

Quelques instants plus tard, celle-ci descendait le ponton à pas rapides dans ma direction. Elle portait un vieux jean, une chemise en flanelle, des tennis roses, avançant d'une démarche en canard comme une adolescente.

– J'ai une tête à faire peur. Il est passé chez moi à cinq heures ce matin, dit-elle.

– Tu as une mine superbe, Sabelle. Comme toujours, dis-je.

– Ils ont déplacé Papa pour le mettre dans un bloc de cellules plein de Noirs.

– Ça ne me paraît pas correct. Il peut demander à être placé en isolement.

– Il mourra avant de laisser croire à quelqu'un qu'il a la trouille. Entre-temps, ils lui volent ses cigarettes, crachent dans sa nourriture, balancent de la merde de cochon dans ses cheveux, et personne ne fait rien pour que ça change.

Ses yeux commencèrent à se voiler.

– J'appellerai le maton que je connais là-bas.

– Ils vont le tuer, Dave. Je le sais. Ce n'est qu'une question de temps.

Sur la route, Lonnie Felton attendait au volant de sa Lincoln.

– Ne laisse pas ce mec Felton se servir de toi, dis-je.

– Se *servir* de moi ? Qui d'autre se soucie de nous ?

Même sans maquillage, son visage paraissait sévère et figé, brillant comme une céramique, dans le voile de dentelle tissé par le soleil au travers des cyprès. Elle fit demi-tour et remonta le ponton, le rose de sa culotte clignant à travers un petit trou d'usure sur la croupe de son jean.

***

Le shérif était tourné sur le côté dans son fauteuil pivotant, ses lunettes à double foyer montées sur le nez, occupé à tortiller des bandelettes de papier crépon rose et blanc pour leur donner la forme de camélias. Sur son rebord de fenêtre était posée une rangée de pots de fleurs, qu'il arrosait quotidiennement à l'aide d'une théière peinte à la main. Il ressemblait à un épicier déjà bien sur le retour plutôt qu'à un représentant de la loi, et, en fait, il avait dirigé un pressing avant d'être élu au poste qu'il occupait, mais il avait fait montre de suffisamment d'humilité pour prendre conseil et écouter, et, au fil des années, nous en étions tous arrivés à respecter et son jugement et son intégrité.

Il n'existait qu'une seule porte de son existence qui nous était restée fermée, son temps de service dans la Première Division des marines au Chosin Reservoir pendant la guerre de Corée. Jusqu'à l'année dernière, lorsqu'il avait eu une crise cardiaque et m'avait parlé, depuis son lit à Iberia General, l'haleine aussi rance que des fleurs fanées, de clairons résonnant en échos sur les collines gelées, de blessures qui ressemblaient à des roses prises en glace sous la neige.

Je m'assis devant lui. Son sous-main était couvert de camélias en papier crépon.

– Je me suis porté volontaire pour aider à décorer la scène de spectacle pour la pièce de théâtre à l'école de ma petite fille. T'as du talent pour ce genre de choses ? dit-il.

– Non, pas vraiment. Un metteur en scène, un gars du nom de Lonnie Felton, est venu jusque chez moi ce matin, en compagnie de Sabelle Crown. Il dit que certains Noirs essaient de recréer le jardin de

Gethsémani pour Aaron Crown. J'ai appelé Angola, mais on ne m'a été d'aucune aide.

– Ne t'attends pas à en recevoir. Nous avons fait de cet homme la puanteur que dégage une merde.

– Je vous demande pardon ?

– Beaucoup d'entre nous, pas tout le monde, mais beaucoup, ont très mal traité les gens de couleur. Aaron représente tout ce qui est indigne de la race blanche. Et donc c'est lui qui purge notre peine à notre place.

– Vous croyez que ces mecs du cinéma ont raison, il est innocent ?

– Ce n'est pas ce que j'ai dit. Écoute, il arrive parfois que les hommes fassent des choses mauvaises, en particulier lorsqu'ils sont en groupe. Ensuite, nous oublions ce qui s'est passé. Mais il reste toujours un gars à traîner par là pour nous remettre en mémoire ce que nous avons fait ou ce que nous avons été par le passé. Et ça, c'est Aaron. C'est lui, la cuvette de toilettes qui refuse de s'évacuer sous l'action de la chasse... Est-ce que j'ai dit quelque chose de drôle ?

– Non, monsieur.

– Bien, parce que ce que j'ai en tête en ce moment n'a rien de drôle. Karyn LaRose et son avocat sont passés ici, tôt dans la matinée.

Il posa les coudes en appui sur son sous-main, repoussa d'une pichenette une fleur en papier incomplète sur le côté.

– Devine un peu ce qu'elle m'a dit concernant ta visite hier soir à son domicile ?

– Je n'essaierai même pas.

– Ils ne parlent pas de viol, si cela peut te soulager.

Il ouvrit le tiroir de son bureau et lut en silence dans son bloc-notes.

– Les mots sont " intentions licencieuses ", " tentative de voies de fait sexuelles " et " gestes indécents ". Qu'est-ce que tu as à dire ?

Son regard se détourna de mon visage, avant d'y revenir. Et de s'y fixer.

– Rien. C'est un mensonge.

– J'aimerais bien que le tribunal se contente tout simplement d'accepter ma parole concernant les inculpés. J'aimerais bien ne pas avoir à témoigner du tout. Mon gars, ce serait génial !

Je lui racontai les événements, sentis la chaleur monter dans ma voix, essuyai la transpiration qui me mouillait les paumes sur mon pantalon de toile.

Son regard s'attarda sur l'égratignure que Karyn m'avait infligée à la joue.

– Moi aussi, je pense qu'il s'agit d'un mensonge, dit-il.

Il laissa retomber son porte-bloc dans le tiroir, qu'il referma.

– Mais je suis malgré tout obligé de conduire une enquête interne.

– Je passe devant le conseil de discipline ?

– Non. Je ne vais pas laisser manipuler mon service pour servir les intérêts politiques d'un individu et c'est exactement ce dont il s'agit. Rien d'autre. Tu es peut-être en train de mettre le doigt sur quelque chose dans cette affaire Aaron Crown. Mais reste à l'écart de la dame.

Je tenais toujours mon courrier du matin à la main. Sur le dessus de la liasse se trouvait un mémo d'un message de Bootsie, me demandant de la retrouver pour déjeuner.

– Quelle sera la publicité qui sera faite autour de tout ça ? demandai-je.

– Mon sentiment est qu'elle n'a nullement l'intention de divulguer la chose au grand public. Hormis le fait que je te connais, c'est la raison essentielle pour laquelle je ne l'ai pas crue. Toute sa déposition est calculée pour rester vague. Ses accusations sont telles qu'elles n'exigent aucune preuve physique – frottis vaginal, poils pubiens, ce genre de trucs. Cela t'est destiné comme avertissement de la part de la famille LaRose. S'il le faut, je les leur rapporterai personnellement, leurs accusations, au bout d'une fourche à fumier, *podna*.

Il croisa les mains sur son bureau, le visage empourpré des éclats rougeoyants dus à son hypertension.

Ce n'est pas demain la veille, capitaine, me dis-je en moi-même.

***

La plupart des hommes qui se trouvent en prison le méritent. Il arrive même que des vieux de la vieille récidivistes tombés pour crime violent reconnaissent qu'ils sont coupables d'autres crimes parfois bien pires que ceux pour lesquels ils sont emprisonnés.

Il existe des exceptions, mais elles sont rares. Et le fardeau qu'ils ont endossé, c'est à eux-mêmes qu'ils le doivent. Ils l'ont créé délibérément. Mais il n'est jamais facile à porter, quels que soient les discours sur la modernité des installations pénitentiaires ou l'intensité vitupératrice de la rhétorique sur les prisons trois étoiles.

Vous êtes une bleusaille de dix-neuf ans, gamin effrayé, sans culture ni instruction, avec un Q.I. qui tourne autour de 100. Au centre de réception, vous envoyez paître un loup, un prisonnier de confiance qui travaille aux archives et désire vous introduire aux délices du romanesque pénitentiaire, et donc le prisonnier de confiance fait en sorte que vous fassiez votre temps avec une méchante réputation aux basques (le mot est passé, vous avez mangé le morceau et cafté un taulard régulier en lui faisant perdre sa réduction de peine pour bonne conduite).

Vous venez tout juste de vous retrouver dans les rangs de la population carcérale et vous êtes déjà coincé, pris au piège, vous vous faites du mouron pour le coup de surin dans la file pour la graille, le cocktail Molotov qui vole en éclats à l'intérieur de votre cellule, la menace qu'on vous murmure dans le champ de soja en vous annonçant l'expérience qui vous attend sous la douche ce soir-là.

Et donc vous choisissez en toute conscience de survivre et vous vous trouvez un bienfaiteur, « un vieux », et vous devenez une fiotte à plein temps, un degré au-dessus des salopes de corvée. Vous faites le larbin, vous transportez les amphets, l'alcool de pruneau, la came pour les « grosses rayures », les prisonniers condamnés à une lourde peine ; à l'intérieur d'une remise à outils qui palpite douloureusement de chaleur, vous participez à la démolition d'un autre jeunot, qui, l'espace d'un instant, vous rappelle quelqu'un que vous connaissiez jadis.

Puis arrive un jour où vous croyez pouvoir vous libérer et vous en sortir. Vous êtes un taulard reconnu, maintenant, dans le gros de la troupe, deux ans déjà, avec bonne conduite à la clé dans le dossier ; vous vous autorisez en esprit à vous attarder sur la vie au-dehors, le visage d'une fille dans une petite ville, un boulot dans une scierie au milieu des bois de pins qui sent la résine et l'huile chaude sur la lame de la scie à refendre, un jour bien ordinaire que la peur ne gouvernerait plus.

C'est alors que vous dites merci à votre bienfaiteur pour son aide. Il comprendra. La prochaine fois que vous passerez devant le bureau des conditionnelles, vous avez une bonne chance de réintégrer le vrai monde. Pourquoi tout faire rater maintenant ?

Ce soir-là, vous entrez dans les douches. Vous êtes seul, personne ne vous accompagne. Un homme qui ne vous a même jamais jeté un regard jusque-là, une grosse rayure, le nez aplati, son torse nu baignant d'une odeur brute et primaire comme un cyprès qu'on viendrait de déraciner, vous enserre alors le crâne entre ses doigts, vous tire jusqu'au cœur de son souffle, et il serre, il serre jusqu'à ce que les craquements cessent, et vous entendez alors les mots qu'il prononce, avec la tendresse toute tremblante d'un amant, à un centimètre de votre bouche : *Je vais t'arracher les yeux à la petite cuillère.*

***

L'après-midi tirait à sa fin lorsque le maton m'emmena dans sa camionnette le long de la levée du Mississippi, jusqu'à l'endroit où Aaron Crown, le visage aussi brûlant qu'une pomme cuite au four sous une casquette à visière amovible, hersait un champ dégagé, tournant et retournant le volant pour repasser en marche arrière à travers un brouillard de poussière couleur de cannelle, tranchant et retranchant le sol déjà baratté comme si son ouvrage lui était une excuse pour prendre sa revanche, la sienne et celle de son espèce, sur la terre.

En bordure du champ, près d'un bouquet de saules, quatre détenus noirs, torse nu, entassaient des branches mortes sur un feu.

– Vous devriez placer Aaron en isolement, Cap, dis-je.

Il coupa le contact et cracha son jus de chique par la fenêtre.

– Quand y demandera, répondit-il.

– Il ne demandera pas.

– Alors, c'est ses miches, nom de Dieu.

Le capitaine s'avança dans le champ en appui sur sa canne, puis il en leva le pommeau recourbé qu'il maintint immobile en l'air. Aaron plissa les yeux, essayant de percer poussière, chaleur et fumées d'échappement, avant de repousser la manette des gaz sans couper le moteur, comme s'il était incapable, de manière délibérée, de se séparer complètement de la puissance mécanique qui avait palpité entre ses cuisses toute la journée.

Il se dirigea vers nous, s'essuyant le visage d'un mouchoir sale, et il dépassa le groupe de Noirs qui brûlaient broussailles et branches. Leurs yeux jamais ne le virent; le cercle fermé de leur conversation ne rata jamais une mesure.

Il se posta près de la camionnette, le corps se détachant sur le soleil suspendu en globe jaune liquide au-dessus de la levée du Mississippi.

– Oui, capitaine ?

– Bois un coup, Crown, tu pisseras mieux.

Il claudiqua en appui sur sa canne jusqu'à l'ombre d'un gommier et alluma sa pipe, avant de tourner le visage dans la brise qui soufflait du fleuve.

– Je crois comprendre que tu as des ennuis, dis-je.

– Tu m'as pas entendu le dire, non.

Il retourna au réservoir d'eau fraîche fixé par une sangle élastique à un montant du plateau. Il remplit d'eau un gobelet en carton et but, le regard fixé sur le champ et ses tourbillons de poussière soulevés par le vent.

– S'agit-il de la BGLA ? demandai-je.

– Je me tiens pas bien au courant des organisations d'hommes de couleur.

– Je ne sais si tu es innocent ou coupable, Aaron. Mais là-bas, à Point Lookout, le cimetière de la prison est plein d'hommes qui avaient la même attitude que toi.

– C'te levée de terre qui est là, elle aussi, elle a des morts à l'intérieur. C'est comme ça.

Il froissa le gobelet tenu contre son flanc, le pétrit dans sa main, un nœud de cartilage jouant contre le maxillaire.

– Je vais aller discuter avec un avocat des droits civiques que je connais à Baton Rouge. Mais c'est un Noir. Est-ce que sa couleur de peau te pose un problème ?

– J'en ai rien à foutre de ce qu'il est. Je te l'ai dit, j'ai pas à me plaindre, tant que ch'suis pas obligé de partager une cellule avec l'un d'entre eux.

– Ils vont te dévorer vivant, collègue.

Il avança vers moi, ses poignets donnant l'impression de forcer pour se libérer de câbles invisibles à ses flancs.

– Un homme, ç'a ses propres règles. J'ai rien demandé à personne sauf... Nom de Dieu, dis à ma fille qu'y faut pas qu'elle s'en fait, dit-il, les yeux mouillés de larmes.

Le haut de sa chemise en toile bleue collait à sa poitrine. Il respirait par la bouche, les poings rassemblés en blocs d'impuissance comme deux pierres, le visage dilaté par les mots que sa gorge était incapable de former.

***

Je rentrai à la maison à la tombée de la nuit, puis je dus ressortir, cette fois en compagnie d'Helen Soileau, jusqu'à une boîte de nuit aux murs en bardeaux sur une route reculée, afin d'enquêter sur une disparition qu'on nous avait signalée.

– Désolée de te sortir de chez toi, Dave, mais la grand-mère m'a hurlé aux oreilles par téléphone interposé toute la journée, dit Helen. J'ai passé quelques coups de fil, et apparemment elle dit la vérité. La fille n'est pas de celles qui prennent la tangente sans rien dire à personne.

Une serveuse noire avait quitté la boîte en compagnie d'un Blanc le soir précédent; elle n'était jamais rentrée chez elle, pas plus qu'elle ne s'était présentée au travail le lendemain. La grand-mère était employée comme cuisinière de la boîte et elle vivait dans une petite maison à ossature de bois à une centaine de mètres plus loin sur la route. C'était une femme rondelette, entre deux âges, elle souffrait d'une étrange maladie de peau qui lui avait dévoré la pigmentation pour ne laisser que des décolorations roses et blanches. Elle était quasiment hystérique de colère et de chagrin.

– Nous la retrouverons. Je vous le promets, dit Helen.

Nous nous tenions dans la cour en terre, les yeux levés vers la femme sur sa minuscule galerie éclairée.

– Alors, pourquoi que vous êtes pas en train de la chercher ? Comment ça se fait qu'y faut une journée pour vous faire venir ici ? dit-elle.

– Redites-moi encore une fois à quoi il ressemblait, cet homme.

– L'a une Lincoln flambant neuve. L'a un visage tout rose, on dirait un œuf. L'a des cheveux, y sont pas blonds ou bien roux, mais queq'chose entre les deux, et y les coiffe plaqués en arrière.

– Pourquoi est-elle partie avec lui ? demandai-je.

– Pasqu'elle a dix-sept ans et qu'elle écoute pas. Pasqu'elle a ça aux mains, la même maladie que moi, et que les hommes normaux y s'intéressent pas à elle. Ça répond-y à vot' question ?

Helen nous ramena par le chemin de terre à travers les champs jusqu'à la grand-route. La soirée était humide, l'air stratifié par la fumée des feux de chaume, et les étoiles brillaient d'une lumière indistincte à travers la brume dans le ciel. Nous passâmes devant le magasin de la compagnie LaRose, puis devant la plantation. Les trois niveaux de la maison étaient éclairés, la véranda sur colonnades décorée de citrouilles et d'épouvantails fabriqués à partir de tiges de canne et de chapeaux de paille. Dans un pâturage sur l'arrière, délimité par une clôture, des chevaux couraient sous le clair de lune, comme effrayés par un orage imminent ou le cliquetis de coques sèches de pavots agités par le vent.

– Qu'est-ce qui te tracasse ? demanda Helen.

– La description du Blanc. Ça ressemble à Mingo Bloomberg.

– Je croyais qu'il était à la prison municipale de La Nouvelle-Orléans.

– Il y est. Ou, tout au moins, il y était.

– Qu'est-ce qu'il viendrait fabriquer par ici ?

– Qui peut savoir les raisons qui poussent ces mecs à agir, Helen ? Je vais me mettre là-dessus demain matin.

Je regardai par-dessus l'épaule la plantation LaRose, le scintillement d'un lustre à travers des rideaux en velours, un belvédère inondé de lumière et chapeauté de jasmin de Virginie et de bignonia orange.

– Oublie ces gens. Ils ne te cracheraient même pas dessus, sauf si tu as quelque chose qui les intéresse. Eh ! tu m'écoutes, Belle-Mèche ? dit elle, avant de me frapper sèchement le bras d'un revers de la main.

***

Je me levai tôt le lendemain matin, laissai un message sur le répondeur de Clete Purcel, puis retournai à la maison de la grand-mère près de la boîte de nuit. La fille, qui répondait au nom de Barbara Lavey, n'était toujours pas rentrée à la maison. Je restai assis dans mon camion devant la maison de la grand-mère et consultai les notes de mon calepin. Sans raison particulière, j'entourai le nom de la fille. J'avais le sentiment que je le verrais longtemps dans un dossier.

La grand-mère était rentrée à l'intérieur de la maison et je l'avais oubliée. Elle réapparut soudain à la vitre de la portière côté passager. Ses lunettes glissèrent sur son nez lorsqu'elle se pencha à l'intérieur du véhicule.

– Ch'suis désolée d'avoir été impolie hier. Je sais que vous travaillez dessus. V'là un petit queq'chose pour vous et la dame, dit-elle.

Elle plaça un sac en papier brun gonflé de noix de pécan dans ma main.

***

Le soleil était encore bas dans le ciel à l'est lorsque j'approchai de la plantation LaRose. Je vis Buford, torse nu, dans un enclos près de la grange, en compagnie d'une demi-douzaine d'hommes, chapeaux de paille en cône, foulard autour du cou, bottes de cow-boy et jeans moulant fesses et cuisses.

Je savais que j'aurais dû continuer mon chemin, et ne plus replonger au cœur de ce qui pouvait bien nourrir les ambitions de Karyn et Buford, ne plus alimenter leur colère, ne plus leur donner motif et pouvoir dans une enquête des Affaires Internes, mais je n'ai jamais été très doué pour suivre mes propres conseils et je sentais son mensonge se vriller au creux de ma poitrine comme un ver.

Je m'engageai dans l'allée, longeai une rangée de peupliers bleu-vert sur un côté de la maison, et me rangeai dans le parking sur l'arrière. Un vent chaud et chargé d'odeurs de pluie soufflait avec force à la surface des champs de cannes, et une douzaine de chevaux rouans, cuir et poils profondément brûlés par la marque au fer rouge, couraient dans le corral, tournant les uns autour des autres en se cognant aux barres de la clôture, la crinière entortillée de feu sous le soleil rouge.

Lorsque je sortis du camion, Buford me souriait. Son pantalon de polo blanc moulant était moucheté de boue, enfoncé dans des bottes d'équitation cirées. Son regard paraissait serein, le visage frais et plaisant dans l'air frisquet du matin.

Je faillis lui tendre la main.

Il regarda le lever de soleil par-dessus mon épaule.

– Ciel rouge le matin, prends garde, marin, dit-il.

Mais il souriait en prononçant ces paroles.

– Je ne devrais pas me trouver ici, mais il fallait que je te dise en face que les accusations portées par ta femme sont fabriquées de toutes pièces. Je ne peux pas le dire plus gentiment.

– Oh, ce truc-là. Elle laisse tomber la plainte, Dave. Oublions ça, c'est du passé.

– Pardon ?

– C'est fini, tout ça. Viens donc jeter un œil à mes chevaux.

Je le regardai d'un air incrédule.

– Elle a bafoué le nom d'un homme. C'est de la calomnie, dis-je.

Il souffla.

– Mon épouse et toi avez été intimes. D'une certaine manière, elle doit encore probablement t'en vouloir. Le Dieu Éros n'a jamais eu d'influence bien rationnelle, Dave. Dans le même temps, elle ne veut pas voir ma campagne compromise parce que tu t'es mis en tête cette idée farfelue et dingue selon laquelle Aaron Crown est en train de se faire entauler. Alors, elle a laissé libre cours à son imagination et son impétuosité, ce qui l'a conduite à faire une chose stupide. Nous sommes désolés pour le mal que nous avons pu te faire.

Je mis la main en coupe sur un barreau de clôture, sentis la dureté du bois contre ma paume, essayai de visualiser mes pensées dans ma tête avant de parler.

– J'ai l'impression de me trouver en séance de thérapie, dis-je.

– Si tu l'étais, tu recevrais une facture.

La porte arrière de la maison s'ouvrit, et un homme élancé, aux cheveux blancs, au visage de vieux lutin, de celui qui se parchemine de rides chez les fumeurs chroniques de cigarettes, sortit en plein vent et salua Buford du geste. Il portait un blazer bleu marine avec boutons dorés et foulard en soie couleur champagne. Je connaissais ce visage, mais j'étais incapable de le situer dans ma mémoire.

– Ça ne me prendra qu'une minute, Clay, dit Buford.

Avant d'ajouter à mon adresse :

– Aimerais-tu te joindre à nous pour le petit déjeuner ?

– Non, merci.

– Et une poignée de main, alors ?

Deux des cow-boys se hurlaient dessus en espagnol, pris qu'ils étaient dans le tourbillon des chevaux à l'intérieur du corral. L'un d'eux était parvenu à passer un licol au cou d'une jument, l'autre essayait de balancer selle et couverture sur le dos de la bête.

– Non ? Reste un peu, alors, et regarde comment je vais me retrouver le cul par terre, dit Buford.

– Tu es né pour ça.

– Je te demande pardon ?

– La vie politique. Tu as de l'eau glacée dans les veines, dis-je.

– Tu vois ce chêne mort là-bas ? Deux hommes y ont été lynchés par mes ancêtres. Quand je me suis intéressé à Aaron Crown, j'espérais que je pourrais peut-être réparer un peu le mal qui a été fait sous cet arbre.

– C'est une superbe histoire.

– Tu es un cas classique de passif-agressif, Dave, sans vouloir t'offenser. Tu feins de jouer le rôle d'un libéral et d'un humaniste, mais ton cœur est possédé par Bubba et Joe Bob[1].

– Salut, Buford, dis-je, et je repartis vers mon camion.

Le vent faisait s'évaser les peupliers qu'il plaquait contre la maison. Lorsque je regardai par-dessus mon épaule, Buford était monté sur le dos de la jument, une main entortillée dans la crinière, l'autre cisaillant le licol vers l'arrière, son torse hâlé couleur olive oint par la lumière froide du soleil, sculpté par la promesse d'une perfection que seuls connaissent les dieux grecs.

***

Un peu plus tard, Clete me rappelait pour m'apprendre que Mingo Bloomberg avait été relâché de la prison municipale trois jours auparavant grâce à l'intervention d'avocats qui travaillaient pour Jerry Joe Plumb, également connu sous le nom de Jerry le Raccourci, Jerry l'As et Jerry la Glisse.

Mais, alors même que je tenais le combiné à la main, j'étais dans l'incapacité de me concentrer sur les paroles de Clete m'expliquant les rapports existant entre Mingo et un membre bien particulier de la pègre de La Nouvelle-Orléans. Le répartiteur venait de franchir le seuil de mon bureau resté ouvert pour me tendre un message portant ces simples mots : *Appelez le Cap. Au zoo, rapport à Crown. Il dit urgent.*

Il me fallut vingt minutes pour l'avoir au bout du fil.

1. Noms symboliques des classes pauvres et réactionnaires. (*N.d.T.*).

– Z'aviez raison. J'aurais dû vous écouter. Y a un groupe de Noirs qui lui a sauté dessus dans la remise à outils, ce matin, dit le capitaine.

Il avait dû revenir des champs à pied et il haletait, le souffle court, dans le téléphone.

– Est-ce qu'il est mort ? demandai-je.

– Vous avez tout compris de travers. Il en a tué deux, de ces fils de pute, à mains nues, et il était partant pour s'en faire un troisième à la serpette. Ce vieux, c't'une vraie tempête de merde à lui tout seul, pas vrai ?

7

Bootsie, Alafair et moi étions en train de dîner dans la cuisine ce soir-là lorsque le téléphone sonna sur le plan de travail. Bootsie se leva pour y répondre. Au-dehors, les nuages à l'ouest étaient mauves, tissés de rideaux de pluie.

J'entendis Bootsie dire :

– Avant que je donne l'appareil à Dave, pourrais-tu me passer Karyn ? Je lui ai laissé un ou deux messages, mais elle n'a probablement pas eu le temps de rappeler... Je vois... Quand rentrera-t-elle ? Pourrais-tu lui demander de m'appeler, Buford ? Il faut vraiment que je lui parle... Oh, tu sais, toutes ces choses qu'elle a racontées sur Dave au shérif... Ne quitte pas, je te passe Dave.

Elle me tendit le téléphone.

– Buford ? dis-je.

– Oui.

Sa voix sonna comme si on venait de lui enserrer la gorge avec une corde à piano.

– Tu vas bien ? dis-je.

– Oui, ça va, merci... Tu as entendu la nouvelle pour Crown ?

– Un garde de la prison m'a mis au courant.

– Est-ce que cela te donne une certaine idée de son potentiel ?

– Je me suis laissé dire que les autres l'avaient cherché.

– Il a brisé la nuque d'un mec. Il a noyé l'autre dans un baril d'huile à tracteur.

– J'ai été incapable de resituer ton ami ce matin. Il s'agit bien de Clay Mason, non ? Qu'est-ce que tu fabriques avec lui, collègue ?

– Occupe-toi de tes affaires.

– Ce mec a été le P.T. Barnum de l'acide, le roi de la culture psychédélique.

– Comme d'habitude, tes conclusions sont aussi fausses que tes renseignements.

Il raccrocha. Je revins m'asseoir à table.

– Tu as vraiment appelé Karyn LaRose ? demandai-je.

– Pourquoi ? Tu y vois une objection ? dit-elle.

– Non.

Elle porta un morceau de poulet à sa bouche et me fixa des yeux tout en mastiquant. Je rompis le duel de regards.

– Je regrette d'être allé la voir chez elle, Boots.

– Il est en cheville avec ce gourou des années soixante ? demanda-t-elle.

– Qui sait ? Le véritable problème, c'est qu'il n'y a personne pour s'en soucier.

Elle attendit.

– Aaron Crown n'avait aucun mobile pour tuer Ely Dixon. Je suis de plus en plus convaincu que l'homme qui est en prison n'est pas le bon, dis-je.

– Il a appartenu au Klan, Dave.

– Ils l'ont viré de leurs rangs. Il s'en est farci quelques-uns à l'aide d'un banc en bois dans une église baptiste.

Mais pour quelle raison ? songeai-je.

C'était là une question à laquelle seules quelques rares personnes de la Louisiane des années quatre-vingt-dix étaient à même de répondre.

***

Il s'appelait Billy Odom et il était patron d'un entrepôt de ferraille en bordure d'une route d'État à l'ouest de Lafayette. Entouré par une plaine inondée de champs de riz émeraude, l'étalage de ferrailles semblait aux regards une insulte presque délibérée que Billy avait amoureusement construite au fil des décennies en y accumulant carcasses de voitures rouillées et écrasées, montagnes de pneus lisses, et dépendances festonnées d'enjoliveurs argentés.

Tout comme Aaron Crown, il était originaire du nord de la Louisiane et s'était vu transplanté là, entouré de papistes, de Noirs qui parlaient français, plongé dans un mouvement de l'histoire qu'il avait été incapable de modifier, d'influencer ou d'écorner en aucune manière. Il avait le visage aussi rond qu'une tourte de lune sous son casque colonial en liège, fendu d'un sourire incongru qui lui permettait de masquer ses pensées alors même qu'il sondait et fouillait le discours de ses interlocuteurs pour en découvrir le sens secret. Un drapeau confédéré, presque noir de crasse, était cloué parmi les cahiers jaunis sur le mur de la cahute où il tenait son bureau. Il ne cessait de se mouiller et remouiller les lèvres, penché en avant dans son fauteuil, les yeux plissés à croire qu'il cherchait à percer un écran de fumée.

– Une bagarre dans une église ? Je n'ai pas souvenir que ça me revienne, dit-il.

– Aaron et toi avez fait partie de la même Klaverne [1], je me trompe ?

1. Cellule locale du Ku Klux Klan. (*N.d.T.*)

Son regard quitta mon visage pour se mettre à examiner les particules de poussière prises en tourbillons dans un rai de soleil. Il redressa la tête à l'oblique comme un philosophe attentif, mais ne dit rien.

– Pourquoi l'avez-vous viré ? demandai-je.

– Pasque le bonhomme a même pas le bon sens que Dieu donne au ver de terre.

– Allons, Billy.

– Il fabriquait du whiskey et il mettait de l'engrais dans le moût. C'est là ch'crois qu'y s'est ramassé c'te puanteur qu'y dégage. Sa vieille l'a quitté pour un aveugle qui avait qu'une jambe.

– Tu veux l'aider, Billy, ou tu préfères le voir pendu à sécher au soleil d'Angola ?

Il couvrit ses cuisses de ses mains. Des mains dont il se mit à examiner le dos.

– C'tait à cause de la nana. Sa fille, c'est quoi son nom, déjà, Sabelle, celle qui tient le bar du côté de l'Underpass.

– Je ne te suis pas.

– La réunion se tenait dans une église. À l'époque, c'était qu'une gamine, et elle attendait dehors, dans la camionnette. Deux hommes la regardaient par la fenêtre. Ils ne savaient pas que Crown était assis juste derrière eux.

« Y'en a un qui commence : “ Je me suis laissé dire que c'était bon à cueillir. ”

« L'autre lui répond : “ C'est pas mal. Mais vaudrait mieux que t'aies la pelote de ficelle pour retrouver le chemin de sortie. ”

« C'est à ce moment-là que Crown leur a balancé le banc. Après ça, il les a démolis à coups de brodequins. Y a fallu qu'on s'y mette à quatre pour l'arrêter.

– Vous l'avez viré du Klan pour avoir défendu sa fille ? dis-je.

Billy Odom dégagea une écharde pâle de son bureau noirci par le graillon et s'en servit pour se gratter des lignes de la peau.

– Quand elles sont jeunes et qu'elles peuvent pas garder la culotte en place, alors, c'est que le vieux y est pour quelque chose.

– *Quoi* ?

– Tout le monde avait des soupçons. C'est à ce moment-là qu'une femme des services de l'aide sociale a surpris Crown en pleine action et elle a raconté ça à toute la ville, nom de Dieu. C'est comme ça que Crown il est venu jusqu'ici.

– Aaron et sa fille ? dis-je.

***

Le témoin de l'accident avait attendu presque trois jours pour le signaler, jusqu'à ce que son épouse, dévorée à son tour par la culpabilité, aille voir un prêtre, avant de se rendre, en compagnie de son mari, au bureau du shérif, paroisse de St. Martin.

Je me trouvais avec Helen Soileau sur le talus de terre en bordure d'un canal délimitant le marais Henderson, et nous regardions un plongeur en combinaison de Néoprène dévider un câble avec le crochet en acier du treuil à l'arrière de la dépanneuse avant de s'avancer dans l'eau près de la rangée de piles du pont, s'enfonçant de plus en plus profond au cœur d'un ballon de vase pour disparaître ensuite sous la surface. Le ciel était bleu, la mousse des cyprès morts se soulevait sous la brise, et le soleil dansait sur les bancs de sable et le vert sombre des îlots de saules pleureurs. Lorsqu'un adjoint en uniforme du shérif mit le treuil en branle, le câble se tendit en claquant sur la caisse de la voiture et un nuage de boue grise se mit à baratter jusqu'à la surface comme le poing d'un obèse.

Helen monta sur le pont en bois qui enjambait le canal, frotta sa chaussure sur le bord sans rambarde et redescendit sur la levée. Les pneus avant de la voiture engloutie cul par-dessus tête s'arrachèrent à un enchevêtrement de jacinthes mortes.

L'homme qui avait vu l'accident était assis sur la levée, son épouse à son côté. Il arborait une casquette graisseuse, la visière rabattue bas sur les yeux.

– Reprenez depuis le début, dis-je.

Il dut remonter la tête vers le soleil en tendant le cou lorsqu'il parla.

– Il faisait nuit. Je m'en retournais au campement depuis c't' accostage là-bas. Y'avait pas de lune. Et j'ai pas tout vu très bien, répondit-il.

Sa femme contemplait le câble d'acier tendu à se rompre sous le poids de la voiture, le visage vaguement honteux, tous ses muscles relâchés.

– Mais si, vous avez vu, dis-je.

– Il a quitté la levée en zigzag quand il a touché le pont, et la voiture est tombée. Les phares y sont restés allumés, tout au fond du canal.

– Ensuite, que s'est-il passé ? demandai-je.

Il joua de sa bouche, retroussant les lèvres sur les dents, comme s'il traitait d'une idée profonde.

– L'homme, il est revenu à la surface, à la lumière des phares. Après, y a remonté la levée, jusqu'à la route en dur où ce que j'étais. Y'était tout mouillé et y marchait bon pas.

Il tourna le visage loin du soleil, battant en retraite sous l'ombre de sa visière.

Je lui expédiai quelques petits coups aux fesses avec la tranche de ma semelle.

– Vous n'avez pas signalé l'accident. Si nous trouvons quoi que ce soit dans cette voiture qui ne devrait pas s'y trouver, vaudrait mieux que vous soyez dans nos bonnes grâces. Vous me suivez ? dis-je.

Son épouse, vêtue d'une robe de coton imprimé trop grande qui plissait sur ses larges épaules, lui murmura quelque chose tout contre son visage, tandis que sa main cherchait celle de son mari.

– Y m'a dit d'oublier ce que j'avais vu, dit l'homme. Y m'a collé sa bouche à la figure quand il l'a dit. Y m'a agrippé. À un endroit intime. Et serré fort.

La rougeur de sa nuque remonta jusqu'à la racine de ses cheveux.

– À quoi ressemblait-il ? demanda Helen.

– C'était un Blanc, c'est tout ce que je sais. Il avait bu du whiskey. Je le sentais bien sur sa bouche. Je l'ai pas bien vu pasque la lune elle était pas montée.

– Vous voyez ce pylône électrique, là-bas ? Il y a une lampe dessus. Elle s'allume tous les soirs, dis-je.

Le plongeur sortit de l'eau peu profonde près de la Lincoln renversée sur le toit tandis que le treuil la remontait vers la rive boueuse. Toutes les vitres étaient fermées, et l'intérieur était rempli d'eau brune du plancher jusqu'au toit. Nous vîmes alors, côté passager, un bref éclat blanc-rose contre le verre, pareil à un poisson perdant ses écailles qui viendrait se frotter contre le flanc d'un aquarium sale.

Le plongeur essaya d'ouvrir la portière, mais elle était coincée dans la boue. Il prit à deux mains un gros marteau à pannes rondes de la taille d'une brique, et fracassa la vitre côté passager.

L'eau jaillit par la vitre défoncée, semant sur la levée écrevisses, sangsues et un nœud de gueules-de-coton minces comme des rubans qui se mirent à gigoter dans l'herbe comme si on leur avait brisé les reins. Mais ce ne sont pas ces images-là qui définirent l'instant.

Une main de femme, puis un bras se dressèrent dans la cascade de liquide, à croire que la personne ceinturée sur son siège montrait du doigt, en toute banalité, un objet dans l'herbe. Les doigts étaient cerclés de bijoux de pacotille, les ongles peints d'un vernis mauve, la peau rongée par une maladie qui avait volé sa couleur à l'épiderme.

Je m'accroupis à côté de l'homme qui avait vu l'accident et lui tendis ma carte entre deux doigts.

– Il n'a pas essayé de la sortir de là. Il n'a pas appelé à l'aide. Il l'a laissée se noyer, seule dans les ténèbres. Ne le laissez pas s'en tirer comme une fleur, *podna*, dis-je.

***

Clete appela la boutique le samedi matin, alors que je répartissais un plateau de poulets et des chapelets de saucisses sur le gril du barbecue pour nos pêcheurs de la mi-journée.

– T'as une barque à louer ? demanda-t-il.

– Bien sûr.

– Tu peux louer aussi le matériel au mec qui m'accompagne ?

– J'ai une canne qu'il peut emprunter.

– Y a pas à dire, la journée est parfaite pour ça.

– Où es-tu ?

– Un peu plus haut sur la route, à la petite épicerie. Le mec est assis dans ma voiture. Mais il n'aime pas aller là où il n'est pas invité, tu vois ce que je veux dire, Dave ? Tu veux Mingo ? Chaque fois que je dois aller courir après un gus qui a séché sa conditionnelle, tout ce que j'ai à faire, c'est d'en toucher un mot au mec dans la voiture. Dans le cas présent, il se sent personnellement responsable. Et en plus, ça remonte à loin, vous deux, non ?

– Clete, tu n'as pas amené Jerry Joe Plumb ici ? demandai-je.

***

Le personnage avait une notoriété certaine, avant même de se faire renvoyer du lycée en terminale – le môme qui vous offrait un grand sourire juste avant de vous frapper, le joueur de *bouree* qui gagnait de grosses sommes contre des adultes au saloon du centre-ville, le meilleur danseur des trois paroisses, l'arnaqueur qui coulait des répliques en aluminium de coups-de-poing en laiton dans la fonderie de l'atelier avant de les vendre pour un dollar pièce, sans en polir les arêtes afin qu'elles puissent tracer des guirlandes de fleurs rouges sur le visage d'un adversaire.

Mais tout cela était arrivé après la mort de la mère de Jerry, pendant son année de seconde. Le souvenir que j'avais de lui était celui d'un garçon différent, d'une période différente, remontant à plus loin.

À l'école primaire, nous avions appris que son père avait été tué à Wake Island, mais personne n'en était très sûr. Jerry Joe était un de ces garçons qui arrivaient en ville, puis s'en repartaient. Il allait en classe, puis quittait l'école pour suivre sa mère lorsqu'elle trouvait du travail, là où elle le pouvait. Ils avaient vécu dans une cabane en bordure d'une briqueterie à Lafayette, puis, plusieurs années durant, dans une caravane derrière un atelier de soudage au sud de New Iberia. Le dimanche et le premier vendredi du mois, nous les voyions, sa mère et lui, qui parcouraient à pied le long trajet qui les séparait de l'église, qu'il gèle ou que le soleil brûle. Sa mère était une femme pâle, le visage pincé brillant d'une lumière craintive, et elle l'obligeait à marcher sur le côté intérieur du trottoir, convaincue qu'un véhicule était toujours sur le point de monter sur la bordure pour les tuer tous les deux.

Pendant un temps, sa mère et la mienne avaient travaillé ensemble dans une blanchisserie, et Jerry Joe rentrait avec moi à la maison après l'école et nous jouions jusqu'à ce que nos mères respectives arrivent par le chemin de terre dans la camionnette tout de guingois de mon père. Nous possédions un Gramophone à manivelle, et Jerry Joe allait fouiller dans une pile de 78 tours pour en sortir les vieux enregistrements tout crachotants des Hackberry Ramblers et d'Iry LeJeune, et il les écoutait en boucle en dansant tout seul, un sourire d'elfe aux lèvres, les épaules et les bras en position de garde comme un boxeur miniature.

Un jour, après le nouvel an, mon père était rentré à l'improviste de son derrick au large, où il travaillait tout là-haut, sur la moufle mobile, au-dessus de la plate-forme de forage et des longs rouleaux du golfe. Il avait été remercié pour s'être disputé avec le foreur et, comme chaque fois qu'il perdait son boulot, il avait dépensé son dernier chèque de paie en cadeaux pour nous et en whiskey au Bar de Provost, comme si de nouvelles grandes occasions riches de prospérité à venir l'attendaient au coin de la rue.

Mais Jerry Joe n'avait encore jamais vu mon père et n'était pas prêt à l'accueillir. Mon père s'était planté dans l'embrasure de la porte, énorme silhouette, le visage mangé d'un grand sourire, irrévérencieux comme un homme qui se bagarrait pour le plaisir dans les bars, les poils noirs sur sa poitrine éclatant en broussaille des deux chemises en flanelle qu'il portait l'une sur l'autre.

– Tu danses plutôt pas mal. Mais t'es un peu trop maigre. Va falloir qu'on t'engraisse un coup. Venez donc voir ce que j'ai apporté, dit-il.

Sur la table de cuisine, il se mit à décharger un sac de marin en toile rempli de canards fumés, d'okra et de tomates vertes au vinaigre, un gâteau aux fruits, des confitures de fraise, un cruchon de couennes de porc, et une succession de bouteilles de bière Jax à long col.

– Ta maman, elle travaille bien aussi à c'te blanchisserie ?... ben alors, c'est pour ça qu'tu manges pas bien. Dis à ta maman c'que j'répète à la sienne, à Dave, c't'homme, y tient c'te boutique si serrée qu'y couine quand y marche... Me regarde donc pas comme ça, Davie. C't'homme, il engage pas de Blancs à moins qu'y peut les traiter tout comme y fait avec ses gens de couleur.

Jerry Joe retourna dans le salon et s'assit dans un fauteuil capitonné où il resta seul un long moment. Les pacaniers près de la maison cliquetaient sous le givre dans la lumière faiblissante. Puis il revint dans la cuisine pour nous dire qu'il ne se sentait pas bien. Mon père mit un pot de confiture et deux canards fumés dans un sac en papier qu'il lui fourra sous le bras et nous le ramenâmes chez lui dans l'obscurité.

Ce soir-là, je fus incapable de remettre la main sur la manivelle du phonographe, mais je me dis que Jerry Joe avait simplement dû la ranger au mauvais endroit. Le lendemain, j'eus droit à une leçon précoce sur la nature de la colère rentrée et de l'orgueil blessé chez un enfant qui n'avait personne à qui se confier. Lorsque l'autocar scolaire s'arrêta sur la route empierrée où habitait Jerry Joe, je vis un sac en papier déchiré au bord du fossé, les restes des canards fumés dévorés par les chiens, la confiture de fraise figée sur les rebords du pot en grès éclaté en morceaux.

Jamais plus il n'avait demandé à revenir à la maison, et chaque fois que je le voyais, il faisait toujours naître en moi le sentiment que c'était à lui que j'avais dérobé une chose précieuse plutôt que l'inverse.

***

Clete gara sa décapotable Cadillac chartreuse toute déglinguée près de la rampe à bateaux et descendit le ponton en compagnie de Jerry Joe en direction de la boutique à appâts. Jerry Joe baignait dans l'allégresse, emballé par cette matinée et la maîtrise qu'il en avait. Son corps sec donnait l'impression d'être fait de chanvre tressé, sa chevelure ondulée épaisse et blonde, peignée vers l'arrière en légère queue de canard. Il portait des mocassins à pompons couleur sang de bœuf, un pantalon beige, une ample chemise de sport, bleu marine tissé d'argent. J'ai dit qu'il descendait le ponton. Ce n'est pas vrai. Jerry Joe roulait, un panama tournoyant au bout du doigt, les cuisses jouant contre le tissu du pantalon, monnaie et clés tintant dans la poche, les épaules nouées de muscles comme un cordage huilé.

– *Comment la vie* [1], Dave ? Tu vends toujours tes sandwichs œuf et jambon ? dit-il avant de pousser la porte-moustiquaire sans attendre de réponse.

– Pourquoi as-tu fait ça, Clete ? dis-je.

– Il y a des mecs bien pires dans la pègre.

– Lesquels ?

Jerry Joe acheta au comptoir une boîte de bière et une assiette en carton de boudin blanc en tranches et s'assit à une table sur l'arrière.

– Sûr que tu rayonnes comme un soleil, Dave, dit-il.

– Je ne suis pas en service. Si ça concerne Mingo, c'est au bureau que tu dois te présenter, dis-je.

Il m'examina. Au coin de l'œil droit, il portait une cicatrice blanche en forme de serpentin lové sur lui-

1. En français dans le texte.

même. Il piqua un morceau de boudin à l'aide d'un cure-dents et le porta à sa bouche.

– Je ne cadre pas avec le lieu, je fais fuir les clients, ma présence est insultante ou quoi ? demanda-t-il.

– Nos routes ont divergé, et nous avons fait du chemin, Jerry Joe.

– Sors mon casier. Cinq arrestations, deux condamnations, toutes les deux pour utilisation d'équipement illégal destiné à des jeux d'argent. Et tout ça, dans un État qui autorise les combats de coqs... T'as un juke-box ici ?

– Non.

– J'ai appris pour la fille noire qui s'est noyée. Mingo a trempé dans ce coup ?

– C'est le nom qui est inscrit sur le mandat.

– Il a dit qu'on lui avait piqué sa voiture.

– Nous avons deux témoins qui peuvent certifier qu'il était en compagnie de la fille dans la voiture.

– Faut qu'ils se présentent et qu'ils témoignent, cependant. Je me trompe ? demanda-t-il.

– Vaudrait mieux que personne n'essaie de les persuader du contraire.

Il repoussa son assiette du bas de la main, se pencha en avant, en appui sur les coudes, jouant à rouler le cure-dents le long de ses dents. Sous les poils bronze de son avant-bras droit se trouvaient le tatouage d'un parachute rouge et les mots *101st Airborne.*

– J'engage des mecs comme Mingo pour m'éviter des ennuis, pas pour en avoir. Mais abandonner un de mes propres hommes, même s'il s'agit peut-être bien d'un tas de merde, il faudrait que ce soit... c'est quoi le terme déjà... un cas de force majeure, ouais, c'est ça.

– Que dirais-tu de complicité de meurtre, ou d'association de malfaiteurs après les faits ?

Il se gratta le visage et regarda les alentours de la boutique. Ses yeux se plissèrent en pattes-d'oie.

– Y te plaît, mon tatouage ? Même régiment que Jimmy Hendrix, dit-il.

Je poussai une serviette et un bout de crayon vers lui.

– Écris-moi une adresse, Jerry Joe. Le NOPD va le ramasser. Tu ne seras pas associé à ça.

– Pourquoi tu ne te prends pas un juke-box ? Je vais demander à un de mes vendeurs de passer t'en mettre un. T'auras même pas besoin de quarts de dollar rouges, tu sais, les dollars marqués réservés au patron. Tu gardes cent pour cent des bénéfices. Hé, Dave, tout ça va s'arranger. C'est une nouvelle journée. Je te le garantis. Ne va pas t'emmêler les pieds dans l'histoire Aaron Crown.

– Quoi ?

Mais il but sa bière, m'adressa un clin d'œil en mettant son panama et s'éloigna vers la Cadillac pour attendre Clete.

8

Le lundi matin, en arrivant au bureau, je passai à côté de la décapotable Mazda bleue de Karyn LaRose dans le parc de stationnement. Karyn était assise à son volant, lunettes de soleil sur le nez et foulard blanc noué sur les cheveux. Lorsque je regardai dans sa direction, elle prit une revue posée sur le siège et se mit à lire, une moue aux lèvres.

– Y a un mec qui t'attend, Dave. Y cause comme un prof de fac, dit Wally, le répartiteur.

Du fait de son obésité, il avait perpétuellement le cou et les joues empourprés, à croire qu'il venait de peiner en remontant une volée de marches, et chaque fois qu'il éclatait de rire, habituellement de ses propres plaisanteries, la respiration sifflait des profondeurs de sa poitrine comme celle d'un asthmatique.

Je regardai par l'embrasure de la porte ouvrant sur la salle d'attente, avant de montrer du doigt le dos d'un homme aux cheveux blancs.

– Ce monsieur là-bas ? demandai-je à Wally.

– Voyons voir. On a là deux poivrots en attente, un prêteur sur caution, une femme qui affirme que les ovnis lui envoient des signaux électriques dans les bigoudis, le Noir qui nettoie les toilettes, et le professeur. Dis-moi lequel tu crois que c'est, Dave.

Il était ravi de sa pique d'humour.

Clay Mason, arborant une cintrée marron style western avec des brocards or et vert, une chemise turquoise à boutons-pression, un pantalon de vaquero à rayures, et des bottes de cow-boy jaunes à ses pieds minuscules, était assis dans un fauteuil pliant, un Stetson perle à forme haute posé sur le genou.

J'étais prêt à le détester, à le reléguer aux oubliettes comme le Joueur de Flûte, non pas d'Hamelin mais des hallucinogènes, anachronisme irresponsable qui avait refusé de mourir avec les années 60. Mais je devais apprendre que les arlequins psychédéliques ne survivent pas en se contentant de n'être que des arlequins psychédéliques.

– Puis-je vous être utile, monsieur ? demandai-je.

– Oui, je vous remercie. Quelques minutes suffiront, dit-il en pivotant pour lever les yeux vers moi, son processus de réflexion interrompu.

Il se prépara à se lever, sans y parvenir tout à fait. Je plaçai la main sous son coude et fus frappé par la légèreté de ses os fragiles.

Quelques instants plus tard, je refermais la porte de mon bureau derrière nous. Ses cheveux étaient aussi fins que des soies de maïs blanches, sa bouche ridée, ses lèvres mauves pareilles à celles d'une vieille femme. Lorsqu'il s'assit devant mon bureau, son attention parut se porter vers deux prisonniers de confiance noirs qui tondaient la pelouse.

– Oui, monsieur ? dis-je.

– Je suis intervenu de mon propre chef dans votre affaire. J'espère que vous n'en prendrez pas ombrage, dit-il.

– Sommes-nous en train de discuter des LaRose ?

J'essayai de sourire en prononçant ces paroles.

– Elle est absolument mortifiée par son propre comportement, et je serais d'avis de lui tanner l'arrière-train. En lieu et place de quoi, je suis en train d'excuser son attitude.

L'accent était doux et peu marqué, sortant des profondeurs de la gorge, peut-être bien de l'ouest du Texas. Puis je me souvins de petites notices biographiques à son sujet, la famille de pionniers, l'héritage d'une fortune issue du pétrole, les scandales universitaires qu'il portait avec lui comme autant de pavillons noirs en lambeaux.

– Karyn a menti, Dr Mason. Avec préméditation et intentions malfaisantes. On ne gagne pas son absolution en envoyant quelqu'un se confesser à sa place.

– C'est sacrément bien dit. Voudriez-vous m'accompagner jusqu'au parc de stationnement ?

– Non.

– Vos sentiments sont ce qu'ils sont, mais ils vous appartiennent, monsieur. Je ne voudrais pas m'y immiscer.

Son regard se porta au-delà de la fenêtre. Il chassa l'air d'un revers de main.

– Les choses ne changent jamais vraiment, n'est-il pas vrai ?

– Je vous demande pardon ?

– Les Noirs en uniforme de détenus. Toujours à suer sang et eau pour mériter le contrat de dépendance qui les lie à la race blanche.

– L'un de ces mecs a agressé sa nièce sexuellement. L'autre a tailladé le visage de son épouse à coups de serpette.

– Alors c'est que ce sont des gens brutaux qui ont probablement mérité ce qui leur arrive, dit-il.

Il se leva de son fauteuil en s'agrippant au rebord de mon bureau.

Je l'accompagnai jusqu'à la porte sur l'arrière du bâtiment. Lorsque je l'ouvris, l'air était frais, poussière et papiers volaient sur le parking. Karyn nous regarda à travers le pare-brise de sa voiture, les traits du visage voilés par son foulard et ses lunettes noires. Clay Mason salua les nuages d'un geste de son Stetson, les feuilles tourbillonnant dans le vent.

– Écoutez-le gronder, par le ciel. C'est un pays magique. Il y a un tonnerre de cavalerie dans chaque tempête électrique, dit-il.

Je demandai à un adjoint de raccompagner Clay Mason.

– Ne soyez pas trop dur avec les LaRose, dit Mason tandis que l'adjoint le prenait par le bras. Ils me remettent en mémoire Orphée et Eurydice essayant de fuir le royaume des morts. Croyez-moi, fils, ils auraient bien besoin d'un peu de compassion.

Garde l'œil ouvert sur ce bonhomme, me dis-je.

Karyn se pencha en avant et démarra, se léchant les lèvres comme elle aurait pu lécher une cerise mûre.

***

Cet après-midi-là, Helen Soileau entra dans mon bureau, le regard plein de colère.

– Décroche ma ligne, dit-elle.

– Qu'est-ce qui se passe ?

– Mingo Bloomberg. Wally me l'a passé par erreur.

Je pressai le bouton allumé et portai le combiné à mon oreille.

– Où es-tu, Mingo ? dis-je.

– Tu t'es débrouillé pour que Jerry le Raccourci cherche à me coincer, dit-il.

– Faux.

– Ne me raconte pas d'histoires. Le prêteur a retiré sa caution. Je me retrouve avec cette convocation de témoin essentiel aux basques.

Un tramway claquait en fond sonore, vibrant et couinant sur les rails.

– Qu'est-ce que tu veux ?

– Une proposition de marché, si je me livre.

– Désolé.

– Je n'aime pas me faire enculer par tout ce qui traîne.

– Tu as laissé cette fille se noyer. Tu te trompes d'interlocuteur si tu cherches un peu de sympathie.

– Elle a eu envie de côtelettes. Je suis entré dans ce rade pour gens de couleur à St. Martinville. Je ressors, la voiture n'était plus là.

J'entendais le souffle de sa respiration dans le silence.

– J'ai fait une livraison au domicile de Buford LaRose, dit-il. De l'argent.

– Combien ?

– Qu'est-ce que j'en sais ? C'était enfermé à clé dans une mallette. Ça pesait son poids, comme si c'était rempli d'annuaires téléphoniques.

– Si c'est là tout ce que tu as à offrir, tu es dans la merde jusqu'au cou.

– Ce mec qui va être gouverneur reçoit de Jerry l'As du pognon sans qu'on sache d'où il vient, et ça ne te titille pas les noisettes ?

– Nous ne contrôlons pas la provenance des fonds d'une campagne électorale, Mingo. Rappelle-nous quand tu auras du sérieux. Pour l'instant, j'ai du travail.

Je reposai doucement le combiné sur son support et regardai Helen, une fesse posée sur le coin de mon bureau.

– Tu vas le laisser en plan ? dit-elle.

– C'est nous ou la prison municipale de La Nouvelle-Orléans. Je pense que c'est à nous qu'il va se livrer, avant d'essayer de faire pression sur nos témoins.

– Je l'espère. Oh ça, oui. Incontestablement.

– Qu'est-ce qu'il t'a dit ?

– Oh ! lui et moi, on aura une petite discussion à ce sujet un de ces quatre.

Elle ouvrit un livre posé sur mon bureau.

– Pourquoi tu lis la mythologie grecque ?

– Ce gars, Clay Mason. Il a comparé les LaRose à Orphée et Eurydice... Ce sont des personnages de la mythologie grecque, dis-je.

Elle feuilleta quelques pages du livre, avant de reporter son regard sur moi.

– Orphée est descendu dans l'autre monde pour libérer son épouse décédée. Mais il n'y est pas parvenu. Hadès les a eus tous les deux.

– Intéressant comme truc, dit-elle.

Elle referma le livre avec un claquement, se remit debout, et replaça des deux pouces sa chemisette blanche dans son ceinturon.

– Bloomberg tombe pour homicide par imprudence, Dave, délit de fuite après accident mortel, enlèvement, tout ce qu'on pourra lui coller sur le dos. Pas de marché, pas de fleurs. Il se récupère la peine maxi pour ce coup-ci.

– Pourquoi en serait-il autrement ?

Elle se pencha sur le bureau pour me regarder droit dans les yeux. Le haut de ses bras était rond, ses muscles durs tendaient le tissu des manches.

– Parce que tu as envie de te faire Karyn LaRose depuis qu'elle t'a asticoté, dit-elle.

***

Cette nuit-là, dans mes rêves, Victor Charles, une fois encore, vint se frayer son chemin à plat ventre dans une rizière au clair de lune, son pyjama noir collé à la peau, son visage triangulaire aussi dur et osseux qu'une tête de serpent. Mais alors même qu'il était couvert de la tête aux pieds de boue et d'excréments humains après son séjour dans l'eau, les lentilles de la lunette de son fusil français étaient au sec sous leur capuchon, levier et culasse huilés et parfaitement nettoyés avec un embout de canon enveloppé d'un préservatif pris sur un G.I. mort. C'était un soldat, un très vieux soldat. Par le passé, il avait combattu les Japonais, les Britanniques, les légionnaires français de langue allemande. Aujourd'hui, ses adversaires étaient une nouvelle espèce de néocoloniaux aussi insolite qu'improbable, des mômes de la classe ouvrière que la conscription avait sortis de taudis et de trous-du-cul de cambrousse qu'il aurait été totalement incapable d'associer à l'idée qu'il se faisait de l'Amérique.

Il savait se changer en tronc immobile lorsque les fusées éclairantes explosaient au-dessus de sa tête, sectionner les câbles tendus de boîtes de conserve qui pouvaient tinter comme des sonnailles, se poster dans les profondeurs des taillis dont le feuillage masquait les éclairs sortant du canon de son arme, décompter les voix à l'abri des sacs de sable empilés, attendre qu'un visage, blanc ou noir, s'illumine d'une lueur mouillée à la flamme d'un briquet.

Avec un peu de chance, il s'en faisait toujours au moins deux, parfois trois, avant de se retirer dans les broussailles pour reprendre le même itinéraire marécageux qui l'avait conduit jusqu'à nous, pareil au serpent qui rentrait au bercail pour se glisser dans son trou en se contorsionnant, pendant que ses ennemis passaient près de sa cachette dans un bruit de tonnerre.

Et c'est bien ainsi que les choses s'étaient passées. Victor Charles décimait nos rangs avant de disparaître au-delà des rizières tailladées par les balles traçantes sous les geysers des grenades. Mais au matin, nous trouvions son fusil à lunette, avec levier de culasse manuel, bandoulière en cuir et cartouchière en toile, posé en appui contre les câbles comme un monument à sa propre sortie, une fois sa scène jouée.

Même dans mon sommeil, je savais que mon rêve ne concernait pas le Viêt-nam.

***

Le lendemain, j'appelai Angola et parlai à un directeur adjoint. Aaron Crown était placé en quartier d'isolement, bouclé vingt-trois heures sur vingt-quatre. Il venait de passer l'audience préalable à l'inculpation pour double meurtre.

– Vous parlez de meurtre au premier degré ? Mais cet homme a été attaqué, dis-je.

– Fourrer quelqu'un cul par-dessus tête dans un baril plein d'huile avant de verrouiller le couvercle en place n'est pas à proprement parler l'idée que la justice se fait de la légitime défense, répondit-il.

J'appelai les bureaux de campagne électorale de Buford LaRose à New Iberia et m'entendis répondre qu'il faisait un discours devant une convention de promoteurs immobiliers à Bâton Rouge à midi.

Je pris la route à quatre voies jusqu'à Lafayette, puis rattrapai la I-10 qui franchissait le marais d'Atchafalaya. Les cyprès et les saules se pressaient en masse vert pâle de chaque côté de l'autoroute surélevée, au-dessus des baies qui se ridaient sous le vent à la lumière du soleil. La route traversait ensuite pâturages et bois semés de petits palmiers, et j'aperçus droit devant le pont du Mississippi la silhouette du bâtiment du capitole et l'hôtel qui le jouxtait, là où Buford donnait son discours

Il connaissait son public. Il était distingué et érudit, mais de toute évidence, il était membre à part entière de ce groupe, respectueux des entreprises factices que ses membres servaient et des illusions qui les rassemblaient tacitement. Ils lui serrèrent la main à l'issue de son discours, lui entourant les épaules d'un bras chaleureux, à croire qu'ils tiraient pouvoir et puissance de sa carrière légendaire de joueur de football, de sa santé rayonnante et de sa beauté qui paraissaient définir son avenir.

À la table d'honneur, derrière un saladier en cristal rempli de camélias flottant sur l'eau, j'aperçus Karyn LaRose qui m'observait.

La salle à manger était presque vide lorsque Buford choisit de me reconnaître.

– Suis-je en état d'arrestation ?

– Rien qu'une question : pourquoi Crown a-t-il laissé son fusil derrière lui ?

– Pour une demi-douzaine de raisons.

– J'ai passé ton livre au peigne fin. Tu n'en parles jamais.

– Que dirais-tu de : “ il a paniqué et s'est enfui ”.

– C'était le milieu de la nuit. Il n'y avait personne dans les parages.

– Les gens ont tendance à faire des choses irrationnelles lorsqu'ils tuent d'autres gens.

Les serveurs débarrassaient les tables et le dernier émissaire du monde des mercantis avait pris congé et quitté la salle.

– Viens avec moi jusqu'à Angola. Nous allons voir Crown, dis-je.

Il me surprit. Je le vis en fait réfléchir à ma proposition un instant. Puis l'idée disparut de son regard. Karyn se leva de sa chaise et contourna la table. Elle portait un tailleur rose avec quelques fleurs épinglées sur la poitrine.

– Crown pourrait se retrouver condamné à mort pour avoir tué ces deux détenus, dis-je en me retournant vers Buford.

– Tout est possible, répondit-il.

– Et c'est tout ? Un mec que tu as aidé à mettre en prison, peut-être injustement, finit sous injection mortelle, et ça s'arrête là ? C'est la faute à pas de chance ?

– Peut-être s'agit-il d'un homme violent et plein de haine qui n'a que ce qu'il mérite.

Je m'apprêtai à partir et, avant de pivoter sur les talons, je lui déclarai :

– Je vais te les brouiller quelque chose de bien, tes œufs, dis-je.

J'étais tellement furieux que je me trompai de direction dans le couloir et me retrouvai dehors, dans le mauvais parc de stationnement. Lorsque je me rendis compte de mon erreur, je repris le couloir en sens inverse en direction du hall d'entrée. Je longeai la salle à manger, puis un petit couloir qui menait à un ascenseur de service. Buford était appuyé contre le mur près de la porte de l'ascenseur, le visage gris cendre, son épouse le soutenant par un bras.

– Qu'est-ce qui s'est passé ? demandai-je.

La porte de l'ascenseur s'ouvrit.

– Aide-moi à le monter jusqu'à notre chambre, dit Karyn.

– Je crois qu'il lui faudrait une ambulance.

– Non ! Nous avons notre propre médecin ici. Dave, aide-moi, *s'il te plaît* ! Je n'arrive plus à le tenir debout.

Je le pris par l'autre bras et nous entrâmes dans l'ascenseur. Buford mit une paume en appui sur le rail de la cloison du fond, desserra son col de ses doigts et prit une profonde inspiration.

– J'ai couru le mile en cinq minutes ce matin. Qu'est-ce que tu dis de ça ? dit-il avec l'amorce d'un sourire aux lèvres.

– Tu ferais bien de décompresser, collègue, dis-je.

– J'ai juste besoin de m'allonger. Une heure de sommeil et tout ira bien.

Je regardai le visage de Karyn. Un visage maintenant recomposé, l'ordre du jour, quel qu'il pût être, momentanément rétabli.

Nous accompagnâmes Buford jusqu'à une suite au dernier étage, où nous le mîmes au lit avant de refermer la porte derrière nous.

– Il s'adresse à une convention de la police d'État ce soir, dit Karyn, comme si elle m'offrait ainsi une explication pour les dernières minutes écoulées.

Par les baies du salon, on voyait le bâtiment du capitole, les parcs, les boulevards et les arbres du centre de la cité, la large étendue du fleuve Mississippi, les terres marécageuses à l'ouest, toute cette atmosphère urbaine et rurale si agréable qui allait de pair avec le pouvoir politique en Louisiane.

– Est-ce que Buford se shoote aux amphets? demandai-je.

– Non. C'est... Il a une ordonnance. Il lui arrive d'être à bout par moments.

– Tu ferais bien de lui trouver de l'aide, Karyn.

Je traversai le hall d'entrée vers la porte.

– Tu t'en vas? dit-elle.

Elle se tenait à quelques centimètres de moi, le visage levé vers le mien. L'effort d'avoir remonté Buford dans sa chambre l'avait fait transpirer, et sa chevelure platine comme sa peau hâlée avaient pris un brillant un peu terne sous la lumière au plafond. Dans cet espace confiné, je sentais son parfum, la chaleur de son corps. Elle appuya le front sur ma poitrine, et posa les mains, délicatement, sur mes bras.

– Dave, ça n'était pas simplement l'alcool, dis-moi? Tu m'aimais bien, dis?

Elle me tapota les hanches à petits coups de ses poings menus, roulant le front d'avant en arrière sur ma poitrine comme si une conclusion relative à son existence et toujours étouffée essayait de se libérer de sa gorge.

Je posai une main sur son bras, avant de tâtonner derrière moi pour saisir la poignée de la porte. Elle était verrouillée, rigide au creux de ma paume suante.

9

Le lendemain, la décapotable Cadillac couleur chartreuse de Clete Purcel, capote baissée, se rangeait devant les services du shérif avec Mingo Bloomberg sur le siège passager. Clete et Mingo remontèrent l'allée, traversèrent la salle d'attente, et entrèrent dans mon bureau. Mingo se posta devant moi, vêtu d'un pantalon en toile blanche et d'une chemise jaune citron à manches courtes. Il exécuta quelques rotations du cou, comme si son col le serrait trop, avant de porter un bonbon à la menthe à sa bouche.

– Mon avocat va m'obtenir une audience préalable le plus tôt possible avec garantie contre caution. Je suis ici comme témoin volontaire, alors, si t'as des questions, on fait ça maintenant, O.K. ?

Il écrasa le bonbon à la menthe entre ses molaires.

– Mingo, je ne pense pas que ce soit la bonne manière pour attaquer ta journée ici, dit Clete.

– Qu'est-ce qui se passe, Clete ? dis-je.

Clete sortit dans le couloir et attendit que je le rejoigne. Je refermai la porte derrière moi.

– Jerry le Raccourci m'a donné deux cents sacs pour que je livre la marchandise. Ne laisse pas Mingo te mener en bateau. Jerry Joe et le NOPD le tiennent en laisse tous les deux, le pied sur la chaîne.

J'ouvris la porte et rentrai.

– Comment tu te sens, Mingo ? dis-je.

– Ma voiture a été chourée. J'ai pas noyé de fille noire. Donc, je me sens bien.

– T'es un mec réglo ? dis-je.

– Qu'est-ce ça veut dire ?

– Jerry l'As nous donne un bout d'anchois, comme ça, nous ne revenons pas pour le plat principal. Ça ne te gêne pas, ça, Mingo ? Ça te plaît de te faire traiter en hors-d'œuvre ? dis-je.

– Ce que je n'aime pas, c'est d'être à La Nouvelle-Orléans avec une cible peinte dans le dos. Je parle là des flics du Premier District qui ont peut-être maculé le béton avec les cheveux d'un mec à coups de pompe... Faut que j'aille aux toilettes. Purcel a refusé de s'arrêter en route.

Il se tourna vers la cloison de verre, face au visage qui le regardait.

– Hé, tiens-la à l'écart, celle-là, dit-il.

– Tu n'aimes pas l'inspecteur Soileau ? dis-je.

– C'est une bouffeuse de chattes. Je lui ai causé au téléphone, faudrait qu'elle se fase mettre une biroute en caoutchouc, comme ça, elle pourra se la sortir quand elle aura envie pour arroser les arbres, enfin ce qu'elle voudra, jusqu'à ce que ça lui sorte de la tête.

Helen passait le seuil de la porte. Je mis la main sur son épaule et la raccompagnai jusqu'au couloir.

– Jerry Joe Plumb l'a obligé à se présenter à la police, dis-je.

– Pourquoi ? me demanda-t-elle, les yeux toujours verrouillés sur Mingo.

– Il est lié d'une manière ou d'une autre à Buford LaRose et il ne veut pas qu'on lui pompe l'air. Mingo raconte qu'il est libre d'agir contre une caution personnelle. Je pense qu'il va essayer de s'en prendre à nos témoins.

– Et puis quoi encore, nom de Dieu. On lui a lu ses droits ?

– Pas encore.

Elle ouvrit la porte avec une telle violence que le verre vibra dans son cadre.

Une demi-heure plus tard, elle m'appelait depuis la prison.

– Devine quoi ? Tête de nœud m'a attaquée. J'aurai les paperasses prêtes pour le tribunal demain matin.

– Où est-il ?

– Iberia General. Il est tombé dans un escalier. Il lui a fallu aussi douze points de suture, là où je l'ai touché avec ma matraque. Oublie la caution personnelle, mon coco. Il va rester avec nous pour un moment.

– Helen ?

– Les paperasses ne vont poser aucun problème. Du très beau travail. Je suis allée à l'école catholique. J'ai une très belle écriture.

Je déjeunai en compagnie de Clete à un étal à barbecue en plein air tenu par un Noir et situé dans un bouquet de chênes. La table en planches était fraîche à l'ombre, et on sentait l'odeur mouillée du liège vert empilé sous une bâche tout à côté de l'étal.

– Je me suis réveillé tôt ce matin, et j'ai donc allumé la télé. J'ai pu voir " l'Édition du Petit Déjeuner ", tu sais, le programme local du matin de La Nouvelle-Orléans, dit-il.

Son regard ne quittait pas mon visage.

– Qu'est-ce que tu fabriques, nom d'un chien, Belle-Mèche ? Tu peux me dire ?

– Aaron Crown me tracasse.

– Tu es passé à la télévision, Dave, avec ce personnage d'Hollywood, c'est quoi son nom déjà, Felton, ou peu importe.

– Ç'a été enregistré ici, quand il m'a interviewé au téléphone, et ensuite on l'a intégré au programme au montage.

– Oublie les prouesses techniques. Pourquoi ne démissionnes-tu pas de ton boulot pendant que tu y es ? Qu'est-ce qu'il dit de ça, ton chef ?

– Je ne pense pas qu'il en ait déjà entendu parler.

– Tu ne vas pas exposer des affaires de police à des civils, grand mec. Pour commencer, ils s'en fichent. Ils te laisseront pendu à tous vents, comme un linge qui sèche, et après ça, tes propres collègues vont te baiser en te caftant parce que tu es une balance.

– C'est peut-être la manière dont les choses sont censées se passer, dis-je.

Il but à même une bouteille de bière Dixie, un œil plissé à mon adresse.

– Il y a autre chose dans le coup ici, *mon*, dit-il.

– N'en fais donc pas toute une affaire, Clete.

– C'est la nana, je me trompe ?

– Non.

– T'as guinché à l'horizontale avec elle une fois, et ça te tracasse, l'idée que tu risques de remettre le couvert. Alors tu t'es débarrassé de la tentation à la batte de base-ball. Entre-temps, peut-être bien que tu as tout bonnement viré toute ta carrière à la chasse... Attends une minute, tu ne l'as pas enfilée de nouveau, si ?

– Non... Tu veux bien cesser de parler comme ça ?

– Dave, les mecs friqués n'épousent pas des embouées originaires de Nouvelle-Guinée. Cette nana a le feu au cul. Et nous avons tous des faiblesses très humaines, preux chevalier. Il suffit que je la voie à la télé, et j'ai la coquette qui se met à aboyer.

– Tu as pris la fuite avec un mandat pour homicide aux fesses, dis-je. La victime était un psychopathe, et sa mort, une erreur, mais ce qui importe, c'est que tu l'as tué. Que se serait-il passé si tu ne t'en étais pas sorti blanc comme neige ? Si on t'avait condamné à perpète injustement ?

Il essuya une tache de sauce barbecue sur sa paume à l'aide d'une serviette, regarda le soleil sur la rue.

– Ce mec Crown doit avoir beaucoup d'importance pour toi... Je crois que je vais aller chez Red à Lafayette m'offrir un bain de vapeur, et recommencer ma journée, dit-il.

***

Une heure plus tard, le shérif appelait mon poste pour me demander de descendre dans son bureau. À ce stade, j'étais sûr qu'il était au courant de mon apparition dans " l'Édition du Matin " et tout au long du couloir, j'essayai de me construire une défense justifiant une conduite qui, dans la police, était traditionnellement considérée comme indéfendable. Lorsque j'ouvris la porte, le shérif avait les yeux fixés sur une feuille de papier quadrillé qu'il tenait à la main, en se frottant la tempe d'un doigt. Les stores vénitiens étaient fermés, et le rebord de sa fenêtre était vert de plantes.

– Pourquoi tout est-il tellement difficile par ici ? Pourquoi ne pouvons-nous pas tout simplement nous occuper des problèmes de la paroisse d'Iberia ? Peux-tu m'expliquer ça ? dit-il.

– Si vous voulez parler de ma participation à " l'Edition du Matin ", je ne retire rien de ce que j'ai déclaré, shérif. Aaron Crown n'avait pas de mobile. Je suis d'avis que Buford LaRose se bâtit une carrière politique sur le dos d'un autre homme, un dos qui a été brisé.

– Tu es passé à " l'Édition du Matin " ?

La pièce était silencieuse. Il ouvrit les stores, et une lumière à vous mettre les larmes aux yeux se déversa par la fenêtre.

– Peut-être faudrait-il que je m'explique ? dis-je.

– Cela me ferait bien plaisir.

Lorsque j'en eus terminé, il reprit la feuille de bloc-notes et s'y plongea à nouveau.

– J'aurais bien aimé que tu t'en sois abstenu, dit-il.

– Je suis désolé que vous le preniez ainsi.

– Tu ne comprends pas. Je voulais me convaincre que le Mexicain à la machette était simplement un esprit dérangé, pas un assassin. Je voulais me convaincre qu'il n'existait aucun lien entre lui et l'histoire Crown.

– Je ne vous suis pas.

– Je ne veux pas te voir en danger, pour l'amour du ciel. Ce matin, nous avons reçu deux coups de fil du Mexique, le premier d'un prêtre dans un trou à merde à l'intérieur du pays, l'autre d'un agent des stupéfiants mexicain qui dit qu'il a travaillé avec la D.E.A., le Service de Répression des Stupéfiants, à El Paso... Le mec aux tatouages en toile d'araignée s'est fait transformer en écumoire par des *rurales*. Il est en train de mourir, et il dit que toi aussi, tu vas mourir... Il dit : “ pour le *bugarron* ”. C'est quoi, un *bugarron* ?

– Je ne sais pas.

– Il y avait une tempête là-bas. J'ai été coupé avant d'avoir compris ce que me racontait cet agent des Stups... Prends un avion cet après-midi. Emmène Helen avec toi. Les Américains qui se rendent là-bas sans renfort ont tendance à avoir des problèmes.

– Nous avons l'argent pour ça ?

– Rapporte-moi un sombrero.

10

Nous arrivâmes par avion à El Paso tard dans la soirée. Au lever du jour, le lendemain, nous prenions un vol intérieur jusqu'à un aéroport plein de poussière, balayé par les vents, au milieu de collines, à huit cents kilomètres de la frontière du Mexique. L'agent des Stupéfiants nous attendait, portant bottes et jean, une veste de sport sur un polo de golf bleu délavé, l'insigne à la ceinture et armé d'un pistolet. Il s'appelait Heriberto, n'était pas rasé et n'avait pas fermé l'œil de la nuit.

– Ce mec, il essaie de vous tuer, hein ? dit-il en déverrouillant les portières du Cherokee dans le parc de stationnement.

– C'est exact, dis-je.

– Je n'aimerais pas avoir un gars comme ça à mes trousses. *Es indio*, mec, comprenez ce que je veux dire ? Les types comme lui, ça vous fait cuire le cœur à la braise, dit-il.

Il regarda Helen.

– *Gringita*, vous voulez aller aux toilettes ? Là où on va, y a pas de buissons au bord de la route.

Il contempla d'un œil indolent le visage impassible d'Helen.

– Comment l'avez-vous appelée ? demandai-je.

– Peut-être que vous avez pas dormi la nuit dernière, dit-il. Vous pouvez dormir pendant que je conduis. J'ai jamais eu d'accident sur cette route. La nuit dernière, et y'avait pas de lune, je suis venu, j'avais qu'un phare qui marchait.

Le soleil se leva en brume orange au-dessus des collines qui paraissaient constituées de laves cendreuses, leurs flancs garnis de cactus, de chaparral et de mesquite calcinés. Le chemin de terre filait en méandres à travers une série d'arroyos dont les parois de grès étaient noircies par les feux d'herbe, puis nous franchîmes à gué une rivière qui s'étalait comme un lait marbré de café par-dessus un barrage en bois démoli et inondait les berges jusqu'à un bouquet de saules et de pithecolobiums et une gare en brique de boue séchée, sans toit, près d'une voie ferrée qui semblait disparaître dans un flanc de colline.

– Vous regardez où ils vont, les rails ? dit Heriberto. La compagnie minière avait un tunnel là. Le train est toujours à l'intérieur.

– À l'intérieur ? dis-je.

– Pancho Villa a fait sauter la montagne sur le tunnel. Au moment où un train plein des chacals d'Huerta sortait. Ils sont encore là-dedans. Y vont pas ressortir.

Je sortis mon calepin de ma pochette de chemise et l'ouvris.

– Que signifie *bugarron* ? dis-je.

Helen s'était endormie à l'arrière, la tête sur la poitrine.

– C'est comme *maricon*, sauf que le *bugarron* considère que c'est lui le mec.

– Vous voulez parler d'homosexuels ? Je ne comprends pas.

– Ce mec est *adicto*. Il a de la meth et de la merde de synthèse plein la tête. Et toutes les chevrotines double zéro qu'il a dans le corps ne l'aident pas non plus à très bien réfléchir.

– Quelle merde de synthèse ?

Il se concentra sur la route, ignorant ma question, et fit un écart pour éviter un chien efflanqué.

– Pourquoi nous avez-vous conduits ici ? dis-je, essayant de vider ma voix de toute trace de frustration.

– Le prêtre, c'est le cousin de ma femme. Il dit que vous êtes en danger. Sauf qu'il sait ce qu'il sait par la confession. Ce qui veut dire qu'il ne peut pas le répéter. Vous voulez retourner à l'aéroport, dites-le-moi tout de suite.

Le soleil monta dans un ciel vide de couleur cobalt. Nous traversâmes une plaine sans relief avec des marigots et des roseaux en bordure de route, des montagnes de pierre comme taillées au rasoir tranchaient l'horizon et des familles indiennes semblaient avoir parcouru d'énormes distances depuis quelque lieu invisible afin de mendier sur les bas-côtés. Puis la route se mit à monter, l'air se rafraîchit. Nous longeâmes une usine sidérurgique mouchetée de fenêtres brisées, avant de traverser des villages dont les rues avaient simplement été pavées avec du caillou concassé et les portes des maisons, toutes, sans exception, peintes en vert ou en bleu. Les montagnes au-dessus des villages étaient grises et dénudées, leurs flancs abrupts balayés par le vent qui faisait voler la poussière dans les rues.

– C'est tous des Indiens ici. Ils croient que quand on peint la porte de ces couleurs, les esprits malfaisants ne peuvent pas entrer, dit Heriberto.

Helen était maintenant réveillée et regardait par la fenêtre.

– C'est à ça que l'enfer doit ressembler, dit-elle.

– J'ai grandi ici. Je vais vous dire une chose, des mecs comme Arana, on en a pas par ici. Il vient de Jalisco. Je vais vous dire autre chose, des mecs comme Arana, ils en ont même pas *là-bas*. Des mecs comme lui, faut qu'ils aillent aux États-Unis pour se retrouver dans cet état, vous comprenez ce que je dis ?

– Non, répondit-elle, le regard fixé sur sa nuque.

– Mon anglais, il est pas très bon. C'est un gros problème que j'ai, dit-il.

Nous nous engageâmes dans un village coincé comme une rage de dent dans un canyon étroit aux flancs abrupts semé des résidus et laissés-pour-compte d'une mine à ciel ouvert abandonnée sur les montagnes en surplomb. Certaines maisons n'avaient pas de cabinets à proprement parler, rien qu'une section de tuyau d'égout en béton, insérée verticalement dans la cour en terre, qui faisait office de toilettes communes. Jouxtant la *cantina* se trouvait le poste de police, petit bâtiment trapu, blanchi à la chaux, avec des volets verts fermés sur les fenêtres. Une Jeep arrivant de la mine chargée de trois *rurales* et d'un civil à l'oreille ensanglantée, la chevelure comme une crinière de lion, remonta la rue dans un panache de poussière et se gara devant le poste. Les trois *rurales* en uniformes marron sale et casquettes à visière laquée portaient des revolvers de l'U.S. Army, des calibre .45, dits pète-pouce tellement le chien était dur à armer. Le civil avait les vêtements en loques, ses mains attachées par une corde dans le dos. Les *rurales* l'emmenèrent à l'intérieur du poste et refermèrent la porte.

– Est-ce que ce sont les mecs qui ont assassiné Arana ? demandai-je.

– Ouais, mais vous avez pas vraiment envie de leur poser des questions là-dessus, hein, comprenez ce que je veux dire ? dit Heriberto.

– Non, je ne vois pas.

Il se gratta le nez, puis me raconta une histoire.

Le village avait reçu la visite d'un carnaval ambulant avec, au nombre des attractions, une grande roue actionnée par des pédales, un âne dont la cinquième patte lui poussait au côté comme une carotte ramollie, un marchand d'alcool qui vendait des bouteilles de mescal avec bouchons en liège pleines d'un liquide où baignaient des vers filiformes, et Arana, l'Araignée, le magicien qui avalait les flammes et les soufflait dans les airs comme un mouchoir rouge, un homme dont les tatouages en réseau écarlate, les longs cheveux à la mode indienne, la bouche charbonneuse, et les yeux d'un vert chimique étaient capables de charmer les femmes des montagnes au point de leur faire quitter le lit conjugal. Son énergie sexuelle était légendaire.

– Arana s'est retrouvé au pieu avec l'épouse qu'il ne fallait pas ? demandai-je.

– C'est ce qu'y vont vous raconter. Vous vous contentez de ça, vous ramenez cette histoire avec vous, et tout va tourner comme sur des roulettes. Sinon, si vous continuez à poser des questions, on va avoir un problème. Vous voyez le mec qu'y viennent de ramener ? Ça vous donne pas envie d'entrer là-dedans aujourd'hui.

– Qu'est-ce qu'il a fait ? demanda Helen.

– Deux enfants ont pénétré dans les bâtiments vides qu'y a tout là-haut aux mines et ils sont pas revenus. Voyez, tous ces morceaux de fer-blanc qui claquent dans le vent ? Il habite là, tout seul, y se lave même pas, y descend ici la nuit et y vole la nourriture aux gens.

– Pourquoi ont-ils tiré sur Arana ? dis-je.

– Écoutez, comment je vais pouvoir vous dire ça ? On n'est pas en train de causer ici de *marijuanista*. Ce mec, il lui arrive de faire entrer aux États-Unis des trucs superpuissants. Ces gars sont du coin, et ils le savent. On appelle ça la *mordita*, faut payer le pourliche, mec, sinon on se retrouve avec un paquet d'emmerdes. Comme le type qui se retrouve derrière ces volets verts en ce moment. Il a pas envie de voir quelqu'un allumer un cigare. Les cigares, ça brûle et ça fait mal.

L'infirmerie avait été construite par une compagnie minière américaine : c'était une cahute de forme oblongue sur une terrasse au-dessus de la rue principale du village. Le bois avait joué et tordu les clous qui le fixaient aux solives, et les fenêtres étaient couvertes de feuilles en plastique dépenaillées qui claquaient au vent. Sur l'arrière, un groupe électrogène à essence battait et grondait tout à côté d'un puits creusé au milieu d'un poulailler.

À l'intérieur, les lits étaient disposés en rangées, parfaitement alignés, chacun disposant d'un seau hygiénique ou d'un crachoir sous le cadre, les couvertures grises de l'armée bien tendues et tirées au carré. Le poêle à bois était éteint, sa porte ouverte marquée de cendres mortes. Les murs et les planchers nus semblaient émaillés de froideur.

Mais l'homme répondant au nom d'Arana n'avait pas besoin d'autre source de chaleur que la sienne.

Il gisait sur les draps, nu, à l'exception d'une serviette sur le bas-ventre, ses tatouages écarlates rehaussés par la sueur sur sa peau comme autant de blasons. Sa poitrine était poivrée de plaies qu'on avait pansées de carrés de gaze tenus par du sparadrap et d'une pommade jaune qui sentait le lubrifiant à moteur. Mais ce n'était pas là l'origine de cette odeur nauséabonde. Sa cuisse droite avait doublé de volume et brillait d'un noir rougeâtre comme une peau d'aubergine.

Le prêtre qui avait appelé le shérif nous apporta des chaises pour que nous puissions nous asseoir à côté du lit. C'était un homme mince et pâle, vêtu d'un coupe-vent sur une chemise en flanelle, d'un pantalon de toile kaki et de brodequins trop larges pour ses chevilles, ses cheveux noirs probablement taillés maison aux ciseaux. Il posa la main sur mon bras et me fit pivoter de côté avant que je m'asseye. Son haleine m'arriva comme une plume qu'on aurait trempée dans le cognac.

– Arana a eu son absolution mais il ne connaît pas le repos. Il est convaincu qu'il a servi des gens mauvais qui vont vous faire du mal, dit-il. Mais je ne suis plus sûr de ce qu'il peut dire maintenant.

– Que vous a-t-il raconté ?

– Beaucoup de choses. Et peu de bonnes.

– Mon père, je ne vous demande pas de violer le secret de la confession.

– Il s'est rendu fou à lier avec ses piqûres. Il parle de ses craintes pour les jeunes. C'est très confus.

J'attendis. Une lueur douloureuse brillait dans les yeux du prêtre.

– Mon père ? dis-je.

– L'homme que certains croient responsable du meurtre des enfants là-haut dans les mines est un parent à lui, dit le prêtre. Ou peut-être parlait-il de ce qu'il appelle le *bugarron*. Je ne sais pas.

Helen et moi étions assis à côté du lit. Helen sortit un magnétophone de son sac et l'enclencha. L'homme qui répondait au nom d'Arana laissa son regard s'égarer sur mon visage.

– Tu me connais, collègue ? dis-je.

Il redressa le menton de manière à mieux me voir, le souffle court au sortir des narines. Puis il se mit à parler dans une langue que je ne reconnus pas.

– C'est un dialecte indien, dit le prêtre. Personne ne le parle par ici, sauf le fou qui vit dans les mines et qui est un de ses parents.

– Qui t'a envoyé à New Iberia, Arana ? dis-je.

Mais tous mes efforts pour tenter de l'atteindre au cœur de son délire me semblèrent vains. J'essayai, une demi-heure durant, puis je sentis mon attention commencer à faiblir. Le prêtre sortit puis revint. Helen bâilla et se redressa.

– Désolée, dit-elle.

Elle sortit une cassette du magnétophone et en introduisit une nouvelle.

Puis, comme si Arana venait de me voir pour la première fois, sa main agrippa mon poignet qu'elle serra comme un étau.

– Le *bugarron* monte sur une selle avec des fleurs découpées dans le cuir. Je l'ai vu au ranch. Vous leur faites tout foirer, à ces gens-là. Y vont vous tuer, mec, dit-il.

– C'est qui, cet homme ?

– Il a pas de nom. Il a un cheval rouge et une selle argentée. Il aime les jeunes garçons indiens.

Par inadvertance, sa main tira la mienne contre sa cuisse gangrenée. Je vis la douleur jaillir de son visage, avant que la colère efface dans son regard le fait qu'il m'avait reconnu.

– À quoi ressemble cet homme ? dis-je.

Mais j'étais maintenant devenu un autre, peut-être quelque vieil ennemi qui venait de réapparaître avec les oiseaux charognards.

Je sortis en compagnie d'Helen et du prêtre. Le soleil était froid à l'intérieur du canyon. Heriberto nous attendait dans le Cherokee.

– Je n'ai aucune autorité ici, mon père. Mais je me fais du souci pour le sort de l'homme des mines, celui qui se trouve à l'intérieur du poste de police, dis-je.

– Pourquoi ?

– Heriberto dit que les *rurales* n'y vont pas de main morte.

– Heriberto est corrompu. Il accepte l'argent des trafiquants de drogue. Les *rurales* sont indiens. C'est contre leurs principes de faire délibérément du mal à un esprit malade.

– Je vois. Merci pour votre bonne volonté, mon père.

Ce soir-là, en compagnie d'Helen, je montai à bord d'un quadrimoteur qui assurait la liaison de retour à El Paso. Helen regarda par le hublot tandis que l'avion roulait sur la piste. Heriberto était debout près d'un hangar, une main levée en signe d'adieu.

– Comment tu interprètes ça ? dit-elle d'un signe de tête vers le hublot.

– Quoi ?

– Tout ce qui s'est passé aujourd'hui.

– C'est un asile de fous ouvert à tous les vents, dis-je.

Un peu plus tard, elle s'endormit, la tête sur mon épaule. Je regardai les nuages soufflés par les hélices, puis le ciel s'éclaircit à nouveau et bien loin en contrebas, j'aperçus les lumières d'une ville s'étaler à travers une longue vallée et les reflets du Rio Grande sous le clair de lune.

11

Le lundi matin, Karyn LaRose traversa la salle d'attente du service et s'arrêta devant le bureau du répartiteur. Elle n'eut pas besoin d'ouvrir la bouche. Il suffit à Wally de la regarder et, sans même réfléchir, il se mit debout (sans pouvoir par la suite en expliquer la raison, pas plus à lui-même qu'aux autres).

– Oui, m'dame ? dit-il.

Elle portait un tailleur blanc coupé cintré, des bas blancs et un chapeau de paille à large bord orné d'un bandeau jaune.

– Dave peut-il me recevoir ? demanda-t-elle.

– Bien sûr, Madame LaRose. Sans problème. Je l'appelle et je lui dis que vous arrivez.

Il se pencha à sa porte et la suivit du regard jusqu'au bout du couloir.

Lorsque je lui ouvris, je sentis une bouffée de chaleur dans ma gorge comme la brûlure d'un vent trop sec. Deux adjoints qui passaient là nous regardèrent, puis l'un dit quelque chose à l'autre avant de regarder à nouveau derrière lui par-dessus l'épaule.

– Tu as l'air tout agité, dit-elle.

– Comment vas-tu, Karyn ? dis-je.

Elle s'assit devant mon bureau. Son chapeau comme son visage étaient marbrés de rais de soleil.

– Clay a dit qu'il faut que je le fasse. Je veux dire présenter mes excuses... ici... dans ton bureau. Et aussi au shérif. Sinon, il dit que je ne trouverai pas la sérénité.

Elle sourit. Elle avait serré sa chevelure platine sous son chapeau. Elle avait une allure absolument magnifique.

– Pourquoi traînes-tu tes guêtres avec Clay Mason ? demandai-je.

– Il a été invité à l'université. C'est quelqu'un de brillant. C'est aussi un très bon poète.

– J'ai entendu dire qu'il avait d'une balle fait sauter la tête de sa femme lors d'une soirée au Mexique.

– C'était un accident, dit-elle.

Je baissai les yeux sur ma montre.

– Je regrette de t'avoir causé du tort, Dave. Je ne sais quoi te dire d'autre.

Elle prit une inspiration.

– Pourquoi faut-il que tu me traites avec crainte et culpabilité ? Est-ce à cause de ce qui s'est passé, là-bas, dans la chambre d'hôtel ? Pour l'amour du ciel, as-tu cru que je voulais te séduire alors que mon mari dormait à quelques mètres de là ?

– Il n'y a qu'une seule chose qui compte ici, Karyn. Buford n'est pas celui que les gens croient. Il accepte de l'argent de Jerry Joe Plumb. Le mec qui a fait la livraison à votre domicile s'appelle Mingo Bloomberg.

– Qui ça ?

– C'est un tueur. En ce moment, il se trouve en détention pour avoir laissé se noyer une jeune Noire dans une voiture qui a sombré dans le marais Henderson.

– Je n'ai jamais entendu parler de lui. Je doute aussi que Buford le connaisse.

– Jerry Joe est un mafieux. Pourquoi les mecs de la pègre veulent-ils voir ton mari à Baton Rouge ?

– Je n'arrive pas à te comprendre. Qu'est-ce que tu essaies de nous faire ? Les adversaires de Buford sont les mêmes personnes qui ont apporté leur soutien à David Duke.

– Et alors ? Vous avez tous fait d'Aaron Crown un bouc émissaire.

– Dave, tu t'es laissé entraîner et tu es maintenant l'avocat d'un dégénéré misanthrope qui a violé sa propre fille et assassiné le plus brave défenseur des droits civiques de Louisiane.

– Comment sais-tu qu'il a agressé Sabelle ?

– Je regrette, je ne veux pas discuter d'un homme comme ça.

Je regardai par la fenêtre, tripotai un trombone sur mon sous-main.

– Tu t'engages dans des causes perdues et désespérées, dit-elle. Je ne pense pas non plus que ce soit parce que tu es un idéaliste. C'est de l'orgueil. Tu cherches à jouer l'iconoclaste au milieu des Philistins.

– Dans le temps, moi aussi, j'ai marché à fond dans le baratin psycho, Karyn. C'est une vraie partie de plaisir.

– Je crois qu'il n'y a guère d'issue à cette discussion, je me trompe ? dit-elle.

Sa jupe collait à son corps lorsqu'elle reprit son sac à main et se leva de sa chaise.

– J'aurais aimé que les choses se passent différemment, Dave. Je ne peux pas dire avec certitude que je t'aimais, mais j'aimais être avec toi. Veille sur toi et ne te fais pas mal, petit.

Sur ces paroles, elle sortit de la pièce. J'entendais mes oreilles tinter dans le silence.

***

Juste avant le déjeuner, le shérif vint me trouver dans mon bureau.

– Ce matin, j'ai eu un coup de fil du bureau du maire, un de la chambre de commerce, et un de la Société de Sauvegarde historique de New Iberia, dit-il. Savais-tu que Jerry Joe Plumb venait d'acheter un demi-hectare de terrain tout près des Shadows ?

– Non.

– Il a également acheté tout un tas de terres agricoles au sud des limites de la ville. Quelles sont vos relations à tous les deux ?

– Ça se passe bien.

– Trouve ce qu'il mijote. Je ne veux plus d'autres coups de fil.

– Où est-il ?

– Il surveille un bulldozer en train de raser la maison qui se trouve sur le terrain près des Shadows.

Je descendis East Main sous la voûte des chênes verts qui couvraient la rue, en direction des Shadows, bâtisse d'avant la guerre de Sécession, briques rouges et colonnades blanches, construite en 1831 sur Bayou Teche. La parcelle que Jerry Joe avait achetée se situait entre deux maisons victoriennes et descendait sur l'arrière jusqu'au bayou, ombragée de chênes plus que centenaires. Je franchis la grille aux fers en épieux et me rangeai à côté d'un camion et d'une niveleuse, là où un groupe d'ouvriers étaient en train de déjeuner. Près du bayou se trouvaient un énorme tas, planches de cyprès éclatées, tuyaux tordus, débris de plâtre dont la poussière volait au vent, et un belvédère tout écrasé dont les treillis étaient encore recouverts de passiflores.

– Vous n'auriez pas pu le déplacer ? dis-je.

– Les termites, ça faisait trop lourd pour le monter sur le camion. Et c'est vrai de vrai, dit un homme coiffé d'un casque de chantier jaune, la bouche pleine de pain et de saucisse viennoise.

Ses amis et lui éclatèrent de rire.

– Où est Jerry Joe ? Je lui raconterai à quel point vous êtes doués pour les relations publiques avec le bureau du shérif.

Le trajet n'était pas bien long jusque chez Mulate à Breaux Bridge. Dès que j'eus franchi le seuil de la porte, j'entendis Clifton Chénier et sa *Hey Tite Fille* sur le juke-box et vis Jerry Joe sur le plancher ciré en train de danser avec une serveuse. Il tenait les coudes collés à ses flancs et ses mocassins sang-de-bœuf rutilaient. Son corps tout entier donnait l'impression d'être animé par le rythme. Ses épaules vibraient en changeant d'inclinaison ; de tremblotements en secousses et sursauts, il dégageait une incroyable sensation d'énergie et de mouvement sans jamais qu'un de ses pieds sorte d'un cercle de trente centimètres ; pendant tout ce temps, son visage rayonnait de plaisir et d'affection authentiques à l'adresse de la serveuse.

Je commandai un 7-Up au bar et attendis qu'il s'asseye. Lorsqu'il en eut terminé de danser, il pressa la main de la serveuse, passa devant moi, le regard fixé sur le barman noir, et dit :

– Apporte à mon ami la même chose qu'à moi.

– Ne fais pas ça, Jerry Joe, dis-je dans son dos.

Il tira une chaise devant une table couverte d'une nappe à carreaux rouges et blancs.

– Tu y as droit, que tu le veuilles ou non... Filet de poisson-chat à l'étouffée. C'est le genre de nourriture qu'on n'espère que dans une vie ultérieure, dit-il.

Il extirpa une autre chaise de sous la table.

– Qu'est-ce qui t'amène ?

– Certaines personnes aimeraient savoir pour quelles raisons tu viens de raser au bulldozer la maison dans laquelle a jadis vécu George Washington Cable.

– Qui ça ?
– Un écrivain célèbre.
– Parce qu'elle avait un toit en amiante, parce que les planches te donnaient l'impression de marcher sur du carton mouillé, parce qu'il y avait des chauves-souris dans les descentes de gouttière.
– Pourquoi ne pas parler avec les gens, Jerry Joe, et leur expliquer ce que tu viens de me dire, plutôt que de leur donner des crises cardiaques ?
– Parce que le problème, ce n'est pas ce que je démolis, c'est ce qu'ils croient que je vais construire. Du genre éléphant rose au beau milieu du quartier historique.
Il glissa un champignon farci au fond de sa bouche.
– *Quoi* ? Oh ! je pige. Ils ont raison de se faire ce genre de soucis ?
– Je n'ai pas dit ça.
– De quoi discutons-nous dans ce cas ? Je pige, il ne s'agit pas de la maison, il s'agit de moi.
– Personne ne t'accuse d'être membre du Rotary.
– Je te l'ai dit, mon casier, c'est une gêne de tous les instants. Ce qu'on me reproche est du même ressort qu'un loto paroissial non autorisé.
– Toi et quelques autres avez braqué un camion de fourrures. Tu as aussi balancé un entrepreneur de travaux publics dans une bétonnière.
– Il acceptait d'employer des jaunes malgré nos piquets. Et puis, je l'ai sorti du béton.
– Pourquoi achètes-tu des terres au sud de la ville ?
Il tapota sa paume sur le haut de son avant-bras, tourna le regard vers un bruit de monnaie, les pièces que quelqu'un glissait dans le juke-box.
– Peut-être que je veux laisser tomber. Peut-être que je suis fatigué de La Nouvelle-Orléans, de mener la grande vie avec la pègre et ses truands,

tout ce tralala. Alors, peut-être que j'en ai maintenant l'occasion et je la saisis.

– Je ne te suis pas.

– Buford LaRose est bon en affaires... Branche ton cerveau une minute, Dave... Qu'est-ce qui se passerait si ces péquenots arrivent à Baton Rouge ? La Nouvelle-Orléans sera encore pire qu'aujourd'hui, et dans le genre toilettes, c'est déjà pas mal.

– Un Mexicain a essayé de me descendre. Ton homme, Mingo, dit que c'était un contrat. Pourquoi les protégés de la mafia de La Nouvelle-Orléans se soucient-ils d'un flic de la paroisse d'Iberia ?

Jerry Joe se gratta au niveau du parachute rouge tatoué sur son avant-bras.

– Premièrement, Mingo n'est pas mon homme. Deuxièmement, les temps changent, Dave. La came, un de ces quatre, ne sera plus à la mode. Le pognon intelligent cherche à se reloger ailleurs... Écoute, écoute un peu ça... *La jolie Blon...* Seigneur, qu'est-ce que j'aime cette chanson. Maman m'a appris à danser sur cet air.

– Qui a lancé le contrat ?

– Je ne sais pas. C'est la vérité vraie devant Dieu. T'occupe donc plus de ces saloperies de droits civiques et fais attention où tu mets les pieds avec Karyn LaRose.

– Comment... ?

– Tu veux me demander à quel endroit de sa personne elle porte une certaine tache de naissance ?

Il pressa les mains à plat sur la nappe et les regarda.

– Essaie l'humilité, Dave. Je déteste te dire ça, mais certaines nanas sont pas bien différentes des mecs. Elles aiment baiser en dessous de leur condition et se marier au-dessus. Elle t'a un jour parlé mariage ?

Il releva les yeux et se mit à sourire. Puis une certaine gêne envahit son visage et il grimaça en regardant la salle alentour. La cicatrice en tortillon blanc qu'il portait au coin de l'œil s'était nouée en bloc.

– Tu veux un gressin ? demanda-t-il.

***

Notre geôlier, Kelso Andrepont, était un Noir bisexuel de cent trente kilos qui cheminait dans l'existence avec l'inertie paisible et la certitude d'un glacier glissant de l'avant. Les sillons de son cou luisaient de reflets huileux, semés de grains de beauté qui ressemblaient à des raisins secs collés à sa peau, et ses lunettes grossissaient ses yeux en globes lumineux de la taille d'une huître.

Il leva la tête vers moi depuis son bureau encombré.

– Pourquoi détenons-nous le mec ici alors qu'il a une inculpation pour homicide par négligence dans la paroisse de St. Martin ?

– Nous traitons cette affaire comme s'il s'agissait d'un enlèvement. L'enlèvement a eu lieu dans la paroisse d'Iberia, dis-je. Nous travaillons en collaboration avec St. Martin pour l'autre motif.

– Ouais, et la merde suit aussi la ligne de plus grande pente. Et c'est toujours moi qui suis en bas par rapport à toi, Robicheaux.

– Je suis désolé que tu le prennes de cette manière.

– Ce mec est né pour le Camp J. Il a pas sa place ici. J'ai assez de problèmes raciaux comme ça.

– Que dirais-tu de reprendre depuis le début, Kelso ?

– Il se plaint d'être victime de discriminations, écoute bien, tout ça parce qu'il est juif et qu'on l'oblige à manger du porc. Alors, il balance son plateau à la figure d'un prisonnier de confiance. Ensuite, il dit qu'il veut être placé en isolement parce qu'un Noir risque de débarquer ici pour le dessouder.

« Je lui dis : “ Quel Noir ? ”

« Et y me dit : “ Comment je le saurais, bordel ? Peut-être que c'est le mec à qui j'ai balancé la bouffe à la figure. ”

« J'lui dis : “ T'as le cerveau qui a fait trop de pompes, Bloomberg. Faudrait que tu le laisses se reposer un peu ”.

« Y me dit : “ Je débarque ici de mon plein gré et une gouine me tape dessus à l'improviste avec sa matraque en m'accusant de l'avoir agressée. Pas étonnant que t'aies une prison cannibale à quatre-vingt-dix pour cent. Personne d'autre voudrait vivre dans un trou à merde comme ça. ”

– Tu l'as placé en isolement ? demandai-je.

– Un mec qui utilise des mots comme *cannibale* en s'adressant à un Noir ? Non, je l'ai fait sortir dans la cour, il enseigne l'aérobic aux frères de couleur. Ce boulot me conduirait droit au suicide si y avait pas des mecs comme toi, Robicheaux.

Cinq minutes plus tard, je laissai mon arme en dépôt auprès d'un gardien à l'intérieur d'une cage grillagée, et un deuxième garde déverrouilla une cellule au bout d'un couloir illuminé de soleil qui résonnait de tous les fracas habituels d'un bloc de cellules – les seaux qui cognent, tout comme les balais et serpillières, une douzaine de radios branchées sur une demi-douzaine de stations différentes, des éclats de voix se répercutant en échos le long des plafonds. Mingo Bloomberg était assis en boxer-short sur une couchette suspendue au mur par des chaînes. Il avait le corps rose et imberbe, sans graisse ni muscles bien définis, à croire qu'il avait été fabriqué de manière synthétique. Les points de suture au-dessus de son oreille ressemblaient à un mince fil de fer barbelé enchâssé dans la peau du crâne.

– Kelso dit que tu te comportes comme un emmerdeur de première, dis-je.

Il laissa la serviette se balancer entre ses jambes et la fit rebondir distraitement au-dessus de ses orteils nus.

– Ton avocat t'a-t-il dit que nos témoins allaient se présenter à la barre ? demandai-je.

Je m'attendais à une réaction de colère, une nouvelle tentative de manipulation. Au lieu de quoi, il resta morose, son attention fixée sur les bruits au-dehors, dans le couloir, comme s'ils étaient lourds d'une signification soudaine qu'il ne serait jamais tout à fait parvenu à comprendre auparavant.

– Tu m'as entendu ? dis-je.

– J'ai parlé à mon cousin hier soir. Des gens croient que tu m'as dans le collimateur. Ils se trompent mais ils sont sérieux. Il y a un Noir qui vient de Miami, un free lance parce que Miami est une ville franche. À ce qui se dit, il doit ressembler à un gros gorille merdeux, pas loin de deux mètres. On raconte que c'est peut-être bien lui qui s'est farci le scénariste dans le Vieux-Carré. Mon cousin dit que le mec de Miami s'est récupéré le contrat et qu'il va le refiler pour le sous-traiter à des Négros à l'intérieur de la prison.

– C'est toi la cible ?

Il fixa le sol et mit le petit doigt dans l'oreille comme si celle-ci était pleine d'eau.

– J'ai jamais enfreint de règles. Ça fait drôle, dit-il.

– Qui est-ce qui t'a désigné pour porter le chapeau, Mingo ?

– Combien de mecs je pourrais faire mettre derrière les barreaux, hein ? À toi d'imaginer.

– T'as jamais entendu parler de *bugarron* ? demandai-je.

– Non... Ne me pose pas de questions sur des trucs de dingue auxquels je connais rien à rien. Je suis pas d'humeur.

Il était assis, les épaules arrondies, la poitrine rentrée.

– T'as beaucoup lu, pas vrai ? Je veux dire, des livres à l'université, tout ça ?

– Quelques-uns.

– J'ai lu un truc un jour à la bibliothèque municipale sur St. Charles. Ça disait... dans ta vie, tu finis au point de départ, là où t'as commencé, peut-être même bien quand t'étais petit. La différence, c'est que tu comprends tout la deuxième fois. Mais ça t'avance à rien du tout.

– Oui ?

– Ça n'avait jamais eu de sens pour moi avant.

***

Ce soir-là, un gardien escorta Mingo Bloomberg en sous-vêtements et mules aux pieds jusqu'à la douche. Le gardien mangea un sandwich et lut une revue, assis sur un banc de bois de l'autre côté de la cloison des douches. Les nuages de vapeur s'étalèrent sur le béton, puis le bruit de l'eau prit un rythme régulier et ininterrompu au contact du sol de la douche. Le gardien reposa sa revue et jeta un œil par l'ouverture dans le mur. Il regarda le visage de Mingo et les rigoles d'eau qui coulaient au long de ses traits, laissa tomber le sandwich, et emprunta le couloir au pas de course pour faire sortir de sa cage le responsable du décompte.

12

Le soleil se levait lorsque je m'engageai dans la résidence de Buford LaRose le lendemain matin. Je l'aperçus au fond de la propriété, au cœur d'un bouquet de pins aux troncs largement espacés, une bombe d'équitation anglaise, de couleur grise, sur la tête, se dirigeant à pied, un licol à la main, vers une douzaine de chevaux qui tournaient et essayaient de fuir au milieu des arbres. La température avait chuté durant la nuit, et la buée montait du dos des montures comme une fumée sous les premières lueurs du jour. Je conduisis ma camionnette en bordure d'un champ de cannes nettoyé, m'arrêtai et me faufilai entre deux barres de clôture pour avancer sur le lit d'aiguilles de pin jusque dans l'ombre des arbres à l'odeur d'herbe et de terre mêlées et de crottin frais.

Je n'attendis pas que Buford vienne me saluer. Je sortis une photographie de la poche de ma chemise et la lui montrai.

– Tu reconnais cet homme ? demandai-je.

– Non. Qui est-ce, un détenu ?

– Mingo Bloomberg. Il m'a dit qu'il avait fait une livraison d'argent à ton domicile, de la part de Jerry Joe Plumb.

– Désolé. Je ne le connais pas.

Je sortis une seconde photographie de ma poche, un cliché Polaroid, et la lui présentai au creux de ma main.

– Celle-là a été prise hier soir, dis-je. Nous l'avions placé en quartier de sécurité pour sa propre protection. Mais il s'est pendu dans la douche, avec une serviette.

– Tu as vraiment la manière pour démarrer une journée bille en tête, Dave. Écoute, Jerry Joe est lié à un grand nombre de syndicats ouvriers. Si je refuse sa contribution, je risque de perdre plusieurs milliers de voix de syndicalistes dans les paroisses de Jefferson et d'Orléans.

– Sûr que ça paraît bien innocent dit comme ça.

– Je suis désolé que ça ne cadre pas bien avec ta vision morale du monde... Ne pars pas tout de suite. Je veux te montrer quelque chose.

Il s'enfonça sous le couvert des arbres. Bien qu'il y ait eu des gelées blanches sur les chaumes de cannes ce matin-là, il ne portait qu'un T-shirt sur son pantalon de toile kaki, des bottines aux pieds et une bombe d'équitation. Ses triceps semblaient épais et durs, crénelés de lambeaux de peau morte, restes des coups de soleil qu'il avait pris au début de l'automne sur West Cote Blanche Bay lors de ses parties de pêche au sébaste. Il se retourna et m'attendit.

– Allons, Dave. Tu t'es fait un point d'honneur à apporter tes horreurs photographiques jusque chez moi. Tu peux bien m'accorder encore cinq minutes de ton temps, dit-il.

Les terres descendaient en pente, avec plaqueminiers de Virginie, petits palmiers et un lit de coulée à sec engorgé de feuilles. J'entendais les chevaux qui hennissaient doucement derrière nous, leurs sabots martelant le sol. Devant nous, je voyais les reflets du soleil sur le bayou et la silhouette d'un mausolée en marbre noir entouré de pierres tombales, d'un tapis de champignons et d'une clôture en fer démolie. Les pierres étaient vertes de mousse, les inscriptions en français, gravées au ciseau, usées au point de n'être plus que de faibles traces.

Buford ouvrit la grille en fer d'une poussée et attendit que je le suive à l'intérieur.

– Mes arrière-grands-parents se trouvent dans ce mausolée, dit-il.

Il passa la main le long de la pierre lisse, qui s'attarda sur une incrustation circulaire d'un blanc rosâtre craquelée par le milieu.

– Tu es capable de reconnaître la fleur ? Mon arrière-grand-père et ses deux frères chevauchaient aux côtés des Chevaliers du Camélia Blanc.

– Ton épouse me l'a dit.

– Ils n'en avaient aucune honte. C'étaient des hommes superbes, même s'ils ont pu commettre des actes répréhensibles.

– Où veux-tu en venir ?

– Je crois qu'il n'est jamais trop tard pour demander pardon pour ses fautes. Je suis convaincu que nous pouvons corriger le passé, le redresser d'une certaine manière.

– Tu vas faire tout ça pour les Chevaliers du Camélia Blanc ?

– Je le fais pour ma famille. Tu trouves quelque chose à redire à ça ? dit-il.

Il continua à me fixer du regard. Les eaux étaient basses et avançaient lentement dans le bayou, où des canards carolins nageaient près des jacinthes mortes.

– Dave ?

– Il vaudrait mieux que j'y aille, dis-je.

Il toucha le plastron de mon coupe-vent de ses doigts. Mais je ne dis rien.

– Je te parlais d'un sujet qui m'est très personnel. Tu te fais trop d'idées, dit-il.

Je détournai le regard de la perle de lumière qui brillait dans ses yeux.

– Tu es dur d'oreille ?

Il me toucha la poitrine à nouveau, plus fort cette fois.

– Ne fais pas ça, dis-je.

– Alors, réponds-moi.

– Je ne pense pas que c'étaient des hommes superbes.

– Pardon monsieur ?

– Shakespeare le dit clairement dans *Le Roi Lear.* Le Prince des Ténèbres est un gentilhomme. Ils ont terrorisé et assassiné des gens de couleur. Arrête-là tes conneries, Buford.

Je franchis la grille et retraversai le bouquet d'arbres. J'entendis le bruit de ses pas sur les feuilles derrière moi. Il m'agrippa le bras et me fit pivoter.

– C'est la dernière fois que vous me tournez le dos, monsieur, dit-il.

– Va au diable !

Ses mains au bout de ses bras ballants s'ouvraient et se fermaient comme si elles pétrissaient des balles de caoutchouc invisibles, ses avant-bras gonflés, tissés de veines.

– Tu as baisé mon épouse et tu l'as larguée comme une propre-à-rien. Tu m'accuses de persécuter un homme innocent. Tu insultes ma famille. Je ne sais pas comment j'ai pu laisser un petit tas de merde comme toi poser le pied dans ma propriété. Mais cela ne se reproduira plus. Je te le garantis, Dave.

Il avait le souffle court. Une pensée pareille à quelque oiseau de ténèbres au bec crochu était apparue un instant dans son regard, avant de disparaître. Il glissa les mains d'un geste raide dans ses poches-revolver.

J'avais la sensation que la peau de mon visage s'était tendue, soudain froide sous le vent qui soufflait du bayou. Je sentais ma gorge sèche, contractée, nouée, comme si une baguette y était enfichée de travers. J'essayai de déglutir, de trouver en vain une réaction adéquate. Les feuilles et brindilles desséchées sous mes pieds crissaient comme de minuscules débris de verre.

– Arrange-toi pour me tomber dessus quand je ne suis pas de service et répète ce que tu viens de dire... commençai-je.

– Tu es un homme violent et prévisible, l'avocat parfait pour plaider la cause de Aaron Crown, dit-il avant de s'engager entre les pins en direction de la maison.

Il balança le licol contre un tronc d'arbre.

***

Cette nuit-là, je restai allongé dans le noir et contemplai le plafond, avant de m'asseoir au bord du lit, mes réflexions semblables à des araignées sortant d'un sac en papier. Je ne savais pas comment m'en débarrasser. Un épais brouillard bas couvrait le marécage, et sous la lune les cyprès morts se dressaient comme des excroissances pareilles à des piles pourries émergeant d'un océan blanc.

– Qu'est-ce qu'il y a ? demanda Bootsie.

– Buford LaRose.

– Ce matin ?

– J'ai eu envie de le réduire en charpie. Je ne pense pas avoir jamais éprouvé ça à l'égard de quiconque.

– Il faut que tu laisses couler, Dave.

Je me frottai les paumes sur les genoux et soufflai.

– Pourquoi est-ce qu'il te tracasse à ce point ? demanda-t-elle.

– Parce qu'on ne laisse jamais un homme vous parler comme il l'a fait.

– On t'a déjà dit bien pire.

Elle posa la main sur mon bras.

– Tire les couvertures sur toi. Il fait froid.

– Je vais préparer quelque chose à manger.

– Est-ce que c'est à cause de sa famille, de ses origines ?

– Je ne sais pas.

Elle resta silencieuse un long moment.

– Dis-le, Boots.

– Ou s'agit-il de Karyn ? demanda-t-elle.

J'allai seul dans la cuisine, me versai un verre de lait, et regardai par la fenêtre le pâturage de mon voisin, où l'une de ses juments fonçait en plein galop le long de la clôture, soufflant des naseaux, ses muscles à l'œuvre comme si un plaisir secret, montant du fond d'elle-même, au rythme de sa foulée, était sur le point d'atteindre son apogée avant d'exploser.

***

Le lendemain matin, je garai mon camion sur Decatur Street, en bordure du Vieux-Carré, et traversai à pied Jackson Square, longeai la cathédrale St. Louis, et remontai St. Ann jusqu'au bâtiment de stuc beige avec son entrée en voûte et sa cour en brique, où Clete Purcel avait son bureau. Il avait plu avant l'aube, l'air était frais et lumineux, des bougainvilliers s'accrochaient à la balustrade en fer forgé du balcon à l'étage. Je regardai par sa fenêtre et le vis qui lisait le contenu d'un dossier en kraft posé sur son bureau, la chemise tendue à se rompre sur le dos, ses lunettes aussi petites que des demi-lunes sur son grand visage.

J'ouvris la porte et passai la tête à l'intérieur.

– T'es toujours furieux ? demandai-je.

– Hé, qu'est-ce qui t'arrive, grand homme ?

– Je t'offre un beignet, dis-je.

Il réfléchit à ma proposition, se frotta les mains, fit craquer ses doigts, et me suivit au-dehors.

– D'accord, mais ne me parle pas de Aaron Crown et Buford LaRose, dit-il.

– Promis.

– Qu'est-ce que tu fabriques à La Nouvelle-Orléans ?

– Il faut que je voie à nouveau Jimmy Ray Dixon. Son bureau me dit qu'il se trouve dans sa salle de billard du côté de Desire.

Il remonta son chapeau rond sur la tête, plissant les yeux face au soleil au-dessus des toits.

– Ça t'est déjà arrivé de cracher sur une balle de base-ball quand tu lançais pour la Légion américaine ? dit-il.

Nous dégustâmes beignets et café au lait à une table de la terrasse du Café du Monde. De l'autre côté de la rue, des artistes de rue peignaient sur leur chevalet près de la clôture en fer qui bordait le jardin public et l'on entendait corner les bateaux sur le fleuve, juste au-delà de la levée. Je parlai à Clete de la mort de Mingo Bloomberg.

– Ça ne me surprend pas. Je pense que c'est tout ce qu'ils cherchent, dit-il.

– Quoi ?

– La Grande Sortie. S'ils ne trouvent personne pour le faire pour eux, ils le font eux-mêmes. La plupart se seraient beaucoup mieux portés si leur mère les avait balancés à la poubelle pour plutôt élever leur placenta.

– Une balade en voiture, ça te dirait ?

– Ce quartier, c'est une zone franche avec tir à vue, Belle-Mèche. Laisse donc filer Jimmy Ray. C'est une pub vivante pour un engagement dans les rangs du Klan.

– À plus tard, alors.

– Oh, va te faire... dit-il avant de me rattraper sur le trottoir en enfilant sa veste de sport, un beignet saupoudré de sucre dans la bouche.

La salle de billard se trouvait à six blocs du lotissement de l'assistance sociale de Desire. Les fenêtres étaient barrées, les murs bâtis de parpaings décorés de volutes de graffitis peints à la bombe. Je me rangeai au bord du ruisseau et mis le pied sur le trottoir, en regardant, sans même en avoir conscience, des deux côtés de la rue.

– Tu ne te trompes pas, on est bien en amont du Mékong, Dave. Sors donc ton avertisseur et accroche-le, dit Clete.

Je sortis mon étui à insigne et le fixai à l'avant de mon ceinturon, prêtai l'oreille à un joueur qui éclatait un triangle de boules de billard avant de frapper la queue contre le bord de la table, franchis le seuil et pénétrai dans l'obscurité de la salle.

Le plafond bas donnait l'impression d'écraser les joueurs de billard comme un poing. Le comptoir et les tables de jeu couraient sur toute la longueur du bâtiment, chaque lampe à abat-jour en fer-blanc créant une pyramide de lumière enfumée au-dessus des rectangles de feutre. Personne ne nous regarda en face ; bien au contraire, notre présence fut remarquée presque par osmose, à la manière dont un banc de poissons enregistre la proximité d'un prédateur et s'y adapte de fait ; à l'exception d'un seul homme, qui sortit des toilettes en se coiffant d'un peigne en acier, jeta un œil vers l'avant de la salle et se dépêcha de ressortir par une issue de secours en claquant la porte.

Jimmy Ray Dixon était assis dans le fond, en solitaire, devant une table à cartes encombrée d'un livre de comptes, d'une calculette, d'un cendrier contenant un cigare avec filtre, et d'une pile de reçus. Il portait un complet bleu sur une chemise rose amidonnée avec col haut, cravate en tricot marron et épingle en or sertie d'une pierre rouge.

– Je vous ai vu à la télé. Toujours en première ligne à vouloir défendre l'homme qui a tué mon frère, hein, dit-il, sans relever les yeux de son travail.

Il ramassa un reçu avec son crochet d'acier et le reposa.

– J'ai besoin de votre aide, dis-je.

J'attendis, mais il poursuivit son ouvrage.

– Monsieur ? dis-je.

– Quoi ?

– Pouvons-nous nous asseoir ?

– Faites ce que vous voulez, mec.

Clete alla au comptoir, se fit servir une dosette de whiskey et une bière, puis fit pivoter une chaise et s'assit tout à côté de moi.

– Quelqu'un a lancé un contrat sur Mingo Bloomberg, dis-je.

– Je me suis laissé dire qu'il s'était pendu à un tuyau d'eau dans vot' prison, dit Jimmy Ray.

– Les nouvelles vont vite.

– Un gus comme ça, quand ça prend son dernier bus, les gens organisent des défilés.

– Il m'a dit qu'un Noir de Miami avait un contrat sur lui. Il a parlé d'un mec qui ressemble à un gros gorille, une merde de près de deux mètres.

Clete racla une poignée de cacahuètes dans un bol posé sur la table voisine, laissant filer son regard vers le bar.

– Peut-être que vous devriez réfléchir à l'endroit où que vous vous trouvez, dit Jimmy Ray.

– Vous avez entendu parler d'un tueur à gages venant de Miami ? dis-je.

– Je vais vous dire comment que je vois c'te situation. Z'avez collé une réput' de balance sur le dos d'un mec et vous l'avez coincé tellement serré qu'il avait même plus la place pour courir. Alors, peut-être bien qu'y a quelqu'un qui a la conscience qui le tracasse, voyez ce que je veux dire ? dit-il.

– Je crois que c'est le même gus qui a éliminé sur contrat le scénariste de Lonnie Felton.

– Possible. Mais c'est pas mes oignons.

– Et c'est quoi, vos oignons ? Ou vos affaires, si vous préférez ?

– Écoutez, mec, voilà comment ça se passe. Un homme intelligent, ç'a les œufs répartis dans des tas de paniers. Ça veut pas dire qu'y en a aucun de mauvais. Pasque ce mec c'est un frère de couleur, vous me demandez si je le connais. J'aime pas bien vous répondre vite fait, mais z'avez un problème avec vot' façon de réfléchir. Elle est pas beaucoup différente de c'te péquenot qui est à Angola.

Clete se pencha en avant sur sa chaise, fit craquer une cosse de cacahuète et expédia le fruit dans sa bouche.

– Tu fais toujours le mac, Jimmy Ray ? demanda-t-il, le regard dans le vide.

– Vous commencez à me courir, les blandins.

– Je compte huit fuyards sous caution ici dans cette salle. J'en compte trois qui ne règlent pas les intérêts au requin qui leur a prêté la caution. Le mec qui est ressorti comme s'il avait le feu où je pense a descendu une des racoleuses de Dock Green à Algiers, dit Clete.

– Tu veux utiliser le téléphone, c'est un quart de dollar, dit Jimmy Ray.

– Un tueur à gages noir qui opère dans cette ville sans autorisation, ça n'existe pas.

– Pourquoi lui laisser le plaisir du rythme pendant que toi, t'as le blues ? dit Clete.

– Tout le blues que j'ai, c'est dans le juke-box, fourni par les bons soins de M. Jerry Joe Plumb, le gamin avec qui z'avez grandi, me dit Jimmy Ray.

Il regarda l'horloge au-dessus du comptoir.

– Les écoliers vont pas tarder à sortir. Vous avez des trucs dans votre voiture que vous avez envie de garder ? Excusez-moi, faut que je voie combien de choux verts je peux m'offrir ce soir.

Il se mit à taper les chiffres d'un reçu sur sa calculette.

***

Ce soir-là, sous un ciel gris, je nettoyai au râteau, en compagnie d'Alafair, l'abri et le corral où ma fille gardait son Appaloosa. Puis nous empilâmes la paille et le fumier vert desséché dans une brouette pour aller enfouir le tout dans le tas de compost de notre potager. L'air était frais, moucheté de pluie, plein d'une odeur de gaz et de chrysanthèmes.

– Qui est cet homme sur le ponton, Dave ? demanda Alafair.

Il nous tournait le dos, accroupi sur les talons. Il portait un feutre, un pantalon marron foncé et une veste en cuir élimé. Il se taillait une tige de canne à sucre en découpant de gros quartiers entre le pouce et le couteau avant de les porter à sa bouche à même la lame.

– Il est venu dans la boutique cet après-midi. Il a un parachute rouge tatoué sur le bras, dit-elle.

Je posai le pied sur la lame de la bêche, et mis le bras en appui sur le bout du manche.

– Jerry Joe Plumb, dis-je.

– Est-ce que c'est un mauvais ?

– Je n'en ai jamais été sûr, Alf. Dis à Bootsie que j'arrive dans une minute.

J'avançai jusqu'à l'extrémité du ponton et appuyai les paumes sur la rambarde. Jerry Joe continua à contempler le courant marron de sous le rebord de son feutre. Il replia son couteau de poche contre la paume. La lame avait la couleur terne d'un vieux nickel.

– Tu sais que j'ai une dette envers toi ?
– Pour quelle raison ?
– J'ai pris quelque chose chez toi il y a bien longtemps de ça.
– Je ne m'en souviens pas.
– Oh ! que si. Je t'en ai voulu.
– Qu'est-ce qui se passe, collègue ?
La cicatrice qu'il avait au coin de l'œil ressemblait à une pelote de ficelle blanche.
– Ma maman faisait le ménage chez les parents de Buford LaRose... Le vieux pouvait être salaud, une vraie pourriture, mais il m'a trouvé un boulot comme manœuvre dans les pétroles à l'ouest du Texas alors que je n'avais que dix-sept ans. C'est grâce à lui que j'ai fait l'Aéroportée. C'était la façon dont le vieux traitait Buford qui m'a toujours posé un problème, peut-être parce que j'en étais en partie responsable. Tu crois qu'ils vont pas te trancher la gorge parce qu'ils sont riches ? Ça ne leur suffit pas qu'ils gagnent ; il faut aussi que quelqu'un perde. Ce que je veux dire, c'est que ta merde disparaît quand on a tiré la chasse, et ça, qui que tu sois. Tu n'es pas une exception, Dave.
– Ça n'a ni queue ni tête, ce que tu dis.
– Ils vont te réduire en chair à pâté.
Ce qui suit est le récit de Jerry Joe, reconstitué de mon mieux.

13

Arrivé à San Antone, j'étais à court d'argent pour mon ticket de bus et ma nourriture autant que de confiance pour affronter la patrouille des autoroutes texanes, dont les membres étaient convaincus que le colmatage du bitume des routes de campagne était le remède souverain contre toutes les maladies. Donc, j'avais parcouru à pied huit kilomètres de voie ferrée quand j'ai entendu arriver un convoi tiré par deux locos, et j'ai commencé à courir dans le gravier tout à côté d'une file de wagons vides, des caisses sur roues sans ressorts de suspension. Mon sac en toile me cognait le dos, les voitures oscillaient sur les aiguillages, et un train de voyageurs arrivait à toute vitesse sur l'autre voie. Mais j'ai réussi à manœuvrer la poignée et à ouvrir la porte tout en galopant au pas de course. J'ai balancé mon sac sur le plancher et j'ai réussi à grimper, à plat ventre, dans l'odeur chaude de sacs de grain et de paille soufflée par le vent tandis que les sifflets des locos hurlaient sur toute la voie.

Le jour s'était presque levé quand je me suis réveillé, et j'ai compris qu'on se trouvait sur un viaduc parce que tout ce qu'on entendait, c'était les roues qui pinçaient les rails en couinant et il n'y avait plus d'écho qui arrivait du sol ou du versant des collines. L'air était froid, chargé d'une odeur de mesquite, de chêne noir et de sauge mouillés, comme si jamais personne n'était encore venu là, pas d'engins mécanisés, pas de vachers passant à gué la rivière en contrebas, pas même d'Indiens dans les gorges qui serpentaient jusqu'au fond du ravin comme des doigts brisés, complètement bouchées par des rocs jaunes aussi gros que des voitures.

Des bancs de sable occupaient le milieu de la rivière, avec des flaques d'eau rouge comme le sang, et des cerfs morts que des vautours avaient dévorés depuis l'échine de sorte que les carcasses dépassant des restes de cuir offraient aux oiseaux leurs côtes comme perchoirs. Ensuite, on est arrivé sur un long plateau, au milieu d'une tempête électrique, et j'ai commencé à voir au loin, à la lumière des éclairs, des corrals à bestiaux, des plans inclinés de chargement, des éoliennes démolies enveloppées de touffes d'amarante, des maisons en adobe aux murs effondrés, un chemin de terre de la largeur d'une voiture, un pont de bois et un panneau d'État qui signalait le Pecos, là où les fonds n'étaient plus qu'argile cuite et desséchée qui craquait et se fendillait en toile d'araignée sous les bottes.

Le vieux, Jude LaRose, m'avait indiqué le nom de la ville mais pas le chemin pour y arriver. C'était sa façon de faire. Il dessinait des lignes au sol, et si on trouvait sa place entre leurs limites, il pouvait se montrer généreux. Sinon, on n'existait pas. Le problème, c'est qu'on ne savait jamais où les lignes se trouvaient.

Je ne m'étais pas rendu compte que j'avais grimpé à bord d'un train express qui ne s'arrêterait pas avant d'arriver à destination. J'ai sauté du wagon dans une montée, juste avant un autre viaduc, j'ai touché le sol en courant et j'ai glissé tout le long, à flanc de colline, jusqu'au milieu d'un banc de sable mouillé bordé de saules, avec des traces de sabots de cerf remplies d'eau. J'ai marché toute la journée sous la pluie, franchi des clôtures sans pancarte de mise en garde, ni en espagnol ni en anglais, j'ai vu des chevaux sauvages descendre la face d'une crête comme une coulée d'ombres, j'ai traversé tant bien que mal, nu-pieds, une rivière verte au fond de stéatite et je me suis retrouvé sur un chemin de terre au moment précis où arrivait un camion à plateau, dévalant dans un bruit de tonnerre, chargé de tuyaux de forage et de Mexicains dormant sous une bâche. Il a peiné dans un creux inondé de la route et s'est arrêté afin de permettre à l'homme appuyé contre le toit de la cabine, une carabine M-I à la main, de me dire :

– Où tu crois que tu vas comme ça, mec ?

Je crois bien que je devais avoir l'air d'un chat noyé. Il y avait deux jours que je n'avais pas mangé, j'avais les chaussures autour du cou, les lacets noués, et mon pantalon était arraché aux genoux. Lui portait un manteau de pluie bleu et un chapeau de paille dégoulinant d'eau, et il avait une barbe noire et soyeuse, taillée en pointe comme celle d'un Chinois.

– La maison de Jude LaRose. Elle est bien quelque part par ici, n'est-ce pas ? dis-je.

– T'es sur ses terres, mec.

– Où est-ce qu'il habite ?

– Pourquoi tu veux savoir ça ?

– Je suis un de ses amis. Il m'a demandé de venir jusqu'ici.

Il se pencha vers la fenêtre de la cabine et dit aux Mexicains qui se trouvaient à l'intérieur :

– *Dice que es amigo del Senor LaRose.*

Ils éclatèrent de rire. Ceux qui étaient installés à l'arrière avaient relevé la bâche de manière à me voir, et deux d'entre eux mangeaient des haricots réchauffés et des tortillas qu'ils avaient repliées en grands carrés entre leurs doigts. Mais ils étaient différents des autres, ils n'étaient pas du genre à se moquer d'autrui.

– Vous savez où qu'elle est, sa maison ? dis-je.

L'homme avait déjà perdu tout intérêt. Il cogna le toit du poing, et ils s'éloignèrent sous la pluie, les tuyaux de forage rebondissant sur le plateau du camion tandis que les Mexicains à l'arrière continuaient à me regarder de sous leur bâche.

Je trouvai la ville de Jude LaRose ce même soir. Ce n'était rien de plus qu'une intersection de chemins de terre au milieu d'un cirque de collines qui avait viré au rouge et mauve sous le soleil couchant. Elle comportait une grange qui avait jadis fait office d'abattoir et de marché aux bestiaux au plus offrant, un enclos d'engraissage à cochons tout desséché, et une citerne à eau en bois qu'on avait laissé pourrir sur pied, ainsi qu'un saloon-café, à un étage, à la devanture en bardeaux, où une petite Noire disposait des steaks sur un feu de mesquite à l'arrière de la bâtisse. Le trottoir était presque plus haut que les pick-up et les chevaux qui se trouvaient rangés devant, marqué de taches roussâtres à cause des coupelles rouillées des anneaux d'attache et souillé des flaques du sang d'un cougouar que quelqu'un avait abattu ce jour-là et laissé suspendu par le cou à un fil de fer accroché au montant d'une enseigne électrique Carta Blanca, du même bleu que celui qui luisait au-dessus des collines.

L'intérieur du saloon avait un plafond en tôle estampée, des tables à cartes et à dominos dans le fond, un long comptoir avec anneaux à serviettes comme jadis, miroir au mur, barre repose-pieds et crachoirs en laiton et merrains cloués sur tous les poteaux de soutènement. Une demi-douzaine de clients, cow-boys et manœuvres des pétroles, jouaient au stud-poker à cinq cartes et sirotaient leur whiskey qu'ils faisaient descendre avec de la Pearl et du Grand Prize.

Le menu était affiché à la craie sur un tableau noir au-dessus du comptoir. Le barman arborait une barbichette rousse, les yeux enfoncés au creux du visage, les bras aussi épais que des jambons. Une Noire obèse posa une plâtrée de sandwichs-barbecue dans le passe-plat et fit tinter une clochette. Le pain était or et brun, dégoulinant de beurre, zébré par les marques du gril, moelleux en son centre de toute la sauce barbecue qui l'avait mouillé. Le barman plaça quatre bouteilles de Pearl sur le plateau qu'il porta à la table des joueurs de cartes.

– C'est combien, la soupe aux haricots de Lima sans le sandwich ? demandai-je.

Je m'étais obligé à tenir les mains à plat sur le comptoir en disant ça, parce qu'au bout de mes doigts était posé un bol en bois plein de biscuits et de légumes au vinaigre.

– Vingt *cents*, dit-il.

– Combien pour juste une tasse ?

– Tu viens d'où, gamin ?

– De Louisiane.

– Fais le tour par-derrière et je dirai au Négro de te préparer quelque chose.

– J'ai pas demandé la charité.

Il releva son tablier, sortit un briquet de son blue-jean, et alluma une cigarette. Il la fuma et recracha un brin de tabac sur le bout de sa langue. Il ramassa le bol de biscuits et de légumes au vinaigre pour le poser sur le comptoir derrière lui, au milieu des bouteilles de whiskey, de rhum et de tequila.

– Tu peux pas rester à traîner là, dit-il.

La pluie avait repris, et je voyais l'eau dégoutter de l'enseigne Carta Blanca sur la gueule du cougouar mort. Ses yeux étaient scellés, comme s'il s'était endormi. Un homme ouvrit la porte d'entrée et la pluie balaya le plancher, soufflée par le vent.

– À quelle distance se trouve la maison LaRose ? dis-je.

– Qu'est-ce que tu vas chercher là-bas ?

– Monsieur LaRose m'a demandé de venir.

La fumée de cigarette filtrait à la commissure de ses lèvres. Une ombre avait voilé son visage, comme un homme pris entre peur, soupçon, colère contre lui-même et la peur plus grande encore que l'on voie toutes ces choses s'agiter en lui.

Il s'avança sur les caillebotis et utilisa le téléphone posé sur le comptoir. Lorsqu'il reposa le combiné, ses yeux refusèrent de rencontrer les miens.

– Monsieur LaRose dit que tu peux commander. Il arrive dès qu'il aura fini de pleuvoir, dit-il.

Il reposa le bol de biscuits et légumes au vinaigre devant moi avant d'ouvrir une bouteille de limonade Roots à un décapsuleur mural pour la poser à côté du bol.

– Qu'est-ce que vous diriez d'un steak avec des œufs et des tomates cuites ? dis-je.

– Autre chose ?

– Et des frites ?

– Quoi encore ?

– Comment ça se fait qu'un Mexicain porte une carabine M-I sur un camion de chantier des pétroles ?

Il s'appuya au comptoir. Je sentis une odeur de savon et de sueur sur ses vêtements.

– Où que t'as vu ça ? demanda-t-il.

– En arrivant, au nord de la rivière.

– T'as déjà entendu dire qu'il y avait ni Dieu ni loi à l'ouest du Pecos ?

– Non.

– Ça veut dire, quand tu vois des dos mouillés, t'oublies ce que t'as vu.

– Je ne comprends pas.

– C'est le genre de sujet qu'y vaut mieux aborder de loin, au bout d'une fourche à merde, dit-il.

Une heure plus tard, le ciel était vide, sec et pâle derrière les collines, et l'on voyait la sauge à perte de vue lorsque Jude LaRose vint se ranger contre le trottoir dans un break Ford à panneaux en bois. Il se pencha, ouvrit la portière côté passager et me regarda par-dessous le rebord de son Stetson, avec des yeux bleus qu'on n'oubliait plus jamais. Il était bel homme, à tous égards – grand, le ventre plat, les cheveux gris coupés court comme un G.I., la peau brunie par le soleil, couleur d'une feuille de tabac séchée –, mais je n'avais encore jamais vu, pas plus alors que depuis, des yeux aussi beaux chez un homme. Bleu sombre, comme celui qu'on voit dans les carrés de mer, tout là-bas dans les Keys, quand la journée est chaude et pleine de lumière, avant qu'un orage et un nuage de ténèbres d'un bleu parfait viennent flotter au-dessus des récifs, au point qu'on peut presque se convaincre de laisser la main plonger dans la couleur avant de s'en frotter la peau, comme on pourrait le faire avec une encre, mais, pour une raison incertaine, tout au fond, au-dessous de ce morceau de couleur sans défaut, au fond de ces canyons de coraux, on sait qu'un troupeau de requins-marteaux est en train de réduire les bonites en filaments roses.

Je m'assis à côté de lui, mon sac en toile entre les jambes, et fermai la portière. Les sièges étaient tendus de cuir jaune, et la lumière du tableau de bord en acajou brillait sur le cuir et se reflétait sur le visage de Jude.

– Ils te cherchent ? demanda-t-il.

– Monsieur ?

– Tu sais très bien ce que je veux dire.

– Y a pas de mandat.

– Que s'est-il passé ?

– Un homme m'a fouetté à coups de ceinturon derrière le saloon de Provost. Un autre homme me tenait pendant qu'il faisait ça.

– Quoi d'autre ?

– Je l'ai attrapé un peu plus tard le même soir. Quand il a été tout seul. Ça s'est passé autrement cette fois.

Il défit le bouton-pression de sa poche de chemise, sortit une Camel et la vissa à ses lèvres sans lâcher un instant mon regard.

– Tu ne me mens pas pour le mandat, n'est-ce pas ? dit-il.

– Je ne mentirais pas pour une chose pareille.

– Et sur quoi mentirais-tu ?

– Monsieur ?

Lorsque nous nous éloignâmes, je vis la fillette noire qui disposait les steaks sur le feu de mesquite sortir en courant sur le côté du bâtiment et faire signe au break.

Cette nuit-là, je dormis sur un matelas nu à même le sol d'une bâtisse en stuc pleine d'outils de jardinage derrière l'habitation principale. Je rêvai que je me trouvais dans un train de marchandises, sur un viaduc au-dessus d'un canyon, et que les soutènements du viaduc ployaient sous la charge du train, les roues couinant sur le rail dans des gerbes d'étincelles tandis qu'elles luttaient pour trouver prise sur le métal.

***

L'habitation principale à deux étages était bâtie en brique mauve, avec balcons blancs, belvédères et peupliers plantés en guise de coupe-vent autour de la cour. Les ouvriers étaient logés dans un dortoir au toit en papier goudronné. S'alignaient des rangées de corrals d'engraissage destinés au bétail, avec des réservoirs à eau en tôle ondulée et des éoliennes, une grange rouge pleine de balles de foin, assez grande pour y fourrer un petit dirigeable, une pâture verte avec des clôtures électrifiées pour les pur-sang de Jude, un coin de terrain plein de vieilles ferrailles, véritable musée de tracteurs à vapeur et de camions à plateau modèle T, une cinquantaine d'hectares irrigués réservés aux légumes, melons et pastèques, et tout au long d'une vallée en pente très étirée qui s'ouvrait en éventail sur une falaise au-dessus de la rivière, cervidés et taureaux espagnols enfoncés de concert jusqu'au ventre dans l'herbe verte.

Chaque clôture portait une pancarte et, pour ceux qui ne savaient pas lire, animaux et dos mouillés égarés, le contremaître de Jude avait cloué aux poteaux des résineux des corbeaux morts et des coyotes éventrés et passés au sel.

Les lumières de la maison s'allumaient à quatre heures du matin, lorsque Mme LaRose, une Allemande aux cheveux noirs, joues rouges et gros bras que Jude avait ramenée de la guerre, lisait son *Livre de Mormon* à la table de cuisine avant de descendre jusqu'à l'abri en plein air près du dortoir afin d'y allumer le poêle à bois pour la cuisine.

À sept heures du matin mon premier jour, je portais des gants de travail cloutés, un casque et des brodequins à coque d'acier et je bataillais avec le trépan sur la plate-forme d'un puits de pétrole juste au-dessus du Rio Grande, dans les grondements du moteur, les claquements des pinces, le fracas de la chaîne fouettant le tuyau, tandis que la boue de forage et l'eau salée jaillissaient du trou comme si nous avions percé droit au cœur d'un lac souterrain.

Au bout d'une semaine, Jude descendit jusqu'à mon cottage et se posta dans l'embrasure de la porte avec Buford, tout juste âgé de sept ans à l'époque, véritable réplique en miniature de son papa en culottes courtes.

– Tu as des questions sur la manière dont les choses se passent ? demanda-t-il.

– Non, monsieur.

Il hocha la tête.

– T'es sûr de ça ?

– Je me débrouille très bien. Ça me plaît.

– C'est une bonne chose.

Il pivota et regarda de côté le soleil sur les collines. Ses yeux étaient rapprochés, presque violets, comme si on les avait peints au mascara.

– Parfois, il arrive que les employés mexicains bavardent. Ils oublient comment c'était dans les champs de fayots à Chihuahua.

– J'y fais pas attention.

– Attention à quoi ?

– Ils parlent en espagnol. Alors, je gaspille pas mon temps à écouter.

– Je vois.

Il mit la main en coupe sur la tête de Buford.

– Je veux que tu l'emmènes travailler dans le champ de tomates demain.

– Je dois être sur le puits, normalement.

– Je veux que Buford commence à apprendre les habitudes du travail. Viens à la maison et passe le prendre à six heures.

– Oui, monsieur, si c'est ce que vous voulez.

– Mon contremaître m'a dit que tu as posé des questions sur le salaire que touchent les Mexicains.

– Je crois que je m'en souviens pas, dis-je.

Il examina le profil de mon visage, sans que ses doigts cessent un instant de dessiner un petit cercle dans les cheveux de Buford.

– La prochaine fois, tes questions, tu me les poses directement, dit-il.

Je regardai le plancher et essayai de lui cacher le mouvement de ma glotte lorsque je déglutis.

***

Inutile de travailler bien longtemps sur les terrains pétrolifères de Jude pour comprendre ce qui s'y passait. On entendait les camions la nuit, qui peinaient à franchir le lit de la rivière. Le contremaître avait fait monter tout le bétail dans les pâturages d'altitude et tomber les clôtures le long des berges de la rivière afin de permettre aux camions de traverser quand la lune était cachée et de rattraper le chemin de terre qui se déroulait en lacets jusqu'au ranch voisin, où un autre chercheur de pétrole, plus important que Jude, dirigeait le même type d'entreprise selon les mêmes règles économiques.

Un Blanc touchait deux dollars de l'heure au sol et deux soixante-dix en haut du derrick, sur la moufle mobile. Les dos mouillés faisaient ça pour un demi-dollar et leur part de fayots. Ils foraient dans les sables pétrolifères sans sécurité anti-explosion sur les têtes des puits ; travaillaient dans les équipes cherchant les nappes au petit bonheur en plein orage électrique, au beau milieu d'une prairie dénudée, avec dynamite, amorces et détonateurs à la nitro dans le camion, tous ces gars répartis au long d'un ruban d'arpentage en acier de cent mètres, manipulant porte-fanions en acier et un poteau d'écartement qui aurait tout aussi bien pu être un paratonnerre. J'avais dans l'idée que cela devait créer des moments de dévotion intenses.

J'ai vu des gars sur le derrick se faire sectionner les doigts, coincés par les chaînes de levage des tuyaux, se faire casser l'avant-bras comme de vulgaires baguettes par les pinces, et je me suis aperçu qu'ils ne ramenaient rien au Mexique en compensation, hormis une poignée de main.

Le ranch voisin était encore pire. J'ai entendu exploser un perforateur qui a tué un dos mouillé sur la plate-forme. Un adjoint du shérif a donné un coup de main pour qu'on l'enterre dans un massif de mesquites, et une heure plus tard, le plancher passé au jet, les tuyaux chantaient à nouveau dans le puits de forage.

Ce n'est pas tout, d'ailleurs. Jude et certains de ses amis avaient une équipe spéciale de dos mouillés et de Blancs qui touchaient bas salaire : les mecs avaient connu Huntsville ou la ferme-prison de Sugarland et ses champs de petits pois et ils foraient de biais, c'est-à-dire à l'oblique dans la nappe d'un voisin ou peut-être encore dans les sables de stockage d'une compagnie dont on payait en douce l'homme censé surveiller les jauges de pression. Ils te siphonnaient ça comme du soda à travers une paille, chapeautaient la tête de puits, disaient que le forage n'avait rien donné, et descendaient à Saucillo, à boire du Dos X et du mescal avant que la Texaco Company s'aperçoive qu'elle avait été volée et nettoyée jusqu'à l'os.

Je n'avais pas à me plaindre cependant. Jude me payait le salaire d'un Blanc, que je manie les tuyaux ou que je surveille Buford dans les champs. Il était tout mignon, ce petit mec, avec son short et son chapeau de cow-boy. On accrochait une mule au traîneau à tomates, on posait quatre paniers dessus, et on faisait un rang dans un sens et le suivant dans l'autre, et je le laissais toujours mener la mule et voir jusqu'où il était capable de lancer les tomates trop molles.

À mon deuxième mois là-bas, Buford et moi avions commencé à cueillir les melons tout au fond du champ, là où une famille de Noirs habitait une cahute près d'un bosquet de mesquites desséchés. Jude amena son cheval et remonta du pouce son chapeau sur le front. Buford faisait claquer les rênes sur la croupe de la mule et la dirigeait de la voix, à grands hue et dia, pour la faire tourner en bout de rang.

– Comment se débrouille-t-il ? demanda Jude.

– C'est un travailleur.

– C'est bien.

Il regarda en direction de la cahute où vivait la famille noire. Une petite fille jouait avec une poupée sur la galerie.

– Vous avez travaillé tout du long ?

– Oui, monsieur, on n'a pas arrêté une minute, dis-je.

– Je ne veux pas le voir jouer avec quiconque de là-bas.

J'essayai de garder toute mon attention sur Buford et le traîneau en bout de rang, de laisser les mots s'en aller, comme si ce n'était pas vraiment important que je les entende.

– Tu comprends ce que je suis en train de dire ? demanda Jude.

– Oui, monsieur. C'est plutôt clair.

– Ça te tracasse, ce que je viens de dire ?

– C'est la petite fille qui travaille avec sa maman au café, pas vrai ?

– Ne regarde pas ailleurs lorsque tu t'adresses à moi, Jerry Joe.

Je levai les yeux vers les siens. Jude donnait l'impression d'être taillé dans une toile noire sur fond de soleil. Mes yeux brûlaient dans la chaleur et la poussière.

– Il est temps que ce garçon apprenne la différence, c'est tout, dit-il.

– Je ne suis pas ici pour discuter, monsieur Jude.

– Tu veux peut-être être poli, Jerry Joe. Mais ne t'adresse jamais à un Blanc comme le ferait une personne de couleur. Ne m'appelle plus jamais monsieur Jude.

Jude connaissait la manière de t'écorcher à vif à la meule à émeri.

***

J'aimais bien Mme LaRose. Elle cuisinait de copieux petits déjeuners avec œufs, jambon fumé maison, haricots et gruau de maïs refrits pour tous les ouvriers et elle préparait toujours des gâteaux pour le repas du soir. Mais elle semblait être complètement aveugle dès qu'il s'agissait de Jude. Peut-être parce qu'il était héros de guerre et parce qu'elle avait vu son père mourir dans les fours d'Hitler avant que Jude la ramène au pays depuis un camp de réfugiés à Chypre. Ce que je veux dire, c'est qu'il ne jugeait pas indigne de sa position de s'offrir une balade nocturne un samedi jusqu'au Mexique en compagnie de son contremaître, un homme qui avait été accusé d'avoir volé du sperme de pur-sang dans un ranch où il avait travaillé à Presidio. Un dimanche matin, alors que le contremaître était encore ivre de la nuit précédente et que nous nous dirigions vers le puits de forage, le bonhomme me dit :

– Sûr que de là où que tu viens les mecs doivent grandir avec le feu où je pense.

– Je vous demande pardon ? dis-je.

– D'avoir ramené une vache allemande dans ses bagages n'a pas empêché Jude d'en traire une paire d'autres à travers la clôture.

Un peu plus tard, il me tomba dessus alors que j'étais seul sur le terrain où on stockait les tuyaux. Il resta un long moment silencieux, en se curant les ongles à l'aide d'un canif, en me soufflant un brouillard encore chargé de tequila et de nicotine. Puis il me dit que je ferais bien de mettre un paquet de kilomètres entre moi et le ranch si jamais je répétais ce qu'il avait dit.

Ne te méprends pas, j'admirais Jude de bien des façons. Il m'a raconté combien il avait eu la trouille quand ils arrivaient sous la D.C.A. allemande. Il a dit que ça faisait comme une grosse caisse de coton noir déchiqueté, et il n'y avait aucun moyen de voler plus haut ou plus bas ou de la contourner. Ils étaient tout bonnement obligés de rester là, avec la sueur qui gelait dans les cheveux pendant que l'avion secouait et rebondissait comme s'il se fracassait morceau par morceau sur une route caillouteuse. Tout de suite après Dresde, un morceau de shrapnel de la taille et de la forme d'une cuillère à thé tordue est venu trancher l'épaisseur de son blouson de vol tout neuf jusqu'à sa cage thoracique au point qu'il pouvait y glisser la main pour en toucher les côtes.

Je me rends responsable de ce qui s'est produit ensuite.

Buford et moi étions en train de sarcler les mauvaises herbes dans les rangs de haricots verts à l'extrémité du champ lorsqu'un vieux Mexicain a fait glisser une roue de son camion-pompe dans le fossé d'irrigation et l'engin s'est retrouvé en appui sur l'essieu. J'ai laissé Buford seul et j'ai sorti le cric et quelques planches de la cabine, et le vieux et moi, on les a mis bien en place sous le châssis avant de commencer à remonter doucement la roue jusqu'à ce qu'on puisse la repousser de l'avant et mettre les quatre pneus sur la terre ferme. C'est alors que j'ai regardé dans le carré de soleil sous le camion et j'ai vu Buford de l'autre côté du champ, qui jouait à l'ombre d'un arbre avec la fillette noire juste au moment où Jude arrivait par la route dans son break.

Je me suis senti stupide, et lâche aussi, pour une raison que j'étais incapable d'expliquer, allongé à plat ventre, à moitié sous le camion, pendant que Jude sortait de sa voiture pour se diriger vers son fils avec une expression qui fit pâlir le visage de Buford.

Il a remis Buford debout en le prenant par la main sur la galerie de la famille noire, a franchi leur porte sans plus réfléchir que s'il avait ouvert le portillon d'une porcherie en plein air, et une minute plus tard, il ressortait avec une des robes de la petite fille roulée en boule dans la main.

D'abord, il a fouetté les jambes nues de Buford à coups de baguette, avant de lui passer la robe par la tête et de l'obliger à se tenir debout sur un cageot à pamplemousses au beau milieu du champ, avec tous les Mexicains qui baissaient la tête dans leurs rangs en faisant semblant de ne rien voir.

Je savais que j'étais le suivant.

Il m'a conduit en voiture jusqu'à l'endroit où le camion-pompe était toujours en équilibre sur le cric, avant de me regarder par la vitre comme si j'étais quelque animal stupide dont il savait qu'il ne serait jamais à la hauteur.

– Tu as oublié tes devoirs. Ce que tu vois là-bas, c'est le prix à payer pour ça.

– Alors, vous auriez dû vous en prendre à moi.

– Ne sois pas hypocrite pour couronner le tout. Si tu avais des tripes, tu aurais parlé avant que je le fouette.

Je sentais les larmes me monter aux yeux, les mots trembler dans ma bouche.

– Je pense que vous êtes un salopard, Jude.

– Lui, c'est un LaRose. C'est une chose que tu ne comprendras jamais, Jerry Joe. Tu viens d'une famille de raclures blanches, donc ce n'est pas de ta faute. Mais tu as ici une chance de changer de vie. Ne la gâche pas.

Il a passé en première, le visage aussi vide d'expression qu'une poêle à frire, et m'a laissé debout dans les herbes, la poussière des pneus montant en panache derrière sa voiture pour se changer en gros nuage cannelle.

***

J'aimerais te dire que je me suis défoncé ce soir-là, mais ce n'est pas vrai. Les paroles de Jude me brûlaient les joues comme une gifle, comme si lui seul savait, de tous les gens à la surface de la terre, qui j'étais vraiment.

C'est drôle, cette façon de pouvoir devenir le reflet que tu vois dans les yeux d'un homme que tu admires et que tu hais en même temps. La famille est repartie en Louisiane à l'automne, moi, je suis resté, et j'ai fait des forages à l'oblique, j'ai fait franchir la rivière à des dos mouillés, j'ai tué des chevaux sauvages pour une compagnie de nourriture pour chiens, et je suis tombé amoureux tous les samedis soirs à Chihuahua. Les gars du pénitencier de Huntsville et de la ferme-prison de Sugarland n'avaient rien à m'envier.

Quand il est mort d'un cancer du poumon dix ans plus tard, je me suis dit que j'irais à l'enterrement pour finalement faire ma paix avec lui. J'ai réussi à atteindre sa porte, où deux mecs m'ont déclaré que M. LaRose avait laissé des instructions comme quoi le service religieux n'était autorisé qu'aux seuls membres de sa famille.

Ce vieux Jude savait faire les choses. Il avait vraiment la manière.

14

La nuit était tombée, il pleuvait sur le bayou et le toit en tôle de la boutique à appâts. Jerry Joe buvait dans une épaisse tasse à café blanche, assis face à moi à la table. Une ampoule électrique nue pendait au-dessus de nos têtes, et son visage était masqué par l'ombre de son feutre.

– Où veux-tu en venir ? dis-je.

– Tu es un flic de paroisse dans une petite ville, Dave. C'est quand, la dernière fois que tu as poussé le verrou sur un richard ?

– Une conduite en état d'ivresse il y a une vingtaine d'années.

– Alors, est-ce que mon message commence à passer ?

– Cela ne change rien.

– J'ai vu Buford lancer un jour lors d'un match universitaire. Un môme a eu un geste violent contre lui avec sa batte après un coup heureux qui a atteint le premier but. Au tour de batte suivant du gamin, Buford l'a touché dans le dos d'une balle lancée les doigts en fourche. Il a joué au mec désolé comme pas possible alors que le môme se tordait dans la poussière, mais après la partie, je l'ai entendu dire à son receveur : “ On dirait qu'on a converti un mec au christianisme aujourd'hui. ”

– Buford n'est pas l'idée que je me fais d'un homme dangereux.

– C'est un état d'esprit. Ils ne font rien aux gens, ils laissent les choses se produire. Eux gardent toujours les mains propres.

– Si tu laisses les LaRose se servir de toi, c'est ton problème, Jerry Joe.

– Bon Dieu, tu me rends furieux, dit-il.

Il tapota de sa cuillère l'anse de sa tasse et contempla la pluie qui tombait à la lumière violente des projecteurs. Je me demandai depuis combien d'années il possédait sa veste en cuir, tout en plis et pâlie par l'usure, cette veste qu'il avait achetée pour essayer d'être à la hauteur et à l'image de l'homme qui avait aidé à incinérer la Florence de l'Europe du Nord.

– Fais attention, Dave. Ou alors flanque ta démission, je te trouverai un emploi auprès du syndicat. C'est facile. T'as une poignée de stylos-billes et un porte-bloc et tu peux faire joujou jusqu'à ce que tu tombes, dit-il.

– Tu veux monter manger avec nous ?

– C'est gentil de ta part...

Son visage prit un air mélancolique sous son feutre.

– Une autre fois, alors. J'ai une fille qui m'attend à Lafayette. Je n'ai jamais été très doué pour rester marié longtemps, si tu vois ce que je veux dire... Dave, la racoleuse noire qui a vu le scénariste se faire descendre, si tu veux toujours la retrouver, elle travaille pour Dock Green... Hé, demain, je t'envoie un juke-box. Il sera plein, *podna* – Lloyd Price, Jimmy Clanton, Warren Storm, Dale et Grace Broussard, Iry LeJeune... Ne discute pas.

Sur ces mots, il poussa la porte-moustiquaire et sortit sous la pluie. La guirlande d'ampoules électriques en surplomb projetait une flaque de lumière jaune autour de son ombre double, pareille à celle d'un homme divisé d'avec lui-même au fond d'un puits.

***

Dock Green était un ancien conducteur d'engins de chantier. C'était aussi un individu agité, obsessionnel, méchant et vicieux à l'occasion, qui prétendait avoir été kidnappé sur un chantier de construction près de Huê par le Viêt-cong et enterré vivant sur les berges de la Rivière aux Parfums. Il avait un visage à angles durs et vifs, comme si on le lui avait fabriqué par couches de pâte successives qui n'auraient pas séché de manière homogène. Il était constamment agité de tics et de tressautements et son regard avait l'intensité des yeux sans paupières d'un oiseau, lorsqu'il se fixait avec frénésie sur vous, ou sur la personne derrière vous, ou encore sur l'objet inanimé le plus proche, sans jamais rien perdre de sa circonspection.

Il était propriétaire d'une entreprise de construction, d'un restaurant et de la moitié d'un bateau-casino, mais sa première source de revenus avait été la prostitution. Par crainte avaricieuse que ses entreprises légales ne dégagent plus de bénéfices, ou par simple satisfaction à diriger l'existence d'autrui, il n'avait jamais lâché sa prise sur les filles et les maquereaux qu'il tenait sous sa coupe et qui opéraient dans l'industrie des conventions et séminaires de La Nouvelle-Orléans en lui reversant quarante pour cent de leurs avoirs.

Il avait épousé une fille Giacano avant de devenir très vite une gêne et un embarras pour les membres de la famille. Sans prévenir, dans un restaurant ou un ascenseur, la voix de Dock se nouait dans sa gorge, avant de se resserrer plus tendue dans un registre aigu, tel un homme sur le point de piquer une rage incontrôlable. Dans ces moments, ses paroles devenaient à la fois incohérentes et obscènes et il les crachait à la figure de quiconque essayait de le consoler ou de le réconforter.

Il possédait un camp de pêche et quelques hectares de terrain non loin de la vieille Highway 190 entre Opelousas et Baton Rouge, tout à côté de la levée et des laisses de vase boisées à l'entrée de la rivière Atchafalaya. Sa maison à charpente métallique grise, avec son toit de tôle et sa galerie fermée de moustiquaires, était entourée de palmiers et de bananiers, des palmiers nains poussaient dans sa cour et dans la prairie où ses chevaux avaient rasé l'herbe d'hiver pour ne laisser que la terre. Clete et moi empruntâmes la route de service dans sa décapotable pour nous arrêter à la grille à bestiaux dans le sol. Le portail était verrouillé au poteau à l'aide d'une chaîne.

Un homme en pantalon kaki et chemise blanche à manches longues imprimée de roses jetait des épis de maïs qu'il sortait d'un seau dans un poulailler. Il s'immobilisa et nous fixa. Clete actionna l'avertisseur.

– Qu'est-ce que tu fais ? dis-je.

– Il est cinglé. Donne-lui de quoi faire et s'occuper.

– Que dirais-tu d'attendre ici, Clete ?

– Ce mec a une syphilis au cerveau. Je n'entrerais pas chez lui sans d'abord me protéger les chaussures avec des boîtes de Kleenex.

– C'est le syndrome de Tourette. La maladie des tics.

– Bien sûr, c'est pour ça que la moitié de ses nanas sont inscrites à la clinique spécialisée dans les maladies vénériennes.

Je passai entre deux rangs de fil de fer barbelé faisant office de clôture à côté de la grille à bestiaux.

Dock Green était immobile, l'anse du seau accrochée à sa paume comme si elle pendait à une pierre. Ses cheveux bruns clairsemés étaient coupés court, encore mouillés et fraîchement peignés. Je vis à son regard qu'il me reconnaissait, et un tic tressauta sur son visage.

Mais le problème des relations avec Dock Green ne venait pas de sa personnalité tourmentée et névrotique. C'était plutôt sa capacité d'intuition, d'une justesse inexplicable, à juger des motivations sous-jacentes des gens, peut-être même à deviner leurs pensées.

– Qui t'a dit que j'étais ici ? dit-il.

– Tu es très respecté dans le coin, Dock. Le bureau du shérif de St. Landry aime bien savoir quand tu es en ville.

– C'est qui dans le tas de merde ?

– Clete Purcel.

Il reposa le seau au sol, mit une main en coupe autour de la bouche, l'autre à son entrejambe, et s'écria :

– Hé ! Purcel, j'ai ta saucisse au maïs qui pendouille !

– Dock, je cherche une racoleuse noire du nom de Brandy Grissum.

– Une droguée, celle qui a vu le scénariste se faire descendre ?

– C'est exact.

– Je ne sais rien d'elle. Pourquoi s'est-il garé là-bas ?

– Tu viens de dire...

– Le NOPD a déjà bavardé avec moi. C'est comme ça que je le sais.

La peau sous ses yeux se plissa, comme des ridules de peinture dans un seau.

– C'est Jerry le Raccourci qui t'a amené ici ?

– Pourquoi ferait-il une chose pareille ? dis-je.

Je souris et essayai de garder un regard impassible.

– Vous êtes bien allés à l'école ensemble, non ? Et aujourd'hui il revient à New Iberia. Et t'es là, planté sur ma propriété. Pas besoin d'être un génie pour comprendre.

– Donne-moi la fille, Dock. Je t'en devrai une.

– Si tu cherches une pute noire ou un tueur à gages noir, faudrait que tu t'adresses à Jimmy Ray Dixon.

– Je donne des coups d'épée dans l'eau, c'est ça, hein ? dis-je.

Le vent fit gonfler les saules qui poussaient à l'extrémité opposée de la levée.

– T'as un beau petit coin ici.

– Ne me fais pas ton numéro décontract', Robicheaux. Je vais te dire de quoi il s'agit. Jerry le Raccourci a cru qu'il allait pouvoir me servir quelques piquets de grève sur mes chantiers et m'obliger à écouter. Ça n'a pas marché. Alors maintenant il se sert de toi pour me coller des planches plein la tête. Je crois aussi qu'il m'a mouchardé au NOPD.

– Tu es plutôt rapide, Dock.

Son regard se fixa sur le portail d'entrée.

– Je n'arrive pas à y croire. Purcel qui pisse un bock sur ma grille à bétail. J'ai des voisins, ici, moi.

– Toi et les Giacano, vous ne soutenez pas Buford LaRose, je me trompe ? demandai-je.

Pour la première fois, il sourit, lèvres serrées, les yeux plissés dans le masque dur de son visage.

– Je ne parie jamais sur ce qui est humain, dit-il. Entre. Faut que je me prenne un Pepto ou quelque chose. Purcel me rend malade.

Les murs en pin de sa pièce de façade étaient ornés de têtes empaillées d'antilopes et de cerfs. Un marlin était accroché sur la hotte de cheminée, sa peau laquée au point de paraître synthétique et couverte d'une couche de poussière. Sur une longue étagère s'alignaient des pots remplis de corps jaunis, tenus en conserve : serpents à sonnettes et mocassins gueules-de-coton, un opossum sans poils, tortues, bébés alligators, un ragondin aux pattes palmées pareilles à des pagaies.

Dock alla dans la cuisine et revint avec une bière à la main. Il ne me proposa rien. Derrière lui, j'aperçus son épouse, une des femmes Giacano, qui me fixait du regard, les yeux enfoncés dans les orbites, sa chevelure aile-de-corbeau ramenée en arrière en chignon, la peau aussi blanche qu'une farine à pain.

– Purcel me hérisse le poil, dit Dock.

– Pourquoi ?

– Pour la même raison que toi.

– Excuse-moi ?

– Tu cadres un mec comme étant cinglé, et tu crois qu'en glissant quelques pièces dans sa fente tu le transformes en singe mécanique. La vérité, c'est que je me suis retrouvé dans un endroit où t'as les orbites, les oreilles, la bouche bourrés de boue, où y a pas le plus petit bruit sauf les voix des morts à l'intérieur de ta tête... Là en bas, t'apprends des secrets que t'oublies plus jamais.

– J'ai été là-bas moi aussi, Dock. Tu n'as pas l'exclusivité de cette expérience-là.

– Pas comme ça s'est passé pour moi. Pas même dans tes cauchemars.

Il but à même sa canette de bière avant de s'essuyer les lèvres d'un revers du poignet. Ses yeux donnèrent l'impression de perdre tout intérêt pour ma personne, puis son visage tressaillit sous quelque réflexion inopinée, comme si un papillon de nuit agaçant venait de glisser dans son champ de vision.

– Pourquoi tu ne me fous pas la paix ? Pourquoi tu ne courses pas ce membre du Klan avant qu'il attise les Négros une nouvelle fois ? Du moins s'y s'est pas noyé. On a déjà assez de problèmes raciaux comme ça à La Nouvelle-Orléans, dit-il.

– De qui parles-tu ?

Il me regarda un long moment, son visage semblait refléter un psychodrame confus, un puzzle métamorphique se formant et se reformant sans cesse.

– Ce mec, Crown, celui que tu défendais à la télé, il s'est fait la belle en sautant dans le Mississippi ce matin, dit-il. Ta charrette à merde a pas la radio ?

Il but une gorgée de bière, ses yeux vides fixés sur moi par-dessus le rebord de la boîte.

15

Le lendemain matin, il pleuvait et le ciel était sombre lorsque Clete me déposa devant les services du shérif, paroisse d'Iberia, avant de faire un demi-tour interdit au milieu de la voie en mordant dans le stand à barbecue du côté opposé de la route. La foudre était tombée sur le bâtiment des services de police un peu plus tôt, coupant toute la distribution électrique, à l'exception de l'éclairage d'urgence. Lorsque j'entrai dans le bureau du shérif, ce dernier était debout à sa fenêtre, dans l'obscurité, une tasse de café à la main, et il regardait de l'autre côté de la rue.

– Pourquoi Purcel est-il en ville ? demanda-t-il.

– Un ou deux jours de pêche.

– Et donc il te conduit au boulot ?

– Mon camion est au garage.

– C'est un flic pourri, Dave.

– Vous êtes trop dur, patron.

– Il a une manière bien à lui d'écrire son nom à coups de batte de base-ball. Mais ce n'est pas ici que cela se produira, mon ami.

– Vous vous êtes fait clairement comprendre, monsieur, dis-je.

– Bien.

Puis il me parla des événements de la veille à Angola et, un peu plus tard, dans une ferme où l'on cultivait les patates douces au nord de Morganza.

Aaron Crown avait vomi dans sa cellule, pris de spasmes, en se roulant sur le sol comme un épileptique en crise ou un homme qui essaierait d'éliminer un calcul biliaire. On l'avait menotté, entravé aux jambes à l'aide de chaînes et placé dans une camionnette, sur le siège avant plutôt qu'à l'arrière, un sac en plastique sur les genoux dans l'éventualité d'une nausée, et expédié à l'infirmerie, en compagnie d'un jeune garde blanc qui conduisait.

Le garde ne lui prêta guère d'attention, allant même peut-être jusqu'à éviter son regard, lorsque son prisonnier se plia en deux sous un nouveau spasme en toussant ; il ne vit pas l'épingle de sûreté qu'Aaron avait cachée dans sa bouche et dont il se servit pour libérer une entrave à son poignet gauche. Il ne pensa pas un seul instant qu'Aaron risquait de s'évader dans l'immensité de cette ferme-prison en pleine campagne, ni même qu'il était de ces détenus dont l'hostilité et la violence se dirigeraient un jour sur un Blanc.

Jusqu'à ce qu'ils sortent d'un virage près de la rivière. Le bras gauche d'Aaron s'enroula autour du cou du jeune flic, et son poing droit, la menotte maintenant libre fouettant l'air, s'écrasa en plein dans le visage du garde en lui fendant le maxillaire.

Il s'enfuit alors en clopinant au milieu des gommiers, traversa un champ de soja, franchit la digue de terre, descendit au cœur des saules le long des laisses de vase, avant de s'avancer dans les eaux mortes, les roseaux, les typhas et finir par plonger dans le courant, les chevilles à vif, ensanglantées et toujours entravées à une chaîne.

À n'en pas douter, il aurait dû se noyer, mais un peu plus tard, un groupe d'adjoints du shérif de West Feliciana avec leurs chiens devaient trouver en aval, échoué sur la berge, un amas enchevêtré d'arbres déracinés, avec un morceau de toile bleue piqué à une racine. Ils en avaient conclu qu'Aaron ne s'était pas uniquement agrippé à cet îlot de débris flottants. Il s'était coincé à l'intérieur de ces branchages, pareil à un rat musqué, pour chevaucher le cœur de cette rivière sur douze kilomètres sans être vu de quiconque, jusqu'à ce que les arbres à demi submergés viennent doucement cogner dans un banc de sable sur la rive opposée pour laisser ainsi Aaron débarquer dans le monde des hommes libres, comme s'il venait d'y être déposé par un ferry spécialement loué pour l'occasion.

Il se retrouva alors au cœur de cette terre où il avait grandi, cette campagne boisée de pins, peuplée de fondamentalistes purs et durs, ce pays dont il était convaincu qu'il ne changerait jamais, où les garanties offertes à un Blanc étaient un fait acquis, au point qu'après son entrée dans la grange d'un fermier noir ce soir-là, il s'était mis à fouiller bruyamment parmi les rangées de pioches, masses, faux, haches, maillets accrochés au mur afin d'y trouver un outil suffisamment lourd et tranchant pour sectionner la chaîne d'entrave de ses chevilles, sans jamais s'attendre un seul instant à être défié, moins encore menacé au bout d'un fusil.

Le Noir était âgé, pieds nus, torse nu, simplement vêtu de la salopette qu'il avait enfilée en entendant Aaron forcer avec fracas la porte de sa grange.

– Qu'est-ce tu fais, le vieux ? dit-il en alignant le calibre .20 à canon pliant sur la poitrine d'Aaron.

– Y va pas tarder à faire orage. Je m'as mis à l'abri.

Aaron garda le poignet, toujours avec son entrave suspendue, derrière le dos.

L'éclair à l'extérieur trembla comme une flamme de bougie par les fissures dans le mur.

– T'as une chaîne à tes pieds, dit le Noir.

– Coupe-la-moi.

– D'où que tu t'es sauvé ?

– Ils m'ont pris pour queq'chose que j'ai pas fait. Coupe la chaîne. Je reviendrai et je te donnerai de l'argent.

– T'es çui qu'y cherchent, çui qui a tué l'homme du NAACP, pas vrai ?

– C'est un foutu mensonge qu'y z'ont ruiné ma vie avec.

– Eh, j'ai pas envie de te faire du mal... Recule, je t'ai dit...

Aaron lui arracha le fusil de la main avant de lui agripper la gorge et de la serrer comme dans un étau jusqu'à ce que les genoux de l'homme cèdent sous lui. Le Noir tomba au sol et Aaron l'attacha à un poteau à l'aide de fil de fer, puis il mit la maison sens dessus dessous et pilla la cuisine.

Cinq minutes plus tard, il disparaissait sous la tempête qui hurlait au volant de la camionnette du Noir, avec, posés sur le siège côté passager, le fusil, une boîte à cigares pleine de pièces de petite monnaie et un sac de nourriture.

***

– Où croyez-vous qu'il se dirige ?

– Il s'est débarrassé de la camionnette à Baton Rouge dans la nuit d'hier. À un bloc de distance, on a volé une Honda dans une station à essence. Et devine quoi ? L'avocat d'Aaron, celui qui l'avait décidé à plaider coupable, a décidé de partir en Europe pour quelques semaines.

– Et le juge qui l'a condamné ?

– La police d'État garde sa maison.

Il étudia mon visage.

– Qu'est-ce que tu as en tête ?

– Si j'étais Aaron Crown, je dirigerais ma colère sur quelqu'un de beaucoup plus proche.

– Je dirais que tu as lu dans mes pensées, Dave.

– Je sens où vous voulez en venir, shérif. Et je n'aime pas ça.

– Le prochain gouverneur ne va pas se faire assassiner dans notre juridiction.

– Ne comptez pas sur moi. Non, monsieur.

– Si tu ne veux pas te retrouver en personne dans les parages des LaRose, c'est ton choix. Mais il va falloir que tu coordonnes la surveillance de leur maison... Écoute, l'élection, c'est mardi. Ensuite, ce salopard sera probablement gouverneur. C'est toujours de cette manière que nous nous sommes débarrassés des gens qui nous déplaisaient – en les élisant à un poste à responsabilités. Suis le mouvement.

– Vous vous trompez de bonhomme.

– Karyn LaRose n'est pas de cet avis. Elle a appelé hier soir et c'est toi qu'elle a demandé. Très précisément... Pourrais-tu être un peu plus précis sur votre histoire à tous les deux ?

– Pour une raison que j'ignore, tout cela me paraît, comment dire, bien loin.

– Je vois.

Il se mit à suçoter une dent.

– O.K., une chose encore... Les services de police de Lafayette ont appelé un peu plus tôt. Quelqu'un est entré par effraction dans une boutique de prêteur sur gages aux environs de cinq heures ce matin. Il n'a pris qu'un seul article – un fusil Enfield .303 à lunette, avec bandoulière. Tu as déjà entendu parler d'un cambrioleur qui fracture la porte d'une boutique de prêt sur gages pour n'y voler qu'un seul article ? J'ai vu des tireurs d'élite britanniques se servir d'armes de ce type en Corée. Ils étaient capables d'épingler une silhouette sur une crête à cinq cents mètres de distance... Ne traite pas cette affectation comme une corvée, Dave.

***

La Lincoln Continental mauve de Lonnie Felton était garée dans mon allée sous un chêne dégoulinant de pluie lorsque Clete me déposa chez moi ce soir-là, après ma journée de travail. Je franchis les flaques de ma cour au pas de course et sautai sur ma galerie où je sentis la fumée de cigarette qui s'échappait de la moustiquaire.

Il était assis sur le divan, secouant ses cendres dans une coupe à friandises en verre. Même au repos, son corps avait les muscles bien définis d'un gymnaste, et avec son menton en fossette, son profil romain et sa queue de cheval marron qui se mouchetait de gris, il aurait pu être escroc de haut vol ou monte-en-l'air, tout aussi bien que la célébrité qu'il était effectivement aujourd'hui.

– Comment ça va, monsieur ? dis-je.

– Je me sens assez vieux pour être dispensé du “ monsieur ”, dit-il.

Ses dents étaient blanches, montées sur pivot, et pareil en cela à la plupart des gens du spectacle que j'avais rencontrés, il ne s'autorisait pas à ciller, de sorte que ses yeux n'offraient aucun signe d'inquiétude dissimulée, de présence ou d'absence d'intentions précises.

– J'essaie de convaincre Monsieur Felton de rester à dîner, dit Bootsie.

J'ôtai imperméable et chapeau et les accrochai au portemanteau du couloir.

– Bien sûr, dis-je, pourquoi ne restez-vous pas ?

– Merci, un autre soir. Je suis en ville pour la semaine ou à peu près.

– Oh ?

– Je veux me servir de la vieille maison d'Aaron Crown, vous savez, cette cahute près de la coulée recouverte de papier goudronné imitation brique, pour la juxtaposer à la plantation LaRose.

– Je pensais que vous auriez fait cela au tout début, dis-je avant de m'asseoir sur la chaise capitonnée à côté de la table basse.

Une lueur d'amusement éclaira son regard. Le *Daily Iberian* était plié en deux sur le dessus de la table. Je l'ouvris afin qu'il puisse voir la première page. Un titre sur trois colonnes disait : UN HOMME DU PAYS S'ÉVADE D'ANGOLA.

– Il se pourrait que la fin de votre documentaire s'écrive à New Iberia, qui sait, dis-je.

– Comment cela ?

– À vous de me le dire.

– J'ai du mal à suivre la logique de votre raisonnement. Vous croyez que c'est la présence d'une caméra qui a conduit Jack Ruby à assassiner Lee Harvey Oswald ?

Bootsie se leva discrètement pour se rendre à la cuisine et préparer le café sur un plateau. Les yeux de Felton s'attardèrent sur elle tandis qu'elle quittait la pièce, puis tombèrent une fraction de seconde sur ses hanches.

– Que voulez-vous de moi, monsieur ? demandai-je.

– Vous êtes quelqu'un d'intéressant. Vous avez eu le courage de vous exprimer clairement pour défendre Crown. J'aimerais que vous soyez le narrateur des deux ou trois dernières scènes du film. J'aimerais aussi être auprès de vous pendant que vous surveillez la maison LaRose.

– Je pense que ce que vous voulez, monsieur, c'est enregistrer une fusillade sur pellicule.

Il mit ses lunettes et tendit le cou de manière à voir la portion de mur jouxtant la fenêtre derrière lui.

– Est-ce là que se trouvaient les impacts de balle ? demanda-t-il.

– *Quoi* ?

– Je me suis renseigné en détail sur votre passé. C'est bien ici que votre épouse a tué une femme, n'est-ce pas ? Vous n'avez pas été submergé par les médias après qu'elle a fait gicler de la cervelle sur votre papier peint ?

– Mon épouse m'a sauvé la vie. Et vous sortez de ma maison, Monsieur Felton.

Bootsie était debout dans le cadre de la porte, figée, le plateau immobile entre les mains.

Felton éteignit sa cigarette dans la coupe à friandises et se leva doucement, impavide, indifférent.

– Si j'étais vous, j'irais désamorcer le canon de Buford LaRose pendant qu'il en est encore temps. Je pense que c'est un revanchard convaincu, dit-il.

Il se tourna vers Bootsie.

– Je suis désolé de cet incident, Madame Robicheaux.

– Si mon mari vous a dit de partir, ce n'était pas des mots en l'air, *bubba*, dit-elle.

***

Un an auparavant, j'avais arraché le papier du mur jouxtant la fenêtre et rebouché les deux orifices de balle qui s'y trouvaient avec du bois synthétique avant de poncer et de retapisser les planches de cyprès. Mais à mes moments d'oisiveté, lorsque mon regard s'attardait trop longtemps sur le mur, je me rappelai parfois cet après-midi où une tueuse avait pointé un Ruger calibre .22 sur le côté de mon visage, me signifiant ainsi que les horloges du monde étaient pour moi sur le point de s'arrêter sans que je puisse rien y faire que me couvrir les yeux de mes bras, et Bootsie, qui n'avait jamais fait de mal à quiconque de toute son existence, était sortie du couloir avant de faire feu à deux reprises à l'aide d'un Beretta neuf millimètres.

Felton repartit en marche arrière jusqu'à la route avant de prendre la direction du pont mobile dans les bouffées de brume qui sortaient des troncs d'arbre en bordure du bayou.

– C'est ta carrière hollywoodienne qui s'envole, Belle-Mèche, dit Bootsie.

– À vrai dire, je ne m'en sens pas vraiment diminué.

– Tu crois qu'Aaron Crown est de retour ?

– Si c'est vrai, ça ne va pas vraiment être la joie. Mais dis-donc, tu lui as drôlement volé dans les plumes, à Felton ?

– Ça te plaît bien, hein, les filles qui ne s'en laissent pas compter ? Pas la joie pour qui ?

– Je crois que Buford s'est acoquiné avec des affranchis de La Nouvelle-Orléans. Peut-être qu'Aaron n'arrivera même pas jusqu'à la prison... Allez, oublie tout ça. On prend le bateau et on descend le bayou ce soir.

– Sous la pluie ?

– Pourquoi pas ?

– Qu'est-ce qui te tracasse, Dave ?

– Il faut que je joue à la baby-sitter auprès de Buford. Il revient de Monroe et son avion atterrit à dix heures.

– Je vois.

– Ce sera terminé mardi.

– Non, ce n'est pas vrai, dit-elle.

– Ne sois pas comme ça, dis-je, et je mis mes mains sur ses épaules.

– Qu'est-ce que tu veux dire par comme ça ?

Puis son regard se mit à flamboyer et elle répéta :

– Qu'est-ce que tu veux dire par comme ça ?

***

Plus tard dans la soirée, j'allai avec Helen Soileau à l'aéroport de Lafayette pour y attendre Buford qui devait arriver en avion privé. Nous le suivîmes sur le chemin du retour vers la plantation LaRose dans une voiture de patrouille, avant de nous garer sur le côté de l'allée et d'attendre la relève de minuit. Le terrain autour de la maison, les quartiers d'esclaves aujourd'hui remplis de balles de foin, l'écurie en brique aux volets métalliques miroitaient dans l'humidité sous l'éclat brutal des projecteurs de sécurité qui brillaient avec la violence de torches au phosphore. Une par une, les lumières s'éteignirent à l'intérieur de la maison.

– Peux-tu me dire pour quelle raison une affectation comme celle-ci me fait me sentir comme un péon avec un insigne ? dit Helen.

– Aucune idée.

– Si tu étais Crown et que tu voulais le descendre, où te mettrais-tu ?

– À l'intérieur de cette ligne d'arbres, dos tourné au soleil levant.

– Tu veux qu'on aille inspecter l'endroit ?

– Ce n'est pas encore le matin.

– Tu ne t'en fais pas beaucoup.

– Peut-être faudrait-il offrir à Buford l'occasion de faire face à ses péchés.

– J'oublierai ce que tu viens de dire.

Le lendemain matin, un samedi, juste avant le lever du soleil, je m'habillai dans le froid – Bootsie dormait encore – et retournai à la plantation LaRose, où j'arpentai la ligne d'arbres entre la route et le bayou. En vérité, je ne m'attendais pas à trouver quoi que ce soit. Aaron n'avait pas reçu de formation militaire, il était impétueux et ne suivait pas de schéma préétabli, et son seul cadre de référence, en paysan des collines qu'il était, était aussi rationnel qu'un homme cherchant à encercler sa maison bâtie en rondins d'une série de contre-feux alors que la cime des arbres de la forêt est déjà en flammes.

J'oubliais néanmoins qu'Aaron avait passé sa vie à chasser, ni pour le plaisir ni même pour laisser sa marque sur la terre, mais en homme pour lequel armadillos et cerfs, opossums et canards, écureuils et merles, voire les lépidostées qu'on pouvait tirer d'une barque étaient de la nourriture digne de sa table et des adversaires qu'il abattait afin de survivre, sans préférence ni mépris pour les uns ou pour les autres, une tâche qu'il s'appliquait à accomplir de manière systématique et sans passion, de la même façon qu'il égorgeait poulets et cochons sur le billot.

À y réfléchir à deux fois, je me dis que le tireur d'élite professionnel le mieux entraîné pourrait probablement recevoir des leçons d'Aaron Crown.

À une centaine de mètres de l'arrière-cour de Buford, avec, en champ de vision, le spectacle bien dégagé du hangar à chariots reconverti, l'allée à voitures, les automobiles garées, je vis les feuilles grises brisées, les marques de genoux et de chaussures dans le sol meuble derrière un plaqueminier de Virginie, une boîte de saucisses vide, des miettes de biscuits salés, les restes des mégots déchiquetés de cigarettes roulées.

Puis je crus entendre quelqu'un courir et voir une ombre qui se coulait entre les arbres, avant de plonger dans le lit à sec d'une coulée et passer très vite devant la crypte de marbre noir au centre du cimetière des LaRose. Mais dans la douceur rose et étouffée de cette matinée, sous la pluie qui continuait à tomber comme des aiguilles de cristal jaillies du soleil, je regardai à nouveau et ne vis que des chevaux roux tournant parmi les troncs d'arbres, des mottes de feuilles mortes compactées explosant sous leurs sabots, le dos auréolé de la vapeur qui montait de leur corps.

Je sortis un sachet Ziplock de ma poche de veste et commençai à ramasser les fragments de papier à cigarette déchiré et la boîte à saucisses du bout de mon stylo-bille à l'instant précis où Buford sortait par la porte de derrière, vêtu d'un jean et de bottes de cow-boy, d'une veste en daim anthracite et d'un Stetson gris, le visage dressé vers l'aube naissante et les promesses si particulières qu'elle semblait contenir.

Je me demandai s'il avait jamais eu la vision de son propre visage verrouillé à l'intérieur d'une lunette télescopique, juste avant qu'une balle de .303 basculant sur sa trajectoire ne soit sur le point de découper un trou de serrure en son beau milieu.

Peut-être. Ou peut-être que mon imagination indiquait un niveau de ressentiment opiniâtre que je me refusais à reconnaître.

***

Cet après-midi-là, Clete gara sa Cadillac près de la rampe à bateaux, descendit le ponton et entra dans la boutique à appâts, où j'étais occupé à empiler les chaises et à passer le sol à la serpillière. Il se versa une tasse de café au comptoir et la but.

– On dirait que tu t'es fait pleuvoir dessus, dis-je.

– C'est un fait.

– T'as attrapé quelque chose.

– Non. L'eau est devenue trop fraîche. Mais j'ai trouvé Brandy Grissum, cependant.

Je plaçai une chaise à l'envers sur une table et reposai mon balai.

– Ce qui me fait vivre au quotidien, c'est toujours de courser les fugitifs en conditionnelle pour Nig

Rosewater et Wee Willie Bimstine, dit-il. Donc, je suis passé voir Nig cet après-midi pour lui demander s'il avait quelque chose pour moi, et de but en blanc, il me dit qu'une nana noire du nom de Brandy Grissum s'est défilée après une inculpation pour prostitution en laissant Nig et Willie avec la caution sur les bras. Mais parce que la plupart des raclures voient en Nig un mec plutôt honnête pour un prêteur de caution, Brandy lui passe un coup de fil depuis un foyer de transit de Morgan City en lui disant qu'elle a une trouille à chier de revenir à La Nouvelle-Orléans, et lui demande s'il peut régler son petit problème d'inculpation auprès de la cour et renouveler sa caution.

« Peux-tu imaginer la confiance que ces gens-là placent en leur prêteur de caution ? Mon insigne m'a bien manqué par le passé. Aujourd'hui, je crois que je vais me trouver un de ces petits bureaux en parpaings gris avec leur enseigne au néon tout près de la prison municipale.

– Elle se trouve dans un foyer de transit ? dis-je.

– Pas pour longtemps. Elle est sur le point de se faire virer. T'as une caisse noire pour tes indics ?

– Nous avons déjà de la chance de pouvoir régler la facture d'éclairage.

– Je n'irais pas mettre ça comme priorité dans la discussion.

***

Le foyer de transit à un étage, peint en jaune canari et décoré de jardinières, se situait sur une route de coquillages concassés qui longeait un canal bordé de bananiers et de bégonias sauvages. Les feuilles de bégonia étaient flétries et zébrées de blanc par les éclaboussures projetées par les automobiles de passage. Un crevettier pourri était à moitié submergé de l'autre côté du canal, et des lépidostées se nourrissaient à quelque dépouille pourrissante qui suintait par l'un des dalots. Sur la galerie du foyer de transit s'entassaient plantes vertes et chaises en bois où s'étaient installés des Blancs et des Noirs, vêtus de tenues criardes, fumant leur cigarette et ne regardant rien, sinon leurs chaussures, ou le passage d'une automobile qu'ils suivaient alors des yeux jusqu'à ce qu'elle s'engage finalement sur la grand-route qui ramenait au cœur de Morgan City qu'on aurait crue peinte d'un rouge électrique sur fond de ciel du soir.

Brandy Grissum s'assit avec nous à une table de pique-nique jonchée de jouets d'enfants sous un margousier. Elle avait mis du brillant à lèvres, ses joues étaient fardées haut sur les pommettes et sa chevelure était maintenue par un filet orné de paillettes. Elle arborait un jean, des pantoufles en toile mauve et une chemise bleue aux manchettes festonnées de dentelle. Le blanc de ses yeux était tissé de petits vaisseaux sanguins.

– Vous pouvez m'avoir de l'argent ? dit-elle.

– Tout dépend de ce que tu as à offrir, Brandy, dis-je.

– Y vont me virer demain. J'ai nulle part où aller. Y sait où qu'elle est, ma famille.

– Le tireur ? dis-je.

– Y m'a trouvée deux fois. Y m'a emmenée dans les bois... Y m'a fait faire des choses à l'arrière de sa voiture.

Son regard cilla et se détourna de mon visage.

– Qui c'est, ce mec, Brandy ? dit Clete.

– Y se fait appeler Mookie. Y dit qu'y vient de Miami. Mais y parle français et y s'y connaît sur la pêche dans les bayous le long de la I-10.

– Mookie comment ? dis-je.

– Je veux même pas essayer de savoir son prénom. Je veux juste récupérer mon petit garçon chez ma mère et partir ailleurs.

– Pourquoi te met-on à la porte ?

Elle pétrit le haut de son avant-bras et regarda au loin la route de coquillages concassés sous le crépuscule.

– Y z'ont dit que j'avais l'urine chargée quand je suis revenue au foyer l'autre jour. J'ai dit, vous pouvez me regarder le bras, j'ai pas de nouvelles marques de piqûre. La surveillante, elle dit comme ça que je me pique dans les cuisses, les autres femmes, elles l'ont comme qui dirait vu sous la douche. Mais je m'ai pas piqué dans les cuisses, c'est la vérité vraie, et y a trente-sept jours que j'ai pas fumé de caillou.

– Comment se fait-il alors que ton analyse d'urine n'était pas nette ? dit Clete.

Elle se tirailla le lobe de l'oreille et haussa les sourcils.

– Me demandez pas, dit-elle.

– Pourquoi Mookie a-t-il tué ton miché ? demandai-je.

– Il a dit qu'il faisait ça pour rendre service à des amis. Il a dit que le mec avait pas à fricoter avec des Noires, de toute façon.

– Tu travailles pour Dock Green, Brandy ? demandai-je.

– Je m'ai trouvé un surveillant de trottoir. C'est lui qui dirige.

– Tu es surtout en cheville avec un artiste de l'entaulage, dit Clete.

La crête d'un maxillaire se noua sur la joue de Brandy.

– Pourquoi Mookie t'a-t-il laissé filer ? demandai-je.

– Il a dit qu'y m'aimait bien. Il a dit que je pourrais avoir de la blanche de Chine, tout le crack, toute l'héro que je veux, suffit que je demande. Il fumait du caillou dans sa voiture. Il a une expression sur le visage qui me fiche une vraie trouille. M'sieur, faut que je quitte la Lou'sane sinon y va me retrouver encore une fois.

– Il faut que tu me donnes plus de renseignements, Brandy, dis-je.

– C'est vous, le po-li-cier de New Iberia ?

– C'est exact.

– Y sait tout sur vous. Et il est aussi au courant pour ç'ui qui est avec vous.

Clete était sur le point d'allumer une cigarette. Il la sortit de sa bouche et me regarda.

– Y disait comme ça, v'là exactement ce qu'y m'a dit, c'est pas moi qui raconte ça : " Si le gros lard revient se pointer là où y devrait pas mettre les pieds, j'ai la permission de lui cramer la cervelle. "

– Et c'était quand, ça ? dis-je.

– Il y a une semaine. Peut-être deux. Je me rappelle pas.

– Y a-t-il un moyen pour que je fasse passer un message à ce mec ? demanda Clete.

– Je sais rien de plus. J'y suis pour rien dans tout ça, moi. Z'allez me donner l'argent du train pour mon petit garçon et moi ?

Je sortis une enveloppe de ma poche arrière et la lui tendis.

– Ça fait que deux cents dollars, dit-elle.

– Ma tirelire est à sec, dis-je.

– Ce qui veut dire que l'argent vient de sa poche, dit Clete.

– Ça me paraît pas beaucoup pour tout ce que je vous ai raconté.

– Je crois que je vais aller me faire une petite balade à pied, balancer quelques cailloux aux gros poissons. Donne un coup de clairon quand tu seras prêt à décarrer. T'adores pas ça, traîner tes guêtres avec la pègre et les truands ? dit Clete.

***

La nuit précédant l'élection, je m'allongeai dans l'obscurité pour réfléchir au moyen de dénouer l'écheveau de l'affaire. Pourquoi le Noir gargantuesque à la chevelure en balai-brosse était-il resté à traîner du côté de La Nouvelle-Orléans après l'exécution du scénariste ? Si ce n'était pour éliminer Mingo Bloomberg ? Voire Clete ?

Mais pourquoi s'attendre à un comportement rationnel de la part d'un sociopathe ?

Question plus importante : pour qui travaillait-il ? Brandy Grissum avait déclaré que le Noir avait proféré des menaces contre Clete une ou deux semaines auparavant, c'est-à-dire avant notre visite à Dock Green. Mais Dock savait probablement déjà que nous remuions le linge sale sans prendre de gants, et donc la succession des événements n'était pas pertinente.

Et je partais aussi du principe que Brandy Grissum ne mentait pas. En vérité, la plupart des gens qui parlent aux flics – suspects, raclures de toute espèce, responsables d'infractions à la circulation, victimes de crimes, témoins de crimes, membres de la famille d'une victime, ou fêlés irritables qui détestent le chien du voisin – ont le sentiment à un moment donné qu'ils se doivent de mentir, pour se protéger, protéger une personne ou pour s'assurer que quelqu'un sera puni. Le fait qu'ils vous prennent pour un imbécile crédule semble échapper à leur entendement.

J'avais toujours la conviction que le centre de l'affaire se trouvait dans la plantation des LaRose. Les trois voies qui y conduisaient passaient par Jimmy Ray Dixon, Dock Green et Jerry Joe Plumb. La motivation commune à tous les joueurs de la partie était l'appât du gain.

Le scénario n'était pas nouveau.

Mais la présence du pouvoir et de la célébrité lui donnait un masque de brillant. Les LaRose représentaient ce que les autres voulaient être, et leurs péchés ne semblaient guère dignes d'être reconnus.

Sauf pour un seul homme, dont les chevilles étaient marbrées des meurtrissures d'entraves et dont les pensées explosaient en brasier sans répit comme des planches sèches alimentant un haut fourneau.

16

Buford remporta l'élection.

Le nord de l'État resta partagé à cause de la présence du candidat raciste d'un parti tiers, tandis que les paroisses du Sud votaient en bloc pour l'un des leurs, héros de football, catholique et bon vivant, et descendant d'officiers de cavalerie confédérée, mais dont les deux doctorats et son identification au Nouveau Sud ne permettraient jamais à son électorat d'éprouver le moindre embarras.

La fête ce soir-là à Baton Rouge eut droit à la couverture télévisée qu'on associe habituellement au mardi gras.

Le mercredi soir, la fête se transporta jusqu'à la plantation LaRose à New Iberia. L'air moite était chargé d'odeurs de fleurs et de viandes grillées, et, à croire que la saison avait voulu coopérer à l'ascension politique de Buford, une pleine lune jaune s'était levée au-dessus du bayou, des champs nettoyés, des pur-sang dans le pâturage, tout ce qui semblait définir la continuité historique de la famille LaRose. D'abord, un orchestre Dixieland, puis un groupe de musique *zydeco* jouèrent à même le plateau d'un camion garé dans l'arrière-cour. Par centaines les invités mangèrent okra, gumbo de saucisse, ailerons de poulet grillés au barbecue sur des assiettes en carton en prenant la file devant les saladiers de cristal remplis de punch au whiskey-sour. Ils se comportaient avec la désinvolture pleine de bonne humeur de ceux qui savent que leur heure est arrivée ; les parterres de fleurs piétinés, les gobelets en carton qui jonchaient l'herbe, les propos crus et grossiers des visages rougeauds n'étaient l'espace d'un instant qu'une part du tribut qu'ils payaient à leur propre validation.

Helen Soileau et moi remontâmes la limite des arbres le long des champs sur l'arrière de la propriété pour toucher un mot aux deux policiers d'État armés de fusils à pompe à canon raccourci, avant d'aller inspecter à la lueur de nos torches les dépendances, entrepôts, grange et écuries, puis revenir par l'allée vers notre véhicule garé devant la façade. La nuit promettait d'être longue.

Clay Mason fumait un cigarillo entre deux automobiles, un pied botté en appui sur un pare-chocs, occupé à contempler d'un air rêveur les champs nettoyés et la lune jaune qui avait rempli les branches d'un chêne tendu de mousse.

– Ah, monsieur Robicheaux, comment allez-vous ? demanda-t-il.

– Vous êtes en visite, monsieur ? dis-je.

– Juste assez longtemps pour présenter mes félicitations. Seigneur, quel événement ! Je suis surpris que le père de Buford ne se soit pas relevé de sa tombe !

– Je me suis laissé dire que c'était un sacré mec.

– Si c'est ainsi que vous appelez un “ salopard ”, alors, c'est exact.

– Comment avez-vous connu son père ?

– Nos deux familles étaient propriétaires de deux ranches voisins, à l'ouest du Pecos.

– Je vois.

– Mon père disait toujours que les grands pays ne se bâtissent que grâce aux salopards. Que pensez-vous d'une telle déclaration ?

Il tira une bouffée de son cigare.

– Je ne sais pas bien.

Je vis Helen monter dans la voiture de police et refermer la portière dans l'obscurité.

– Fils, il n'y a rien de plus odieux qu'un homme intelligent essayant de se faire passer pour un imbécile.

– Il est préférable que je vous dise bonne nuit, Dr Mason.

– Arrêtez de vous comporter comme un débile sans jugeote. Allons jusque là-bas prendre un verre.

– Non, merci.

Il donna l'impression d'examiner la silhouette des ramures de chêne sur fond de lune.

– Je crois savoir que vous avez établi la correspondance entre les empreintes digitales de cet homme du Klan, Crown, c'est bien ça, son nom, et celles laissées sur des boîtes de conserve ou des feuilles de papier à cigarettes retrouvées dans les bois.

– C'est exact.

Il balança son cigarillo d'une pichenette pleine d'étincelles dans un parterre de roses.

– Capturez ce salaud de raciste, monsieur Robicheaux.

– Je ne pense pas qu'Aaron Crown soit raciste.

Il plaça la main, une main en forme de serre griffue, sur mon bras. Une incisive brilla dans sa bouche lorsqu'il sourit.

– Un membre du Ku Klux Klan ? Ne vous leurrez pas vous-même. Un homme comme lui, ça vous arrache la gorge avant de la déguster comme une mandarine, dit-il.

La brise fit bouffer sur son crâne ses cheveux blancs, fins comme la barbe du maïs.

***

Un quart d'heure plus tard, je dus me rendre aux toilettes.

– Va à l'intérieur, dit Helen.
– J'aimerais mieux éviter.
– Tu veux prendre la voiture ?
– Ça ne se fait pas.
– Alors, je crois que tu n'as pas le choix. Faut que tu ailles à l'intérieur.

Je traversai la foule des fêtards dans la cour, passant à côté des musiciens *zydeco* sur leur camion à plateau. Ils s'égosillaient à pleins poumons sur *La Valse Negress*, avec accordéon, violon et guitares électriques, sur fond de racle dont jouait un homme aux doigts garnis de dés à coudre qu'il faisait courir au long d'une réplique en aluminium de planche à laver, moulée à sa poitrine comme une armure souple. L'intérieur de la maison était lui aussi plein de monde, et je dus emprunter l'escalier qui montait au premier pour trouver des toilettes libres.

Ou presque.

La porte était entrouverte. Je vis une cuisse d'homme dénudé, le pantalon sur les genoux, une montre en or sur un poignet velu. La décence aurait dû exiger de moi que je recule pour attendre près du haut de l'escalier. Mais j'avais également vu autre chose – l'objet en verre, de forme cylindrique, tenu entre deux doigts, le pouce posé sur le piston, la giclée brillante de liquide qui sortait de l'aiguille.

Je poussai la porte que j'ouvris complètement.

Lorsque Buford trouva la veine, il ferma les paupières et les rouvrit, ses yeux maintenant voilés, lèvres entrouvertes avec indolence, et un son étouffé monta de sa gorge, comme s'il se laissait glisser vers les prémices d'un orgasme.

C'est alors qu'il m'entendit.

– Oh... Dave, dit-il.

Il posa la seringue sur le bord de la cuvette et déglutit, bouche sèche, son regard perdant de son expression tandis que ses pupilles se rétrécissaient sous le shoot.

– Belle saloperie, Buford, dis-je.

Il boutonna son pantalon et essaya de boucler sa ceinture.

– Glandes de bouc et vitamines. C'est pas ce que tu crois, Dave, dit-il.

– Et donc, c'est la raison pour laquelle tu te piques dans la cuisse ?

– John Kennedy faisait ça.

Il eut un petit sourire timide.

– Est-ce que tu vas passer les menottes au nouveau gouverneur à son propre domicile ?

– Ça ne tiendrait pas. Pourquoi ne pas discuter de tout cela avec une personne de confiance, avant que tu te consumes complètement ?

– Ça pourrait faire un feu intéressant.

– Je n'ai encore jamais rencontré de shooté qui soit différent d'un ivrogne. Et là, je parle de moi, là, Buford. Nous sommes tous des connards frimeurs. Toujours plus malins que tout le monde.

– Tu as raté ton époque, historiquement parlant. Tu aurais dû siéger au côté de saint Augustin. Tu es né pour le confessionnal. Allons, un nouveau jour nous attend, monsieur, si tu voulais seulement me donner un petit coup de main pendant un instant.

Je l'aidai à s'asseoir sur le couvercle de la cuvette, et observai, presque à la manière d'un voyeur, la couleur revenir à son visage, sa respiration reprendre un semblant de régularité, ses épaules se redresser, ses yeux se lever vers les miens, pleins d'une lueur joyeuse.

– Nous planons de nos ailes dorées au-dessus de l'abîme, dit-il. Les fêtards attendent...

Je fracassai sa seringue dans la cuvette des toilettes.

– Mets ça sur le compte de mes mauvaises manières, dis-je.

***

Tôt le lendemain matin, le shérif m'appela dans son bureau.

– Les services de police de Lafayette demandent notre aide pour assurer la sécurité à l'hôtel Acadiana sur Pinhook Road, dit-il.

– Encore Buford ?

– Ce mec a transformé le bureau du gouverneur en kermesse ambulante. Nous n'allons probablement pas pouvoir échapper à la corvée pendant un petit moment.

– Je veux me faire porter pâle, patron.

– Et moi, je veux retrouver ma chevelure d'antan.

– Il se pique.

– Tu veux dire que nous venons d'élire un camé ?

Je lui racontai ce qui s'était passé la veille au soir. Il souffla avec force.

– Tu es sûr qu'il n'est pas diabétique ou quelque chose ? demanda-t-il.

– Je pense qu'il s'agit d'amphets.

– Tu n'as pas voulu l'arrêter ?

– Choper un mec en flag dans ses toilettes sans mandat ?

Il se massa la tempe.

– Je déteste dire ça, mais je suis malgré tout heureux que ce soit lui qui ait gagné plutôt qu'un des autres merdaillons, dit-il.

Il attendit.

– Pas de commentaires ?

– Ce mec, c'est de la mauvaise graine. Et c'est nous qui paierons les pots cassés au bout du compte.

– Seigneur, tu es une source de réconfort, dit-il.

***

Je récupérai mon courrier de la matinée et entrai dans mon bureau au moment où mon téléphone sonnait. Dock Green s'était levé du mauvais pied. Il était remonté.

– Si ce connard d'Irlandais veut venir me les gonfler, tu lui diras que je le retrouve où il veut, dans la rue, dans une allée ou sur un banc de sable en plein milieu de l'Atchafalaya. Quelqu'un aurait dû lui péter les rayons il y a bien longtemps, dit-il.

– Quel connard d'Irlandais ? dis-je.

– Sans dec, répondit-il. Il a fait tout un scandale dans mon casino. Les clients passaient les portes comme si c'était un exercice d'incendie. Il a balancé une boule de billard à la tête d'un mec dans mon restaurant.

– Va lui dire toi-même.

– J'aimerais bien. Sauf que je n'arrive pas à mettre la main dessus. Il est trop occupé à essuyer la merde qu'il a fait voler sur toute la ville.

– Clete, c'est le mec qui prend ses adversaires en face, d'homme à homme, Dock.

– Ouais ? Eh bien, moi, je suis un être humain civilisé. C'est pas le cas de Jimmy Ray Dixon. Ton ami est descendu dans Cannibal Town, et partout où il est passé, il a laissé le message : laisser tomber le gorille noir qui arrête pas de lancer des menaces contre lui, sinon il finira par clouer le zob de quelqu'un au mur. J'espère qu'on le fera cuire à petit feu dans une marmite.

– Le tueur que nous voulons est un mec de nom de Mookie. Il raconte à qui veut l'entendre qu'il a la permission d'éliminer Purcel. Qui est-ce qui irait lui donner ce genre de permission, Dock ?

– Essaie de te mettre ça dans la caboche, Robicheaux...

J'entendis alors une voix de femme, des mains qui griffaient le combiné, comme si quelqu'un essayait de l'arracher à Dock.

– Monsieur Robicheaux ?

– Oui.

– Persephone Green à l'appareil. Je vous ai rencontré il y a des années de cela, lorsque je m'appelais Giacano.

– Oui, je me souviens, dis-je, bien qu'il n'en fût rien.

– Vous en êtes sûr ? Parce que vous étiez ivre, cette fois-là.

Je m'éclaircis la gorge.

– Mon mari essaie de vous faire comprendre que nous n'avons rien à voir avec les problèmes de la communauté noire de La Nouvelle-Orléans, dit-elle. Laissez-nous donc tranquilles. Et dites la même chose à votre ami.

– Votre mari est un maquereau.

– Et vous, vous êtes un idiot, vous ne lui arrivez pas à la cheville, dit-elle avant de raccrocher.

Les féministes avaient fait leur percée au sein de la pègre, ou alors les têtes de spaghetti de La Nouvelle-Orléans avaient donné le jour à une nouvelle génération.

***

En compensation de mes heures supplémentaires, je pris mon après-midi pour me rendre au Health et Racquet Club de Red Lerille à Lafayette. J'effectuai quatre séries d'haltères, levers de poitrine, arrachés jambes tendues et levers couché au banc, avant de me rendre dans la salle principale avec ses rangées d'appareils de musculation alignés le long d'une baie vitrée donnant sur une allée ombragée et les courts de tennis adjacents. Une demi-douzaine de flics de Lafayette, en congé ce jour-là, le corps gonflé aux stéroïdes, étaient rassemblés autour d'un bar pliant, apparemment occupés à bavarder.

Mais leurs regards ne cessaient de s'égarer vers le fond de la salle, là où Karyn LaRose était allongée sur un banc à l'oblique, mollets et chevilles crochetés sous deux coussins cylindriques en vinyle tandis qu'elle relevait le buste vers les genoux, ses cuisses brunes brillantes de sueur, ses seins aussi gonflés que des pamplemousses tendant le tissu de son T-shirt de motard Harley.

Je m'installai à un appareil de musculation Nautilus pour les jambes, réglai la tension à soixante-cinq kilos et levai la barre de mes deux pieds jusqu'à étirer les chevilles dans l'alignement des genoux et commencer à sentir une brûlure gagner l'intérieur de mes cuisses.

Je la devinai au coin de mon champ de vision. Elle fouetta ma jambe d'une pichenette de sa serviette couverte de sueur comme un baiser mouillé.

– Notre garde du corps a perdu sa langue aujourd'hui ? dit-elle.

– Salut, Karyn.

Elle s'essuya le cou et l'arrière de sa chevelure. Son short noir était moite, moulé à ses muscles.

– T'es toujours furieux ? dit-elle.

– Je ne m'intéresse jamais aux résultats du match de la veille.

Elle resta bouche bée.

– Désolé, la métaphore était mal choisie, dis-je.

– Tu n'en feras jamais d'autres.

– Que dirais-tu de demander à ce que je sois dispensé d'assurer votre sécurité ?

– T'es coincé, mon chou.

– Pourquoi ?

– Parce que t'es mignon tout plein, voilà pourquoi.

Elle posa l'avant-bras sur le dessus de l'appareil. En laissant sa cuisse frôler la mienne.

– Je dirais plutôt, pour rester maîtresse du jeu, dis-je

– Mais c'est bien de ça qu'il s'agit, mon mignon. Ça, et rien d'autre.

Sa cuisse me toucha à nouveau.

– Arrête de faire joujou avec les gens, Karyn. Aaron Crown est là dehors, à attendre. Il se fiche bien des belles arguties rhétoriques.

– Alors trouve-le.

– Je pense que c'est lui qui nous trouvera. Et ce ne sera pas non plus un moment très agréable.

Son regard se porta le long de l'allée centrale au travers des appareils. Les flics de Lafayette avaient porté leur attention sur une barre d'haltères chargée de disques de cinquante kilos. Sans me quitter des yeux, Karyn suçota son index avant d'en toucher mes lèvres.

***

Un peu plus tard, je me rendis au bar de Sabelle Crown près de l'Underpass à Lafayette. La journée avait beau éclater de lumière, le bar, une fois passée la porte, était aussi sombre que l'intérieur d'un gant. Sabelle se trouvait dans une remise sur l'arrière qui faisait office de réserve, le corps zébré par les rais de soleil filtrant au travers des murs en planches, et elle surveillait deux Noirs occupés à charger des sacs en plastique bourrés à craquer de boîtes de bière vides dans un camion de récupération.

– Je me demandais bien quand tu allais passer, dit-elle.

– Oh ?

– Il ne viendrait pas ici. Et je ne sais pas non plus où il se trouve.

– Je ne te crois pas.

– Comme tu voudras...

Elle se tourna vers les deux Noirs.

– O.K., vous avez tout pris, les mecs ? La semaine prochaine, je veux que vous soyez ici à l'heure. Plus d'excuses du genre : “ Grand-mère a été malade,

Miz Sabelle. " Il y a des créatures sans yeux qui vivent sous les ordures que j'ai là-bas derrière.

Elle regarda le camion aux ridelles à claire-voie maintenues à l'aide de fils de fer descendre l'allée en brinquebalant.

– Seigneur, quelle vie ! dit-elle.

Elle s'assit sur une chaise pliante près du mur en brique et sortit un sandwich d'un sac en papier. Un réseau complètement fou d'escaliers en bois et d'échelles à incendie rouillées zigzaguait jusqu'aux étages supérieurs de l'immeuble. Du pied, elle poussa une chaise dans ma direction.

– Assieds-toi, Dave, tu me rends nerveuse.

Je regardai une tache gluante sur le siège et restai debout.

– Il n'existe qu'une seule personne au monde qui compte pour lui. N'essaie pas de me faire croire qu'il n'a pas essayé de te contacter, dis-je.

– Tu veux un sandwich au salami ?

– Nous pouvons encore inverser le cours des choses. Mais pas s'il fait du mal à Buford.

– Buford est né avec le doigt rose d'une nounou noire dans le troufignon. Laisse-le pour une fois se sortir de ses problèmes tout seul, ça le changerait.

– Et ton père, alors ?

– Personne ne fera jamais changer les idées de papa sur rien.

Son expression s'était tournée vers l'intérieur d'elle-même, brûlante d'une colère que rien n'avait pu soulager.

– Qu'est-ce que Buford t'a fait ? demandai-je.

– Qui a dit qu'il a fait quoi que ce soit ? J'aime le commerce que je dirige, quand je me bagarre avec des hommes de couleur qui recyclent les boîtes de bière ou quand je passe la serpillière dans les chiottes après le passage des poivrots. Dis à Buford de venir jusqu'ici un de ces quatre. Je lui paierai un carafon de picrate.

– Il a dit qu'il ne te connaissait pas.

Ses yeux remontèrent jusqu'à mon visage.

– Il a dit ça ? Essuie la chaise et assieds-toi. Je vais te raconter une petite histoire concernant notre nouveau gouverneur.

Elle remballa son sandwich, avant de le balancer dans un fût à pétrole où se consumaient des planches.

***

Ce soir-là, il faisait assez doux pour que l'on puisse souper dans l'arrière-cour.

– Il faut que tu ailles travailler à Lafayette ce soir ? demanda Bootsie.

– Pis que ça. Buford a un petit déjeuner prévu dans la matinée. Je devrai probablement passer la nuit là-bas.

– Ils savent la manière de bien se faire comprendre quand ils le veulent, pas vrai ?

– Mieux vaut que tu en sois convaincue.

– Ça te dérange si je viens ?

– Je pense que c'est une idée super.

– Oh, j'ai oublié. On a laissé une lettre dans la boîte. Sans timbre dessus.

– Qui l'a déposée ?

– Batist dit qu'il a vu un Noir en bicyclette s'arrêter sur la route... La lettre est sur la table de la salle à manger.

Je retournai dans la maison et ressortis. Mon nom et mon adresse étaient rédigés sur l'enveloppe au crayon, en capitales irrégulières. Bootsie observait mon visage pendant que je lisais le petit mot qui se trouvait à l'intérieur.

– Elle vient de *lui*, je me trompe ?

Je déposai la feuille de cahier d'écolier Big Chief sur la table de pique-nique afin qu'elle pût la lire.

J'ai tué les deux Noirs dans la remise à outils pasqu'ils voulaient pas me laisser tranquille. Mais je suis toujours pas responsable du premier. Dis à ce paquet de merde qui m'a causé tous ses ennuis qu'il arrivera pas à Baton Rouge. T'as été bon avec moi. Alors reste pas entre moi et un homme qui va brûler en enfer que c'est là qu'on aurait dû l'expédier y a bien longtemps.

Sincèrement vôtre
Aaron Jefferson Crown

– Il utilise une drôle d'expression. Il dit qu'il “ est pas responsable ” plutôt qu'innocent, dis-je.

– Probablement qu'il est incapable d'écrire le mot.

– Non, je me souviens, il a toujours dit “ c'est pas moi ”.

– Oublie la linguistique, Dave. Et prête attention à la dernière phrase. Je ne vais pas te laisser prendre un mauvais coup pour Buford LaRose.

– Ça n'arrivera pas.

– Tu as bien compris. Je vais avoir une petite conversation avec notre Karyn.

– Ne complique pas les choses, Boots.

– C'est une grande fille. Elle est capable d'encaisser.

– Quand le shérif voudra bien me dispenser de ce boulot-là, il le fera.

– Joli choix freudien, Belle-Mèche. Parce que c'est ce qu'elle est en train de faire : baiser toute notre famille.

***

Il me restait une demi-heure avant mon départ pour l'hôtel Acadiana sur la Vermilion River, où

Buford et Karyn étaient les invités d'une association d'entrepreneurs en bâtiment. Je m'assis à la table de pique-nique et démontai mon .45 automatique de l'U.S. Army, modèle 1911, que j'avais acheté pour vingt-cinq dollars à Saigon, dans Bring Cash Alley, où tout se vendait contre argent comptant. L'arme pesait dans ma main, lourde et froide, et mes doigts laissaient de fines empreintes sur la mince pellicule d'huile qui recouvrait l'acier bleuté. Je passai l'écouvillon dans le canon, nettoyai la culasse et l'extérieur de la glissière de la poudre brûlée qui restait de ma dernière visite au stand de tir d'entraînement, dégageai chacune des cartouches à tête creuse du chargeur, huilai le ressort et les replaçai l'une après l'autre jusqu'à sentir la huitième bien prendre sa place sous la pression de mon pouce.

Mais les armes et les fantasmes sublimés qui allaient de pair avec leur nettoyage étaient des solutions de rechange faciles pour éviter de réfléchir quand on est confronté à des situations complexes. Le problème majeur de cette affaire résidait dans le fait que nombre des joueurs qui s'y trouvaient engagés n'étaient pas des criminels professionnels.

L'histoire de Sabelle n'avait rien de surprenant. Dans les petites villes du Sud, bien avant la guerre de Sécession, possédants comme dépossédés pouvaient bien s'être méprisés ou craints les uns les autres à la lumière du jour, mais la nuit venue, le besoin de sexe et le désir impérieux avaient une manière bien particulière de dissoudre les différences sociales qui se manifestaient avec tant de facilité aux premières heures du matin.

Je dis que son histoire n'avait rien d'exceptionnel. Ce qui ne signifie en rien qu'elle ne soit pour autant significative des gens que nous étions. Simplement, je ne savais pas si elle avait un rapport pertinent avec l'affaire.

Il ne lui avait jamais réellement prêté attention au lycée de New Iberia. Elle était en seconde quand il était en première, une de ces filles à la main ornée d'un tatouage maison, habillée de vêtements droit sortis du rayon “ textiles ” d'un bazar à cent sous, traînant à ses basques des rumeurs trop scandaleuses pour être crues. Elle avait été arrêtée pour vol à l'étalage avant de quitter l'école en première et était devenue serveuse au drive-in et bowling au bout d'East Main. L'été de son diplôme de fin d'études secondaires, il était arrivé au drive-in pour boire quelques bières, dans sa décapotable Ford vert métallisé, en compagnie de trois autres joueurs de base-ball, à l'issue d'un match de la Légion américaine. Il ne s'était pas douché, le visage encore empourpré par la victoire et la magie rose du soir, l'uniforme sali de taches d'herbe, ses pointes claquant sur le gravier lorsqu'il s'était avancé vers la fenêtre de service où il l'avait vue qui essuyait de la main la buée mouillée d'une bouteille de Jax à long col.

Elle se pencha par-dessus la caisse de bières, sourit et le regarda droit dans les yeux, en sachant, au sourire qu'elle vit à la commissure de ses lèvres, qu'il reviendrait plus tard.

Il raccompagna ses amis chez eux, prit un bain, se changea et revint s'asseoir à l'une des tables de planches sous les chênes verts, à boire de la bière et écouter la musique du juke-box diffusée dans des haut-parleurs cloués aux branches, jusqu'à ce que, finalement, elle ressorte à minuit sous l'éclat humide des lumières électriques pour monter dans sa voiture où, d'un bras tendu, elle actionna l'avertisseur pour dire bonne nuit aux autres serveuses restées plantées à glousser derrière la fenêtre vitrée du drive-in. Il ne fit aucune remarque sur l'impertinence ou le geste de propriétaire dont elle avait fait montre ; il lui sourit même avec bonne humeur.

Il n'y avait personne sur l'aire de stationnement, hormis un Nègre âgé occupé à ramasser des détritus qu'il fourrait dans un sac de jute.

Ils avaient fait cela la première fois sur une route retirée près de Lake Martin, à la manière dont elle avait pensé qu'il procèderait, sur la banquette arrière, portière ouverte, pantalon et ceinture aux chevilles, le corps tremblant et maladroit de toute la passion qui l'animait, sa mâchoire déjà relâchée, sa voix, un mince murmure rauque, avant même qu'il l'eût complètement pénétrée.

Trois soirs plus tard, il passait la voir chez elle, dans sa maison en toile goudronnée imitation brique sur la coulée, pour la convaincre de se faire porter pâle pour la journée. Cette fois, ils longèrent le Teche en direction de Jeanerette et firent ça dans la maisonnette de gardiens d'une plantation bâtie sur le bayou par des esclaves antillais en 1790, que le père de Buford avait achetée, non pas pour ses vérandas aux fers forgés en volutes, son allée à voitures circulaire sous sa marquise de chênes, ses belvédères sous leurs entrelacs de glycines, les balles minié [1] tirées par les soldats Yankee enchâssées dans les cadres des fenêtres, mais simplement comme un investissement immobilier temporaire réglé par la signature d'un chèque.

À mesure que l'été avançait, la routine nocturne de Buford et de Sabelle en vint presque à ressembler à celle d'un jeune couple ordinaire solidement établi ou fiancé ou dont la passion était à l'évidence d'une pureté telle, par sa chaleur et son intensité, que l'énorme décalage entre les deux milieux familiaux ne semblait plus être pertinent.

Dans l'esprit de Sabelle, l'été s'était transformé en une chanson qui ne connaîtrait pas de fin. Elle ne

1. Du nom de Claude-Étienne Minié. Balle à pointe conique utilisée dans les fusils à chargement par le canon. (*N.d.T.*)

consultait les dates du calendrier que pour vérifier la périodicité de ses règles. Le gamin malhabile et sans talent qui avait tremblé sur elle ce premier soir près de Lake Martin, avant de s'asseoir honteux et contrit dans le noir, son pantalon toujours déboutonné sur son caleçon, tandis qu'elle lui prenait la main en l'assurant qu'elle avait connu un moment très agréable, s'était progressivement transformé en amant plein d'assurance, qui comprenait, au rythme du souffle de la femme qu'il tenait dans ses bras, ce qui lui donnait le plus de plaisir, jusqu'à ce que, finalement, il sache exactement ce qu'il fallait faire, sans même qu'on le lui dise, au point de pouvoir la faire jouir seule avant qu'elle jouisse une seconde fois avec lui.

Il avait le dos en trapèze noué de muscles, les fesses petites et dures sous les paumes de Sabelle, sa bouche toujours tendre et douce sur son corps. Depuis le lit dans la maisonnette des gardiens, elle laissait son regard se perdre au long du couloir de chênes qui donnait sur le Teche, leurs ramures, leurs mousses, leurs feuilles gonflées comme une volée de pièces d'argent, et repensait à une image qu'elle avait vue un jour dans un livre pour enfants sur les récits bibliques.

L'image avait pour titre *Les Portes du Paradis*. Enfant, elle lui évoquait un lieu d'exode et d'exclusion. Aujourd'hui, tandis qu'elle enserrait Buford entre ses jambes en le pressant plus profond en elle, elle savait que ces portes s'ouvraient pour elle.

Mais en août, il commença à trouver des excuses. Il devait aller s'entraîner tôt le matin pour la saison de football, se coucher de bonne heure, se rendre à Baton Rouge pour sa visite médicale, retrouver les entraîneurs de Tulane, d'Old Miss et de l'université du Texas qui essayaient toujours de le convaincre de quitter L. S. U.

Le dernier samedi du mois, journée qu'il devait passer à La Nouvelle-Orléans, lui avait-il dit, elle avait vu sa décapotable garée devant le Slick's Club à St. Martinville : trois filles s'y trouvaient installées, assises sur les portières, à boire des vodkas collins qu'un serveur noir leur apportait depuis l'intérieur de la boîte de nuit.

Elle se trouvait dans la voiture de son père. Un phare était cassé, la vitre côté passager était remplacée par un carton maintenu à l'adhésif, la carrosserie suintait de rouille à chaque jonction de tôle. Elle fit le tour du bloc à deux reprises, les mains en sueur sur le volant, le cœur battant la chamade, avant de se ranger de biais par rapport à la décapotable et de sortir de la voiture, ses paroles pareilles à des bâtonnets de sucette brisés dans sa gorge.

– Quoi ? dit l'une des filles.

– Où est Buford ? Vous êtes bien avec Buford, non ? C'est sa voiture, dit Sabelle.

Mais sa voix était sans force, comme séparée d'elle, à l'extérieur de sa peau, d'une certaine manière chargée de honte.

Les filles se consultèrent du regard.

– Le beau Buford ? dit l'une.

Toutes trois éclatèrent de rire avant de se retourner vers Sabelle, battant des cils et soufflant leur fumée de cigarette au ciel dans l'air chaud.

C'est alors qu'un énorme rouquin à la chevelure en brosse gominée aussi raide que des piques de métal, les joues empourprées par le whiskey, en T-shirt or et mauve du L. S. U., jaillit par la porte de la boîte de nuit avec quelqu'un sur les talons.

Le garçon coiffé à la brosse, membre de la sélection d'État au poste de centre quand il était au lycée de New Iberia, jeta un œil à Sabelle et pivota, avec, sur le visage, un sourire aussi large et obscène que celui d'une citrouille évidée, en levant les paumes à l'adresse de celui qui le suivait, avant de dire :

– Whoa, mon pote ! C'est pas le moment de sortir dehors ! À moins que tu ne veuilles voir tes bijoux de famille accrochés à l'antenne de la voiture de la dame.

Elle vit le visage de Buford à la lumière des néons, puis il disparut.

Elle ne se souvenait pas du trajet de retour chez elle ce soir-là. Elle s'était allongée dans le noir dans sa chambre, à écouter le cri des grenouilles dans les bois, son père se lever pour aller uriner, son voisin ferrailleur écraser des boîtes de conserve à l'arrière de son camion. Elle regarda un évangéliste à la télévision noir et blanc dans son salon minuscule, puis un film sur la guerre nucléaire. On y avait inséré des plans pris par l'U.S. Army qui montraient les effets des brûlures causées par les radiations sur des animaux vivants qu'on avait laissés dans des enclos situés à cinq cents mètres d'une explosion atomique.

À écouter ainsi les cris et plaintes des animaux, elle voulut voir mourir tous les personnages du film. Non, ce n'était pas ça. Elle eut la conviction, pour la première fois, d'avoir compris sur les hommes quelque chose qu'elle ignorait jusque-là, et elle eut envie de voir une intense lumière blanche rider de ses vagues le ciel à l'extérieur de sa fenêtre, avant de le consumer comme une Cellophane noire, oui, une parfaite flamme blanche capable de chauffer l'air en fournaise, de dévorer toute l'eau du bayou, et de flétrir instantanément un couloir de chênes qui, sous le clair de lune, s'était transformé en portes bibliques dans un livre d'enfant.

Mais sa colère et le soulagement qu'elle en éprouvait fondirent pour se changer en lassitude, et lorsque l'aube, finalement, arriva, elle était grise ct mouillée, la pluie courait sur les murs à l'intérieur de la maison, et lorsqu'elle entendit l'épouse du ferrailleur hurler sur ses enfants dans la maison voisine, avant d'en cingler un à coups de ceinture, vicieusement, méchamment, la voix plus forte à chaque volée, Sabelle comprit que son avenir était aussi rectiligne et bien défini que les têtes des clous qui ressortaient du linoléum gondolé à ses pieds.

***

Je n'avais pas vu l'heure passer. Je m'apprêtai à monter dans mon camion pour prendre le chemin de Lafayette, mais Bootsie avait garé sa Toyota derrière mon véhicule. Je l'entendis ouvrir la fenêtre de la chambre d'Alafair derrière moi.

– Prends ma voiture, dit-elle. Le camion me convient.

– À plus tard à Lafayette, dis-je.

– Quel est ton numéro de chambre ?

– Je ne sais pas. Demande à la réception.

Je pris le chemin de terre en marche arrière et regardai une fois encore mon camion garé dans l'embrasure de la vieille grange que nous utilisions comme garage. Je faillis retourner pour le prendre, mais il marchait très bien depuis que je l'avais récupéré au garage.

Et j'étais en retard.

Souvenir amer que le souvenir de cette petite phrase.

17

Il y a des années de cela, Pinhook Road à Lafayette était une route à deux voies encadrée d'arbres qui sortait de la ville en enjambant la Vermilion River avant de s'enfoncer sur des kilomètres au milieu des champs de cannes à sucre. Juste avant le pont mobile en acier qui franchissait la rivière se trouvait une résidence plus ancienne que la guerre de Sécession avec pacaniers en tonnelle dans la cour. La rivière était haute au printemps, ses eaux jaunes, ses berges vertes sous un épais couvert de bois. Des cochons sauvages fourrageaient parmi les arbres. Les seuls commerces à s'être établis le long de la rivière étaient un restaurant drive-in appelé The Skunk, la Mouffette, où venaient traîner étudiants et lycéens, et le Club de la Légion américaine, de l'autre côté du pont, où l'on pouvait déguster des crabes à pointes bleues et boire des carafons de bière sous une véranda suspendue, fermée de moustiquaires et montée sur pilotis.

Mais le progrès et les promoteurs immobiliers l'avaient emporté. On avait scié les chênes, leurs réseaux de racines réduits en purée par les niveleuses. Les berges de la rivière avaient vu fleurir le béton des parkings. Surplombant tout ce nouvel environnement urbain se dressait l'hôtel Acadiana, où entrepreneurs, promoteurs immobiliers et représentants des syndicats de tout l'État étaient venus rendre hommage à leur nouveau gouverneur, à trois cents dollars le couvert.

– Est-ce que tu entends le trottinement des petits cochons qui se précipitent vers l'auge ? dit Helen Soileau.

Nous étions plantés comme deux poteaux sur un côté de l'entrée de la salle de banquet où jouait un groupe de jazz. Helen ne cessait d'attiser ses propres états d'âme.

– Quelle clique... Tu as vu Karyn au bar ? Je crois bien qu'elle est à moitié pompette, dit-elle.

– Je ne pense pas qu'elle se sente parfaitement à son aise au milieu de ses nouveaux électeurs.

– Pas en plein jour, en tout cas... Regarde un peu qui vient de faire son entrée.

Persephone Green portait une robe du soir noire transparente, le cou orné d'un collier de saphirs et de diamants. Ses épaules étaient aussi blanches et lisses qu'une pierre de lune.

– Comment se fait-il que tu connaisses l'épouse de Dock Green ? dis-je.

– J'étais en uniforme au NOPD le jour où elle a abattu un rôdeur à son domicile dans le Garden District. Elle a tiré cinq balles.

Persephone Green s'immobilisa à la porte de la salle de banquet, son sac à main noir à paillettes se balançant à son poignet au bout d'un cordon en toile d'araignée.

– Tu en connais du beau monde, me dit-elle.

Elle portait les cheveux tirés en arrière et tissés d'un fil de minuscules diamants.

– Je veille au bien de la communauté, ce genre de choses, dis-je.

– Je suis sûre que nous allons tous pouvoir dormir sur nos deux oreilles.

Son regard s'égara nonchalamment sur le visage d'Helen.

– Vous avez une raison de me dévisager ainsi, madame ?

– Non, m'dame.

– Je vous connais ?

– Je suis arrivée la première sur les lieux, le jour où vous avez descendu ce Noir près de votre piscine. C'est moi qui lui ai sorti la tête de l'eau, dit Helen.

– Oh ! oui, comment ai-je pu oublier ? Vous êtes la diplômée de l'école des bonnes manières qui a proféré à l'époque quelques accusations.

– Pas vraiment. Je dois probablement avoir une mauvaise vision nocturne. J'ai été la seule à voir une brûlure de poudre près du sourcil du mec, rétorqua Helen.

– C'est exact, vous avez même poussé un joli couinement, je me trompe ?

– L'enquêteur chargé de l'examen des lieux avait une vue bien meilleure. C'est lui qui a pris une retraite anticipée la même année pour s'acheter un magasin de spiritueux à Metairie.

– Eh bien, dites donc, quelle intelligence pour un sac à patates.

Persephone Green entra dans la salle. Le dos de sa robe du soir était décolleté en V qui descendait jusqu'au bas de ses reins.

– Je monte sur le toit, dit Helen.

– Ne fais pas attention à ce qu'elle a dit.

– Demain, finies toutes ces conneries. Je rends mon tablier. Si le vieux n'aime pas ça, il pourra avoir ma plaque.

Je la suivis des yeux, qui franchissait la foule en direction de l'ascenseur de service, le dos tendu, les bras gonflés de muscles, avec, sur le visage, une expression à faire mourir tous les sourires et obliger les gens à détourner le regard.

Je traversai les salles de réunion, le restaurant, la zone du bar. Karyn LaRose dansait près de l'estrade de l'orchestre avec Jerry Joe Plumb. Sa robe du soir ressemblait à un champagne rosé déversé sur son corps et pris en glace. Elle s'écarta de Jerry Joe et avança jusqu'à moi, le visage brûlant et empourpré, l'haleine lourde du parfum de cerise et de bourbon.

– Danse avec moi, dit-elle.

– Je ne peux pas, je suis en service.

– Oh ! que si.

Elle glissa sa main dans la mienne et la maintint serrée entre nous deux. Elle releva le menton et une pensée secrète pareille à quelque souvenir complaisant parut illuminer son regard.

– On dirait que tu t'amuses vraiment beaucoup, dis-je.

– Je ne connais qu'un seul moment qui soit aussi bon que celui de la victoire, dit-elle avec un sourire au coin des lèvres.

– Il te faudrait un peu de café, Karyn.

– Tu es vraiment rabat-joie. Mais tu finiras quand même à Baton Rouge, mon mignon.

– *Adios*, dis-je, en me dégageant pour sortir dans le parking par une porte latérale.

L'air était chaud et poisseux, la lune, jaune et voilée, cerclée d'un anneau de pluie. Des flics municipaux de Lafayette étaient postés dans le parc de stationnement et, sur le toit, des membres de la police d'État armés de fusils. Je fis tout le tour de l'hôtel à pied et bavardai avec un policier de l'État et un garde de sécurité noir à l'arrière-porte avant d'aller inspecter le côté extérieur d'une haie qui délimitait le parking, puis finalement, n'ayant rien de mieux à faire, je descendis vers la rivière.

Où Aaron Crown pouvait-il bien être ? me demandai-je.

Pas dans une ville, ni petite ni grande, me dis-je. Avant même d'être un homme pourchassé, Aaron était de ceux qui cherchaient dans les bois et les marécages non seulement un refuge d'ombre et d'invisibilité mais un lieu où aucune dalle en béton ne viendrait s'interposer entre les bourdonnements dans leur poitrine et la puissance dont ils savaient d'instinct qu'elle vivait au cœur des rondins pourris, des strates de feuilles moisies, des cavernes aussi sombres qu'une matrice.

Peut-être dans le Bassin d'Atchafalaya, me dis-je, terré dans quelque cahute montée sur pilotis, à se barbouiller la peau de boue pour la protéger des moustiques, à se nourrir de ragondin, de raton laveur, de lépidostée ou de l'oiseau perché qu'il pourrait abattre d'un coup de trique, les chevilles couvertes de plaies, écorchées par les entraves avec lesquelles il avait fui.

S'il essayait de s'attaquer à Buford ce soir, selon toute vraisemblance, sa tentative devait se faire de loin, me dis-je. Il descendrait la Vermilion, cacherait son bateau sous un ponton, ferait peut-être le tour de l'hôtel avant d'aller s'accroupir dans les broussailles derrière le parking. Avec un peu de chance, Buford apparaîtrait dans une allée protégée par un auvent de toile, ou entre des automobiles garées, et Aaron enroulerait alors la bretelle de cuir du fusil aussi serrée qu'un garrot autour de son avant-bras gauche, il cadrerait dans le croisillon de la lunette l'homme qui l'avait non seulement expédié en prison mais s'était servi de sa fille avant de la jeter aux orties, comme l'aurait fait un contremaître blanc d'une travailleuse des champs, puis il ferait crisser ses molaires avec un plaisir presque sexuel tandis qu'il presserait la détente, libérant la balle, avant de contempler le monde en train de s'affairer à essayer de se débattre des œuvres d'Aaron Crown.

Mais il lui fallait pour cela s'introduire à l'intérieur du périmètre.

Je me servis du téléphone à pièces d'un restaurant sur la berge pour appeler Bootsie. Pendant que j'écoutais ma propre voix sur le répondeur, je jetai un regard par la fenêtre vers le parking et le flot de lumière sur les quatre-voies de Pinhook. Un camion de traiteur s'engagea dans l'hôtel, une camionnette de nettoyage de tapis conduite par une femme, une limo blanche à châssis rallongé remplie de fêtards, une demi-douzaine de taxis.

Je raccrochai et retournai à l'intérieur. Il était presque vingt et une heures. Où était Bootsie ?

Je rentrai dans l'hôtel et pris l'ascenseur de service jusqu'au toit. Le vent était chaud, chargé d'une odeur de pluie, et à la surface de la rivière flottaient des flaques de clair de lune pareilles à des nappes de peinture à l'huile.

En contrebas, à l'entrée de service, les traiteurs transportaient leurs conteneurs de nourriture en acier inoxydable, et une blonde en robe grise trop ample sortait en traînant de sa camionnette un grand panier plein de matériel à nettoyer les moquettes. Un ivrogne en chapeau et imperméable erra parmi les voitures garées avant de se décider à franchir la haie au fond du parc de stationnement tout en faisant glisser la fermeture de sa braguette. Le policier d'État à la porte de service sortit dans le parking et s'arrêta sous un lampadaire, mains sur les hanches, puis il s'approcha de la haie, se dressant sur la pointe des pieds, pour tenter d'apercevoir l'homme en imperméable. Le policier disparut dans les ombres.

– Qu'est-ce qu'il y a ? dit Helen.

– Un flic de l'État est entré dans la haie sur les talons d'un ivrogne. Je ne les vois plus, ni l'un ni l'autre... Prends la radio, tu veux bien ?

– Qu'est-ce qui se passe là-bas en bas ? dit-elle dans la radio.

– Y se passe rien du tout, dit la voix du Noir.
– Qui est à l'appareil ?
– Le garde de sécurité.
– Passez-moi un officier de police.
– Y'en a pas.
– Qu'est-ce qui se passe avec le mec dans la haie ?
– Quel mec ?
– L'ivrogne que le flic d'État est parti récupérer. Écoutez, trouvez un officier de police et donnez-lui la radio.
– J'ai essayé de vous le dire déjà, mais y se passe rien à rien. Sauf qu'y a ici quelqu'un qui a rien à faire du tout à bosser dans un hôtel.
– De quoi parlez-vous ? dit Helen.
– Y a quelqu'un ici en bas qui dégage une odeur à vous faire tomber le nez de la figure, v'là de quoi je parle. C'est assez clair ?
Il y eut un temps de silence. Le garde de sécurité était toujours en transmission mais il s'adressait maintenant à quelqu'un d'autre :
– Je vous ai dit, faut que vous ayez une pièce d'identité... Vous avez pas de raison de vous trouver ici... Hé ! commencez pas, restez où vous êtes...
La radio tomba au sol.
Helen et moi partîmes au pas de course vers l'ascenseur de service.

***

À notre arrivée au rez-de-chaussée, un flic municipal de Lafayette et un policier d'État couraient dans le couloir devant nous en direction de l'entrée de service. Par la vitre, j'aperçus le camion du traiteur et la camionnette de nettoyage de moquette dans le parking.
– Y a personne ici, dit le flic municipal en inspectant le couloir vide, puis l'extérieur. Il portait des

favoris et un chapeau trop grand pour sa tête. Il renifla l'air et fit la grimace.

– Mec, c'est quoi, cette odeur ? On dirait que quelqu'un a passé les murs à la merde.

Le couloir faisait un angle sur la gauche en direction des cuisines. À mi-chemin, deux portes en bois ventilées fermaient une pièce remplie d'un grondement sonore. Un panier à linge chargé de balais-éponges, d'une machine à nettoyer les moquettes et de flacons de produits chimiques était posé à l'oblique contre le mur. J'ouvris l'une des portes et vis, tout à côté des chaudières, un Noir mince portant moustache, en uniforme de garde de la sécurité, assis contre une pile de caisses en carton écrasées, les genoux remontés devant lui, les mains agrippant son bas-ventre, le visage dilaté par le choc.

– Qu'est-ce qui vous est arrivé, collègue ? dis-je.

– C'est la femme, répondit-il.

– La femme ?

– Je veux dire, elle était habillée comme une femme. Elle vient sur moi. Je voulais pas le faire, mais je l'ai frappée avec ma matraque, ça l'a même pas ralentie. C'est à ce moment-là qu'elle m'a chopé. Là en bas. Et elle a tordu. Méchamment. Elle arrêtait pas de répéter : “ Dis-moi où est LaRose, sinon je te les arrache. ”

Il déglutit et écarquilla les yeux.

– Nous allons faire venir les infirmiers. Tout va bien se passer, dis-je.

J'entendis Helen passer la porte.

– Y m'est jamais arrivé un truc pareil, dit-il.

Son visage tressaillit lorsqu'il essaya de changer la position de ses jambes.

– C'est quand j'ai vu ses chaussettes. C'est ça qui a tout déclenché, comprenez. J'y aurais pas fait attention sinon.

– Ses chaussettes ? dis-je.

– Les gens du service traiteur sont entrés dans la cuisine avec toute la nourriture. J'ai cru que c'était l'un de ces mecs qui dégageait c'te puanteur. C'est à ce moment-là que j'ai regardé les pieds de la femme pasqu'elle laissait des marques sur la moquette. Elle avait des brodequins et des chaussettes avec du sang. J'y ai demandé de me montrer une pièce d'identité. Elle me dit que c'est dans la camionnette et alors, vous m'avez appelé à la radio.

– Où s'est rendue cette personne ? dis-je.

– Je ne sais pas. Ressortie par-derrière, peut-être. Elle donnait des coups de pied dans ces cartons, elle cherchait quelque chose. Je pense qu'elle l'avait laissé tomber quand je l'ai frappée. Quelque chose de métallique. Peut-être un couteau.

Helen revint dans la pièce.

– Regarde un peu ça. C'était dans le parking, dit-elle en tenant en l'air, par une mèche blonde, une perruque de cheveux en tête-de-loup.

– Vous avez bien fait, dis-je au garde de la sécurité. Vous avez peut-être sauvé la vie du gouverneur ce soir.

– Ouais ? J'ai fait ça ?

– Vous pouvez me croire, dis-je.

J'aperçus alors un morceau de chatterton noir et un éclair de métal sous un carton raplati. Je mis un genou au sol, soulevai le carton et insérai mon stylo à bille dans le pontet d'un revolver dont les plaques de crosse cassées étaient maintenues à la poignée d'acier par du ruban adhésif.

– On dirait un .32, dit Helen.

– Absolument.

– Quoi, ça te dit quelque chose ? demanda-t-elle.

– Je l'ai déjà vu. Dans une boîte à chaussures pleine de décorations militaires, au bar de Sabelle Crown, répondis-je.

***

Une heure plus tard, à huit cents mètres de là, on signalait qu'une grille avait été arrachée d'une bouche d'égout. Un flic municipal de Lafayette utilisa sa torche et s'en descendit ramper dans la gangue de vase et de boue d'un tuyau conduisant sous les rues à un escarpement au-dessus de la Vermilion River. Le fond du tuyau portait en creux les lourdes empreintes laissées par les souliers ou les brodequins de travail d'un homme. Les empreintes s'écartaient à l'oblique de l'embouchure du tuyau pour se diriger au milieu des buissons et s'éloigner en serpentant le long de la berge boueuse, sous l'escarpement et un immeuble dont les occupants regardaient les dernières informations derrière leurs portes vitrées coulissantes, sans un instant soupçonner qu'était passé là un homme qui aurait pu sortir d'une caverne à l'aube des temps.

Il avait trouvé un bateau à moteur verrouillé par une chaîne à un ponton, arraché la chaîne et le boulon d'acier du poteau avant de s'apercevoir, cent mètres en aval, qu'il n'avait pas de carburant. Il escalada le talus, un bidon à la main, balança la robe dans les buissons et suivit une coulée jusqu'à un boulevard illuminé, remontant par une conduite en tôle ondulée, avant de marcher jusqu'à une station-service, simplement vêtu de son pantalon, ses souliers aux pieds. Son torse velu zébré de boue dégageait une odeur qui fit blêmir l'employé.

Aaron ouvrit sa main calleuse sur un canif au manche en os.

– Combien vous me donnez pour ça ? demanda-t-il.

– Je n'en ai pas l'usage, répondit l'employé avant d'essayer de sourire.

Il était jeune, ses cheveux noirs plaqués en arrière, sa cravate fixée au col de sa chemise blanche à l'aide d'un trombone.

– J'en accepterais six dollars. Tu pourras le revendre pour dix.

– Non, monsieur, je n'ai vraiment pas besoin de couteau.

– Je veux juste pour cinq dollars d'essence et un paquet de couennes de porc. C'est une proposition honnête.

Les yeux de l'employé fouillèrent le poste à essence vide au-dehors. La pluie tombait à l'oblique sous les lampes fluorescentes au-dessus des pompes.

– Vous essayez de m'obliger à voler l'homme pour lequel je travaille, dit-il.

– J'ai pas de chemise sur le dos. J'ai rien à manger. Je débarque sous la pluie et je demande un coup de main et toi tu me traites de voleur. C'est des conneries que j'accepte pas.

– Je vais appeler mon patron et lui demander. Vous pourrez peut-être lui parler.

L'employé décrocha le combiné sous le comptoir. Mais l'énorme main d'Aaron se referma sur la sienne et serra, puis serra plus fort, retournant les doigts, écrabouillant les phalanges contre le plastique comme des osselets, les yeux exorbités par l'énergie et la puissance, à deux centimètres du visage du jeune gars, dont la main écrasée se changea en boule de douleur jusqu'à ce que sa gorge laisse échapper un cri tandis que sa main libre remettait le contact à l'interrupteur commandant une pompe à essence sans plomb.

Aaron laissa le canif sur le comptoir.

– Je m'appelle Aaron Crown. J'ai tué deux Négros à Angola pasqu'y z'arrêtaient pas de me chercher des crosses. Tu racontes à quelqu'un que je t'ai volé et je reviendrai, dit-il.

***

Mais la fête à l'Acadiana ne perdit jamais de son intensité. Le simple fait qu'Aaron ait échoué aussi lamentablement dans sa tentative de pénétrer le service de sécurité du gouverneur nouvellement élu, pareil à l'insecte sous sa cloche de verre bataillant pour trouver une sortie, était presque une confirmation métaphorique qu'une nouvelle ère venait de commencer, sous l'égide d'un chef sudiste charismatique et de son épouse qui dansaient au son d'un orchestre Dixieland comme un couple d'étudiants énamourés acceptant de partager l'aura dont ils rayonnaient l'un et l'autre, avec une telle générosité d'esprit que le plus endurci des entrepreneurs présents, malgré la réussite qu'il s'était gagnée à la force du poignet, se sentait rempli d'humilité et ennobli de se trouver en leur présence.

Mais à mon retour, après avoir traqué Aaron Crown, j'étais complètement épuisé, et je ne me souciais plus de la bonne fortune de la famille LaRose. Je voulais simplement aller dormir. Un message de Bootsie m'attendait à la réception lorsque je passai prendre ma clé : *Le camion est tombé en panne près de Spanish Lake et j'ai dû attendre la dépanneuse. J'emprunte la voiture de ma sœur mais je n'arriverai que très tard.*

Je laissai un mot à Bootsie avec mon numéro de chambre et me dirigeai vers l'ascenseur.

– Monsieur Robicheaux, vous avez un autre message, dit le réceptionniste.

Je pris le morceau de papier qu'il tenait à la main et le lus.

Belle-Mèche, j'ai le topo sur notre homme, Mookie. C'est au sous-humain toutes catégories que nous avons affaire. Je te raconterai en détail plus tard. On se retrouve au bar. Te fais pas de bile, grand homme. Clete.

– Je n'ai pas les idées très claires. C'est bien l'écriture de mon ami. Il est ici, à l'hôtel ? demandai-je.

Le réceptionniste prit le morceau de papier dans ma main et le consulta.

– Oh ! oui, il est ici. Il est incontestablement ici, monsieur.

– Excusez-moi ?

– Je crois qu'il y a eu un petit problème concernant son invitation. Apparemment, il ne l'avait pas sur lui. Quelqu'un a essayé de prendre votre ami par le bras pour le raccompagner à la porte.

– Le spectacle a dû être intéressant.

– Oh, tout à fait, monsieur. Absolument.

Le réceptionniste riait maintenant pour lui-même.

J'allai au bar et au restaurant, regardai la piste de danse, inspectai la salle de banquets et les salles de réunion. En temps normal, suivre à la trace la progression de Clete Purcel en un lieu donné revenait presque à suivre la trajectoire d'un boulet de démolition, mais je ne vis aucun signe de lui et je repris l'ascenseur jusqu'au dernier étage, où l'on m'avait donné une chambre au bout du couloir desservant celle de Buford et de Karyn. Je déverrouillai la porte, me dévêtis et m'allongeai sur le lit dans l'obscurité.

L'orage soufflait au-dehors, et par la large fenêtre vitrée je voyais le flot de la circulation sur le pont et la pluie tomber dans l'eau sous la lumière électrique. À une époque, ce quartier s'était appelé Vermilionville, et en 1863, les garçons de Louisiane en tenue beige foncé avaient battu en retraite le long du Teche, épuisés, sous-alimentés, leurs uniformes en guenilles, souvent pieds nus, et ils avaient combattu les troupes fédérales du général Banks, exactement ici, sur les berges de cette rivière, pour maintenir ouvertes les voies d'approvisionnement depuis le Texas jusqu'au reste de la Confédération.

Tandis que je me laissais sombrer aux confins du sommeil, je vis brûler les champs de cannes, les maisons et le ciel couleur de prune sous la fumée, j'entendis le crépitement des armes légères, les claquements de mousquets et de baïonnettes le long du chemin de terre au rythme d'une colonne d'infanterie se dirigeant au pas de course vers un fossé d'irrigation, et il ne fit plus aucun doute dans mon esprit sur la direction que mon sommeil allait prendre.

Cette fois, le tireur d'élite n'était pas viêt-cong.

J'étais pris au piège au milieu du chemin de terre, mes jambes incapables de courir. Je vis un mousquet sortir doucement du vert violent d'un sous-bois, je vis la rigidité de son canon se tendre et se dresser à la lumière du soleil, et mentalement, comme si j'avais passé contrat entre le condamné et l'exécuteur, je ne fis plus qu'un avec le tireur, unis que nous étions de manière irrévocable l'un à l'autre comme co-participants à ma mort, et juste avant que la balle de calibre .58 explose au sortir du canon, je le sentis qui pressait le mousquet dans ses mains, comme si c'était moi qui, en réalité, enserrais la dureté moite de l'arme dans la coupe de mes paumes.

Dans mon sommeil, j'entendis la porte de la chambre d'hôtel s'ouvrir puis se refermer, une clé qu'on déposait sur la table de nuit, des rideaux qu'on tirait, je sentis un corps de femme peser sur un côté du lit puis sa main se poser sur ma hanche, et je compris que Bootsie était arrivée à l'hôtel sans problème.

J'étais allongé sur le dos, l'oreiller sur le visage, et je l'entendis qui se déshabillait dans l'obscurité. Elle s'allongea à côté de moi, toucha mon ventre, puis se plaça au-dessus de moi, cuisses écartées, avant de placer mon sexe entre ses jambes. Puis elle se pencha au plus près, repoussa l'oreiller de mon visage, embrassa ma joue, mit sa langue dans ma bouche et plaça mon sexe en son creux.

Sa langue avait un goût de friandise, comme des cerises qu'on aurait laissé tremper dans le bourbon. Elle se redressa, bras en appui, le haut de ses seins gonflés cerclés de croissants hâlés.

Je relevai les yeux pour plonger dans le regard de Karyn LaRose, qui sourit paresseusement et dit :

– Dis-moi que tu n'aimes pas, Dave. Dis-le-moi. Vois si tu es capable de me dire ça... Dis-le-moi... dis-le-moi... dis-le-moi...

18

Je trouvai Clete Purcel au bar. Il buvait une tequila, accompagnée d'une Corona et d'une soucoupe de tranches de citron vert salées, son feutre rond incliné au-dessus d'un œil. L'orchestre rangeait ses instruments et le bar était presque vide.

– Où t'as été, preux chevalier ? On dirait que tu t'es sifflé au moins deux bonnes bouteilles, dit-il.

– La journée a été longue.

Je m'assis à côté de lui et me frottai le visage. Ma peau était froide, comme morte au toucher.

– J'ai cru voir Boots sortir du hall.

– Tu ne t'es pas trompé.

– Qu'est-ce qui se passe ?

– Ne te tracasse pas pour ça. Qu'est-ce que tu as trouvé sur ce Mookie ?

Ses yeux parurent pénétrer les miens, puis il vida son verre et but à la bouteille de Corona.

– La Noire, Brandy Grissum, est arrivée dans le bureau de Nig aujourd'hui complètement hystérique. Ouvre un peu tes esgourdes : elle a utilisé les deux cents sacs que tu lui as donnés pour se trouver une chiée de crack et se défoncer à mort. Et pendant qu'elle se remettait de sa planante, complètement envapée, dans la maison de sa mère à St. John The Batist, notre Mookie pointe son nez, requinqué pour une nouvelle petite séance de relaxation. Et devine quoi ? Mookie a décidé qu'une pute des rues à vingt dollars la passe défoncée au crack ne l'intéressait plus. Alors, il a sodomisé sa petite sœur.

Il plaça une Lucky Strike entre ses lèvres et tripatouilla son Zippo, à croire qu'il essayait de faire disparaître une image de son esprit, avant de laisser retomber le briquet sur le comptoir sans allumer la cigarette.

– Son nom de famille est Zerrang, dit-il. Il a cassé des guibolles pour deux requins de l'usure sur la côte du Mississippi, avant de gagner le gros lot comme tueur sur contrat pour les têtes d'huile. Mais ça doit être un finaud, cependant. J'ai demandé à un ami du NOPD de pianoter sur son ordinateur. Il n'est jamais tombé.

– Pour qui travaille-t-il aujourd'hui ?

– Brandy ne le sait pas. Cette fois, je pense qu'elle dit la vérité... T'as pas l'air bien, Belle-Mèche. Qu'est-ce qui te tracasse, *mon* ?

Je lui racontai. Nous étions les seuls clients au bar. Clete écouta, le visage absent. Il se frotta la pommette du pouce et je vis des lignes blanches dans les pattes-d'oie au coin de son œil.

Il eut un petit toussotement de gorge.

– Sacrée histoire, dit-il.

Je pris un des quartiers de citron vert salés dans sa soucoupe, avant de le reposer.

– Bootsie a débarqué au beau milieu de l'affaire ? demanda-t-il.

– Alors que Karyn se rhabillait.

– Comment elle est entrée, la fille LaRose ?

– Elle a eu le passe par la femme de chambre.

– Dave, tu étais en train de la virer de chez toi. Bootsie ne le sait pas ?

– Je n'ai pas eu l'occasion de lui expliquer. Je l'appellerai quand elle sera rentrée.

– Mec.

Il souffla par le nez, lèvres pincées.

– Mais tu as bien dit à Karyn LaRose d'aller fourguer son pain de fesse ailleurs ?

– Quelque chose comme ça.

Une enseigne de bière Dixie, rouge et verte, à l'image d'un parchemin déroulé, était allumée au-dessus de la rangée de bouteilles de whiskey derrière le comptoir. Je me sentais exténué, j'avais les paumes raides et sèches lorsque je les ouvrais et les refermais.

– Tu n'as rien fait de mal. Il faut juste que tu fasses comprendre ça à Boots. D'accord ? Ça ne devrait pas être trop difficile, dit-il.

Il me regardait écraser le sel dans la soucoupe du bout de mon doigt.

– On va se trouver un rade encore ouvert et se payer un steak.

– Je vais prendre une douche et aller au lit, dis-je.

– Je monte avec toi.

– Et puis quoi encore !

– Je te *connais*, Belle-Mèche. Tu vas te plonger à l'intérieur de ton cerveau et bâtir un réquisitoire contre toi-même. Le rade à picole est en train de fermer. Pour toi, il est fermé de manière permanente. T'as pigé ça, grand homme ?

– Il n'y a pas de problème, Clete.

– Ouais, je prendrais bien des paris là-dessus. Cette nana n'a pas pu t'acheter, alors elle a décidé de te déglinguer la cervelle.

Il se leva de son tabouret, avant de grimacer légèrement.

– Je me fais l'effet d'une bouteille à l'envers. Allez, on fiche le camp d'ici. Rappelle-moi à l'avenir d'aller boire dans des trous de bas étage, là où ce n'est pas plein de gens comme il faut.

– T'es le meilleur, Cletus.

Il mit le bras sur mon épaule, et nous avançâmes de concert vers l'ascenseur comme deux jumeaux siamois handicapés essayant de se mettre en synchro l'un avec l'autre.

***

Le lendemain matin, je faisais partie de la caravane qui escorta Karyn et Buford jusqu'à leur domicile sur le Teche. L'air gris embaumait après la pluie, chargé de l'odeur de terre mouillée des champs et l'on entendait les cognements sourds de la raffinerie sucrière au loin sur le bayou. C'était une belle matinée de fin d'automne, complètement dissociée des événements de la nuit précédente, à croire que je les avais vécus dans un rêve d'ivrogne.

Depuis ma voiture, je suivis des yeux Karyn et son mari passer la porte d'entrée, le visage opaque, peut-être encore engourdi par l'alcool de la soirée de la veille, ou peut-être simple masque des secrets qu'ils escomptaient partager ou de la colère enfouie qu'ils se jetteraient à la figure une fois à l'abri de leurs murs.

Bootsie était dans l'arrière-cour, à la table de jardin en bois de séquoia, devant une tasse de café, une cigarette à la main, lorsque je me garai dans l'allée. Elle portait des sandales, une chemise rouge en éponge de coton et un pantalon de toile haut sur les hanches.

– Salut, dit-elle.

Elle avait croisé les jambes, et secouait sa cendre dans le couvercle retourné d'un pot de conserve en contemplant les canards qui glissaient à la surface de notre mare.

– Tu ne fumes pas, dis-je.

– Je commence.

Je m'assis face à elle. Ses yeux se levèrent pour croiser les miens.

– Je t'ai dit la vérité hier soir, dis-je.

– Pour une raison inconnue, ça ne rend pas les choses plus faciles.

– Pourquoi ?

– Comment en est-elle arrivée à être aussi obsédée par toi ? Quelle est ta part de responsabilité là-dedans ?

– Je n'ai pas voulu aller chez eux la première fois que nous y avons été invités. J'ai essayé de l'éviter.

– À qui veux-tu faire croire une chose pareille ?

Je sentis ma gorge se nouer. Les yeux me brûlaient, comme si j'essayais de percer un reflet de lumière éblouissante sur l'eau.

Elle jeta sa cigarette dans un parterre de fleurs plein de feuilles mortes près du mur arrière de la maison. Elle avait les joues brûlantes, zébrées de plaques colorées. Avant de rentrer, je ramassai la cigarette fumante dans les feuilles et l'écrasai dans le couvercle posé devant elle, geste aussi stupide que mes paroles étaient intéressées et égoïstes.

***

Le téléphone mural sonnait dans la cuisine. Je décrochai, le regard fixé sur le dos de Bootsie par la fenêtre. Sa chevelure était épaisse et tissée d'or dans la lumière grise.

– Aaron Crown a largué le bateau du côté de Maurice, dit le shérif.

– Est-ce que quelqu'un l'a vu ?

– Non, rien que le bateau.

– Il reviendra.

– Tu dis ça presque avec admiration.

– Comme l'a dit un vieux garde-chiourme, Aaron est une tempête de merde ambulante.

– En tout cas, ton vœu est exaucé. Tu ne fais plus partie de l'équipe de surveillance.

Voyant que je ne répondais pas, il dit :

– Tu ne me demandes pas pourquoi ?

– Allez-y, shérif.

– Buford a appelé et il a dit que l'affectation te déplaisait. Il a dit aussi que ce n'était plus la peine que tu repasses chez lui.

– Il a fait ça, hein ?

– Ce n'est pas tout. Il a dit que tu avais eu un geste déplacé à l'égard de son épouse hier soir.

– C'est un menteur.

– Je te crois. Mais pourquoi a-t-il décidé d'inventer de toutes pièces une histoire à ton sujet maintenant ?

– Demandez-lui.

– C'est ce que je vais faire... Dave, tu es toujours là ?

– Je vous parlerai plus tard, shérif. Il faut que je parte.

– J'ai toujours su que ce poste m'apprendrait l'humilité... Dis, tu ne vas pas aller te colleter avec Buford quand même ?

***

Je conduisis la Toyota de Bootsie au garage, l'échangeai contre mon camion et demandai au mécanicien de reconduire la Toyota chez moi, avant de prendre la route de la plantation LaRose.

Mais je n'étais pas le seul à vouloir régler des comptes avec Buford ce jour-là. La Buick bleue de Jerry Joe Plumb était garée à l'oblique devant le vieux magasin de la compagnie LaRose, et Jerry Joe était sur la galerie entre les deux barriques en bois pleines de noix de pécan qui encadraient la porte d'entrée à deux battants, planté les mains sur les hanches. Il avait une discussion très animée avec Buford qui lui faisait face.

Je laissai filer le camion, les coquillages du parking craquant sous les pneus, et coupai le moteur. Ils me regardèrent tous les deux, puis rentrèrent dans la maison par la double porte aux vitres oxydées et cassées, toujours en pleine discussion orageuse, Jerry Joe poignardant l'air du doigt, les joues marquées de ronds de couleur.

Mais j'entendis malgré tout une partie de leur échange.

– Tu m'arnaques. Ton vieux n'aurait jamais fait une chose pareille, Buford.

– Tu auras ce qui te revient.

– Trois des boulots que tu avais promis sont déjà passés à Dock Green.

– Je t'ai donné ma parole. Cesse d'essayer de me soutirer des faveurs parce que tu connaissais ma famille.

– Persephone t'a laissé mettre la tête sous sa robe ?

Jerry Joe me tournait le dos. Ses épaules avaient l'aspect d'un rectangle rigide, ses triceps gonflés de tubes de muscle, pareil au boxeur qui attend que l'arbitre en finisse de ses recommandations avant le coup de gong ouvrant le combat.

Mais Buford se détourna devant l'insulte, alluma un cigare et se mit à tirer ses bouffées dans sa main en coupe comme si Jerry Joe n'était pas là.

Les mocassins Oxford de Jerry Joe, couleur sang de bœuf, aux semelles en cuir, résonnèrent dans la galerie lorsqu'il ressortit par la double porte.

– Qu'est-ce qui se passe, Jerry ? dis-je.

Il se balança sur place, le visage toujours empourpré par la colère.

– Il me demande ce qui se passe ? Voici la leçon du jour. Si tu te mêles à des piranhas, ne t'attends pas à ce qu'ils se mettent au régime.

– Buford t'a entubé ?

– Ce mec a pas assez de tripes au ventre pour entuber quiconque. Eh ! garde-toi donc la trique bien au chaud dans le pantalon, ou alors trouve-toi une capote intégrale, dit-il en montant dans sa Buick dont il démarra le moteur.

Je sortis de mon camion et mis la main sur sa vitre. Il la baissa en actionnant le lève-vitre électrique.

– Crache le morceau, dis-je.

– Tu es un obstacle gênant. Elle sait la manière de combiner les affaires et le plaisir. Ne fais pas semblant d'être un connard débile.

Il appuya de nouveau sur le bouton du lève-vitre et laissa deux lignes jumelles comme deux brûlures sur les coquillages concassés du parking avant de rejoindre la grand-route.

Je pris une poignée de pacanes dans l'une des barriques gardant la porte et entrai dans le magasin.

– Encore toi. Un vrai chewing-gum collé à la semelle, dit Buford.

La boutique était sombre, le parquet en cyprès aussi lisse que le bois à l'intérieur d'une mangeoire, les étagères à demi pleines tissées de toiles d'araignées. Je posai un demi-dollar sur le comptoir en paiement des pacanes, tout à côté de la caisse enregistreuse en laiton, et ouvris deux noix en les écrasant dans ma paume.

– Pourquoi racontes-tu des mensonges au shérif à mon sujet ? demandai-je.

– Tu as fait des propositions à Karyn à l'Acadiana. Tu t'attendais à quoi ?

– Qui t'a raconté ça ?

– Karyn, naturellement.

– Pas très fiable, ta source de renseignements. Ton épouse est une menteuse pathologique.

– Ton boulot est terminé ici. Retourne donc à tes occupations habituelles, Dave. Contente-toi simplement de ne plus remettre les pieds dans ma propriété.

– Erreur. Tant qu'Aaron Crown sera en liberté, je viendrai ici aussi souvent que je le voudrai, Buford.

Il peigna sa chevelure épaisse et bouclée de ses doigts, un sourire sombre se faisant jour sur son visage.

– Tu veux me faire tomber, je me trompe ? dit-il.

– Tu es une escroquerie vivante.

– Que t'ai-je donc jamais fait ? Peux-tu répondre à cette simple question et éclairer ma lanterne ?

– Ton épouse et toi, vous vous servez l'un de l'autre pour blesser les gens... Tu sais ce qu'est un *bugarron* ?

La peau tremblota en bordure de la paupière inférieure de son œil droit.

– Est-ce que tu me traites de... commença-t-il.

– Tu satisfais à une perversité quelconque. Simplement, je ne sais pas laquelle.

– La prochaine fois que tu viens ici, je te brise la mâchoire. Je te le promets.

Il pivota sur les talons et longea le couloir et les étalages couverts de poussière, avant de ressortir dans la lumière par la porte-moustiquaire arrière qui claqua derrière lui comme une détonation de carabine.

***

Je pris le reste de ma journée et débarrassai la pelouse des paquets de feuilles et des coques de pacanes humides que je rassemblais en tas. Le vent qui soufflait du sud était encore chaud et les cimes des arbres du marais tranchaient sur le ciel de leur vert tendre. Le seul bruit à résonner plus fort que mes propres réflexions était Tripod, le raton laveur à trois pattes d'Alafair, qui courait le long de la cour latérale attaché à sa chaîne. Je brûlai les feuilles dans la coulée, puis me douchai avant de faire un somme dont je ne m'éveillai qu'après le coucher du soleil. Je m'habillais lorsque le téléphone sonna dans la cuisine. Bootsie répondit et s'avança jusqu'à la porte de la chambre.

– C'est Batist, dit-elle.

– Qu'est-ce qu'il veut ?

– Il ne l'a pas dit.

Elle entra dans le salon, puis ressortit sur la galerie et s'assit sur la balancelle.

– Ce mec du ciné, y a réussi à te joindre ? demanda Batist.

– Non. Qu'est-ce qui se passe ?

– Y'est descendu ici avec un camion et des gens avec des caméras. J'y ai dit qu'y devrait te parler de ce qu'y faisait. J'l'ai vu causer dans un de ces téléphones sans fil. Y t'a pas appelé ?

– Cet homme n'est pas un ami, Batist. Est-ce qu'il est là en ce moment ?

– Non. Mais c'est pas pour ça que je t'ai appelé. C'est à cause du grand Noir balèze. Il est pas ici pour enfiler des perles.

– Quel Noir ?

– Le plus balèze que j'aie jamais vu par ici.

– J'arrive dans une minute.

Je ressortis sur la galerie. Bootsie était toujours assise sur la balancelle, la faisant osciller d'un pied.

– Il faut que je descende au ponton quelques minutes, dis-je.

– Bien.

– Boots, il faut que tu me lâches un peu.

– Tu ne comprends même pas.

– Quoi ?

– Tu hais les LaRose et ce qu'ils représentent. C'est ça, le pouvoir qu'ils ont sur toi.

– Je suis officier de police. Ils sont corrompus.
– C'est toi qui le dis. Et tu es bien le seul.

Elle rentra. La balancelle se tortillait à vide sur ses chaînes sous la lampe anti-insectes.

Je descendis la pente entre les arbres en direction du ponton. La guirlande d'ampoules était allumée sur le ponton, et l'on voyait les brèmes en chasse nocturne, gobant les insectes qui tombaient dans l'eau. Batist nettoyait le distributeur à café dans la boutique à appâts.

– Parle-moi du Noir, dis-je.

Batist releva les yeux de la tâche qui l'occupait et examina mon visage, tête inclinée, un sourcil relevé.

– Qu'est-ce qui te met en rogne ? demanda-t-il.
– Rien.
– Je vois bien que c'est rien, pas de problème... Ce mec du ciné, il a loué une barque et il a pris des photos dans le bayou. C'est à ce moment-là que j'ai vu le Noir sur la route, dans une camionnette, y regardait le bayou par sa fenêtre. Après y s'avance jusqu'ici et y me demande si on est en train de tourner un film.

« J'y dis que ça y ressemble. Y m'a demandé si le film, c'était sur c'te Blanc qui s'est évadé d'Angola, ç'ui qui a tué le Noir des droits civiques à Baton Rouge y a bien longtemps. Quand j'y ai dit que je sais pas, y m'a dit qu'il avait une histoire qu'y pouvait raconter à ce mec du ciné, si on le paie pour ça, y me donnera un peu de fric, mais faut qu'y trouve d'abord où c'est que le gars du ciné y crèche.

« J'y dis : “ Qu'est-ce tu veux ici ? ”

« Il avait un chapeau de paille sur la tête, avec un bandeau coloré. Il l'a enlevé et le côté de son crâne, il était complètement rasé. Y me dit comme ça : “ Ch'suis tellement fort que j'ai la merde pleine de muscles, mon vieux. Ch'ferais attention à ce que je dis, si j'étais toi. ” Et tout ce temps-là, y souriait, avec de l'or plein les dents.

« J'y dis : “ Je vais faire le ménage. Tu veux acheter queq'chose ? ”

« Dave, ce mec, il a des bras gros comme ma cuisse. Ses épaules, elles touchaient les deux côtés de c'te porte quand y est entré. Y me dit : “ T'es sûr que ce mec du ciné t'a pas dit où y crèche ? ”

« J'y dis : “ C'est pas mes oignons. C'est pas non plus les oignons de personne. ”

« Il arrêtait pas de me regarder, avec un grand sourire, à tripoter la salière sur le comptoir et à tout salir, comme si y'était sur le point de faire queq'chose.

« Alors, j'y ai dit : “ Négro, essaie pas de prouver à t'maman qu'elle a élevé un imbécile. ”

« Y a éclaté de rire, y a pris un sandwich au jambon, y a sorti un billet de cinq dollars qu'y a froissé avant de le balancer sur le comptoir. Pis y'est sorti. Comme ça. C't'homme, y se fichait que je l'avais insulté autant que si un moustique tournait autour de sa tête.

– Appelle-moi si tu le revois. Ne va pas lui chercher de crosses.

– C'est qui, Dave ?

– Apparemment, il s'agit d'un certain Mookie Zerrang. C'est un tueur, Batist.

Il commença à essuyer le comptoir avant de balancer sa lavette dans le seau.

– Y a pas moyen d'y rien faire, hein ? dit-il.

– Je te demande pardon ?

– Y sont là dehors, y sont dedans aussi. Y a jamais personne qui m'écoute, dit-il, en agitant le bras vers les fenêtres fermées de moustiquaires, le bayou illuminé, le mur noir d'ombres de la berge opposée. Ça va pus jamais êt' comme ç'a été. Pour quoi faire on a fait rentrer tout ça ici, Dave ?

Il me tourna le dos et commença à baisser les persiennes en bois sur les fenêtres avant de les fermer de l'intérieur.

19

Aux petites heures du samedi matin, je fis du café, préparai un bol de céréales et d'airelles dans la boutique à appâts et pris mon petit déjeuner en solitaire au comptoir en contemplant le lever du soleil au-dessus du marais. Il avait plu, puis le temps s'était éclairci durant la nuit, et le bayou était jaune de boue, le ponton, luisant d'eau de pluie. Une semaine auparavant, la société de distributeurs automatiques et de machines à sous de Jerry Joe avait livré une réplique parfaite d'un juke-box Wurlitzer des années cinquante. Le cadre en plastique était marbré de lumières orange, rouges et mauves et ses disques 45 tours étaient disposés en demi-cercle noir brillant à l'intérieur de la vitrine. J'avais pris la résolution de demander aux gens de Jerry Joe de l'enlever.

Je n'avais toujours pas passé le coup de fil.

Je sélectionnai *Just a Dream* par Jimmy Clanton, l'enregistrement de 1946 de *La jolie Blon* par Harry Choates, *Pine Grove Blues* par Nathan Abshire.

Leurs voix comme leur musique sortaient d'un autre temps, un temps dont nous pensions qu'il ne finirait jamais. Mais il avait vu son terme, en procédant par toutes petites étapes qui nous paraissaient anodines à l'époque, comme l'arrivée inattendue au portail d'entrée d'un homme hâlé par le soleil, en tenue de travail, proposant de louer une concession pétrolifère, et qui nous avait paru si peu différent de nous-mêmes.

Je débranchai de la prise murale le cordon du juke-box. Le plastique s'éteignit en continuant à craqueter comme une Cellophane en train de se consumer dans le silence de la pièce.

Puis je me rendis à la bibliothèque de l'université de Southwestern Louisiana, à Lafayette.

***

La bibliographie de Buford était impressionnante. Il avait publié des essais historiques sur les Chevaliers du Camélia Blanc et la Ligue Blanche et la violente insurrection qu'ils avaient conduite contre l'occupation fédérale après la guerre entre les États. Les articles étaient rédigés dans la langue neutre et hermétique des publications universitaires, mais les sentiments de Buford n'étaient pas bien déguisés : les cavaliers de nuit qui avaient lynché et incendié s'étaient vu contraints de jouer le rôle qui avait été le leur.

Ses autres articles se trouvaient dans des revues de psychologie et de médecine. Ils paraissaient très éclectiques, sans fil conducteur commun, traitant de diverses variétés de phobies et de dépressions ainsi que de groupuscules haineux incapables de tolérer une société pluraliste.

Mais au cours de ces cinq dernières années, Buford donnait l'impression d'avoir changé de centre d'intérêt professionnel. Il avait commencé à traiter de psychopharmacologie et de son utilisation dans le traitement des alcooliques.

Je rapportai revues et publications au bureau de consultation et m'apprêtai à partir. Mais il n'était pas encore tout à fait midi, et en me disant que je n'avais rien de mieux à faire, je demandai au bibliothécaire les annuaires d'étudiants remontant au début des années soixante-dix, la période approximative pendant laquelle Karyn LaRose avait fréquenté la U. S. L.

Elle n'appartenait pas de naissance au monde de Buford LaRose. Son père était un homme charmant et dur à la tâche, qui fournissait des boules de chewing-gum et de nouveaux gadgets, tels que dents de monstre en plastique et ongles de vampires, pour les distributeurs automatiques des bazars. La famille habitait une petite maison à ossature en bois sur la vieille route de St. Martinville. Le garage tout desséché qui occupait l'avant du terrain n'avait plus de peinture et au bas de ses murs un arc-en-ciel s'était formé aux couleurs des boules de chewing-gum qui avaient pourri à l'intérieur avant de suinter à travers le plancher. Lorsqu'on demandait à Karyn le métier de son père, elle répondait toujours qu'il était fournisseur pour les commerces de détail.

Nous qui suivions les cours de l'U. S. L. étions pour la plupart originaires de familles ouvrières francophones, ou nous n'avions pas les moyens de nous offrir la L. S. U. ou Tulane. En grande majorité, nous venions de paroisses reculées, accessibles par les transports en commun, et pour cette raison, le week-end, le campus était vide, calme et dépourvu de quasiment toute vie sociale.

Mais pas pour Karyn. Elle tirait le meilleur parti de sa situation, et son nom comme sa photographie apparaissaient encore et encore dans les annuaires qui couvraient ses quatre années à U. S. L. Elle était membre de l'équipe de tennis féminine et appartenait à une association d'étudiantes ainsi qu'à la société d'honneur; elle avait été demoiselle d'honneur de la reine de la promotion une année, avant de devenir reine à son tour l'année suivante. Sur les photographies, son visage paraissait rayonnant et plein de modestie, comme quelqu'un qui ne voyait dans le monde que bonté et promesse.

J'étais presque sur le point de refermer le dernier annuaire avant de rapporter la pile au bureau lorsque je jetai un dernier coup d'œil à une photographie de groupe prise devant le foyer de l'association d'étudiantes à laquelle appartenait Karyn avant de balayer rapidement du regard les noms de ses membres.

L'étudiante en bout de rang, debout à côté de Karyn, était Persephone Giacano. Les deux femmes souriaient, leurs épaules et le dos de leurs poignets en contact.

Je me mis en quête du nom de Persephone dans d'autres annuaires. Je ne trouvai rien. On aurait dit qu'elle était apparue pour une photographie de groupe devant le foyer de l'association avant de disparaître complètement de la vie du campus.

Le bâtiment de l'administration était encore ouvert. Je me servis du téléphone du bibliothécaire et appelai le bureau de la scolarité.

– Nous avons une clause couvrant la confidentialité de nos informations, vous savez ? me dit la femme qui avait répondu.

– Je veux juste connaître les années où elle a étudié ici, dis-je.

– Vous êtes officier de police ?

– C'est exact.

Je l'entendis pianoter sur des touches de clavier.

– De 1972 à 1973, dit-elle.

– Elle a abandonné ses études ou changé d'établissement ? demandai-je.

Elle resta un instant silencieuse. Puis répondit :

– Si j'étais vous, j'irais fouiner dans quelques-uns des journaux universitaires de l'époque. Qui sait ce que vous pourriez bien trouver ?

Cela me prit un moment. L'histoire était brève, guère plus de quatre colonnes d'un pouce, sous un mince filet de titre en page trois d'un numéro du *Vermilion* de la fin du printemps 1973, rédigée dans le style laconique d'un feuillet administratif distribué gratuitement qui ne désire pas s'étendre délibérément sur un scandale universitaire.

Une demi-douzaine d'étudiants avaient été exclus pour avoir volé des sujets d'examen dans le bâtiment de sciences. L'article précisait que les contrôles avaient été dérobés dans un classeur à dossiers, mais que le vol avait été découvert avant le début des examens, et les professeurs dont les sujets auraient pu prêter à caution avaient tous été prévenus.

Tout en bas de l'article, on lisait la ligne suivante : *une septième étudiante d'U. S. L., Persephone Giacano, a volontairement démissionné de l'université avant d'être l'objet d'une plainte officielle.*

J'appelai à nouveau le bureau du censeur, et la même femme répondit.

– Puis-je jeter un œil à un ancien dossier d'étudiant ? demandai-je. Vous les communiquez sur demande, de toute façon, je me trompe ?

– Pourquoi ne viendriez-vous pas jusqu'ici vous présenter ? Vous me donnez l'impression d'être un personnage tout à fait intéressant.

Je traversai la pelouse, passai sous les voûtes en brique en direction du bureau du censeur et me plantai devant le comptoir jusqu'à ce qu'une dame d'un âge certain, corsage pigeonnant et chevelure bleutée, vienne s'occuper de moi. J'ouvris mon étui à insigne.

– Seigneur, mais vous êtes exactement celui que vous prétendez être, s'exclama-t-elle.

– Tout le monde a droit à ce traitement ?

– Nous le réservons à quelques élus de choix.

Je rédigeai le nom de jeune fille de Karyn sur un bloc-notes que je fis glisser sur le comptoir vers la femme. Elle le regarda un long moment. Les alentours du bureau étaient vides.

– Il s'agit de quelque chose d'important qu'il vaut probablement mieux ne pas préciser, dis-je.

– Pourquoi ne passez-vous pas ici derrière ? répondit-elle.

Je restai debout derrière son fauteuil tandis qu'elle pianotait sur le clavier de l'ordinateur. Puis je vis le relevé de notes de Karyn apparaître sur l'écran bleu.

– Elle a passé quatre années ici et a obtenu son diplôme en 1974. Regardez, dit la femme, avant de faire lentement défiler les notes obtenues à l'université sur l'écran tandis qu'elle changeait de position dans son fauteuil pour que je puisse voir sans problème.

Karyn avait été major en formation générale et n'avait reçu pratiquement que des A en sciences humaines. Mais lorsqu'une U.V. de comptabilité, zoologie ou algèbre apparaissait à l'écran, ses notes dégringolaient à C, ou se marquaient W pour « Withdrew », désistement.

– Pouvez-vous remonter jusqu'au printemps de 1973 ? demandai-je.

La femme dans le fauteuil hésita, avant de taper sur la touche « page up ». Elle n'attendit que quelques secondes avant d'éteindre l'écran. Mais cela avait suffi.

Karyn avait obtenu A en biologie et en chimie le semestre où Persephone Giacano avait été contrainte de quitter l'université.

Karyn n'était pas du genre à porter le chapeau. Pour personne.

***

Je garai mon camion dans l'allée derrière le bar de Sabelle Crown où j'entrai par la porte arrière. La seule lumière provenait des enseignes de bière au néon accrochées au mur et du poste de télévision qui diffusait le match L. S. U.-Georgia Tech. L'air était épais, chargé d'une odeur où se mêlaient cheveux sales, vieilles chaussures, sueur et vin lyophilisé.

Sabelle passait la serpillière dans le minuscule bureau du fond.

– Il me faut l'adresse de Lonnie Felton, dis-je.

Elle planta son balai dans le seau et sortit une carte de visite professionnelle du tiroir de son bureau.

– Il a loué un grand appart qui donne sur la rivière. Belle vie, hein ? dit-elle.

Elle reprit sa tâche, dos tourné vers moi, les muscles de sa taille soulignée roulant à chaque mouvement de ses bras.

– Aaron est passé ici, je me trompe ? dis-je.

– Qu'est-ce qui te fait croire ça ? répondit-elle d'une voix neutre.

– Il était armé du .32 que j'ai vu dans cette boîte à chaussures pleine de médailles que tu gardes derrière le comptoir.

Elle arrêta de passer le balai et se redressa, la tête inclinée de côté.

– Tu ne le savais pas ? dis-je.

Elle alla jusqu'au comptoir et revint avec la boîte à chaussures, fit glisser l'élastique qui tenait le couvercle et vida la collection de bagues, montres, canifs et décorations militaires sur le bureau.

Son regard était tourné vers l'intérieur d'elle-même, à croire qu'elle revoyait défiler quelques plans d'un vieux film. Je l'entendais respirer par le nez dans le silence. Les ongles de ses doigts repliés étaient plantés dans la chair de ses paumes.

– Je crois que j'ai réussi l'examen de paillasson de service : je me fais toujours baiser.

– Tu n'y es pas obligée.

Elle sortit un rouleau de pastilles à la menthe de son blue-jean et en glissa une du pouce dans sa bouche.

– Lonnie est passé ici. Au milieu de la nuit. Il a interviewé Papa ici même, au comptoir. Je suis sortie chercher à manger. Quand je suis revenue, il ne restait plus que Lonnie.

– Felton savait que ton père avait l'arme ?

– À toi de me le dire, répondit-elle.

La peau de son visage brillait, tendue sur les os, les yeux baignant d'un savoir ancien sur la nature du sentiment blessé et de la trahison.

***

Je trouvai Lonnie Felton près de la piscine, dans la cour de l'immeuble en brique blanche où il avait loué son appartement, au-dessus de la Vermilion River. La surface de l'eau miroitait d'un glacis brillant d'huile solaire et de lumière filtrée par la mousse dans les arbres en surplomb. Lonnie Felton était allongé dans un transat pour deux personnes, en plastique jaune vif, une jeune rouquine de dix-huit ou dix-neuf ans à ses côtés. Ils arboraient tous deux lunettes sombres et costumes de bain mouillés, le corps ferme et bruni, la peau hérissée de chair de poule. Lonnie Felton but une gorgée de vodka collins et m'adressa un sourire, les yeux masqués par ses lunettes, lèvres retroussées sur les dents. Sa petite amie se blottit plus près, coudes et genoux remontés tout contre lui.

– Vous savez ce que signifie complicité de crime ? demandai-je.

– Vous voulez parier ?

– Je peux vous coller ça sur le dos.

Il sourit à nouveau. Ses lèvres étaient plates, étirées sur les dents, son sexe sculpté par le slip de bain.

– Le Code Napoléon a priorité sur le Premier Amendement ? dit-il.

– Je pense que Mookie Zerrang est passé à ma boutique à appâts hier. Il voulait savoir où vous viviez.

– Qui ça ?

– Le Noir qui a assassiné votre scénariste.

– Ah ! ouais. Eh bien, tenez-moi au courant, vous voulez bien ?

– Il fait froid, Lonnie. Je veux rentrer, dit la fille à ses côtés.

Elle joua avec l'élastique du slip de Lonnie du bout de ses doigts.

– Je suis bien obligé d'admirer votre sang-froid, dis-je Je me ferais personnellement du souci si un mec comme lui était à ma recherche.

– Permettez-moi de vous dire ce qu'il en est exactement. Dwayne Parsons, ce grand écrivain dont nous sommes en train de parler ici, était un dégénéré sur le retour qui avait manigancé son engagement dans ce projet parce qu'il avait filmé des amis en train de faire des choses dégoûtantes entre des draps. Ce que je veux dire, c'est qu'il avait un karma de malade, qui a fini par le rattraper. Écoutez, si ce Noir vient ici pour me faire la peau, vous savez ce que je vais lui dire ? " Merci de n'être pas venu plus tôt. Merci de m'avoir laissé vivre la vie que j'ai vécue. Je ne discute pas avec mon destin, Jack. C'est aussi simple que ça. "

– J'ai comme l'impression qu'il ne vous écoutera pas.

Une cascade de minuscules feuilles jaunes et écarlates dégringola des arbres dans la piscine. La rouquine se frotta le museau contre la poitrine de

Lonnie Felton et posa l'avant-bras sur son bas-ventre.

– Vous ne nous aimez pas beaucoup, n'est-ce pas ? dit-il.

– Nous ?

– Ce que vous appelez probablement les gens du cinéma.

– Passez une bonne journée, monsieur Felton. Ne les laissez pas vous surprendre sur vos arrières.

– Quoi ?

– Allez plus souvent au cinéma. Regardez à l'occasion une rediffusion de *Platoon*.

Je longeai la rivière et rattrapai la quatre-voies jusqu'à Broussard avant de prendre l'ancienne grand-route, direction Cade et Spanish Lake, jusqu'à New Iberia. La chaussée était jonchée de tiges de canne à sucre écrasées tombées des remorques en chemin vers la sucrerie ; des panaches de poussière se levaient en tourbillons des champs dénudés passés à la herse et, au loin, j'aperçus des aigrettes prendre leur essor, pareilles à une volée de pétales de rose blanche au-dessus d'une haie de peupliers.

J'avais menti à Lonnie Felton. Je doutais de pouvoir lui coller sur le dos une inculpation qui tienne pour complicité de crime. Mais cela pourrait bien se révéler la meilleure chance qu'il ait jamais eue, me dis-je.

J'allumai la radio et écoutai la retransmission du match L. S. U.-Georgia Tech pendant tout le trajet de retour.

***

Bootsie faisait la vaisselle lorsque j'entrai dans la cuisine. Elle portait des sandales en paille, un pantalon de toile blanche et une chemise mauve imprimée de fleurs vertes et rouges. Les pointes de ses cheveux étaient dorées à la lumière filtrée par la moustiquaire.

– Quoi de neuf, grand chef ? dit-elle sans se retourner.

Je posai la main sur son dos.

– Il y a un buffet d'écrevisses " à volonté " pour six-quatre-vingt-quinze à Lafayette, dis-je.

– J'ai déjà quelque chose en route.

– Ces derniers jours, je dis tout ce qu'il ne faut pas dire, dis-je.

Elle rinça une assiette qu'elle posa dans l'égouttoir. Elle tourna son regard vers un moqueur qui s'était posé sur la table en séquoia.

– Il y a des choses qu'une femme a bien du mal à accepter. Et peu importe la raison qui explique qu'elles se soient produites, dit-elle.

Elle se saisit d'une nouvelle assiette et la rinça. Je sentis le poids de son corps se déplacer vers l'avant, s'écartant ainsi du contact de ma main.

– Tu veux aller à la messe de l'après-midi ? dis-je.

– Je ne crois pas que j'aurai le temps de me changer, répondit-elle.

***

Ce soir-là, j'emmenai Alafair et une de ses amies au cinéma à New Iberia et je leur offris une crème glacée à la sortie. Ensuite, je trouvai à m'occuper dans la boutique à appâts même si je savais que la saison de pêche tirait presque à sa fin et que je ne verrais guère de clients au matin. Au travers des silhouettes noires des arbres au sommet du talus, j'apercevais la galerie éclairée de notre maison, le salon sans lumière, l'ombre de Bootsie qui se mouvait sur les persiennes tirées de notre chambre.

J'appelai mon parrain des A. A., ex-manœuvre des pétroles du nom de Tee Neg et aujourd'hui propriétaire de bar, qui était resté sobre sept ans jusqu'au jour où il était entré dans une boutique tenue par un Noir qui vendait des appâts et de l'alcool, et avait demandé un seau de vifs. Puis, sur une subite impulsion, sans aucune préméditation autre que le ressentiment toujours violent d'avoir eu les doigts sectionnés par une colonne de forage, il avait changé sa commande et demandé une bouteille de whiskey. Il était resté ivre les cinq années qui avaient suivi. Sa réunion suivante des A. A. s'était tenue au pénitencier d'Angola.

Je lui racontai ce qui s'était passé entre Bootsie et moi. Je savais ce qui allait suivre.

– T'as bu un verre pour faire passer ? dit-il.

– Non.

– Hé, tu t'es déjà saoulé pendant que tu dormais ?

– Non.

– Alors, va te coucher. Je t'causerai au matin, ti.

Il raccrocha.

Une fois que toutes les lumières de la maison se furent éteintes, je remontai la pente du talus, rentrai et m'allongeai sur le canapé du salon dans l'obscurité.

Wally, le répartiteur, m'appela à une heure du matin.

– Le bureau du shérif de la paroisse de St. Martin est en train d'interroger des gamins hystériques au marais Henderson. Ça n'a ni queue ni tête. Je ne comprends rien. Tu veux bien y aller ?

– Pas vraiment, dis-je.

– Ça ressemble à Aaron Crown. C'est bien là que tu penses qu'il se planque, non ?

– Qu'est-ce qui ressemble à Aaron Crown ?

– Celui qui a réduit ces deux personnes en chair à pâté. Ils disent que les murs de la péniche sont repeints à l'hémoglobine. Le mec a tenu la fille pendant qu'il viandait le mec, et ensuite il a viandé la fille.

– Ça n'a ni queue ni tête, ce que tu racontes, Wally.

– C'est bien ce que j'ai dit. L'adjoint qui l'a signalé, ce qu'il racontait ç'avait ni queue ni tête non plus. Alors qu'est-ce que tu dirais d'aller te bouger le cul jusque là-bas ?

20

Au cours de la reconstitution d'un crime avec violences, il arrive parfois que la source la moins digne de confiance ce soit les témoins oculaires. Les vaisseaux sanguins du cerveau se dilatent, les émotions font court-circuit, la mémoire se ferme brutalement et émousse les images dont le but avéré est de défigurer la face de la famille des humains.

Plusieurs véhicules d'urgence étaient garés le long de la digue Henderson lorsque j'arrivai sur les lieux. La lune était levée, l'eau et la mousse des cyprès étaient entachées d'une couleur d'étain. Une passerelle en bois partait du talus de terre, franchissant un bouquet de saules, jusqu'à une grosse péniche dont les ponts brûlaient de lumière dans l'éclat des projecteurs du bateau du shérif amarré tout contre elle.

Les témoins étaient un homme âgé et son épouse à moitié aveugle qui passaient le week-end sur leur péniche, ainsi qu'un groupe de lycéens défoncés, puant la marijuana et la bière en tonnelet, qui tremblaient de tous leurs membres à la perspective de ce dans quoi ils avaient mis les pieds.

Plus tôt dans la soirée, ils avaient tous vu les victimes qui buvaient un verre dans un restaurant plus haut sur la levée. Tout le monde s'accordait à dire qu'ils faisaient un beau couple tous les deux, des touristes peut-être, agréables et incontestablement polis, bien que la femme parût un peu jeune pour son compagnon, lequel était cependant charmant, une allure d'athlète, amical à l'égard des gamins, le genre de mec bien, de toute évidence plein d'assurance (un des lycéens défoncés avait dit que « c'était comme qui dirait un homme d'affaires moderne, du genre de ceux qu'on voit à la télé ») ; l'homme avait voulu louer un équipement de pêche et engager un guide pour partir en visite au matin.

L'intrus était arrivé juste avant minuit, dans un hors-bord en aluminium à fond plat, gaz au ralenti, moteur ronronnant à bas régime le long du chenal principal qui bordait le marais, tandis qu'il évitait les îlots de jacinthes mortes et les cyprès gris qui se dressaient des eaux comme des coins de force à l'entrée des criques.

Mais il savait où il allait. Au milieu du chenal, il avait viré à l'oblique, dirigeant son hors-bord vers la péniche louée par le couple, avant de couper les gaz et de laisser son bateau glisser sur son erre au travers d'un rideau de branches de saule en ombrelle et venir doucement cogner contre les pneus en caoutchouc suspendus aux plats-bords de la péniche.

Les occupants n'étaient pas encore couchés et prenaient un souper tardif dans la cuisine, à une petite table garnie d'une bouteille de vin blanc et d'un plat à fondue. Ils n'avaient pas entendu l'intrus, ou alors ils n'avaient pas eu le temps de réagir, avant que l'homme se hisse d'une main et enjambe la rambarde, pour atterrir, léger comme une plume, sur la pointe des pieds, le corps animé d'une grâce tout en muscles qu'on n'aurait jamais soupçonnée chez un individu aussi imposant.

Il avait alors arraché la porte verrouillée de son huisserie avec une telle violence qu'un gond avait été emporté.

Au début, les gamins, rassemblés autour du hayon d'une camionnette sur la levée, avaient cru que l'intrus était un Noir, avant de réaliser, lorsqu'il avait jailli dans la cabine éclairée, qu'il portait des gants sombres et une cagoule de ski en laine.

Mais ils n'avaient aucun doute sur ce qui avait suivi.

Lorsque l'homme qu'ils avaient vu au restaurant avait tenté de se lever de sa chaise dans la cambuse, l'intrus lui avait planté, sur le côté de la gorge, d'un grand geste en arc de cercle, le couteau pliant à large lame servant à parer le gibier, avant de trancher de haut en bas chair et os jusque dans la cage thoracique, puis il l'avait frappé au cou et à la tête à plusieurs reprises et, saisissant la jeune femme sous un bras, sans jamais rater ses coups, il avait fouetté de son bras armé l'homme blessé qui s'affaissait un peu plus sur sa chaise à chaque impact avant de tomber au sol, en projetant sur les fenêtres des cordages de sang.

Il s'était alors arrêté, comme s'il prenait conscience d'avoir un public, les trous de son masque laissant filer son regard vers la levée, puis, ouvrant la bouche qui avait explosé d'or, il avait léché le cou de la jeune femme hurlante qu'il tenait épinglée contre son propre corps d'un bras gonflé de muscles avant de finir par lui trancher la gorge d'un coup de lame.

Je me tenais dans l'embrasure de la porte arrachée à ses gonds en compagnie d'un inspecteur de la Criminelle, paroisse de St. Martin, et du médecin légiste. Les deux corps gisaient au sol, en arc de cercle, leurs fronts se touchant presque.

– T'as déjà vu une telle quantité de sang ? dit l'inspecteur en civil.

Il portait un costume marron et un feutre, sur une cravate bleu uni qu'il avait pincée à l'intérieur de sa chemise. Il mordit dans une barre de chocolat.

– Je souffre d'un manque de sucre, dit-il.

Deux infirmiers commencèrent à placer le mort dans un sac à viande. Sa queue de cheval avait été écrasée par une semelle et collait au linoléum.

– Tu vas bien, Dave ? demanda l'inspecteur en civil.

– Bien sûr.

– Le tueur a piqué leurs papiers d'identité.

– Il s'appelait Lonnie Felton. Je ne sais pas qui est la fille. Il était metteur en scène.

– Tu le connais ?

J'acquiesçai et contemplai le regard figé des yeux écarquillés de Felton.

– Pour moi, c'est Aaron Crown qui a fait ça, dit le flic en civil. Qu'est-ce que tu en dis ? On en a combien dans les parages capables de faire une chose pareille ?... Tu m'écoutes, Dave ?

– Quoi ? dis-je.

L'infirmier tira la fermeture à glissière du sac à viande sur le visage de Felton.

– Oh, désolé, dis-je au flic en civil. Les mômes avaient raison la première fois. Il s'agit d'un Noir. Mookie Zerrang, c'est son nom. C'est drôle ce que tu as dit, c'est tout.

– Répète-moi ça.

– À propos d'écouter. J'avais dit à Felton que le mec qui le descendrait ne serait pas du genre à écouter. Ça m'avait paru une chose intelligente sur le moment.

Le flic en civil me regarda d'un air étrange, la bouche barbouillée de chocolat.

21

Après ma libération de l'armée, en compagnie d'un ami de mon régiment, j'avais traversé le pays, en direction du Montana, pour des vacances de pêche. Le 4 juillet, nous nous arrêtâmes dans une petite ville de l'ouest du Kansas que Norman Rockwell aurait pu peindre. Les rues étaient en brique, bordées d'ormes de Chine, et le palais de justice en pierre calcaire au milieu de sa place carrée se dressait parmi les magasins, quincailleries, épiceries, boutiques d'équipement pour la ferme, comme un château médiéval sur fond de ciel bleu et dur comme la porcelaine. Tout à côté de notre motel en stuc se trouvait une taverne à bière qui ressemblait à un gâteau de mariage, ombragée par un énorme saule pleureur qui culminait au-dessus des avant-toits. Au bout de la rue, on apercevait un océan de blés verts qui se crénelaient sous le vent aussi loin que le regard pouvait porter. La pluie qui tomba cet après-midi-là sur les trottoirs brûlés de soleil me fut le plus doux parfum que j'aie jamais senti.

Où est-ce que je veux en venir ?

Des années durant, j'avais repensé à cet endroit comme à une île que la guerre d'Indochine n'avait pas touchée, totalement à l'écart des cités qui brûlaient au pays. Lorsque j'étais patrouilleur en uniforme dans les lotissements de l'assistance de La Nouvelle-Orléans, je me remémorais cette odeur chaude d'air propre et de pluie tombant sur ces trottoirs en 1965.

Puis un ex-flic du Kansas que nous avions ramassé ivre parce qu'il était fugitif avec un mandat inter-États aux basques m'apprit que cette ville qui existait dans mon souvenir était celle du roman de Truman Capote, *De sang-froid*, l'histoire de deux meurtriers pathologiques qui avaient assassiné une famille entière pour trente-neuf dollars et une radio.

On apprend tôt ou on apprend tard. Les îles n'existent pas.

***

C'était lundi matin et personne n'était incarcéré pour le double homicide de la paroisse St. Martin.

– Je crains qu'ils ne marchent pas dans ta théorie du tueur noir, dit le shérif.

– Pourquoi ?

– Il n'y a aucune preuve que l'homme ait été noir.

– Il avait la bouche pleine de dents en or, tout comme le mec qui a descendu le scénariste.

– Et alors ? Peut-être qu'Aaron Crown a lui aussi des couronnes en or.

– Je doute qu'Aaron ait même jamais acheté une brosse à dents, encore plus qu'il ait vu un seul dentiste de toute sa vie.

– Tu es convaincu que quelqu'un essayait d'empêcher Felton de révéler à la face du monde que notre gouverneur nouvellement élu était un troglodyte moral. Tu as peut-être raison. Mais pour beaucoup de monde, c'est aller chercher bien loin.

– Crown n'est pas responsable de ça, shérif.

– Écoute, le légiste de St. Martin déclare que les deux victimes avaient fumé de l'héroïne avant de passer l'arme à gauche. On a trouvé une livre de blanche de Chine dans l'appartement de Felton. La police de St. Martin pense que les meurtres sont peut-être liés à la drogue. Le vol est aussi un mobile à envisager.

– Le vol ?

– Le tueur a pris le sac à main de la fille et le portefeuille de Felton. Felton étalait son argent à qui voulait le voir pendant la soirée...

Il s'interrompit et me retourna mon regard fixé sur le sien.

– Je ne t'ai pas convaincu ?

– Où est-ce que vous voulez aller avec tout ça, patron ?

– Nulle part. Ce n'est pas la peine. C'est hors de notre juridiction. Fin de la discussion, Dave.

***

J'ouvris le courrier de la matinée dans mon bureau, fis sortir des toilettes pour homme une femme au cerveau dérangé et la raccompagnai, ramassai un type à l'officine de paris hippiques de l'État près de la grand-route pour non-respect de sa conditionnelle, aidai à récupérer un tracteur volé, passai mon heure de déjeuner et deux heures supplémentaires à attendre de témoigner au tribunal, pour apprendre finalement qu'on avait accordé à l'accusé un sursis et revins au bureau avec la migraine et le sentiment d'avoir consacré la majeure partie de ma journée à des futilités, comme quelqu'un qui se limerait les ongles en pleine épidémie de peste.

La police d'État était maintenant responsable au premier chef de la protection de Buford, et Aaron Crown, comme mes démêlés avec la famille LaRose, devenaient pour les autres un sujet de moins en moins intéressant.

Mais une personne, outre Clete, avait essayé de m'aider, me dis-je.

Le monteur de carnaval tatoué répondant au nom d'Arana.

J'insérai dans un magnétophone la cassette qu'Helen et moi avions faite de sa déposition sur son lit de mort et l'écoutai à nouveau dans son intégralité. Mais seule une partie très brève offrait un indice : « Le *bugarron* monte une selle avec des fleurs découpées dans le cuir. Je l'ai vue au ranch. Vous leur faites tout foirer, à ces gens-là. Y vont vous tuer, mec... »

– Qui est ce mec ? demanda ma voix.

Et l'homme du nom d'Arana répondit : « Il a pas de nom. Il a un cheval rouge et une selle argentée. Il aime les jeunes garçons indiens. »

Je coupai le magnétophone, posai la cassette sur mon sous-main et la contemplai. Débrouille-toi avec ça, me dis-je.

Puis, de cette manière dont le hasard et les événements fortuits ont souvent le dernier mot, je jetai un œil par la fenêtre et vis un homme jouer de l'avertisseur à l'adresse d'autres conducteurs, forçant le passage au travers de deux files de circulation pour se garer dans une zone réservée aux handicapés. Son visage était aussi figé qu'un masque de plâtre lorsqu'il traversa la pelouse jusqu'à l'entrée principale, sans même prêter attention à l'arroseur qui tailla une bande sombre sur son pantalon en toile.

Quelques instants plus tard, Wally m'appelait sur mon poste.

– Dave, on a un vrai zomboïde dans la salle d'attente, y dit qu'y veut te voir.

– Ouais, je sais. Renvoie-le.

– Qui est-ce ?

– Dock Green.

– Ce mac de La Nouvelle-Orléans qu'on dit qu'il a la chtouille du cerveau ?

– Le seul, l'unique, le vrai.

– Dave, on a pas assez de malades dans notre coin ? Faut que t'importes ces mecs jusqu'ici ?

Dock Green portait un polo beige à col roulé bien tendu dans le ceinturon de sorte que les mouvements de son cou et de sa tête paraissaient d'autant plus rigides et mécaniques, pareils aux images saccadées d'un morceau de film qu'on aurait raccourci. Il s'assit devant mon bureau sans y avoir été invité, son regard perdu au loin, par la fenêtre, au-delà de moi, avant de revenir se fixer sur mon visage. La peau entre sa lèvre et l'aile de son nez tressautait.

– Faut que j'utilise ton téléphone, dit-il avant de décrocher le combiné et de pianoter sur les touches.

– C'est une ligne privée... Ça ne fait rien, vas-y, dis-je.

– Je passerai te prendre à six heures précises... Non, devant, Persephone... dit-il dans le micro. Non, on veut pas de moi là-bas, là-bas, j'aime pas, alors là-bas, j'y vais pas... Au revoir.

Il raccrocha et me souffla son haleine au visage.

– J'ai une plainte à déposer, dit-il.

– Et de quoi pourrait-il s'agir, Dock ?

– Je vois que t'es au parfum. Il y a un revers à la médaille de Jerry la Glisse.

– Ouais ?

– Il s'est rendu sur mon chantier de construction avec quelques-uns de ses torche-culs et il est rentré dans le lard de mon contremaître. Il l'a épinglé par terre en le tenant par les oreilles et lui a craché à la figure.

– Craché à la figure ?

– Il y a de l'écho ici ?

Je griffonnai une note sur mon bloc, pour ne pas oublier de rapporter un litre et demi de lait en rentrant à la maison.

– Nous allons régler ça, Dock.

– C'est tout ?
– Ouais.
– Tu ne m'as pas demandé l'endroit.
– Pourquoi ne me le dis-tu pas ?
Il m'indiqua la route à suivre. Je jouais avec la cassette contenant la déposition faite par le monteur de carnaval mexicain sur son lit de mort.
– Prenons la voiture et allons voir ce que Jerry Joe a à dire pour sa défense, dit-il.
– Tout de suite ?
– Tu peux y compter.
La concentration de son regard me fit penser à des abeilles pressées contre une vitre.
Nous prîmes une voiture de patrouille et nous nous engageâmes dans le couloir de chênes verts sur East Main, puis nous prîmes la direction du site sur Bayou Teche où Jerry Joe bâtissait sa nouvelle maison. Les machines étaient arrêtées, l'équipe d'ouvriers, partie.
– Je crois qu'on a raté le coche, dis-je, avant d'obliquer et de franchir le pont mobile pour sortir de la ville, en direction de la plantation des LaRose.
– C'est pas le chemin.
– La journée est belle pour une balade en voiture.
Je vis sur le visage de Dock qu'il avait compris.
– T'es en train d'essayer de me pisser sur les godasses. Tu sais que ma femme est chez Karyn LaRose, dit-il.
– Il faut que je vérifie quelque chose, Dock. Ça n'a rien à voir avec toi.
– Rien à foutre de ça, et toi aussi, va te faire foutre. Je les aime pas bien, ces gens-là. Je vais pas sur leur propriété.
Je me rangeai sur le bas-côté de la route près de l'allée d'accès des LaRose. La poussière montait en gros rouleaux des champs à l'arrière de la propriété,

et la maison paraissait massive, toute blanche avec ses piliers sur fond de ciel gris.

– Et pourquoi ça ? demandai-je.

– S'y faut que je fasse affaire avec des hypocrites, ça veut pas dire qu'on est obligés d'utiliser les mêmes toilettes. Hé, tu crois qu'y z'ont pas de la merde dans la culotte ? Y a des morts enterrés sur ce terrain.

– Tu veux parler du cimetière sur l'arrière ?

– J'ai pas besoin de voir une pierre tombale pour sentir une tombe. Il y en a une près de cet arbre là-bas. Il y en a une autre près de l'eau. Un gamin y est enterré.

– Tu es au courant d'un meurtre ?

Mais il n'eut pas le loisir de répondre. Un frisson le traversa tout entier et il s'affaissa au creux du siège et se mit à parler de façon inintelligible, ses lèvres retroussées en ridules sur les dents, à croire que tous ses moteurs avaient des ratés d'allumage, salive et obscénités roulant de sa langue pour sortir de sa bouche.

Je mis le levier en position route et m'engageai dans l'allée.

– Tu vas tenir le coup, Dock ? dis-je.

Son haleine était aussi épaisse qu'un relent d'égout. Il pressa sa paume humide contre sa bouche.

– Te fais pas de bile, coco, dis-je.

Je franchis à pied l'allée, passai sous le toit en auvent et entrai dans l'arrière-cour, où un policier de l'État à l'abri de ses lunettes de soleil dégustait un bol de crème glacée dans un fauteuil de jardin en toile.

J'ouvris mon étui d'insigne.

– J'aimerais inspecter les écuries, dis-je.

– Pour quoi faire ?

Je détournai le regard, replaçai mon insigne dans ma poche arrière.

– Rien qu'une intuition bizarre à propos de Crown, répondis-je.

– Faites comme chez vous.

Je passai entre les barres qui fermaient le corral et pénétrai dans la vieille forge en brique ouverte à une extrémité aujourd'hui convertie en écurie. Les volets métalliques des fenêtres en ogive étaient fermés, et des papillons de poussière flottaient au milieu des bandes de lumière pâle, aussi épais que des peluches dans une usine de textile. L'air était chaud, chargé d'une odeur douce amère où se mêlaient des relents divers, cuir, couvertures raidies par la sueur des chevaux, poulets qui venaient s'égarer là, humidité sous le plancher en bois, foin frais éparpillé dans les stalles, brouette pleine de fumier, barrique de boulettes séchées de mélasse et de céréales.

J'entrai dans la sellerie à l'extrémité opposée du bâtiment. Les selles de Buford étaient suspendues sur des chevrons repliables vissés perpendiculairent au mur. Les selles anglaises étaient unies, fonctionnelles, le cuir vierge de toute gravure par le couteau du sellier. Mais sur les selles western, aux pommeaux aussi larges que des mufles de taureau, les troussequins et les quartiers étaient sculptés de roses, d'oiseaux et de serpents, et à l'arrière de chaque troussequin se trouvait en incrustation de nacre un camélia épanoui.

Mais l'homme du nom d'Arana avait dit que le *bugarron* montait une selle d'argent. Il n'y en avait pas ici.

– Qu'est-ce que vous cherchez dans la sellerie, inspecteur Robicheaux ? demanda le policier d'État dans mon dos.

Il s'appuya contre l'huisserie de la porte, bras croisés, ses lunettes sombres masquant l'expression de son regard. Il portait un chapeau de campagne incliné sur le front, pareil à un sergent instructeur, la lanière en cuir passée sur l'arrière de la tête.

– On ne peut jamais savoir sur quoi on peut tomber.

– Ça me paraît pas très clair, je sais pas pourquoi.

– Je vous connais ?

– C'est fait, maintenant. Mme LaRose dit qu'elle préférerait ne plus vous voir chez elle.

– Elle n'aura plus ce genre de préoccupation si Aaron est son prochain visiteur... Passez une bonne journée.

J'avançai sur le plancher entre les stalles en direction du pignon vert du bâtiment.

– Ne revenez pas dans l'écurie sans mandat, monsieur, dit le policier derrière moi.

Je me faufilai à nouveau entre les barres du corral et avançai sous les arbres dans l'arrière-cour en direction du toit en avancée. Karyn LaRose sortit par la porte-moustiquaire latérale, un verre à la main, Persephone Green sur les talons. Karyn se retourna et leva les doigts en l'air.

– Laisse-moi dire un mot à Dave, Seph, dit-elle.

Une lumière noire et furieuse baigna le visage de Persephone Green lorsqu'elle me regarda. Mais elle fit ce qui lui était demandé, ferma la porte et disparut derrière la vitre.

– Je vais te vider jusqu'à la dernière goutte de sang que tu as dans les veines pour ce que tu m'as fait, dit Karyn.

– Que t'ai-je donc fait ?

– Devant ta femme, dans l'hôtel. Pourriture d'enfoiré.

– Le problème vient de toi et il est en toi, Karyn. C'est juste que tu ne le sais pas.

– Garde ta psychologie de bazar pour tes réunions des A. A. Ta vie va être misérable. Je te le promets.

– Dock Green dit qu'il y a des morts enterrés sous l'arbre dans ta cour latérale.

– Merveilleux travail d'inspecteur. On les a lynchés et enterrés là il y a plus de trois cents ans.

– Et le gamin dans la tombe anonyme et sans inscription près de l'eau ?

Sa peau sous son maquillage devint aussi pâle et sèche que le papier.

22

Le lendemain matin, je me dirigeai vers Jerry Joe Plumb sur son terrain semé d'arbres au milieu du quartier historique sur East Main. Il regardait deux bétonnières couler les fondations de sa maison sur le bayou, un pied chaussé d'une demibotte de chantier posé sur un arbre abattu. Il portait un pantalon de toile kaki et son blouson de pilote en cuir, et le soleil au travers des chênes faisait l'effet de feuilles d'herbe jaune sur son visage.

– Dock Green déclare que tu as malmené son contremaître de chantier.

– Les choses ont un peu dégénéré.

– Tu l'as maintenu cloué au sol et tu lui as craché à la figure.

– J'ai présenté mes excuses.

– Je parie qu'il a apprécié.

– J'ai douillé trois cents plaques pour soutenir la campagne de Buford. Tu sais ce que sont les intérêts sur trois cents plaques ? Et maintenant Dock se ramasse marché sur marché avec Buford pendant que les fournisseurs en matériaux de construction me regardent comme s'ils voulaient se payer une tranche de ma pomme.

– Alors, cesse de protéger Buford.

– Tu n'as rien compris... Mais... Aucune importance, viens dans ma caravane, je vais te montrer quelque chose.

Une fois à l'intérieur, il étala un rouleau de bleus d'architecte sur une table à dessin avant d'en maintenir les coins à l'aide de poids, puis il se passa la main dans les cheveux en admirant l'esquisse de la maison.

– Tu vois, elle est début de siècle. Elle ira parfaitement avec le cadre. La brique est mauve et provient d'une maison vieille d'une centaine d'années que j'ai trouvée dans le Mississippi, dit-il.

Le bâtiment avait deux étages, plutôt forteresse médiévale que maison, avec balcons, belvédères, et coupe-vent tout à fait exagérés en pleine ville, et je songeai à la description faite par Jerry Joe de la maison des LaRose à l'ouest du Pecos, où il s'était enfui à l'âge de dix-sept ans.

– Tu vas laisser Buford faire de toi le dindon de la farce à cause du vieux, c'était quoi son nom déjà, Jude ? dis-je.

– S'il n'y avait pas eu Jude, je me serais spécialisé dans le ramassage du coton à la ferme-prison.

– J'ai emmené Dock à la plantation LaRose hier. Il dit qu'il y a la tombe d'un gamin près de l'eau.

– Mieux vaut l'écouter, dans ce cas.

– Oh ?

– Ce mec entend des voix. C'est comme si y savait des trucs que les gens sont pas censés savoir. Il met des machins morts dans des cruchons. C'est peut-être une goule.

Je m'apprêtai à partir.

– Reste à l'écart de son chantier de construction, O.K. ? dis-je.

– Ce n'est pas moi le problème, Dave. Ni Dock non plus. Y a une maladie dans cette ville. Comme dans l'État tout entier. Et elle se trouve juste un peu plus haut, sur le bayou.

– Alors, cesse de laisser Buford se servir de toi comme d'un saç de frappe, dis-je.

Jerry Joe glissa son peigne dans sa poche de chemise et se rapprocha de mon visage, ses mains ouvertes ballant de manière simiesque à ses flancs et la cicatrice blanche au coin de son œil resserrée comme un nœud.

– Nous sommes amis, mais ne t'avise plus jamais de me redire une chose pareille, dit-il.

***

Après mon retour au bureau, le shérif m'appela sur mon poste et me demanda de venir dans son bureau. Il était assis, penché au-dessus de sa table, les épaules voûtées, et raclait le culot de sa pipe à l'aide d'un canif.

– Notre assureur-santé a appelé ce matin. Ils ont soudain un problème avec ta couverture d'assurance, dit-il.

– Quel problème ?

– Ton passé d'alcoolique.

– Pourquoi appeler maintenant ?

– Là est la question. Tu as suivi une thérapie il y a quelques années ?

– C'est exact.

– Après le meurtre de ton épouse ?

Je hochai la tête, en détournant mon regard du sien.

– Le dossier du psychologue qui t'a suivi leur est arrivé par fax ce matin, dit-il. Tout comme il nous est arrivé ici. Le *Daily Iberian* l'a reçu également.

Avant que je puisse répondre, il ajoutait :

– Je l'ai déchiré. Mais le mec de la Blue Cross était un petit peu à cran.

– Pas de bol.

– Dave, aujourd'hui, tu es sobre, mais tu as rechuté à deux reprises avant de t'en sortir. Je pense qu'il devait y avoir tout un tas de trucs sur le Viêtnam dans ce dossier, qui plus est. Et les civils ont du mal à encaisser ce genre de choses.

Il reposa sa pipe et contempla le dessus de ses mains.

– Qui a expédié le fax ?

– Le thérapeute est décédé il y a deux ans.

– Et alors ?

– Je n'ai pas le don d'omniscience.

– Nous savons tous les deux de quoi je parle.

– Il avait un bureau au Centre des Pétroles. Dans la même suite que celle de Buford LaRose.

– Mais pourtant ce n'est pas Buford, je me trompe ?

– Je ne sais si l'on a jamais songé à sonder le potentiel de Buford.

– Dave, dis-moi que tu n'es pas allé voir Karyn.

– Hier... J'avais emmené Dock Green avec moi.

Son fauteuil pivotant craqua lorsqu'il s'appuya contre le dossier. Ses dents se refermèrent en claquant sur le tuyau de sa pipe éteinte.

***

À l'aube le lendemain matin, je coupai le contact de mon hors-bord au nord de la plantation LaRose et laissai le bateau en aluminium dériver dans le courant, au-delà de la ligne de clôture en fil de fer barbelé qui avançait jusque dans l'eau et délimitait la propriété de Buford. Le soleil était barbouillé d'orange au travers des feuillus, et j'entendais les chevaux hennir au-delà de la brume qui se levait de la coulée. Je me servis d'une pagaie pour sortir le bateau du courant et le conduire en eaux mortes, les typhas glissant sur la poupe et les flancs, jusqu'à ce que je sente le fond métallique mordre la vase.

J'apercevais au sommet de la pente la crypte de marbre noir et la clôture métallique aux fers en épieux qui l'entourait, la silhouette du policier d'État qui regardait dans la direction opposée, un hongre rouan secouant la tête pour se dégager des toiles d'araignées tendues entre deux troncs de claqueminiers.

Une partie de la coulée s'était effondrée, et les eaux de ruissellement avaient débordé sur le flanc en creusant dans la terre un entrelacs de larges rigoles en forme de main écartée qui descendaient le talus jusqu'en bordure du bayou. J'enfonçai ma pagaie dans la vase et poussai fort en regardant défiler les arbres, les palmiers nains, un ponton avec son hangar à bateaux et le terrain boisé couvert d'aiguilles de pins et meurtri par les sabots.

C'est alors que je la vis, à la manière dont l'œil reconnaît les signes de mort dans une forêt tropicale, lorsque les oiseaux se lèvent soudain du feuillage ou que le vent change de direction pour vous apporter une odeur qui a toujours vécu comme une pensée ténébreuse aux confins de votre conscience.

En vérité, ce n'était pas grand-chose – une série de fossettes peu marquées dans la pente, une herbe plus verte qu'elle n'aurait dû l'être, un semis de champignons aux corolles empoisonnées. Le contentieux qui m'opposait aux LaRose en arrivait peut-être aux limites de l'obsession. Je dégageai un des tolets, y nouai un mouchoir et le balançai sur la berge.

Puis je me laissai dériver latéralement par le courant jusque dans le silence du méandre suivant, tirai sur le cordon de démarrage et sentis le grondement du moteur se répercuter en écho au creux de ma paume comme un bourdonnement d'oreille.

***

Au coucher du soleil, j'enfilai un short de gym et des chaussures de cross et courus deux kilomètres et demi jusqu'au pont mobile, saluai son gardien et fis demi-tour en direction de la maison, l'air sur ma peau pareil à une flamme froide. Devant moi, j'aperçus une Buick qui se rangea sur le côté de la route pour se garer. La vitre se baissa, la portière s'ouvrit à moitié. Jerry Joe resta assis, les bras en appui sur la portière comme s'il était à un comptoir de bar, une boîte de Budweiser dans une main, une pinte de whiskey dans l'autre. Il avait l'air pimpant, douché de frais, vêtu d'un complet blanc sur une chemise lavande au col ouvert. Une boîte en carton, de faible épaisseur, était posée sur le siège en cuir à côté de lui.

– Tu vas m'agrafer pour une boîte de bière ouverte ? dit-il.

– C'est une éventualité.

– Je suis désolé de t'avoir envoyé paître hier.

– Oublie ça.

– Tu te souviens de ma mère ?

– Bien sûr.

– Elle m'obligeait tout le temps à aller me confesser. Je détestais ça. C'était une vraie *coonass*, tu sais, elle disait : “ Tu te sens coupable pasque t'as fait queq'chose à quelqu'un, Jerry Joe, tu vas essayer de prétendre que c'te personne, tu la connais plus pasqu'elle va toujours te rappeler ç'ui que tu es et toutes les choses méchantes que t'as faites, ou peut-être bien que tu vas essayer de lui faire du mal, ti. Et c'est bien pour ça qu'y faut que t'ailles à confesse, ti. ”

Il inclina la bouteille et versa un mince filet de bourbon dans l'ouverture de sa boîte de bière. Puis il but à même la boîte, tandis que s'assombrissait la couleur de ses yeux.

– Oui ? dis-je.

– Les gens comme Karyn et Buford se réinventent eux-mêmes. C'est comme disait ma mère.

Ils ne veulent pas de miroirs pour leur rappeler celui ou celle qu'ils ont été.

– Qu'est-ce que je peux faire pour toi, collègue ?

– Je suis pas blanc comme neige. Il y a bien longtemps que je suis mêlé à la famille LaRose. Mais le marché qui est en train de se faire aujourd'hui... Je ne sais pas... C'est pas juste l'argent... Ça me tracasse.

– Parles-en à quelqu'un, Jerry Joe. Comme ta maman disait.

J'essayai de sourire.

Il tendit le bras derrière lui et prit la boîte en carton posée sur le siège.

– Je t'ai rapporté quelque chose qui t'appartient. C'était toujours enterré derrière la vieille maison.

Je posai la boîte sur la vitre et en soulevai le couvercle. La vieille manivelle de notre vieux phonographe était posée au milieu d'une feuille de papier d'emballage froissée. Le métal était déformé par des pustules de rouille, et la poignée en bois dévorée par l'humidité du sol.

– Donc, je te rends ce qui t'appartient et j'ai aucune raison d'être furieux contre toi, dit-il.

Il souriait maintenant. Il referma sa portière et démarra.

– Reste toujours en rythme avec ce bon vieux rhythm & blues, dit-il.

– Je ne l'ai jamais quitté.

Je marchai le reste du chemin jusqu'à la maison. Le soleil avait disparu, l'air était froid et humide, et les dernières lucioles de la saison dessinaient leurs motifs rouges et brouillés dans les ombres.

23

Lorsque vos points de suture lâchent les uns après les autres, lorsque votre ascenseur a déjà dégringolé en chute libre, dépassant le dernier fond raisonnable, lorsque ce que vous pouvez espérer de mieux de votre journée est une cigarette d'herbe au lever du soleil pour arrondir vos angles trop vifs ou une boulette de blanche à l'héro d'un fourgueur des rues capable de vous transformer le cœur en pétard de feu d'artifice, vous pourriez bien finir par vous retrouver dans un morceau de géographie comme celui qui suit.

À quelques blocs de Canal, le bâtiment avait jadis été un bordel de mulâtres et de blanches ; puis, en des temps plus moralisateurs, alors que les autorités avaient fermé les bordels du centre-ville et que les filles avaient commencé à travailler dans les taxis, l'immeuble avait été divisé en appartements et studios pour artistes, avant de finalement devenir un simple « hôtel », sans autre nom que celui-là, ses lettres de néon en blason vertical sur une enseigne en fer-blanc au-dessus d'une vitrine illustrée qui laissait entrevoir une rangée de fauteuils de cinéma. Les vieilles gens, aux sens apparemment tout engourdis par la calamité qui les avait placées dans ce voisinage, regardaient par la vitrine de leurs yeux vides depuis le trottoir.

Le Mexicain avait escaladé l'échelle à incendie jusqu'au toit pointu avant de partir en vol plané parmi les étoiles. Il avait touché le sol de la cour avec une violence telle que l'impact avait fendu une dalle de pierre aussi aisément que s'il s'était agi d'une ardoise.

Le couloir était sombre, empuanti par les relents des sacs en papier souillés remplis d'ordures, plantés à chaque porte comme des sentinelles. Clete ouvrit la chambre du mort avec un passe.

– C'est une dame vietnamienne, une “ boat-people ”, qui est propriétaire de l'endroit. Elle a trouvé la quittance de salaire du mec et pensé que je pourrais obtenir de l'État qu'il règle les arriérés de loyer.

La majeure partie du plâtre était tombée des murs. Un matelas était roulé sur un lit métallique, et une pile de papiers, des bouteilles de vin vertes et des emballages de repas-télé surgelés avaient été soigneusement balayés dans un coin. Un porte-feuille en plastique aplati, une valise en carton et une guitare à douze mécaniques mais sans cordes étaient posés sur une table en planches. La rosace de la guitare était décorée d'une incrustation de coquillage vert-rose, et le bois de la caisse portait des entailles et des griffures qui ressemblaient aux moustaches d'un chat.

– À quoi marchait-il ? dis-je.

– Quelques ramollis de la cervelle disent qu'il se cuisinait de l'héro avec des amphets. Le speed était censé donner du jus à sa mixture. La *mamasan* a trouvé le portefeuille sous le lit.

Il ne contenait pas d'argent, rien que le talon d'une fiche de paie, d'un montant de quatre-vingt-seize dollars, portant le nom de Buford LaRose et une adresse à New Iberia imprimés dans le coin supérieur gauche, et une image pieuse catholique représentant une petite statue de la mère du Christ, dans une aura de lumière aux rayons or et bleus. Sous la statue se trouvait la légende *La Vierge de Zapopan.*

J'ouvris la valise. Sa chemise, son pantalon, ses sous-vêtements étaient tous roulés en boules serrées. Une paire de bottes aux tiges repliées occupaient un coin. Elles étaient pointues, usées jusqu'à la trame aux extrémités, les talons presque plats, le cuir usé aussi doux et lisse qu'un feutre de pantoufle. Sous les bottes, enveloppé dans une serviette, se trouvait un éperon à roulette solitaire, la tige ornée de volutes de serpents ailés.

– On dirait que ce mec a eu une autre vie à une époque, dit Clete.

– Est-ce que le NOPD sait qu'il travaillait pour Buford LaRose ?

– La *mamasan* les a appelés et a eu droit à un grand bâillement. Ils s'occupent de flics de La Nouvelle-Orléans qui commettent des vols à main armée. Qui a du temps à consacrer à un amateur de plongeons du haut des toits, ici, à merde-la-ville ?

– Dock Green dit qu'un môme a été enterré dans la propriété des LaRose.

– T'as essayé, pour le mandat ?

– Le juge a dit motifs insuffisants. Il semblait croire que j'avais également des motivations personnelles dans l'affaire.

– Tu te trompes dans ta manière d'attaquer le problème, Belle-Mèche. Passe sur le grill quelqu'un qui soit proche des LaRose.

– Qui ?

– Le vieux mec, le poète, le résidu des années soixante à la tête foirée, il faisait son petit numéro d'arnaqueur public à Tulane hier soir. Il remet ça sur St. Charles cet après-midi.

Il tambourina du bout des doigts sur la caisse de la guitare.

– Pas d'exhibition magistrale, Clete, dis-je.
– Qui ? moi ?

***

La soirée poétique de Clay Mason se tenait dans une salle de réception au-dessus d'un restaurant du Garden District. Depuis les portes-fenêtres du premier étage, la vue donnait sur un café en contrebas, en bordure du trottoir, les chênes le long de l'avenue, les tramways métalliques sur le terre-plein, un drugstore K & B au coin dont l'enseigne en néon vert et mauve pendait sous la pluie comme une fumée colorée.

Je m'installai en compagnie de Clete sur des chaises pliantes au fond de la salle. Nous avions eu la chance de pouvoir trouver un siège, d'ailleurs. Des étudiants se tenaient debout, contre les murs de la salle, vêtus à la mode grunge de Seattle.

– Comment peux-tu croire qu'on vienne gober le baratin de ce gugus aujourd'hui ?

– C'est à la mode.

– Pourquoi ?

– Ces gens ne se sont jamais amusés. Ils ont tout raté.

En réalité, je connaissais probablement une meilleure réponse. Mais elle me paraissait bien faible, même à mes propres oreilles, et je ne l'exprimai pas. Des présidents, qui n'avaient jamais entendu un coup de feu tiré sous l'emprise de la colère, compensaient indirectement la médiocrité de leur propre existence en précipitant la souffrance dans l'existence des autres, et n'en recevaient que des louanges. Clay Mason comprenait bien la nature du souvenir collectif et il avait simplement attendu son heure et le retour d'une nouvelle génération de chair à canon intellectuelle.

Sa prétention, son masque trompeur de vieillard, sa fausse humilité, son attitude prétendument irrévérencieuse à l'égard des totems, étaient presque gênants. Il avait été universitaire pendant des années, mais il dénigrait universités et enseignants du supérieur. Il parlait de sa propre carrière avec modestie en termes effacés mais donnait l'impression d'avoir connu les plus célèbres écrivains de son époque. Dans sa tenue western excentrique, son Stetson incliné sur ses cheveux blancs, une cigarette allumée dans la coupe de sa petite main, il était devenu le porte-parole égalitariste des Wobblies [1], des hobos des chemins de fer de Woody Guthrie et Hart Crane, des mineurs tués à Ludlow, Colorado, des filles dont les corps avaient été incinérés comme des rouleaux de tissu dans l'incendie de l'usine de textile Triangle Shirtwaist.

Ses poèmes étaient pleins de mesas du Sud-Ouest et de cactus peyotl, de chevaux sauvages qui buvaient à des rivières rouge sang, de champs épanouis de lupins et de pavots, de vents brûlants chargés des odeurs de chanvre en train de se consumer.

Ses mots paraissaient défier toute convention et toute prudence, jusqu'à sa propre mort, qu'un poème décrivait en terme d'arc-en-ciel chimique se levant des cendres de son âme.

Le public adorait ça.

Clete se tendit en avant sur son siège.

– Vise un peu près de la porte, grand homme, dit-il.

Karyn LaRose était vêtue d'un tailleur bleu pâle sur collants blancs, un foulard blanc autour du cou, jambes croisées, et écoutait attentivement Clay Mason. Les lunettes à monture d'écaille qu'elle portait ne faisaient qu'ajouter à son allure générale,

1. Membres d'un syndicat ouvrier du début du siècle, *Industrial Workers of the World.* (*N.d.T.*)

incarnation de confiance féminine et de maîtrise. Deux policiers d'État étaient postés à moins d'un mètre cinquante d'elle, mains croisées dans le dos, comme en position de repos à la parade.

– Pourquoi est-ce que je me sens comme un homme affamé devant un superbe gâteau ? dit Clete. Tu crois que je pourrais l'intéresser si je lui proposais un peu de sécurité privée ?

Une femme entre deux âges devant nous se retourna et dit :

– Voudriez-vous avoir la gentillesse de vous taire ?

– Désolé, dit Clete, le visage soudain impassible.

Après que Clay Mason eut fini de lire son dernier poème, le public se mit debout et applaudit longuement. Je me frayai un chemin en compagnie de Clete jusqu'à l'avant de la salle, où l'on avait ouvert le bar payant et l'on installait un buffet.

– Fais gaffe aux copains de Smoky l'Ours. On dirait qu'ils bossent dur pour mériter leurs nouveaux galons, dit Clete.

Clay Mason se trouvait au milieu d'un groupe près de la chaise de Karyn, appuyé sur une canne. Lorsqu'il m'aperçut, les rides parcheminées de son visage de lutin parurent se creuser plus profond, avant qu'il sourît rapidement en me tendant la main dans la foule. J'eus l'impression de serrer une brindille.

– Je suis flatté par votre présence, monsieur, dit-il.

– C'est plus par obligation professionnelle que par plaisir. Un gamin mexicain qui travaillait pour Buford a plongé du toit d'un hôtel minable, dis-je.

– Ouais, sacrée merde, y a pas à dire. On a été obligé de remettre la cervelle du mec dans son crâne à la truelle, dit Clete.

Je lançai à Clete un regard dur, qui n'eut aucun effet.

– Je suis désolé de l'apprendre, dit Clay Mason.

En périphérie de mon champ de vision, je voyais Karyn LaRose assise à moins de soixante centimètres de nous.

– Que se passe-t-il, Karyn ? dis-je sans la regarder.

– Messieurs, vous ne chercheriez pas à lâcher un putois au beau milieu d'une fête paroissiale, quand même ? dit Clay Mason, un sourire ridant la commissure de ses lèvres.

Je sortis le talon de la fiche de salaire de ma poche de chemise et la regardai.

– Le mec s'appelait Fernando Spinoza. Vous le connaissez ? demandai-je.

– Non, je ne peux pas dire que je le connaisse, dit Clay Mason.

– Et toi, Karyn ? demandai-je.

Les rougeurs de ses joues ressemblaient à des pointes de flèche. Mais le regard était clair, plein de conviction, et elle n'hésita pas dans sa réponse.

– Cet homme est inspecteur des services du shérif, paroisse d'Iberia, dit-elle aux deux policiers d'État. Il nous a déjà embêtés, mon mari et moi, de toutes les manières possibles et imaginables. Je suis convaincue qu'il n'y a pas d'autre raison à sa présence parmi nous.

– Est-ce exact, monsieur ? dit l'un des policiers, le regard légèrement soupçonneux, en se redressant sur la pointe des pieds, les mains toujours croisées dans le dos.

– Je suis ici à cause d'un gamin qu'il a fallu ramasser à la serpillière sur les dalles d'une cour, dis-je.

– Vous avez une autorité quelconque à La Nouvelle-Orléans ? C'est votre juridiction ? Pourquoi n'iriez-vous pas manger un morceau au buffet ? dit le policier.

Il avait le visage bosselé, ni déplaisant, ni hostile ou stupide, simplement bosselé et obséquieux.

– Voici les dernières infos du jour, dit Clete. Ce vieux mec pour lequel tu fais le portier a dessoudé sa propre épouse. Il a fait sauter d'une balle une pomme qu'elle tenait posée sur la tête lors d'une soirée, à l'aide d'un Magnum .44, à Taco Ticoville. Sauf qu'il était plein comme une outre et qu'il a collé les cheveux de sa femme sur tout le papier peint. Peut-être qu'on devrait raconter ça à ces mômes stupides qui écoutent ses conneries.

La conversation alentour mourut de sa belle mort comme si quelqu'un avait débranché le tourne-disque. Je tournai la tête vers Clete. Jamais je n'avais été plus fier de lui.

***

Mais nous n'en avions pas encore terminé avec Clay Mason. Une fois au-dehors, nous le vîmes sortir de sous l'auvent en toile bleue au-dessus de l'entrée principale du restaurant et se diriger, Karyn LaRose à son côté, vers une limousine en attente, appuyé sur sa canne, à négocier son itinéraire sur le trottoir boursouflé dont le béton avait été soulevé par les racines de chêne. Un petit chien bâtard noir et marron, tout bancal, au poil hérissé comme des soies de porc, sortit de nulle part et se mit à aboyer sur Mason, canines retroussées, les griffes cliquetant sur la chaussée, avançant et battant en retraite au rythme de ses sautes de frayeur et d'hostilité. Mason continua son chemin vers la limousine, le regard fixé droit devant lui. Puis, sans même changer de pas, il leva soudain sa canne en l'air et en fouetta les reins du chien avec une telle force que l'animal s'enfuit en jappant de douleur au milieu de la circulation comme si on lui avait rompu l'échine.

***

Le lendemain soir, au crépuscule, je remontai en camion la route d'État parallèle au bayou Teche pour me garer dans un bosquet de l'autre côté de l'eau devant la plantation Buford. Dans mes jumelles de campagne japonaises, je vis le courant qui coulait sous son ponton et son hangar à bateaux, les volets métalliques cintrés de la forge, les chevaux dans les champs, les peupliers qui ployaient sous le vent contre le pignon de la maison. Puis je déplaçai les jumelles le long de la berge, là où j'avais jeté le tolet de rame noué de mon mouchoir. Le tolet avait disparu, et on avait creusé un replat dans la pente avant d'y installer une dalle de béton sur laquelle on avait commencé la construction d'un belvédère.

Je mis les coudes en appui sur le capot de mon camion et balayai de mes jumelles le couvert des arbres. Dans les rougeurs résiduelles du soleil, pareilles au flamboiement d'un incendie sur les troncs, j'aperçus un premier policier d'État, puis un deuxième, puis un troisième, tous trois armés, le fusil à lunette avec chargement par la culasse en bandoulière. Chacun d'eux était assis sur une chaise dans les ombres, et ils ressemblaient, ainsi postés, à des chasseurs ayant pris position lors d'une chasse aux cervidés.

J'entendis une botte faire craquer une brindille derrière moi.

– Ch'peux vous aider peut-être ? demanda un policier.

Il était grand et gris, près de l'âge de la retraite, l'estomac proéminent comme un sac de gravier par-dessus le ceinturon.

J'ouvris mon étui à insigne.

– Je bosse, dis-je.

– C'est quand même pas très bon d'être ici. Voyez ce que je veux dire ?

– Non.

– Ce matin, ils ont trouvé des empreintes de brodequins dans la boue de la berge. Le genre de godasses qu'un détenu pourrait porter.

– Je vois.

– S'il se pointe, ils ne veulent pas qu'il prenne un coup de trouille et s'enfuie, dit-il.

Nous nous regardâmes en silence. Ses yeux souriaient.

– On dirait qu'ils connaissent leur boulot, dis-je.

– Comprenez ça comme vous voulez. Mais si Crown se pointe ici, son prochain Négro, c'est en enfer qu'il devra le tuer.

***

L'arrière-cour était voilée de brume lorsque je préparai le petit déjeuner le lendemain. J'entendis Bootsie entrer dans la cuisine derrière moi. La fenêtre au-dessus de l'évier était entrouverte et la radio posée sur le rebord marchait.

– Tu écoutes la radio ? dit-elle.

– Ouais, je viens de la mettre.

– Alafair dort encore.

– Je n'ai pas réfléchi. Je vais l'éteindre.

– Non, baisse simplement le son.

– Très bien, dis-je.

J'allai jusqu'à l'évier et baissai le bouton de volume. Je regardai par la fenêtre en direction de la cour jusqu'à vider mon visage de toute expression, puis je me rassis et nous mangeâmes en silence.

Nous fûmes l'un et l'autre heureux d'entendre sonner le téléphone mural.

– Tu as écouté les informations ? demanda le shérif.

– Non.

– Je n’aurais jamais appelé de si bonne heure mais je me suis dit qu’il valait mieux que tu l’entendes de ma bouche...

– Qu’y a-t-il, patron ?

– Jerry le Raccourci. Le NOPD a trouvé sa voiture près du lotissement de Desire il y a une demi-heure... Il a été battu à mort...

Je sentis ma gorge se serrer. Je pressai fortement le pouce sous mon oreille pour en chasser un bourdonnement pareil au battement d’ailes d’un papillon blessé. Je vis Bootsie qui me regardait, je la vis reposer doucement sa tasse à café et son visage s’amenuiser.

– Tu es là, *podna* ? dit le shérif.

– Qui a fait ça ?

– Le NOPD pense à une bande de dégueulis noirs. Je te le dis franchement, Dave, sa mort n’a pas été très douce.

– J’ai besoin de l’avion, dis-je.

24

Le soleil était pâle, presque blanc, pareil à une lame de glace cachée derrière les nuages au-dessus de Lake Pontchartrain, lorsque Clete Purcel vint me chercher à l'aéroport de La Nouvelle-Orléans avant de nous ramener tous deux en ville par la I-10.

– Tu veux vraiment aller au dépôt de viande froide, Belle-Mèche ? demanda-t-il.

– Tu vois un autre endroit pour commencer ?

– C'était juste une question.

Les morgues sont la négation de toutes les couleurs que l'esprit souhaite associer à la mort. Les surfaces sont froides au toucher, aluminium et acier inoxydable, rendues encore plus stériles d'apparence par les reflets estompés de l'éclairage fluorescent au plafond. À l'issue d'une autopsie, la cuve et les siphons d'évacuation sont immaculés ; l'eau qui s'en écoule et en nettoie le fond pourrait sortir d'une source.

Mais d'une certaine façon, votre esprit vous fait entendre des bruits cachés derrière tous ces casiers étincelants, des fluides qui dégouttent, un tendon qui se contracte, une lèvre qui se retrousse en rictus sur une denture.

L'employé de la morgue portait un long tablier blanc de labo qui ressemblait à ces manteaux cache-poussière du XIXe siècle. Il s'immobilisa, une main sur la poignée du casier. Il avait un rhume et ne cessait de s'essuyer le nez du dos du poignet.

– Les mains du mec sont enveloppées dans des sachets. Sinon, il est dans l'état où on l'a retrouvé, dit-il.

– On se croirait dans un igloo ici. Vous nous le montrez, d'accord ? dit Clete.

L'employé jeta un regard étrange à Clete avant de sortir le tiroir. Clete baissa les yeux sur Jerry Joe, relâcha son souffle avant de lever le regard sur moi.

– Quand c'est aussi moche que là, d'habitude c'est un démonte-pneu ou peut-être même un morceau de bordure de trottoir. Les flics de ronde l'ont trouvé sur la chaussée, c'est donc difficile à dire à première vue, dit l'employé. Ce mec, vous le connaissiez ?

– Ouais, il le connaissait, répondit Clete.

– Je me demandais juste ce qu'il pouvait bien fabriquer dans ce quartier-là la nuit, c'est tout, dit l'employé. Quand un Blanc se retrouve là-bas la nuit, c'est pour la chatte ou le crack, en général. On est sur la même longueur d'onde, là ?

La majeure partie des dents de Jerry Joe avaient été fracassées. Un de ses yeux ressemblait à un œuf dégoulinant de thé. L'autre ne méritait plus le nom d'œil. Je soulevai sa main gauche. Elle me fit l'effet d'un morceau de vieux fruit pesant à l'intérieur de son sachet en plastique.

– Les deux mains sont brisées. Je ne sais rien de ce mec, mais je parierais qu'on lui a fait tenir les quinze rounds avant de lui moucher la chandelle, dit l'employé.

– Merci, monsieur, pour le temps que vous nous avez consacré, dis-je.

Je fis demi-tour et sortis.

***

Depuis le téléphone d'une station-service, je contactai l'enquêteur qui avait pris l'affaire à District. Il avait l'accent marqué des quartiers ouvriers de La Nouvelle-Orléans, beaucoup plus proche de ce qu'on entend à Brooklyn que dans le Sud profond ; il me dit qu'il devait partir en réunion et ne pouvait pas me parler pour l'instant.

– Quand pourrez-vous me parler ? demandai-je.

– Quand je sortirai de ma réunion.

– Et ce sera à quelle heure ?

– Laissez votre numéro.

Nous reprîmes le flot de la circulation. Clete avait baissé sa vitre et le vent fouettait ses cheveux. Son regard ne cessait de revenir sur moi.

– Belle-Mèche, tu me crispes, dit-il.

– Des mômes, responsables d'une chose pareille, et tu marches ?

– Je pense que c'est comme ça que l'affaire sera classée.

– Tu n'as pas répondu à ma question.

Il prit un cure-dent sur son tableau de bord et le porta à sa bouche. Un terre-plein central planté de palmiers défila par sa vitre.

– Je n'arrive pas à imaginer Jerry l'As se faire descendre par des morveux. Pas comme ça, en tout cas. Peut-être que si on l'avait dessoudé par balle...

– Qu'est-ce qu'il pouvait bien faire du côté de Desire ?

– L'action, ça le bottait bien. Il a été parachutiste. Il croyait tutoyer les anges... Dave, n'essaie pas de trouver une logique quelconque là-dedans. Cette ville est un brasier de flammes. C'est juste qu'on ne peut pas les voir.

La Buick bleue de Jerry Joe avait déjà été remorquée à la fourrière. Un flic en uniforme ouvrit la grille de fer et nous accompagna le long d'une rangée de voitures immobilisées là jusqu'au bout du terrain. La Buick était garée contre un mur en brique, coffre ouvert, tableau de bord arraché et nettoyé, boîte à gants dévalisée, panneaux de portières en cuir dégagés de leur logement, haut-parleurs stéréo extraits du toit à coups de tournevis. Un fragment de bandelette jaune délimitant la scène du crime s'était entortillé autour d'une roue et battait au vent.

– Une demi-heure de plus, et ils auraient sorti le moteur de la caisse, dit Clete.

– Comment interprètes-tu ça ? demandai-je.

– Une bande de rats des rues est tombée sur sa voiture après sa mort.

– On dirait qu'ils l'ont pris pour un transporteur de came.

– Tu veux parler des panneaux de portière ? Ouais. Ce qui veut dire qu'ils ne savaient pas qui il était.

– Mais ils n'auraient pas continué à traîner leurs guêtres dans le coin pour désosser la voiture s'ils avaient tué Jerry Joe, je me trompe ? dis-je.

– Non, ils avaient la conscience claire. Tu les cravates, et c'est exactement ce qu'ils vont te raconter. Une petite virée nocturne, parfaitement innocente, à piller la voiture d'un mort. Je crois que je vais déménager à Los Angeles Est, dit-il.

Nous nous rendîmes au District où nous tombâmes sur le responsable de l'enquête installé à son bureau. C'était un homme de grande taille, blond, le visage en lame de couteau, du nom de Cramer, vêtu d'une veste sport bleu ciel sur une chemise blanche, sa cravate sombre tenue par un minuscule pistolet en or sur une chaînette. Il se tenait très droit sur sa chaise, détournant ainsi les regards de sa brioche, de sa poitrine concave et de ses doigts patinés par la nicotine.

– Avons-nous coffré quelqu'un ? Non. Avons-nous des suspects ? Ouais. Tous les membres des gangs du quartier, dit-il.

– Je pense qu'il s'agit d'une exécution sur contrat, dis-je.

– Vous pensez qu'il s'agit d'une exécution ? dit-il.

– Peut-être que Jerry Joe était prêt à manger le morceau sur certaines personnes, des entrepreneurs de travaux publics qui font la queue pour avoir leur part du gâteau à Baton Rouge.

– Vous avez bien travaillé au Premier District, non ?

– Exact.

– Arrêtez-moi si je me trompe – un Blanc qui se balade près de Desire ne cherche pas à être jeté en pâture aux requins.

– Allons, Cramer. Des mômes ne vont pas tuer un mec et lui désosser sa voiture alors que son cadavre est encore chaud en plein milieu de la rue, dis-je.

– Peut-être qu'ils ne savaient pas qu'ils l'avaient tué. Vous avez pensé à ça ?

– Je crois que vous virez l'enquête au placard, dis-je.

– J'ai pointé à quatre heures ce matin. Un gamin noir a tiré sur un autre môme à Desire. Il a raté sa cible. Mais il a tué un bébé de trois mois avec sa balle perdue. Jerry le Raccourci était un taré. Et vous me demandez si j'ai des priorités ? Putain que oui, j'en ai !

Son téléphone sonna. Il décrocha, avant de mettre l'appel en attente.

– Allez vous prendre une tasse de café. Donnez-moi dix minutes, dit-il.

Je descendis la rue en compagnie de Clete et nous allâmes manger un hot dog à un stand en plein air où nous dûmes rester debout, avant de retourner au quartier général de District. Cramer se grattait le front, le regard posé sur un bloc-notes de papier jaune posé sur son sous-main.

– C'était le légiste qui appelait, dit-il. Jerry le Raccourci avait des gravillons et des poussières de béton dans le cuir chevelu, mais c'est à cause d'une chute, pas un coup. On a retrouvé des parcelles de cuir dans ses blessures autour des yeux qui proviennent probablement des gants que le cogneur portait ou d'une matraque. La cause du décès, c'est une côte brisée qui s'est enfoncée dans le cœur.

Il alluma une cigarette et posa délicatement l'allumette en carton dans le cendrier, le regard voilé.

– Et le reste ? demandai-je.

– Le légiste pense que le ou les agresseurs ont maintenu Jerry Joe debout pour prolonger le passage à tabac. Les hématomes sur la gorge montrent qu'il a été soulevé d'une main pendant qu'il se faisait marteler l'estomac. Il avait déjà une hémorragie au cerveau quand la côte a pénétré dans le cœur...

– C'est quoi ce nombre au bas de la page ? demandai-je.

– Les coups reçus dans les côtes ont été donnés par un poing qui faisait peut-être quinze centimètres de large.

– Vous avez un casier sur un membre d'un gang aussi costaud ? dis-je.

– Ça ne veut pas dire qu'il n'existe pas.

– Commencez à rechercher un tueur à gages noir du nom de Mookie Zerrang, dis-je.

– Qui ça ?

– Il ressemble à un énorme tas de merde de gorille plein de dents en or, dit Clete. Des pieds plats. Il touche dix plaques par mec dessoudé à Miami. Ça me surprend qu'on l'ait vu dans un tel voisinage. Je ne plaisante pas, on dit que ce mec a des principes rigoureux. Son regard plein de conviction était rivé au visage de Cramer.

***

Ce soir-là, je laissai Batist rentrer chez lui de bonne heure et nettoyai seul la boutique à appâts et les tables du ponton. L'air était frais, le ciel mauve chargé d'oiseaux, le soleil mourant aussi lumineux qu'une flamme d'acétylène à l'horizon. J'apercevais des vols de canards formés en V descendre bas sur le marais, avant de virer et de s'éloigner pour finir par disparaître dans l'obscurité au-delà de la ligne des cyprès.

Je rebranchai le juke-box de Jerry Joe et regardai les lumières colorées se lever à travers le cadre en plastique comme la fumée de grenades de repérage. Il y avait deux enregistrements de *La Jolie Blon* dans le râtelier en demi-lune, l'un par Harry Choates, l'autre par Iry Lejeune. Jamais encore je n'y avais réfléchi, mais les existences de ces deux hommes semblaient être à jamais associées à cette belle chanson obsédante, d'une pureté telle dans son expression de la perte qu'il n'était pas nécessaire de comprendre le français pour saisir pleinement les émotions du chanteur. *La Jolie Blon* ne parlait pas de l'amour perdu. C'était la chanson de la fin d'une époque.

Iry Lejeune avait été tué sur la grand-route tandis qu'il changeait une roue et Harry Choates était mort d'une crise de *delirium tremens* dans la prison municipale d'Austin, il s'était défoncé la tête jusqu'au sang en se jetant contre les barreaux, ou peut-être avait-il été impitoyablement battu par ses geôliers ?

Le dénouement tragique de leurs existences n'avait peut-être rien à voir avec une chanson d'une puissance à vous briser le cœur. C'était là une conclusion qui était peut-être aussi le produit de ma propre imagination d'alcoolique. Mais il me fallut me recueillir un bref instant sur leur disparition, tout comme je l'avais fait pour Jerry Joe, voire pour tous ceux d'entre nous qui se raccrochent à une époque qui disparaît trop vite.

Jerry la Glisse avait foi dans les juke-box Wurlitzer et il avait idolâtré en secret l'homme qui avait aidé à réduire Dresde en cendres. Belle compensation, me dis-je, avant de m'interroger sur mes propres manières de faire.

Une voiture descendit la route au crépuscule, avant de ralentir, comme si le conducteur désirait s'arrêter, peut-être pour s'offrir une petite bière sur le chemin du retour au bercail. J'éteignis les projecteurs au-dehors, puis la guirlande d'ampoules au-dessus du ponton et finalement les lumières à l'intérieur de la boutique, et la voiture passa devant la rampe à bateaux, et continua sa route au-delà du virage. J'appuyai le front sur le cadre du juke-box et commençai à sélectionner quelques morceaux. Mais on ne peut pas retrouver le passé en écoutant un disque vieux de quarante ans, ni revenir sur toutes les occasions où l'on aurait pu rendre la vie plus douce à ceux qui ne sont plus là.

Je sentais le sang battre à mes poignets. J'arrachai la prise murale, sectionnai le cordon en deux à l'aide de mon canif, et fis rouler le juke-box dans le fond de la pièce où je l'abandonnai dans un carré de clair de lune, face au mur.

25

De bonne heure le dimanche matin, je garai mon camion dans l'allée derrière le bar de Sabelle Crown à Lafayette. Le sol était jonché de bouteilles et de boîtes de bière, et un homme et une femme se disputaient sur le palier au-dessus de l'entrée arrière du bar. La femme portait un peignoir japonais brodé qui exposait ses gros mollets, sa chevelure marron n'était pas coiffée et son visage n'était pas maquillé. L'homme baissa les yeux sur moi, le regard incertain, avant de se retourner vers la femme.

– Te crois que te vaux plus, va te r'garder dins l'glace, ti, dit-il.

Il descendit l'escalier en bois et poursuivit son chemin dans l'allée, enjambant une flaque d'eau de pluie, sans regarder dans ma direction. La femme rentra.

Je montai l'escalier jusqu'au deuxième étage, où Sabelle vivait seule au bout d'un couloir sombre qui sentait l'insecticide et le moisi.

– Il est sept heures du matin. T'es en pleine bringue ou quoi ? dit-elle en ouvrant la porte.

Elle ne portait qu'un T-shirt sans soutien-gorge et un blue-jean tout juste boutonné sous le nombril.

– Tu as toujours des filles qui travaillent ici, Sabelle ? dis-je.

– Nous sommes toutes des travailleuses, mon chou. C'est juste que vous n'avez pas encore tout compris, vous autres.

Elle laissa la porte ouverte à mon intention et traversa pieds nus le linoléum pour enlever une cafetière de son réchaud à deux brûleurs.

– Je veux que tu me mettes en rapport avec ton père.

– Du style organiser une rencontre, c'est ça que tu es en train de me dire ?

– À toi de voir comment tu veux procéder.

– De telle façon que tu puisses le faire exécuter ?

– Je suis convaincu que Buford LaRose s'apprête à le faire tuer.

Elle reposa la cafetière sur le réchaud sans servir de café.

– Comment sais-tu ça ? demanda-t-elle.

– Je suis allé à la plantation. Les policiers d'État n'ont pas l'intention de faire de prisonniers.

Elle se mordit la lèvre inférieure.

– Qu'est-ce que tu as à offrir ? demanda-t-elle.

– Peut-être un transfert dans une prison fédérale.

– Papa hait le gouvernement fédéral.

– C'est une attitude stupide.

– Merci pour ta remarque. J'y réfléchirai.

– Il n'y a pas grand monde qui se soit mis en travers du chemin de Buford, Sabelle. Ils n'ont été que quelques-uns. Le scénariste et Lonnie Felton étaient de ceux-là. Jerry Joe Plumb en était un autre. Il a été tué hier matin. Il reste donc ton papa.

– Jerry Joe ? dit-elle.

Son visage était sans expression, comme quelqu'un qui aurait été surpris à l'improviste par le flash d'un photographe.

– Il a été battu à mort, méthodiquement. À mon avis, par le même Noir qui a tué Felton, sa petite amie et le scénariste.

Elle s'assit à sa petite table de cuisine et regarda par la fenêtre l'alignement des toits.

– Le Noir, encore lui ? dit-elle.

– Ça te dit quelque chose ?

– Qu'est-ce que je sais des Noirs ? Ils ramassent les ordures. Ils ne boivent pas dans mon bar.

– Essaie de mettre la main sur ton vieux, Sabelle.

– Dis, tu te trompes sur une chose.

– Oh ?

– Papa n'est pas le seul mec à s'être mis en travers du chemin de Buford. Crois-en une fille qui est passée par là. Quand il décide de baiser quelqu'un, peu lui importe que ce soit un mâle ou une femelle. Garde les jambes bien croisées, mon mignon.

Je regardai la lueur qui brillait dans son œil, la colère et les blessures qu'elle représentait, et je compris que son amitié pour moi avait toujours été pure vanité présomptueuse de ma part, et qu'en réalité Sabelle Crown m'avait depuis longtemps classé, injustement ou non, dans cette armée d'hommes sans parole qui se servaient des gens, à toujours prendre sans jamais donner.

***

Le lundi, un homme obèse, en complet bleu marine, le cheveu aussi noir qu'un cuir verni, tapota sur la cloison vitrée de mon bureau. Son menton était marqué d'une profonde fossette.

– Puis-je vous être utile ? dis-je.

– Ouais, je suis entré ici comme un grand et j'ai trouvé mon chemin tout seul, comme qui dirait. C'est un bien beau bâtiment que vous avez là.

Sa main droite tenait un sac en papier. J'attendis.

– Oh, excusez-moi, dit-il. Je suis Ciro Tauzin, police d'État, Baton Rouge. Vous avez une minute, m'sieur ?

Ses cuisses s'étalèrent sur la chaise lorsqu'il s'assit. Sa chemise de cérémonie amidonnée était trop petite et le bouton de col avait lâché sous son nœud de cravate.

– Vous savez ce que je tiens là ? demanda-t-il en posant la main sur le sac en papier. Un tolet noué d'un mouchoir. C'est bizarre de trouver ça sur sa pelouse, vous croyez pas ?

– Tout dépend de la personne qui le trouve.

– Dans le cas présent, c'est un de mes hommes qui a trouvé ça chez Buford LaRose. Et donc, dans la mesure où un détenu évadé essaie d'assassiner le nouveau gouverneur, nous n'avons rien voulu laisser au hasard. Nous avons donc relevé les empreintes sur le tolet, que nous avons passées à l'AFIS, vous savez, le Système Automatique d'Identification d'Empreintes. Je vais vous dire, *podna*, quelle surprise quand nous avons découvert à qui ces empreintes appartenaient. Quelqu'un a volé un tolet sur l'une de vos barques, m'sieur ?

– Pas à ma connaissance.

– Vous allez juste balancer vos tolets de barque sur la pelouse des gens ?

– Il s'agissait d'une simple hypothèse de ma part. À propos d'un corps qui aurait pu être enseveli là-bas.

– Vraiment ? Çà, par exemple ! Vous avez une manière fascinante de mener vos enquêtes dans la paroisse d'Iberia.

– Vous êtes le bienvenu si vous voulez vous joindre à nous.

– Mme LaRose dit que vous êtes obsédé par une idée fixe, et que vous conduisez une vendetta ou quelque chose du genre. Elle pense que vous avez peut-être laissé un repère à l'arrière de sa propriété à l'intention d'Aaron Crown.

– Karyn a beaucoup d'imagination.

– Eh bien, vous savez comment sont les gens, m'sieur. Ils se montent le bourrichon et pensent un peu trop. Mais un de mes hommes m'a dit que vous étiez venu traîner du côté des écuries, où vous aviez rien à faire. Qu'est-ce que vous préparez, m'sieur Robicheaux ?

– Je pense qu'Aaron Crown est un homme mort s'il approche de vos policiers.

– Vraiment ? Eh bien, m'sieur, je vais pas vous embêter plus longtemps pour aujourd'hui. Voici votre tolet, je vous le rends. Vous n'allez pas vous mettre à jeter d'autres trucs devant chez eux, dites-moi ?

– Ce n'est pas dans mes intentions. Dites-moi une chose.

– Oui, m'sieur ?

– Pourquoi les LaRose iraient-ils placer un belvédère exactement à l'endroit où je crois qu'il pourrait y avoir une tombe anonyme ?

– Vous savez, j'ai moi aussi réfléchi à la question. Et j'ai donc contacté l'entrepreneur. M. LaRose a passé commande de ce belvédère il y a deux mois.

Il se leva et me tendit la main.

– Vous couvrez le terrain en éclaireur pour un mec qui est capable de tout, monsieur Tauzin. Sans vouloir vous offenser, dis-je.

***

Ce soir-là, je me couchai tôt, avant Bootsie, et je dormais presque lorsque je l'entendis entrer dans la chambre et commencer à se déshabiller. Elle se brossa les dents et resta un long moment dans la salle de bains, avant d'éteindre la lumière et de s'allonger sur son côté du lit, la tête tournée vers le mur. Je posai ma paume sur son dos. Sa peau était chaude à travers sa chemise de nuit.

Elle redressa la tête dans l'obscurité.

– Tu vas bien ? dit-elle.

– Bien sûr.

– À propos de Jerry Joe, je veux dire ?

– Ça a été aujourd'hui.

– Dave ?

– Oui ?

– Non... Je suis désolée. Je suis trop fatiguée pour en discuter ce soir.

– Discuter de quoi ?

Elle ne répondit pas tout d'abord, puis dit :

– Cette femme... Je la hais.

– Allons, Boots. Prends-la pour ce qu'elle est.

– Tu joues son jeu. Vous y prenez plaisir, toi comme elle. Comme une drogue. Je n'en dirai pas plus...

Elle s'assit sur le bord du lit et enfila ses pantoufles.

– Je n'arrive pas à supporter ça, Dave, dit-elle.

Elle prit son oreiller et une couverture et alla dans le salon.

***

La lune était couchée, le ciel obscur, lorsque je fus réveillé à cinq heures le lendemain matin par un bruit dans le marais, un choc de bois contre bois qui se répercutait en échos sur l'eau. Je m'assis sur le bord du lit, la tête encore ensommeillée, et j'entendis de nouveau le même bruit par la fenêtre entrouverte, une rame cognant un rondin, peut-être la proue d'une barque glissant sur un genou de cyprès. C'est alors que j'aperçus la lumière dans la brume, au plus profond des arbres inondés, pareille à un petit halo de phosphore blanc brûlant dans l'humidité, qui se déplaçait à un bon mètre au-dessus du niveau des eaux.

J'enfilai un pantalon de toile, des mocassins et une chemise en flanelle, sortis une torche de la table de nuit et mon .45 automatique du tiroir de la commode, et je me dirigeai vers le ponton.

La lumière dans les arbres avait disparu. L'air était gris de brume, la surface du bayou se ridait sous les ondulations des dos de lépidostées.

– Qui êtes-vous ? m'écriai-je.

Tout resta silencieux, comme si la personne dans les arbres réfléchissait à ma question, puis j'entendis une pagaie ou une rame plonger dans l'eau, en raclant contre un plat-bord en bois.

– Dites-moi qui vous êtes, appelai-je.

J'attendis. Rien. Mes paroles me faisaient l'effet d'avoir été prononcées par un imbécile pris au piège de ses propres frayeurs.

Je déverrouillai la boutique à appâts et allumai les projecteurs, avant de détacher de sa chaîne un hors-bord rangé à l'extrémité de la rampe à bateaux, posai un genou sur le siège et m'engageai dans le bayou. Je lançai le moteur, parcourus trente mètres vers l'aval et virai pour emprunter un raccourci qui ramenait à une crique d'eaux mortes entourée de cyprès et de saules. L'air était froid, chargé d'un brouillard épais, et lorsque je coupai le moteur, j'entendis une perche battre l'eau de sa queue dans les hauts-fonds. Des ragondins étaient perchés sur toutes les surfaces visibles, leurs yeux rouges comme des saphirs à la lumière de ma torche.

Puis, en bordure de la crique, j'aperçus le chenal qu'un bateau s'était taillé dans la couche d'algues flottant entre deux genoux de cyprès. Je dirigeai ma torche dans la profondeur des arbres et vis une forme qui se déplaçait, l'ombre d'un homme plié en deux, l'éclat doré d'une eau sale chassée en arrière par la pirogue qui disparut au-delà d'une berge envasée au sol envahi de palmiers nains.

– Aaron ? demandai-je aux ténèbres.

Mais personne ne répondit.

J'essayai de me souvenir des images entrevues en mon for intérieur – la largeur des épaules, une main repoussant une branche de côté, un cou qui semblait relier directement les mâchoires aux clavicules. Mais, en vérité, je n'avais rien vu bien clairement hormis un homme assis très bas dans une pirogue. Et...

Un mince objet luisant à la poupe. Du métal, me dis-je. Une chaîne, peut-être. Le canon d'un fusil.

Ma chemise en flanelle sentait la sueur aigre. J'entendais mon cœur battre dans le silence des arbres.

***

Je rentrai déjeuner à la maison ce jour-là. Alafair était en classe et Bootsie était sortie. Il n'y avait pas le moindre mot sur le tableau en liège où nous nous laissions des messages. Je me préparai un sandwich jambon-oignons, un verre de thé glacé, réchauffai un bol de gros riz brun épicé, et mangeai à la table de cuisine. Batist m'appela depuis la boutique.

– Dave, y a ici sur le ponton un groupe de mecs, des Noirs, qui boivent de la bière et qui disent des gros mots, dit-il.

– Qui sont-ils ? demandai-je.

– Y'en a un qui a un couteau à la place du crochet fixé à sa main.

– Un quoi ?

– Viens voir, pasque j'ai l'intention de leur faire tailler la route.

Je descendis la pente à travers les arbres. Une nouvelle Dodge Caravan était garée près de la rampe à bateaux bétonnée, et cinq Noirs se tenaient à l'extrémité du ponton, dans l'air chaud manches de chemise retroussées, occupés à boire des canettes de bière tandis que Jimmy Ray Dixon vidait un poisson-chat jaune, long de soixante centimètres, qu'il avait suspendu par les ouïes à un clou sur un des poteaux d'éclairage.

Une lame de couteau, courbe et effilée, affûtée jusqu'à atteindre la minceur bleutée d'un rasoir de barbier, était vissée dans une coupelle de cuir et de métal adaptée au moignon du poignet gauche de Jimmy Ray. Il passa le tranchant de la lame autour des branchies du poisson-chat, avant de marquer deux incisions nettes et précises de part et d'autre de la nageoire dorsale et d'arracher la peau du poisson à l'aide d'une paire de pinces tenues dans la main droite. Il ouvrit le ventre depuis la pointe du V marquant la jonction des branchies jusqu'à l'anus et laissa les entrailles se vider de la cavité comme un sac de gelée bleue et rouge.

Le dessus de ses chaussures en toile était moucheté de sang, son visage barré d'un grand sourire.

– Je l'ai acheté à un homme qui l'a pris dans une nasse à Henderson, dit-il.

– Vous voulez louer des bateaux ?

– Je me suis laissé dire que la pêche était pas terrible par ici.

– Elle n'est terrible nulle part en ce moment. L'eau est trop froide.

– J'ai un problème avec des mecs qui me cherchent des ennuis. Je crois que z'êtes derrière tout ça, dit-il.

– Vous voudriez bien me parler de ça en tête à tête ? dis-je.

– Hé, les gars, donnez-moi une minute, dit-il au reste de la troupe.

Ses hommes arboraient des chemises bigarrées, de vieux pantalons de toile et des chaussures dont ils ne se souciaient guère. Mais ce n'était pas des amateurs de pêche. Ils se tripotaient le sexe presque avec tendresse ; ils suivirent du regard une Noire qui marchait sur la route ; ils se murmuraient à l'oreille, même s'ils n'avaient rien à se dire. Ils commencèrent à entrer dans la boutique.

– C'est fermé, dis-je.

– Hé, Jim, on est pas ici pour vous piquer des pastèques, dit Jimmy Ray.

– J'aimerais bien que vous ne me donniez pas de sobriquet raciste, dis-je.

– Allez ouvrir la glacière. J'arrive, dit-il à ses amis.

Il les regarda s'éloigner doucement en groupe sur le ponton en direction de la camionnette.

– Voici de quoi il s'agit, dit-il. Ce bouseux de Cramer, ouais, çui-là, le Blanc qui est à la Criminelle et qui sent le déodorant, il débarque dans ma salle de billard, et y pose des questions, en me demandant pourquoi Jerry la Glisse se trouvait dans le quartier quand on lui a cassé tous ses osselets.

Pas mal, Cramer, me dis-je.

– Après ça, Purcel, il entend dire par c'te poulette des rues à la tête enfumée que Mookie Zerrang a obtenu la permission de lui faire sauter le caisson, et il me rend responsable. J'ai pas de temps à perdre avec ça, Jack.

– Et pourquoi Jerry Joe se trouvait-il donc dans votre quartier ?

– C'est pas mon quartier. Je tiens un commerce dans le coin. Et j'y vais pas la nuit.

Avec sa chaussure, il chassa du ponton le paquet d'entrailles de poisson que le courant emporta et le suivit du regard.

– Pourquoi y faut que z'alliez mettre la main dans c'te merde, mec ?

– Vous savez ce que c'est, il faut bien qu'un mec prenne son pied à faire des choses pour le plaisir.

– J'ai entendu dire que c'était parce que vous baisez un canon de première qui est mariée au mec qu'y faut pas. C'est vot' choix, mec, mais ça me plaît pas que vous vous servez de mon frère pour faire ce que vous faites. Donnez mon poisson au vieux qui est là-bas, dit-il avant de s'éloigner.

Je le suivis et lui touchai le gras du dos d'un doigt. Je sentis son omoplate à travers le tissu de sa chemise, je vis le grain noir de ses poils de barbe le long du maxillaire, je sentis une légère odeur de sueur et de talc sur sa peau.

– Pas d'obscénités quand vous êtes chez moi, s'il vous plaît, dis-je.

– Vous vous faites de la bile pour la manière qu'on parle chez vous ? Un homme a tiré une balle dans ma maison et a tué mon frère. C'est ça, la différence entre nous. Gardez bien toujours ça en tête, Chuck.

Il monta à l'avant, sur le siège côté passager du van, enfila un étui métallique sur la lame de couteau fixée à son moignon avant de dévisser ladite lame et vida, avec un mouvement de glotte régulier, une bouteille de Carta Blanca. Qui résonna d'un tintement assourdi lorsqu'elle atterrit dans les herbes sur le bas-côté de la route.

***

Le lendemain, j'obtenais le mandat m'autorisant à fouiller le terrain de la plantation LaRose. Helen Soileau gara la voiture de patrouille dans l'allée, je sortis et allai frapper à la porte d'entrée.

Lorsqu'elle ouvrit la porte, Karyn était pieds nus, simplement vêtue d'un short et d'un maillot décolleté sans manches, une épaisse serviette autour du cou. Dans la lumière douce de l'après-midi, son hâle prenait des reflets sombres de miel brûlé. L'expression de surprise sur son visage ne dura guère et elle appuya un bras contre l'huisserie de la porte en coiffant ses cheveux de ses doigts.

– Et quelle est la raison qui nous amène ici aujourd'hui ? dit-elle.

– Voici le mandat. Nous allons faire des recherches sur l'arrière de la maison, en bordure du bayou.

– Comment as-tu... attaqua-t-elle avant de s'interrompre.

– Tout ce que j'ai eu à faire, c'est de dire à un juge que la police d'État m'avait invité à ne plus remettre les pieds sur votre propriété. Il a trouvé déplaisant que des gens viennent empiéter sur sa juridiction.

– Dans ce cas, dépêche-toi de mener à bien tes petites affaires, quelles qu'elles puissent être, pour l'amour du ciel.

– Est-ce que la mort de Jerry Joe vous pose des problèmes ?

Sa bouche se pinça sous l'effet de la colère.

– Il y a des jours où je regrette de ne pas être un homme, Dave. Honnêtement, j'adorerais te casser la gueule.

La porte se referma sur un déclic.

Accompagné d'Helen, je franchis l'ombre fraîche de l'avancée du toit et pénétrai dans l'arrière-cour. Les camélias étaient en fleur et la cour baignait d'une lumière couleur or voilée comme une fumée. J'apercevais Karyn dans sa véranda au coin arrière gauche de la maison, qui se tripotait les orteils, cuisses écartées, la nuque luisante d'un collier de sueur.

– Tu as déjà lu des choses sur le Colisée de Rome ? À l'époque où les gladiateurs se battaient sur des lacs d'huile en feu, ce genre de trucs ? dit Helen.

– Ouais, je crois bien.

– J'ai le sentiment que Karyn LaRose devait se trouver dans le public.

Nous longeâmes les écuries avant de franchir la zone boisée de feuillus, en direction de la berge qui descendait vers le Teche. Un policier d'État noir, costaud, était assis dans un fauteuil pliant, en retrait parmi les arbres, occupé à manger un pot de couennes de porcs frites. Son fusil à lunette était posé en appui contre le tronc d'un pin. Il jeta un œil à l'étui d'insigne accroché à ma poche de veste et acquiesça.

– Crown n'a pas essayé de pénétrer votre périmètre, hein ? dis-je, avant de sourire.

– Si vous voulez mon avis, on lui a fichu la trouille, répondit-il.

– Comment ça ? demandai-je.

– Le bonhomme est pas stupide. Vous voyez les moustiques que j'ai passé ma journée à écrabouiller ?

– Ils sont mauvais après une averse, dis-je.

– Ils sont tout le temps mauvais dans ces arbres. Le mec voit personne là-bas sur la berge, y sait qu'on l'attend dans les bois. *Ça*, ou alors, y a quelqu'un qui y a dit.

– Ne vous en faites pas, rétorqué-je.

J'avançai avec Helen le long de la berge jusqu'à l'endroit où j'avais lancé le tolet. Je la sentais qui ne me quittait pas des yeux.

– T'as perdu ta langue, nom de Dieu, dit-elle.

– Désolé, ce n'était pas délibéré.

– *Dave* ?

– Qu'est-ce qu'il y a ?

– J'ai comme un sentiment bizarre.

– De quoi s'agit-il ? dis-je, les yeux fixés sur le belvédère que deux charpentiers assemblaient, clouant et sciant, autour du méandre du bayou.

– Ce que ce policier a dit. Est-ce que tu as prévenu Crown ?

– Nous n'exécutons pas les gens dans la paroisse d'Iberia. Nous voulons que l'homme soit placé en détention, pas dans une caisse en bois.

– Cette conversation n'a pas eu lieu, Belle-Mèche.

Les charpentiers étaient à quatre pattes sur le toit rond en chapeau chinois du pavillon, leur poche à clous se balançant sous leur ventre.

– Sacrée fondation, dis-je. Vous coulez toujours une dalle en béton sous un belvédère ?

– Il pourrira sous les hautes eaux si on ne le fait pas, répondit l'un des hommes.

– Qu'avez-vous fait de la terre que vous avez décaissée ?

– Un mec l'a embarquée, comme terreau.

– Quel mec ?

– Un gars qui travaille pour M. LaRose, je crois.

– C'est vous qui avez creusé le terrain ?

– Non, monsieur. M. LaRose l'a fait lui-même. Il a sa propre pelleteuse.

– Je vois. Le boulot avance ?

– Oui, monsieur. Y a un problème ?

– Absolument pas, dis-je.

Je descendis la pente herbeuse où s'entrecroisaient les profondes empreintes de pneus d'engins de chantier ou de chenilles de bulldozers. Un éventail de boue et de mottes d'herbe arrachées s'étalait parmi les typhas au bord du bayou. Je fouillai dans le tas à l'aide d'un bâton et regardai la boue remonter en nuage avant de disparaître au fil du courant.

– Tu veux en mettre en sachets pour analyse ? demanda Helen.

– C'est une perte de temps. Buford nous a pris de vitesse.

– C'était chercher un peu loin, dit Helen. Il faut aussi savoir de qui te vient le renseignement, Dave. Dock Green est fêlé.

– Non, ce n'est pas vrai. Il est juste différent.

– C'est le nouveau mot pour dire la même chose.

Je ne répondis rien. Nous remontâmes la berge avant de retraverser les arbres en direction de la maison. L'air était rempli de rais de lumière dorée sous les arbres, on sentait l'odeur de l'eau dans la coulée et les senteurs riches et fécondes des fougères humides et des racines à l'air libre qui traînaient dans le courant comme des toiles d'araignées déchirées.

– Tu m'excuseras, je vais peut-être te choquer, dit Helen.

Je la regardai et attendis. Elle continua à remonter la pente, le visage bien droit, les épaules légèrement voûtées, ses bras d'homme tendus de muscles.

– Les homicides qui te tracassent se sont produits hors de notre juridiction. L'Indien qui a essayé de te démolir à la machette est mort. Nous n'avons pas de crime dans la paroisse d'Iberia sur lequel enquêter et qui soit lié aux LaRose, Dave.

– Ils ont tous les deux les mains sales.

– Le monde aussi est sale, dit-elle.

Nous prîmes un raccourci pour ressortir des bois par un champ récolté avant de longer l'écurie en brique et un corral adjacent dans lequel un hongre bai solitaire se détachait, immobile, comme un morceau de séquoia taché, au milieu d'une colonne de lumière chargée de poussière. Il portait à son flanc une marque au fer en forme de rose, l'empreinte de la brûlure creusée profond dans le cuir pareille à une teigne calcifiée.

– Il est sûr qu'ils laissent leurs marques sur tout, pas vrai ? dis-je

– Et que devraient-ils utiliser, de la peinture en bombe ? Lâche-les un peu, dit Helen.

– Je vais leur dire que nous partons, dis-je.
– N'y va pas, Dave.
– Je te retrouve dans la voiture, Helen.

Elle poursuivit son chemin à travers champs vers l'allée. Je franchis l'arrière-cour en direction du toit en avancée, puis jetai un œil par un écran de bambous dans la véranda vitrée à l'arrière de la maison, là où Karyn était occupée à faire ses exercices d'aérobic. Nos deux regards se croisèrent, comme surpris dans leur intimité mutuelle, une intimité qui allait au-delà de l'instant, au-delà de mes capacités à la définir ou à y prendre garde, qui remontait au cœur de l'image délibérément oubliée de deux personnes se contemplant l'une l'autre, sans plus aucun déguisement, pendant un rapport sexuel.

Je l'avais surprise à l'improviste devant un petit bar à plateau de marbre, avec un verre à champagne et un seau à glace en argent contenant une bouteille verte de vin blanc Cold Duck. Mais Karyn n'était pas de celles qui se laissent dérouter par une rencontre inopinée avec un adversaire. Le regard rivé à mon visage, aux lèvres une moue d'adolescente, elle dégrafa le maillot qui lui couvrait les seins et le laissa tomber, puis elle déboutonna son short et le fit glisser en même temps que sa culotte le long de ses cuisses et sur ses genoux jusqu'au sol. Elle s'en dégagea d'un pas, puis ôta les épingles de sa chevelure platine qu'elle secoua sur ses épaules et mit le verre de Cold Duck à ses lèvres, les yeux toujours fixés sur les miens, vides comme la mort.

26

Jimmy Ray Dixon était de ces gens agressifs et impudents qui insultent et rabaissent autrui avec un tel aplomb qu'on présume inévitablement qu'ils n'ont rien à cacher personnellement.

La ruse est bonne. Tout comme de mentir effrontément lorsque personne n'a mis votre intégrité en doute. Mentir, par exemple, sur la manière dont on a perdu une main au Viêt-nam.

Après que Jimmy Ray et sa clique eurent quitté le ponton, j'avais appelé un ami au service des anciens combattants de La Nouvelle-Orléans.

Le lendemain, à mon retour au bureau après ma visite à la plantation des LaRose, mon ami appela et me lut tout ce qu'il avait sorti de l'ordinateur sur Jimmy Ray Dixon.

Il n'avait pas perdu la main à nettoyer les rizières de leurs mines à l'extérieur de Pinkville. Une bande de voleurs chinois, ses associés dans une affaire de revente d'alcool militaire sur le marché noir de Saigon, la lui avait coupée.

Un rapport du CID, le service d'enquêtes criminelles de l'armée, avait également établi par recoupements et avec références à l'appui que Jimmy Ray avait peut-être été impliqué dans la contrebande d'héroïne qu'il convoyait jusqu'au pays dans les cercueils des G.I. morts.

Ainsi donc, il avait menti sur son dossier militaire, me dis-je. Mais qui ne le ferait pas, avec un dossier pareil ?

Ce n'était pas cela qui me tracassait.

Sur le ponton, Jimmy Ray avait déclaré que quelqu'un avait tiré sur sa maison et tué son frère.

Sa maison.

J'allai à la bibliothèque municipale et consultai les archives du *Daily Iberian*, la morgue, ainsi qu'on l'appelle. Je commençai à visionner tous les microfilms que je pus trouver sur l'assassinat d'Ely Dixon.

Seul un article, dans la revue *Newsweek*, mentionnait le fait qu'Ely avait été tué dans une maison de trois pièces qu'il louait cinquante dollars par mois à son frère, Jimmy Ray, auquel l'article faisait référence comme à un blessé de la guerre du Viêt-nam.

Je retournai au bureau et me rendis chez le shérif.

– Et si l'homme assassiné n'était pas le bon ? dis-je.

– J'ai l'impression que mon intérêt pour la conversation ne va pas tarder à faiblir, dit-il.

– C'était les années soixante. Des bombes qui explosent dans les églises à Birmingham et Bogalusa, des ouvriers militants des droits civiques qu'on lynche dans le Mississippi. Tout le monde a présumé que c'était Ely Dixon la cible.

– Tu essaies de comprendre les mobiles d'un homicide vieux de vingt-huit ans ? Qui s'en soucie ? Pas la victime. Elle est morte dans tous les cas de figure.

Sa voix avait du mal à ne pas laisser transparaître son impatience et son agacement. Il fit pivoter son fauteuil latéralement de manière à ne pas affronter mon regard en s'adressant à moi.

– Je t'aime beaucoup, Dave, mais, nom de Dieu, tu n'écoutes pas. Laisse les LaRose tranquilles.

Laisse Aaron Crown s'empêtrer dans sa propre merde.

– J'ai dit à Helen que nous n'exécutions pas les gens dans la paroisse d'Iberia.

– Ne te fais pas d'illusions. C'est parce que la chaise électrique ne fait plus le voyage.

***

Batist avait un rhume et il était rentré chez lui ce soir-là. Avant le souper, Alafair m'accompagna en voiture jusqu'à sa maison avec une marmite de soupe. L'épouse de Batist était décédée l'année précédente, et il vivait en compagnie de ses trois chiens de chasse pour le gibier à plume, et de huit chats, sur un chemin de terre, dans une maison en bois sans peinture à la galerie affaissée et au toit pointu en tôle ondulée, avec en pignon un potager dont il revendait les légumes au marché et un fumoir sur l'arrière. Sa cour à l'herbe rare était propre et nettoyée, son tas de compost maintenu bien serré par un grillage à poules, ses pièges à crabe empilés à côté d'un énorme chaudron en fer dans l'arrière-cour, là où il préparait ses couennes de porc à l'automne.

Au fil des années, au début du printemps, lorsqu'il brisait la croûte dure sous les chaumes de son jardin, sa charrue à soc unique avait extrait des sillons des morceaux de clous forgés, la coque rouillée d'un ressort de chariot, des balles minié calibre .58, une boîte d'amorces corrodée, une botte moisie, une boucle en laiton portant en relief les lettres CSA, tous vestiges d'un campement confédéré dont les fédéraux s'étaient probablement emparés en 1863.

Ma première rencontre avec Batist remontait à l'époque où j'étais petit garçon et lui adolescent. Il travaillait comme aide auprès d'un forgeron dans une sorte de grange rouge, construite de bric et de broc, sur un terrain herbeux de West Main. Son patron était un très vieil homme à l'allure frêle, du nom de M. Antoine, un des derniers survivants des vétérans confédérés dans l'État de Louisiane. Tous les jours, M. Antoine s'asseyait dans l'embrasure des larges portes de sa forge pour prendre l'air, bretelles rouges sur le dos et chapeau de paille sur la tête, la peau sous sa gorge distendue comme une crête de coq inversée.

Quiconque le souhaitait pouvait passer le voir et écouter ses récits sur ce qu'il appelait « la Guerre ».

Rares étaient ceux à le faire.

Mais je n'oublierai jamais une histoire qu'il nous a racontée, à Batist et à moi.

Cela se passait pendant le dernier assaut de Jubal Early contre les fédéraux avant la reddition à Oppomattox. Un tambour âgé de quatorze ans, originaire d'Alabama, se retrouva être le seul survivant indemne de toute son unité. Plutôt que de se rendre ou s'enfuir, il avait noué une bannière confédérée à un mousquet, était monté sur un cheval et avait chargé la ligne des soldats de l'Union. Il avait chevauché sur deux cents mètres dans un champ de blé semé de balles et jonché de pierres où cinq mille fédéraux attendaient, incrédules, en le voyant s'approcher.

Pas un n'usa de son arme.

Mais lorsque le cheval du garçon eut péniblement remonté la pente avant de se précipiter dans une brèche du mur, trois soldats fédéraux l'avaient tiré de sa selle et épinglé au sol en lui prenant ses couleurs. Le garçon s'était débattu, à grands moulinets de bras et coups de pied, jusqu'à ce qu'un soldat en bleu lui dise :

– Fils, t'as pus besoin de te poser la question. T'es maintenant aux côtés du Seigneur.

M. Antoine se claquait la cuisse en hurlant de rire aux implications de son récit, quelles qu'elles aient pu être.

Je devais lire un jour un compte rendu similaire de Cemetery Ridge. Peut-être était-il entièrement apocryphe. Mais s'il vous venait à l'idée de douter de M. Antoine comme autorité en sa qualité d'ancien combattant de la guerre de Sécession, il vous demandait de palper la balle de pistolet enkystée qui ressortait comme un œuf de moineau sous son coude droit.

L'ironie était que l'homme qui, par sa situation aux premières loges, connaissait probablement le plus grand nombre de récits de la guerre de M. Antoine, cet homme qui cultivait ses légumes sur les vestiges d'un campement confédéré, était descendant d'esclaves et ne savait ni lire ni écrire, et de ce fait n'avait jamais été consulté par quiconque comme source de renseignements.

Il s'assit avec sa soupe à la table de cuisine, pantoufles aux pieds, pantalon des surplus de la marine et chemise en toile bleue boutonnée au col. Les reflets du soleil sur le bayou miroitaient à travers les arbres derrière sa maison.

– Gros Papa Babineau, y m'a apporté des côtes de porc, mais ça te fait pas de bien quand t'as l'estomac à la retourne. Mais j'ai pas voulu le vexer, dit-il.

– Tu vas réussir à te débrouiller tout seul ? demandai-je.

– Ça va aller.

Il regarda Alafair, qui examinait des balles minié sur l'étagère de la cuisine. Puis il tourna son regard vers moi.

– Qu'est-ce qu'il y a ? demandai-je.

– Gros Papa, y vient de s'en aller. J'avais dans l'idée de t'appeler.

Il gardait les yeux rivés à mon visage.

– Alf, tu veux bien prendre le camion et aller jusqu'aux Quatre-Coins nous rapporter deux litres de lait ? dis-je.

– Jolie manière de te débarrasser de moi. Mais... O.K., dit-elle, une main tendue en attente des clés, l'autre sur la hanche.

– Gros Papa, il a vu c't'homme sortir du marais en pirogue, dit Batist une fois qu'Alafair eut quitté la pièce. Lui et sa femme, y pêchaient sur la berge, et y a ce grand Négro avec un côté de son crâne tout rasé qui est sorti des arbres en pagayant. C'était le même matin où que t'avais vu c't'homme avec une lumière devant notre ponton, Dave.

« Gros Papa, il a dit que ce gros Négro, il avait des dents en or et des bras qu'on dirait des poteaux téléphoniques. Y'avait un fusil posé à l'avant, et quand Gros Papa il l'a vu, le Négro lui a jeté un œil tellement méchant que la femme à Gros Papa elle a voulu aller dans la voiture. C'est le même homme qui est venu dans notre boutique, hein ?

– Ça y ressemble.

– Mais c'est pas le tout, ça, non. Gros Papa et sa femme, y marchaient sur la levée quand y z'ont revu le même Négro, et ce coup-là, y défonçait le fond de sa pirogue à coups de pied. Il y a fait des grands trous à travers tout et il l'a coulée dans le canal. Pourquoi qu'il a voulu faire un truc pareil ?

Qui sait ? Peut-être qu'il ne voulait pas laisser traîner ses empreintes digitales ?

– C'est pas tout. Il les a vus qui le regardaient, alors y'est monté sur la levée et y s'est posté entre Gros Papa et la voiture de Gros Papa en disant : « Pourquoi que vous suivez ? »

« Gros Papa, y dit : “ On vient ici pour pêcher, pas pour mettre not' nez dans les affaires des autres. ”

« Le Négro, y dit : “ Tu vas aller raconter que t'as vu un homme braconner les gators ? Parce que si tu fais ça, c'est que t'es un foutu menteur. ”

« Et Gros Papa qui répond : “ On sait rien à rien des gators. Alors laissez-nous tranquilles. Pasqu'on vous a pas cherché. ”

« Alors y a le Négro qui sourit et qui dit comme ça : “ T'es un gros mec gentil. Tu sais pourquoi j'ai démoli ma pirogue ? Pasqu'elle avait des fuites. ” Et tout ce temps, y se serrait les parties, comme si ça le démangeait, comme si y se fichait bien qu'y avait une femme. Gros Papa, il a dit comme ça, quand tu croisais le regard de c'te Négro, y'avait pas de questions à se poser sur ce qu'il avait en tête. Il voulait juste que tu dises un truc de travers rien que pour se défouler sur toi de toute sa méchanceté.

« La femme à Gros Papa, elle était montée dans la voiture, elle bougeait pas d'un pouce, c'est tout juste si elle respirait tellement elle avait la trouille, en priant pendant tout ce temps que Gros Papa, y se dépêche de venir pour les sortir tous les deux de là.

« À ce moment-là, y a le Négro qui prend la canne et le seau que Gros Papa tient à la main, y les pose sur la banquette arrière, il ouvre la portière avant et il aide Gros Papa à s'installer à son volant. Il lui dit : “ J'vais vous montrer queq'chose que je suis pas sûr que je peux encore faire. Regardez bien ! ”

« Il a mis les deux mains sous le pare-chocs avant et il a commencé à soulever, on aurait dit que toutes les veines de sa figure, al' z'allaient éclater, et y souriait de toutes ses dents en or avec le jus de chique qui y coulait de la bouche. Et alors y a la voiture qui se soulève, et les roues arrière, elles se mettent à partir et à glisser de la coulée, juste avant qu'y laisse retomber la bagnole par terre.

« Y revient à la vitre, avec un grand sourire, comme s'il avait fait un truc super, et y laisse couler un peu de salive de sa bouche sur son doigt. Y soulève le casque colonial que Gros Papa il a sur la tête et il met son doigt dans l'oreille de Gros Papa avant de laisser retomber le casque sur sa tête. L'a pas dit un mot. Y a juste collé sa salive dans l'oreille de ce pauv' Gros Papa et y'est parti.

« Quel genre de mec y peut faire des choses pareilles, Dave ? Je me sens vraiment pas bien à cause de tout ça. Je regrette que j'ai pas pu l'arrêter quand y est venu à notre boutique. Seigneur Dieu, ça oui, je le regrette.

Batist secoua la tête, sa cuillère oubliée à côté de son bol de soupe.

***

Un thérapeute m'a dit un jour que les rêves ne sont pas un mystère. Ils représentent tout simplement nos espoirs et nos craintes, m'a-t-il expliqué. Mais, malheureusement, je n'ai jamais été très doué pour faire la différence entre les uns et les autres.

Je vois une tonnelle au sommet de la pente herbeuse du Bayou Teche. Les troncs des arbres apparaissent blancs et durs sous la lune, pétrifiés en statues de pierre pourtant pleines de puissance, à croire que la froideur de la lumière avait pris au piège de leur écorce une énergie frissonnante. À l'intérieur de la tonnelle se trouvent un panier d'osier rempli de raisins et de bananes, une bouteille verte de vin de Bourgogne bouchée, une bouteille de Jack Daniels Black Label enveloppée d'une serviette moelleuse, un seau de glace pilée au sein de laquelle deux tasses chromées refroidissent.

Je sens le charbon de bois et le chêne dans le whiskey, aussi légers et fugaces qu'une fumée liquide sur l'arrière de la langue. Je sens sa chaleur qui se diffuse de mon estomac jusqu'à ma poitrine et mon basventre. Mais mon organisme est tout desséché, comme si mes glandes s'étaient changées en poussière, et la véritable explosion n'intervient qu'au deuxième verre, longue et profonde gorgée où se mêlent sucre, glace pilée, feuilles de menthe et bourbon, avant qu'elle atteigne jusqu'au plus petit nerf de mon corps, exactement comme si l'on venait de craquer une allumette de soufre à la base de mon cerveau.

Mais cette fois le rêve ne se limite pas simplement au liquide filtré sur charbon de bois de Lychburg, Tennessee. Elle est assise à genoux sous la tonnelle, les fesses posées sur les talons, et elle mange un sandwich qu'elle tient à deux mains, vulnérable à sa manière qui n'est pas sans rappeler une photo de guerre d'une enfant affamée et effrayée. Elle sourit lorsqu'elle me voit, ainsi qu'elle le ferait pour accueillir un vieil ami, elle rassemble sa robe dans ses mains et la fait passer par-dessus sa tête. Son corps hâlé semble miroiter sous le clair de lune, les seins durs et gonflés, le visage innocent de toute intention dissimulée hormis la pression accueillante de ses cuisses autour des miennes. Dans mon rêve, je sais que c'est mal, je sais que j'ai atteint un point de non-retour, sans retraite possible, tout comme le whiskey qui ranime des feux anciens et une fois encore réclame ce territoire au fond de moi que j'avais depuis bien longtemps oublié. Sa bouche est sur la mienne, ses doigts sont sur mes hanches avant qu'ils pétrissent le creux de mes reins, et je sens quelque chose céder à l'intérieur de moi, comme une eau qui jaillirait soudain par le fond d'un sac en papier, et lorsque je regarde son visage, le corps saisi de tremblements, je vois une crinière de cheveux platine emmêlés, des yeux de verre noir, et un sourire paresseux et satisfait qui s'achève par un baiser de mépris sur ma joue.

***

Je me réveillai et m'assis sur le côté du lit, les doigts serrés sur les genoux, le bas-ventre douloureux, pareil à l'adolescent pris au piège des fantasmes insatisfaits de sa masturbation.

Au-dehors, j'entendais Tripod courir au long de sa chaîne, le vent souffler dans les arbres, les feuilles mortes tourbillonner dans la cour. Lorsque le vent tomba, la nuit ne resta silencieuse qu'un moment, avant que j'entende à nouveau un bruit de feuilles, poussées cette fois sous le pas de quelqu'un.

Je regardai par la fenêtre et vis Tripod assis sur le toit de sa hutte, immobile, le museau pointé vers l'arrière-cour.

J'enfilai un blue-jean et mes tennis, sortis mon .45 de la commode et la torche de la table de nuit, et vérifiai le verrou de la porte d'entrée. Bootsie dormait sur le canapé, un bras sur les yeux, une revue étalée au sol à côté d'elle. J'allumai le projecteur dans le mimosa et sortis dans la cour.

Le vent soufflait des panaches de cendres dans le champ de mon voisin et crénelait les reflets des étoiles à la surface de la mare aux canards près de ma clôture. J'allai inspecter la cour latérale, le corral et l'écurie, l'abri de jardin en aluminium où nous conservions le vieux tracteur de mon père, puis avançai en bordure de la coulée vers la mare.

Les piles faiblissant, j'éteignis ma torche et repris le chemin de la maison. J'entendis un ragondin au fond des marais, son cri perçant digne d'une hystériquc.

Un homme, à la silhouette de primate tout en muscles comme quelque réversion biologique au type primitif, sortit vivement de derrière un bouquet de bananiers et m'enfonça, au milieu du dos, l'extrémité circulaire et épointée d'un objet dur.

– J'aurais pu me servir du téléphone. Je viens ici en confiance. Ne fais pas le malin, dit-il.

– Qu'est-ce que tu veux, Aaron ?

– Donne-moi ton pistolet... Je te le rendrai. Je te le promets. Et je veux de mal à personne.

Sa main glissa le long de mon bras et libéra le .45 de mes doigts. Il se dégageait de lui une odeur d'humus et de vêtements en laine chargés de fumée de bois et de sueur séchée.

– Je t'ai eu ! Sacré nom de fils de pute, j'ai réussi ! Je t'ai roulé dans la farine, et bien, en plus ! dit-il.

Il s'accroupit et s'esclaffa de sa pique d'humour en se claquant la cuisse d'une main.

– J'avais rien d'autre que c'te vieille pipe de maïs que j'ai récupérée dans une poubelle ! Qu'est-ce que t'en dis ?

– Pourquoi ne te comportes-tu pas comme quelqu'un de ton âge ?

– Z'avez utilisé le même genre de trucs contre les Viêt-congs ?

Il dansait comme un singe sous les feuilles fanées du bananier.

– Tu vas me rendre mon calibre ? dis-je.

– Je peux pas faire une chose *pareille.*

Puis son visage se vida de toute expression, aussi neutre qu'une plaque de tôle en fer-blanc sous la lueur des étoiles.

– Je veux me rendre à Buford LaRose. Et je veux que tu m'arranges le coup.

Ne m'entendant pas répondre, il ajouta :

– T'es sourd ? Arrange le coup. C'est tout. Queq'part dans la campagne. Il marchera. Ça fera de lui un grand homme.

– Je ne sais pas si ce que tu as en tête m'inspire bien confiance, collègue.

– Y z'ont envoyé un petit pisseux d'Italien à mes trousses. Un gars, j'étais en prison avec, et y savait où que mon campement il était. Y a des gens qui devraient être maudits pour ce qu'y savent.

– Qu'est-ce que tu racontes ?

Ses yeux étaient larges, ses paupières écarquillées, brûlant de la certitude que le monde était une lutte sans fin.

– Tu pourrais dire que j'ai parlé à sa conscience. Il m'a dit que toi et moi, on était comme une merde au bout du nez de quelqu'un et faudrait la nettoyer avant qu'un certain gouverneur prête serment. Il était à un moment de sa vie où il avait plus envie de garder de secrets.

– Ça ne me plaît pas, ce que tu me racontes, Aaron.

– Y m'ont traité pire qu'un violeur négro. Tu crois que j'en ai quelque chose à branler de ce qui te plaît ou pas ?... On a un intérêt commun.

– Je ne le pense pas.

Il plaça le .45 sous ma mâchoire.

– Dans ce cas, tu avances vers l'abri de jardin.

– Tu commences sérieusement à me les gonfler, Aaron.

Il enfonça le canon de l'arme plus profond dans ma gorge.

– LaRose s'est servi de ma fille et il l'a jetée. Après ça, il m'a envoyé au pénitencier. Si tu te mets de leur côté, alors, t'es mon ennemi.

Il avait le visage exsangue, ses narines dilatées hérissées de poils gris. Il n'avait plus rien d'un vieil homme bizarre, voire d'une victime ignorante et pitoyable. Pour une raison inconnue, tandis que je plongeais dans son regard vide, j'eus la conviction absolue qu'il aurait trouvé une raison pour déclarer la guerre au monde de Buford LaRose même si Buford LaRose n'avait jamais existé.

– Je ne vais pas dans cet abri, Aaron. Ça s'arrête ici, dis-je.

Il respira bruyamment dans l'obscurité. Sa langue ressemblait à un biscuit grisâtre à l'intérieur de sa bouche.

– Je t'ai déjà coupé la ligne de téléphone. Je te rendrai ça plus tard. Mais ne viens pas te lancer à mes trousses.

– Vous êtes un imbécile, monsieur.

– Non, je suis mort. C'est comme ça qu'on les appelle, les gens de la Maison de la Mort, les Hommes Morts. Attends que la main de c'te Négro s'abatte sur toi. Ou sur l'un des tiens, jusque dans ta maison. On verra bien quelle sorte de foutu libéral tu seras alors.

– Qu'est-ce que tu as dit ?

Mais il n'était plus là. Il courait déjà entre les arbres, à la manière d'un crabe, écrasant les feuilles sous ses brodequins de prisonnier.

***

Je m'assis par terre près du canapé où dormait Bootsie. Elle ouvrit les yeux, plongeant son regard dans le mien.

– Qu'y a-t-il ? dit-elle.

– Aaron Crown était dehors...

Je posai la main sur son bras avant qu'elle puisse se lever.

– Ça va bien. Il est reparti. Mais il a coupé la ligne téléphonique.

– Crown était...

– Je laisse tomber, Boots. Aaron, la famille LaRose, tout ce à quoi ils sont mêlés, qu'un autre s'en charge.

Elle se redressa sur un coude.

– Que s'est-il passé dehors ? demanda-t-elle.

– Rien. C'est ça, l'essentiel. Rien que je fasse ne modifiera jamais le pouvoir que ces gens représentent.

Ses yeux se fixèrent sur les miens en donnant l'impression de regarder à l'intérieur de moi.

– Tu veux préparer quelque chose à manger ? dit-elle.

– Ce serait super. Je vais à la boutique téléphoner au bureau.

En verrouillant la porte d'entrée derrière moi, je la vis qui râpait une pomme de terre crue pour nous préparer un gâteau de pommes de terre aux oignons, le peignoir moulant ses hanches, comme au réveil d'une aube ordinaire dans une vie qui avait été la nôtre jusqu'à ce que je permette aux vieux démons d'Aaron Crown et de la famille LaRose de s'insinuer dans notre existence et d'y progresser comme un tentacule.

Au matin, Batist trouva mon .45 enveloppé dans un sachet de Kentucky Fried Chicken sous le paillasson de sa galerie.

27

– On a un vrai cadeau de première en cellule, dit Helen.

Je la suivis dans le couloir qui menait au quartier de détention et attendis que l'adjoint ouvre la cellule. Le motard qui s'y trouvait avait une barbe dorée et une chevelure épaisse comme une crinière de lion. Ses yeux me firent penser à de petits bonbons rouges, enfoncés dans les profondeurs de replis de chair mise à vif par la morsure du vent, l'alcool ou une hypertension probablement assez forte pour faire sauter un joint de culasse.

Il s'appelait Jody Hatcher. Un an auparavant, la cour l'avait remis entre les mains des marines, dans l'espoir, qui sait, de voir la famille Hatcher dans sa totalité disparaître tout bonnement de la paroisse d'Iberia. Sa sœur jumelle avait connu une brève notoriété nationale lorsqu'on l'avait arrêtée pour l'assassinat de sept hommes qui l'avaient prise en auto-stop sur l'autoroute de Floride. Sa mère, obèse et colérique, le visage presque barbu, avait été interviewée par C.B.S. sous l'auvent de la cahute où la famille Hatcher avait grandi. Jamais je n'oublierai ses paroles : “ C'est pas ma faute. Elle est née comme ça. Je l'ai fouettée tous les jours quand elle était petite. Ç'a servi à rien. ”

– Tu es bien traité, Jody ? demandai-je après que l'adjoint nous eut bouclés dans la cellule, Helen et moi.

– Je n'aime pas les choses qui résonnent, mec. Je n'arrive pas à savoir ce qui vient du couloir et ce qui vient de l'intérieur, dit-il avec un rictus en indiquant sa tête.

Il portait un jean noir qui lui collait à la peau et un gilet de cuir noir sans chemise. Son visage donnait l'impression de rayonner d'une lueur joyeuse d'autodérision, comme s'il était devenu le spectateur amusé de la dissolution de sa propre existence.

Je m'assis en compagnie d'Helen sur le banc de bois contre le mur du fond. Au centre de la cellule se trouvait une bonde d'évacuation zébrée d'urine.

– Ils disent que tu avais tes sacoches pleines de cristaux de meth, dis-je.

– Ouais, le gus à qui j'ai prêté ma Harley m'a probablement joué un sale tour de cochon. Wow, je déteste quand on me fait un truc pareil.

J'acquiesçai, comme si nous entendions tous là une triste vérité.

– Je te croyais à Haïti, dis-je.

– On m'a libéré, mec. T'as vu ça, à la télé, la fusillade au poste de police ? C'était mon peloton. Tu comprends, y'avait cette femme du pays qui nous acclamait sur un balcon et un attaché militaire lui a remonté la tête d'un coup de matraque. C'est pour ça qu'on se trouvait tous au poste de police. On était en tenue de camouflage et on a installé un périmètre pasqu'on voulait pas que les mecs continuent à faire du mal aux gens. Le Corps est là pour ramener la paix, pas pour la maintenir, beaucoup de civils comprennent pas ça. On nous a fait passer le mot comme quoi ces mecs allaient nous allumer, alors y a ce gus qui sort et qui commence à se tourner vers nous un Uzi à la main, et alors, *pan,* je vois la traçante qui sort du canon de l'arme du lieutenant, et y a une vraie tempête de merde qui se met à voler dans les airs et avant d'avoir pu comprendre, j'avais déjà grillé tout un chargeur sur un seul mec, on aurait dit qu'il s'était fait picorer à mort contre le mur par un troupeau de poulets. Je n'avais pas les tripes pour ça, mec. C'est cruel, de voir une saloperie comme ça.

Il était assis sur un banc en bois, les poignets croisés sur les genoux, poings serrés, le visage fixant le vide, l'air égaré.

– Parle du cow-boy mexicain à l'inspecteur Robicheaux, dit Helen.

– On l'a déjà couvert, ce terrain-là, non ? J'aime pas me rappeler des trucs pareils.

Elle faisait la moue à la manière d'un poisson.

– Il faut que tu travailles avec nous, Jody, si tu veux qu'ils ne soient pas trop méchants pour la meth, dit Helen.

– C'était juste avant que je rejoigne les marines. J'ai rencontré les Mexicains dans un bar de Loreauville. Je me prenais de la poussière d'ange et des arcs-en-ciel que j'arrosais de vodka, et on a tous fini dans un bois je sais plus où. Il faisait vraiment chaud cette nuit-là, une nuit complètement déjantée, avec des lucioles plein les arbres et des crapauds-buffles et des ragondins qui gueulaient sur l'eau. Ces mecs avaient de la meth superbe, de la came très pure et très propre qui vous empoisonne pas le sang. Mais y a ce cow-boy, y s'est mis un garrot en tapant sur la veine jusqu'à ce qu'elle devienne rouge comme une betterave, après ça, il se pique, et *vlan,* le voilà qui se plie en deux et s'affale par terre comme un tas, avec son garrot de caoutchouc qui lui saute entre les dents comme un serpent à qui on aurait coupé la tête.

« C'est pas comme l'héro. Y suffit pas de coller le mec dans l'eau froide ou sous un paquet de neige. Le mec s'est mis à rouler des yeux, toutes sortes de trucs bizarres sont sortis de sa bouche, et il avait les genoux qui lui cognaient la poitrine par saccades. Qu'est-ce que tu voulais qu'on fasse, mec ? J'étais naze. Seigneur, c'était comme de regarder un mec se noyer sans rien pouvoir y faire.

– Est-ce que c'est tout, Jody ? demandai-je.

– Dis-lui, dit Helen.

– Ils ont creusé un trou et ils l'ont enterré, répondit-il.

– Qui ça ? demandai-je.

– Tout le monde. Je me suis enfui dans les arbres. Je n'ai pas pu regarder ça... Peut-être qu'il n'était pas mort... C'est ça que j'arrive pas à m'enlever de la tête... Ils n'ont pas été chercher de docteur ni rien... Ils auraient dû lui mettre un miroir devant le nez ou quelque chose...

– Qui était là, Jody ? demandai-je.

– Le mec qui vient d'être élu gouverneur.

– Tu es sûr ? dis-je.

– Il était complètement déjanté, y pleurait comme un môme. Y'avait d'autres Américains qui ont été obligés de s'occuper de lui.

– Qui ? demandai-je.

– Je ne sais pas, mec. J'étais dans les vapes. J'étais incapable d'encaisser ça. Je ne peux même pas te dire où c'est que je me trouvais. Je me suis réveillé derrière un bar pour gens de couleur à St. Martinville. Des chiens me pissaient dessus.

Il avait le visage enflé, aussi vitreux que la surface rouge d'une sucette, plus vieux que son âge. Plus vieux de décennies entières. Il s'essuya les yeux du bas de la paume.

***

À notre retour dans mon bureau, Helen dit :

– Qu'en penses-tu ?

– Prends sa déposition. Mets-la dans le dossier, répondis-je.

– Et c'est tout ?

– Jody n'a plus de cervelle. Les connexions ont été coupées il y a bien longtemps.

– Tu ne le crois pas ?

– Si, je le crois. Mais ça ne tiendra jamais la route. Buford LaRose ne tombera que le jour où on le chopera au lit en compagnie du cadavre d'un prostitué mineur.

– C'est trop, dit-elle avant de sortir.

***

Samedi matin, Clete Purcel débarqua en voiture de La Nouvelle-Orléans. Il pêcha deux heures durant sous une légère brume avant de laisser tomber et de siroter des bières dans la boutique à appâts tandis que je décomptais ma recette en essayant de calculer le montant de mes impôts trimestriels. Il parla peu, contemplant la pluie par la fenêtre, le regard vague, à croire qu'il se concentrait sur une conversation mentale.

– Dis-le, dis-je.

– Une fois arrivé au Viêt-nam, j'ai regretté d'avoir rejoint les rangs des marines, dit-il.

– Et alors ?

– Les dés avaient été lancés, grand homme. Plus moyen de revenir en arrière. Impossible de dire à ces empaffés que tu ne veux plus jouer.

– Et pourquoi ça ?

– Parce que je n'arrête pas de revoir le visage de Jerry Joe dans mes rêves, voilà pourquoi... C'est son juke-box que je vois là-bas ?

– Ouais.

– Y a quoi dedans ?

– Années quarante et cinquante. Des antiquités, aussi précieuses qu'une Cadillac.

– Donne-moi quelques quarts de dollar.
– J'ai sectionné le cordon d'alimentation.
– T'as vraiment la manière pour résoudre les problèmes, Belle-Mèche.
Une demi-heure plus tard, le téléphone sonnait. C'était Buford LaRose. Je décrochai et emportai le téléphone dans le fond de la boutique.
– Retrouve-moi au restaurant Patio à Loreauville, dit-il.
– Non, merci, dis-je.
– Nom de Dieu, Dave, je veux tirer un trait sur ce foutoir.
– Très bien. Démissionne.
– Crown est une machine à tuer, dit-il.
– Si c'est le cas, tu l'y as bien aidé.
– Tu n'es pas au courant, n'est-ce pas ?
– De quoi ?
– Du mec qu'on vient de repêcher du marais Henderson.
– Ça relève de la paroisse de St. Martin. Ce ne sont pas mes oignons. Au revoir, Buford.
Je raccrochai.
– C'était tête de nœud ? dit Clete.
– Ouais.
– Qu'est-ce qu'il voulait ?
Je le lui dis.
– Tu vas te contenter de tout laisser filer sans rien faire ?
– Tu résumes ça à peu près bien.
– Erreur. Ne lâche pas le morceau, Belle-Mèche. Enquiquine-les. Ne les laisse pas te prendre par surprise. Je t'aiderai, *mon*. Je serai là en renfort.
Il se tourna vers moi sur son tabouret de comptoir, son visage couturé de cicatrices aussi impassible et rond qu'un moule à tourte, ses yeux, deux flaques de vert sombre sous ses cheveux blond-roux bien peignés.

– Écoute-moi, pour une fois, dit-il. Celui que tu as vu en pirogue, c'est Mookie Zerrang. Tu veux que ce nervi sorte de ta vie, alors à toi de trouver celui qui est derrière lui. Son patron.

Le bayou donnait l'impression de danser de lumière jaune sous la pluie. J'essuyai le comptoir, sortis les poubelles, remplis la glacière dans l'arrière-boutique, puis, au bout du compte, mis un terme au dialogue intérieur qui m'agitait et composai le numéro de la permanence téléphonique de Buford à Lafayette afin de m'éviter de l'appeler chez lui.

– Dave Robicheaux à l'appareil. Dites à M. LaRose que je serai à mon bureau à huit heures lundi matin.

***

Il arriva à dix heures, accompagné de Ciro Tauzin, de la police d'État. Le rapport du shérif de la paroisse de St. Martin à propos du corps repêché dans le marais Henderson était posé sur mon bureau.

– Tu commences à te faire une image plus claire d'Aaron Crown maintenant ? dit Buford.

– Pas vraiment, dis-je.

– Pas vraiment ? La victime avait le ventre ouvert en deux et rempli de cailloux. Quelle espèce d'être humain ferait une chose pareille ? dit Buford.

– J'ai une bien meilleure question, Buford. Qu'est-ce que pouvait bien fabriquer dans le marais Henderson un truand de La Nouvelle-Orléans qui exécute des contrats pour la famille Giacano ?

– Il était en cellule avec Crown, dit Buford.

– En ce cas, pour quelle raison Crown irait-il tuer son compagnon de cellule ? dis-je.

– Peut-être allait-il cafter Aaron. Le mec pouvait le dénoncer pour une histoire d'armes à feu. Les criminels sont pas vraiment portés sur la loyauté, ça, non, dit Tauzin.

– Je crois qu'il se trouvait là pour dessouder Crown, et il a perdu. Quelle est votre opinion sur la question, monsieur Tauzin ? demandai-je.

La veste de son complet bleu donnait l'impression d'avoir été boutonnée de travers. Des pellicules parsemaient ses cheveux gominés. Il se frotta du pouce la fossette qu'il avait au menton.

– Des hommes comme Crown iraient tuer pour les chaussures que vous avez aux pieds, la nourriture dans votre assiette. Je ne pense pas qu'ils soient bien difficiles à comprendre, non ? dit-il.

– Contacte-le par l'intermédiaire de sa fille, dit Buford. S'il accepte de se rendre à moi, je lui garantis sa sécurité et je fais la promesse qu'il ne sera pas jugé pour un crime justiciable de la peine capitale...

Il s'interrompit un instant, avant de lever les mains qu'il tenait posées sur les accoudoirs du fauteuil.

– Peut-être qu'il tombera pour deux ou trois ans maximum, il pourra être libéré à cause de son âge.

– Plutôt généreux comme offre, dis-je.

Buford et Ciro Tauzin attendaient, l'un comme l'autre. Je ramassai un trombone et le laissai retomber sur mon sous-main.

– Dave ? dit Buford.

– Il te garde une grosse rancune, répondis-je.

– Tu lui as parlé.

Il prononça ces paroles comme un état de fait, et non comme une question. C'est tout juste si je n'entendais pas les rouages de son cerveau se mettre en branle. Je vis dans son regard une idée qui prenait forme. Il était impossible de nier l'intelligence de Buford.

– Il veut organiser une rencontre ? Il t'a dit qu'il essaiera de me tuer ?

– Fais la paix avec sa fille. Ensuite, il est possible qu'il accepte de t'écouter.

Les pattes-d'oie de Buford se plissèrent tandis qu'il essayait de décortiquer la signification de mes paroles.

– Une petite histoire d'amour qui remonte au lycée ? C'est de ça que tu veux parler ? dit-il.

Avant que j'aie pu répondre, Ciro Tauzin dit :

– Voici le marché, monsieur Robicheaux. Vous pouvez nous aider, si ça vous chante, ou alors vous pouvez expliquer aux autres ce qu'ils doivent faire. Mais si Aaron Crown ne se rend pas, je vais lui exploser le foie en morceaux. Est-ce que c'est assez clair, m'sieur ?

Je soutins son regard.

– Suis-je censé transmettre vos remarques à qui de droit, monsieur Tauzin ? répondis-je.

– Je vous en serais reconnaissant. Pas à dire, mais c'est vraiment une expérience de traiter avec vous, m'sieur. Votre réputation ne vous rend pas justice.

Je dessinai des arabesques sur un bloc de papier jaune avec la pointe de mon stylo-bille jusqu'à ce qu'ils quittent la pièce.

Deux minutes plus tard, Buford était de retour, seul. Il ouvrit la porte, sa veste en coton sur l'épaule, les manches de sa chemise écossaise remontées sur ses avant-bras marqués de veines. Sa chevelure bouclée lui retombait sur le front, ses joues brillaient comme deux pommes.

– Tu ne m'aimeras jamais, Dave. Peut-être que je ne peux pas te le reprocher. Mais je te donne ma parole d'honneur, je protégerai Aaron Crown et je ferai tout ce qui est en mon pouvoir pour qu'il finisse sa vie en homme libre, dit-il.

L'espace d'un bref instant, je revis le jeune et beau quarterback du L.S.U. qu'il avait été des années auparavant, celui capable de se retrouver encerclé par les plaqueurs, sur le point d'être démoli, les os écrasés, enfoncés dans le gazon, la foule soudain debout face à sa vulnérabilité, avant qu'il lance, par-dessus les têtes des joueurs adverses, son ballon pour une passe de quatre-vingts mètres, un boulet de canon qui allait atterrir comme par magie entre les doigts d'un receveur oublié de tous franchissant la ligne de but au pas de course.

Il est des héros du samedi après-midi qui ne s'enfonceront jamais doucement dans cette bonne nuit [1]. Pas celui-ci, en tout cas, me dis-je.

***

Il est probable que quatre-vingt-dix pour cent des enquêtes criminelles soient résolues par accident ou grâce aux informateurs. Je ne disposais pas d'indicateur gravitant dans le cercle de Buford, mais j'avais néanmoins accès à un psychotique authentique aux rouages mentaux surprenants. S'il ne jouait pas toujours à l'informateur, il ne manquait jamais de distraire son public.

J'appelai son restaurant à La Nouvelle-Orléans et deux de ses bureaux de chantier pour finalement en conclure, par le biais d'insinuations et de subterfuges, que Dock Green se trouvait à son chalet de week-end sur la rivière Atchafalaya.

Le ciel était gris, la vaste étendue de la rivière marquée de fossettes de pluie, lorsque je m'engageai sur la route de desserte en direction de la grille à bestiaux au sol qui marquait l'entrée de sa propriété. Je voyais Dock, ciré noir sur le dos et chapeau de paille sur la tête, occupé à brûler ce qui ressemblait à un tas d'arbres morts sur le côté de sa maison. Mais ce n'est pas cela qui m'attira l'œil. Per-

1. Référence à Dylan Thomas. (*N.d.T.*)

sephone Green venait de monter dans sa Chrysler et faisait rugir son moteur sur l'allée gravillonnée en se dirigeant vers moi, tandis que giclaient les mottes de terre sous ses pneus comme autant d'éclats de silex. Je fus obligé de me ranger sur le bas-côté pour éviter la collision.

Quelques instants plus tard, tandis que j'avançais vers le feu d'ordures, je compris l'origine du mécontentement de Persephone. Deux femmes, complètement défoncées, inconscientes du temps qu'il faisait, flottaient sur des matelas pneumatiques dans une piscine en plastique posée sur le sol de l'arrière-cour et alimentée par un tuyau d'arrosage.

– La visite de l'épouse n'était pas prévue, Dock ? demandai-je.

– Je comprends pas pourquoi elle est toujours de mauvais poil. En tout cas, elle demande le divorce.

Il tisonna le feu à l'aide d'un râteau noirci. Le vent tourna et l'odeur me frappa soudain les narines. Au centre des branches d'arbre qui se consumaient, au milieu du lit de cendres blanches, gisait la forme oblongue et calcinée d'un alligator.

– Il s'est pris au piège dans une rigole de drainage et s'est noyé. Un 'gator, ça sait pas faire marche arrière, dit-il.

– Pourquoi ne l'enterres-tu pas ?

– Les animaux iraient le déterrer. Qu'est-ce qui t'amène ici ?

– Tu as eu tout le temps une longueur d'avance sur moi, Dock. C'est une chose que je respecte.

– Quoi ?

– À propos du corps enterré dans la plantation des LaRose, et toute une série d'autres choses. Difficile de te rouler en te lançant une petite balle vicieuse, collègue.

Son visage était barbouillé de suie, échauffé par les flammes du feu. Il me surveillait de la même façon qu'il aurait surveillé l'approche d'un ennemi atavique venant traverser le champ pour empiéter sur son enclave.

– J'ai passé un moment au tribunal cet après-midi. Tu as obtenu des contrats de l'État pour construire des hôpitaux, dis-je.

– Et alors ?

– Les contrats sont déjà attribués. Tu vas devenir un homme riche. Un jour ou l'autre, Buford va tomber de son piédestal. Pourquoi le suivre dans sa chute ?

– Bien tenté, mais c'est raté !

– Dis-moi, Dock, tu crois qu'il va le faire descendre, Crown, si j'organise sa reddition ?

– Tout le monde s'en fout.

– Sauf un jury de mise en accusation.

Il se frotta le nez avec la jointure de l'index, souffla par une narine, détourna le regard de mon visage pour jeter un œil aux femmes dans la piscine, avant de regarder dans le vide, toujours avec le même degré de réflexion ou la même absence.

– T'es stupide, dit-il.

– Je vois.

– Tu te fais de la bile pour un vieux jeton de bon à rien et des histoires de Négro vieilles de trente ans. LaRose te collera un chevron dans le cul.

– Comment ?

– Il a besoin de compagnie.

– Désolé, Dock. Je ne vois pas où tu veux en venir.

Sa paume épaisse serra le manche de la houe avec un bruit sec.

– Pourquoi est-ce que les gens n'aiment pas marcher sur les tombes des morts ? Parce qu'ils se soucient des macchabées qui sont enterrés là ? S'il réussit à te mettre la main autour de la cheville, il t'entraînera dans la caisse avec lui.

Mes lèvres, la peau autour de ma bouche, remuèrent sous le vent sans qu'un seul mot en sorte.

***

Je fis la vaisselle en compagnie de Bootsie après le souper. La pluie avait cessé, et le ciel au-dehors était d'un bleu translucide nervuré de nuages mauves et rouges.

– Tu vas organiser sa reddition ? demanda-t-elle.

– Oui.

– Pourquoi ?

– Je veux couper le cordon ombilical.

– Qu'est-ce que dit le shérif ?

– De le faire.

– Où est le problème alors ?

– Je n'ai pas confiance en Buford LaRose.

– Oh, Dave, dit-elle dans un souffle, fermant les yeux avant de les rouvrir.

Elle mit les mains sur mes bras et posa le front sur mon épaule, en une pose maladroite, son corps ne touchant pas vraiment le mien, comme si elle craignait que son geste de tendresse fût une violation des convenances.

***

Au matin, j'appelai Sabelle Crown et lui parlai de l'offre de Buford. Deux heures plus tard, le téléphone sonnait sur mon bureau.

– Je peux être sorti dans deux ou trois ans ? dit la voix.

– Aaron ?

– C'est ça, le marché ? demanda-t-il.

– Je ne suis pas impliqué là-dedans. Prends un avocat.

– C'est les avocats qui ont jeté mes miches aux orties.

– Ne rappelle plus ici. Compris ? Je n'ai plus rien à voir avec ta vie.

– T'as intérêt à tenir parole, nom de Dieu, dit-il avant de raccrocher.

***

Le reste du week-end passa et je n'eus pas d'autre information concernant Aaron Crown. Vendredi avait été une belle journée de décembre, et la soirée tout aussi agréable. Le vent soufflait depuis le golfe, et l'on sentait les odeurs de sel, de pluie lointaine, de fleurs de nuit et d'ozone dans les arbres, et il fallait s'efforcer de se remettre à l'esprit que la saison était l'hiver et non le printemps. Nous décidâmes, Bootsie et moi, de faire les courses de Noël à Lafayette, et je demandai à Batist de fermer la boutique à appâts et de tenir compagnie à Alafair dans la maison jusqu'à notre retour.

Ce ne fut même pas nécessaire. Elle jouait chez le voisin d'à côté. Lorsque nous prîmes la route, Batist était debout dans la cour en façade, ses bretelles de salopette pinçant en creux son T-shirt, sa paume lisse, au grain doré comme un cuir de selle, levée en guise d'au revoir.

28

L'homme au chapeau avachi en imperméable de caoutchouc noir à gros boutons arriva au crépuscule. Il arriva de loin, d'abord petite tache sur l'horizon, avant de franchir les terres de mon voisin et leurs chaumes de canne brûlée, ses chaussures soulevant les cendres en poussière tandis que la ligne des arbres tranchait le ciel de feu derrière lui. On aurait pu le prendre pour un ouvrier agricole, à la recherche d'un veau coincé dans une coulée, un vagabond de passage qui venait de sauter d'un train de la Southern Pacific, n'étaient son allure résolue, la fermeté de ses mâchoires, la baguette qu'il tenait dans sa main gantée et dont il se fouettait la jambe. Lorsque les nuages masquèrent le soleil, sous les éclairs frappant le champ, pas un instant l'homme en imperméable ne rompit son allure. Les vaches de mon voisin s'écartèrent à son passage, tournant et retournant comme un tourbillon d'eau.

Batist regardait la télévision dans le salon. Il se rendit dans la cuisine pour se resservir du café et se brûla les lèvres à la première gorgée avant de verser le liquide bouillant dans la soucoupe en soufflant dessus tandis qu'il regardait par la fenêtre de cuisine les cendres se soulever dans les champs, la pluie tomber à l'oblique comme un rideau de verre sur les derniers rayons du soleil à l'ouest.

La fenêtre était ouverte. Il entendit des chevaux courir sur l'herbe, des vaches meugler dans la coulée, et dut plisser les yeux pour parvenir à distinguer la silhouette en chapeau et imperméable qui avançait en se fouettant d'un rythme régulier la jambe de sa baguette.

Batist se frotta les yeux, retourna dans le salon chercher ses lunettes, revint à la fenêtre et vit un nuage laiteux de pluie et de poussière se lever du champ, mais il n'y avait plus de trace de l'homme en chapeau et imper noir, qui avait fait place à une génisse de race Angus postée dans notre cour.

Batist sortit dans la cour, au milieu des odeurs de soufre soufflées depuis les champs, puis s'avança jusqu'à la mare aux canards et longea la clôture, dont il aperçut finalement un poteau repoussé à l'oblique dans son logement et les trois rangs de fil de fer barbelé arrachés de leurs agrafes, enfoncés dans la terre à coups de semelle.

– Y a quelqu'un ? appela-t-il.

Le vent bruissait dans ses oreilles comme un insecte d'eau.

Il mit le loquet à la porte-moustiquaire derrière lui, s'avança sur le devant de la maison et sortit sous la galerie, inspectant la cour et les feuilles volant en tourbillons entre les troncs d'arbres tandis que les ramures en surplomb fouettaient le sol de leurs ombres. Plus loin, en bordure du bayou, une de nos barques de location cognait contre sa chaîne en venant battre contre les piles du ponton.

Il songea à son fusil à canon basculant calibre .20 qu'il avait laissé dans la boutique. Celle-ci lui parut petite, vide et distante sous la pluie, et il regretta de n'avoir pas allumé la guirlande d'ampoules électriques au-dessus du ponton, avant de se sentir stupide et gêné par ses propres réflexions.

Il resta un instant debout au milieu du salon, avec l'impression que le vent respirait par les deux moustiquaires à l'avant et à l'arrière de la maison, emplissant la maison d'une moiteur froide qu'il était incapable de distinguer de la pellicule de sueur qui lui mouillait la peau.

Il écarta un rideau et regarda au-delà de l'allée de la maison du voisin. La galerie était éclairée et une couronne verte tressée avec des pommes de pin, nouée de ruban écarlate, était accrochée à la porte d'entrée ; un sapin de Noël, un épicéa bleu miroitant de guirlandes argentées, était visible à la fenêtre. Sous la pluie, un arroseur dessinait d'avant en arrière ses éventails de gouttelettes qui venaient dégouliner sur les troncs d'arbres de la cour.

Batist décrocha le téléphone et commença à composer un numéro avant de se rendre compte qu'il ne savait pas au juste qui appeler. Il reposa le combiné sur son socle, honteux de la sensation qu'il éprouvait dans la poitrine, de cette manière dont ses mains pendaient à ses flancs, raides et inutiles.

Il s'essuya le visage de la manche, sentit une odeur aigre se lever de son aisselle, et vint se poster à nouveau, d'un pas hésitant, à la porte d'entrée. En son for intérieur, il se vit descendre jusqu'à la boutique à appâts et remonter la pente, armé de son fusil de chasse, comme l'homme qui reconnaît finalement que ses craintes ont toujours été plus grandes que son courage. Il ôta le loquet de la porte-moustiquaire qu'il ouvrit du plat de la main avant de respirer la froideur de la brume soufflant sous les avant-toits de la galerie pour finir par rentrer dans la maison où il relâcha son souffle.

Pas une seconde Batist n'entendit l'homme en imperméable noir, pas avant que le bras de celui-ci ne vînt encercler sa gorge pour la serrer comme s'il voulait faire éclater une noix. L'homme tordit la tête de Batist et la colla contre la sienne, il tira le corps de Batist jusqu'au creux de son bas-ventre, contre une boucle de ceinturon aux arêtes aussi dures qu'une grille à cendres, avant de l'empaler contre sa poitrine, sa mâchoire mal rasée venant mordre la nuque de Batist comme une toile d'émeri.

Le chapeau avachi de l'intrus tomba au sol. L'homme parut s'immobiliser un instant pour le regarder, ainsi qu'il l'aurait fait de quelque distraction venant l'arracher au cours familier et bien tracé des choses et sa conclusion courue d'avance pour lui comme pour sa victime.

Du coin de l'œil, Batist entrevit la couronne en or d'une canine que l'intrus léchait du dessous de la langue. Puis le bras se tendit à nouveau, bien serré sous son menton, et par la moustiquaire en façade, Batist vit le monde comme un lieu où les arbres déracinés flottaient tête en bas sous la pluie.

– J'ai l'intention de te couper le sifflet pour de bon, vieil homme. Ça veut dire que t'auras plus d'air qui va te venir. Tu vas juste gargouiller sur le plancher comme un chien qui aurait eu la gorge écrasée par une voiture... Où qu'il est Robicheaux? demanda l'intrus.

***

À son réveil, Batist se retrouva allongé sur le flanc, les genoux ramenés contre la poitrine, au beau milieu du salon, à même le parquet. La maison était silencieuse, et il apercevait la pluie, soufflée au travers de la moustiquaire, qui mouillait les planches de cyprès au sol. Il crut que l'homme en chapeau et imperméable était parti.

Il sentit alors la main gantée de l'intrus se refermer sur le dessous de son menton et remonter le long de son visage, exactement comme si l'homme arrangeait les membres et l'anatomie d'un mannequin en vitrine.

– Tu m'as claqué entre les doigts et tu t'es endormi, vieil homme. Ça, c'est parce que j'ai bloqué la grosse veine qui monte à ton cerveau.

Il était accroupi sur les talons, et sirotait à même la bouteille une demi-pinte d'alcool d'abricot. Ses yeux étaient turquoise, le crâne au-dessus des oreilles rasé jusqu'à l'épiderme couleur de pâte à modeler.

– Ferais bien de te tirer d'ici, Négro, pendant que tu peux encore, dit Batist.

L'intrus but à la bouteille, laissant l'alcool rouler sur sa langue, se déposer sur ses dents, à croire qu'il cherchait à tuer un abcès dans sa gencive.

Batist se redressa en position assise, dans l'attente d'une réaction de la part de l'intrus. Il n'y en eut pas. L'homme prit une nouvelle gorgée d'alcool, nicha une fesse contre le talon de sa botte pour rendre sa position plus confortable. Sa chemise comme le haut de sa veste étaient déboutonnés et un collier de dents de requin bleu était tatoué au long de ses clavicules et sur le haut de sa poitrine. Dans sa main droite, il tenait une serpette à bananes, la pointe de la lame recourbée en arc, le tranchant affûté à la lime en un long fil d'argent.

– La pêche, ça donne par ici ? demanda-t-il.

Il tendit un doigt et toucha Batist à la pointe du nez, avant d'incliner à nouveau la bouteille, en fermant les yeux sous le plaisir de l'alcool.

Du plat de la main, Batist enfonça la bouteille dans la bouche de l'intrus, faisant voler le verre en éclats contre les dents tandis que les lèvres explosaient en fleur mauve déchiquetée.

Le visage de l'homme se raidit sous le choc, luisant de gouttelettes d'alcool mêlées de sang et de salive. Mais au lieu de quitter la pièce de douleur et de furie, il se remit debout et son pied droit vint exploser contre le côté de la tête de Batist. Il ôta des doigts les débris de verre de sa bouche, tout en crachant, comme s'il avait des morceaux de cacahuète sur la langue avant que ses lèvres tailladées se reforment en sourire.

Il se pencha en avant, la pointe recourbée de la serpette à deux centimètres de l'œil de Batist. Il s'apprêta à parler, s'arrêta, pressa la paume contre sa bouche, puis regarda avant d'essuyer la main sur son imperméable.

– Maintenant, je vais être obligé de travailler gratis. T'as rien de particulier à faire pendant un moment, dis-moi ? dit-il, avant de déboutonner sa veste du pouce.

29

À soixante-dix kilomètres de là, dans le bassin d'Atchafalaya, cette même nuit au cours de laquelle l'intrus était venu à mon domicile, Aaron Crown se faufila avec son hors-bord dans un écheveau de canaux, jusqu'à ce qu'il atteigne une anse peu profonde non loin de la rivière, là où un bateau à huîtres au fond en acier gisait à moitié enfoncé dans la vase. Ponts et coque étaient couleur d'escarre, la cabine de pilotage rongée à vif jusqu'à n'avoir plus que la densité d'un liège vieilli dévoré par les termites et les vers. L'entrée de l'anse était étroite, bordée de chaque côté par des saules aussi denses que des haies, et la rivière qu'on voyait au-delà était jaune d'écume sous un courant violent.

Il s'assit sur un tabouret en bois à l'intérieur de la cabine, la peau marbrée par la boue, sa carabine Enfield volée en appui entre ses jambes, les yeux fixés sur la rivière qu'il leur faudrait franchir. La lumière était parfaite. Il pouvait voir loin, comme quelque créature fixant le paysage au sortir d'une caverne, mais en revanche, eux ne pouvaient pas le voir. Il leur avait dit pas d'hélicoptères, pas même pour les journalistes. S'il entendait des hélicoptères, il serait déjà loin, enfoncé dans les profondeurs du couvert d'arbres du marais, avant que quiconque ait pu atteindre l'entrée de l'anse.

L'administrateur de la police d'État avait dit que les choses se passeraient très simplement. Il suffisait à Aaron d'apparaître dans la lumière, sa carabine au-dessus de sa tête. Personne ne lui ferait de mal. Des caméras de télévision enregistreraient l'instant, et ce soir-là, des millions de personnes seraient forcées d'admettre la lutte d'un homme seul contre un État entier.

Il se rappela sa toute première arrestation pour le meurtre d'un dirigeant du NAACP ainsi que l'attention nationale qu'il y avait gagnée. Combien d'hommes étaient autorisés à entrer dans l'histoire à deux reprises ?

Le policier d'État avait confirmé les conditions de l'arrangement : deux ou trois ans dans un établissement fédéral pour personnes âgées, pas de travaux pénibles, pas de mitard, une bonne nourriture, un terrain de golf miniature, une salle de télévision et une salle de jeu, et la possibilité de contacter les journalistes par l'interurbain chaque fois qu'il le désirerait.

Mais que se passerait-il si les choses tournaient mal ce soir ? L'éventualité pouvait être considérée comme un risque acceptable qui faisait partie du marché. Buford LaRose serait là, quelque part. Aaron serra la crosse de l'Enfield un peu plus fort au creux de ses paumes dont la croûte de boue séchée racla le bois avec un bruit sourd, tandis que son bas-ventre remuait de plaisir anticipé.

Il ouvrit une boîte de viande cuite, y plongea un biscuit salé qu'il se mit à mâchonner avec la viande, lentement, avant de boire une canette de Coca-Cola au métal chaud. Lorsqu'il ne resta presque plus de viande, il rompit un biscuit en deux et dégagea les débris accrochés dans les angles en fond de boîte, sans rien laisser, posa le biscuit sur sa langue et but le reste de son Coca-Cola. Il commença à se rouler une cigarette, puis il vit un rideau de pluie avancer dans sa direction à la surface de la rivière et, à l'intérieur du rideau, trois gros bateaux à moteur avec bâches en toile derrière la cabine et les visages d'hommes en uniforme derrière les fenêtres emperlées de gouttelettes.

Mais où était donc le bateau avec les journalistes ?

Il se mit debout, laissant le tabac rouler de son papier à cigarette en demi-cylindre et s'éparpiller en collant à ses jambes de pantalon et ses brodequins de détenu. Le vent soufflait maintenant avec plus de force, fouettant saules et cyprès, crénelant la surface de la rivière. Les hommes en uniforme dans les bateaux ne l'avaient pas encore vu ; ils avaient coupé les gaz et se laissaient dériver au gré du ressac, les bâches en toile battant au-dessus des ponts.

Au sud du grain, le ciel était plein de nuages mauves et jaunes, pareils aux rouleaux de fumée d'un incendie d'usine. Il plissa les yeux et essaya d'y voir plus clair malgré la pluie. Que faisaient-ils donc ? L'administrateur de la police d'État, comment s'appelait-il déjà, Tauzin, aurait dû se trouver sur le pont avec un mégaphone, afin de lui dire ce qu'il devait faire, de prendre la direction des opérations, de s'assurer que les journalistes filmaient bien Aaron sortant du marais en pataugeant, sa carabine bien haut au-dessus de la tête, incarnation du défi, lui, l'homme des collines dont la reddition avait été personnellement négociée par le gouverneur de l'État.

Quelque chose ne collait pas. Un, deux, trois, au total quatre hommes étaient sortis des cabines et se trouvaient maintenant sur le pont du bateau, veillant à ne pas s'exposer, la visière de leur casquette tournée vers la nuque.

Impossible que ce soit ce qu'il pensait. L'offre lui avait été faite par l'intermédiaire d'un homme auquel il faisait confiance, un membre des services du shérif, paroisse d'Iberia. Le policier d'État lui avait, lui aussi, donné sa parole. Et où était ce foutu Buford LaRose ? Aaron savait que jamais Buford ne raterait une occasion comme celle-ci de poser devant les caméras, avec en arrière-plan de marais son visage d'aristocrate adouci par les lumières de l'humanité et de la conscience.

C'est alors qu'une pensée affreuse lui apparut, dans un espace clair et lumineux au centre de son esprit, avec une telle acuité que son visage se reprit à brûler d'un souvenir de son passé vieux de soixante ans, alors qu'il était un petit garçon, vêtu d'une salopette d'emprunt, qui se faisait bousculer avant de tomber dans une flaque de la cour de récréation par un garçon dont le père était propriétaire de l'usine à coton, tandis qu'il lui lançait à la figure de toute sa hauteur : *Aaron, tu es plus stupide qu'un Négro qui essaierait de se cacher dans la neige*. C'était la reconnaissance ancienne, ancrée depuis toujours, que ses meilleurs efforts aboutissaient fatalement au même résultat : il était la victime innée de ceux qui lui étaient supérieurs. Dans le cas présent, le fait était tout simplement que Buford LaRose avait déjà été élu. Il n'avait rien à prouver à personne. Aaron Crown n'était en revanche qu'un souci mineur dont le monde avait fini par se fatiguer et qu'il s'apprêtait à réduire à néant ainsi qu'on le ferait d'un insecte au moyen d'une bombe insecticide.

Les pensées d'Aaron lui apparurent aussi clairement que la vision du visage de l'homme à la casquette retournée qui s'avançait avec précaution sur le bateau de pointe entre cabine et plat-bord. Ils étaient maintenant comme deux serre-livres se faisant face. Mais Aaron se refusa à faire la grimace et à battre en retraite, à leur laisser voir la peur qui lui transformait les boyaux en liquide. *T'aimerais bien le faire, oui m'sieur Bob, t'aimerais bien me faire exploser les os et les cheveux sur les arbres, mais t'es de ces gens qui ne baisseront jamais la culotte pour s'accroupir en pleine campagne et faire leurs besoins tant qu'on ne leur aura pas dit qu'il n'y a pas de problème.* La main d'Aaron écrasa dans sa paume la boîte d'aluminium dont le fond scintillait comme des éclairs d'héliographe.

Il se trompait.

La gueule du canon du M-16 se refléta sous la pluie à l'instant où la proue du bateau se redressait contre le ressac des vagues, et la balle de calibre .223 vrombit à l'oreille d'Aaron, perçant un trou bien net dans le mur derrière lui, avant que sa trajectoire la fasse disparaître dans les profondeurs du marais. Une seconde plus tard, les autres hommes en uniforme quittaient leur position à l'unisson, lâchant leur gaz lacrymogène, tirant des balles de leur M-16 en position automatique, des cartouches double-zéro de leurs fusils à pompe Remington calibre .12.

Mais Aaron courait maintenant, et pas dans la direction que les autres avaient supposée. Tandis que les cartouches de gaz lacrymogène sifflaient sur le pont, tandis que chevrotines et balles de .223 venaient perforer la cabine du bateau à huîtres, zébrant la pénombre intérieure de tubes de lumière entrecroisés, Aaron se laissait glisser le long de l'échelle menant à la cale aux cloisons d'acier, la carabine crosse en l'air suspendue à sa bandoulière, avant de sortir du bateau par le côté opposé, là où les tôles avaient été arrachées d'une membrure par un pillard. Alors même qu'il courait, franchissant un réseau de bancs de sable et de flaques d'eau stagnante, il entendait la dissection systématique de la cabine, les bruits de verre brisé, de balles ricochant avec fracas sur les surfaces métalliques, de planches volant en éclats tourbillonnants jusque dans les arbres pareils à des tisons soufflés d'un incendie de forêt.

À un moment, il jeta un œil par-dessus son épaule après avoir démarré le moteur du hors-bord. *Le feu.* Il n'avait pas imaginé ça. Ils avaient équipé leurs chargeurs de balles traçantes, et la cabine du bateau à huîtres n'était plus qu'une flaque de flammes.

Sous la patine de boue séchée qui couvrait son visage, les yeux d'Aaron étaient aussi rouges que le Mercurochrome, voilés par les reflets de lueurs dont il savait maintenant qu'elles étaient la preuve ultime et clairement établie d'une vie entière de conspirations dirigées contre lui et sa famille. D'une certaine manière, il en éprouva quelque satisfaction et un sentiment de confirmation identique à ce qu'on éprouve lorsqu'on est submergé par une eau chaude avant d'y baigner. Il serra fort les molaires avec un plaisir presque sexuel sans pouvoir cependant se l'expliquer.

Plus tard cette même nuit, une voix à l'accent de péquenot qui ne déclina pas son identité laissait un message sur mon répondeur : « Buford t'a mis la main dessus. Je ne sais pas comment. Mais je peux tout aussi bien châtrer deux cochons merdeux qu'un seul. »

30

Le compte rendu de la fuite d'Aaron Crown établi par la police d'État est ma reconstitution du récit réel tel que je l'ai reçu de la bouche d'un adjoint de la paroisse St. Martin, dans la salle d'attente, à l'extrémité du couloir desservant la chambre de Batist à l'hôpital général d'Iberia. J'étais en compagnie de Clete Purcel et nous suivîmes du regard l'adjoint monter dans l'ascenseur en se retournant vers nous, le visage impassible, lorsque les portes se refermèrent derrière lui.

– À quoi penses-tu ? demanda Clete.

– Mookie Zerrang n'est pas venu chez moi par accident le soir où l'on organisait une embuscade dans le but de dessouder Crown.

Clete se pencha en avant dans son fauteuil en se frottant les mains, gratta un cal, ses yeux verts plongés dans leurs réflexions. Il avait fait le trajet de La Nouvelle-Orléans en deux heures et demie. Une fumée blanche se levait du capot de sa Cadillac comme des vapeurs de neige carbonique lorsqu'il s'était rangé sous les lampes à arc illuminant le parking de l'hôpital.

– Zerrang doit disparaître de cette planète, Belle-Mèche, dit-il.

– C'est ce qui l'attend.

– Ça n'arrivera pas. Sauf si c'est toi ou moi qui nous en chargeons. Ce mec est branché sur la haute tension, *mon*.

Je ne répondis pas.

– Tu sais que j'ai raison. Lorsqu'ils distribuent le jeu salement, on leur renvoie leurs cartes à la figure sous pavillon noir, dit-il.

– Ce n'est pas la bonne discussion, et ce n'est pas le bon endroit.

– Il y a un taré dans la paroisse de Jefferson. Un vrai malade. Même les affranchis changent de trottoir quand ils le voient arriver. Mais il doit cinq plaques à Nig. Je peux m'arranger pour régler sa dette. Et Mookie Zerrang marchera sur ses moignons... Tu écoutes ce que je te dis ?

J'allai jusqu'au distributeur de boissons froides, remis la monnaie dans ma poche et continuai mon chemin jusqu'au poste des infirmières.

– Je dois parler à mon ami, dis-je.

– Désolée, pas avant le retour du médecin, dit l'infirmière.

Elle sourit, ne voulant pas se montrer impolie.

– Excusez-moi, en ce cas, dis-je en passant devant elle pour entrer dans la chambre de Batist.

Il était tourné sur le flanc, face au mur opposé, le dos couvert de pansements. L'intrus avait utilisé une sorte de matraque en acier, vendue dans les boutiques d'équipement de police, qui avait jailli de sa poignée comme un télescope. Celle dont il s'était servi avait été modifiée par l'adjonction d'une sorte de ressort ou de fouet, au bout duquel était attachée une boule d'acier de la taille d'une petite bille. Les infirmiers avaient été obligés de découper la salopette de Batist ainsi que son T-shirt à l'aide de ciseaux afin de pouvoir peler le tissu collé à sa peau comme une toile d'araignée.

Sa tête tressauta sur l'oreiller lorsqu'il m'entendit derrière lui.

– Tout va bien, collègue, dis-je, avant de faire le tour du lit.

Son œil gauche était enflé et fermé, son nez cassé maintenu par un sparadrap en X.

– J'en ai pas senti beaucoup, Dave. Il m'a collé un coup sur la tête tout au début, pasque je m'étais relevé et je lui avais collé un pain en pleine gueule, dit-il.

Je m'assis sur une chaise à côté du lit.

– Je te promets qu'on l'aura, ce mec, dis-je.

– C'est pas ta faute, non.

– J'ai aidé à prendre Aaron Crown au piège, Batist. Je ne le savais pas, mais en faisant ça, je donnais à quelqu'un la permission de m'effacer du tableau, moi aussi.

– Qui c'est qui fait tout ça, Dave ? Qu'est-ce qu'on leur a fait ?

– Ils sont juste là, sur le Teche. Buford et Karyn LaRose.

Ses yeux se fermèrent puis se rouvrirent comme s'il était aux prémices du sommeil ou contemplait une pensée qui lui occupait l'esprit.

– C'est pas dans leurs manières, dit-il.

– Pourquoi ?

– Les gens comme eux, ça voit jamais les choses mauvaises, Dave. N'importe quel Noir sur une plantation pourra te le dire. Les Blancs dans leur grande maison, y veulent jamais savoir ce qui se passe dans les champs ou les quartiers des ouvriers. Y z'ont des gens pour s'occuper de ça pour eux.

L'infirmière et le médecin franchirent la porte et nous regardèrent sans dire un mot.

– Ça va aller ? demandai-je.

– Bien sûr. Y s'occupent bien de moi, répondit-il.

– Je suis désolé pour tout ça, dis-je.

Il déplaça légèrement les doigts sur le drap et me tapota le dessus de la main ainsi qu'aurait pu le faire mon père.

***

Clete me suivit jusqu'à la maison et dormit dans notre chambre d'amis. Je restai allongé dans l'obscurité au côté de Bootsie, le bras sur les yeux, et j'entendais l'eau de pluie dégoutter des arbres au creux des lits de feuilles de plus en plus éparses à mesure qu'on s'éloignait des troncs. J'essayai de remettre de l'ordre dans mes idées avant d'abandonner et de m'endormir sous les étoiles encore visibles. Je ne me réveillai qu'après le lever du soleil. La chambre, la matinée même, m'apparurent comme vides et austères, sans plus de souvenirs, ainsi qu'il en était par le passé lorsque je m'éveillais après une perte de conscience due à un trop-plein d'alcool. Puis les événements de la nuit précédente me revinrent comme une gifle dans la figure.

Lorsqu'il m'avait vu à l'hôpital, la première réaction de Batist avait été d'éviter que je me fasse du souci pour ses souffrances. Il n'avait pas pensé à sa propre personne, il n'avait manifesté aucun désir de vengeance, aucun sentiment de récrimination à mon égard ou envers les circonstances qui lui avaient fait croiser la route d'un sadique tel que Mookie Zerrang.

J'avais passé dix mois au Viêt-nam et n'y avais jamais vu d'atrocités délibérées, tout au moins de la part des Américains. La raison en était peut-être que le séjour que j'y avais fait était quasiment terminé lorsque la guerre avait réellement commencé à chauffer. J'avais vu un hameau après que le petit chef local eut demandé un barrage d'artillerie avec obus de 105 sur ses propres concitoyens, j'avais vu quelques Kit Carson attacher les poignets de Viêt-congs capturés, envelopper leurs visages d'une serviette avant de déverser sur le tissu le contenu de leurs bidons, un à un, jusqu'à ce que les prisonniers soient prêts à vendre leur propre famille en échange d'une petite goulée d'air. Quelqu'un avait toujours, pour ces moments-là, une explication qui vous permettait de repousser ces images de votre esprit, momentanément. C'était la cruauté gratuite, le genre de cruauté qui n'était pas même reconnue comme telle, qui restait suspendue dans la mémoire comme une lésion non cicatrisée.

Petite carte postale mentale pour laquelle je n'ai jamais pu trouver le timbre adéquat. La *mamasan* a probablement plus de soixante-dix ans. Elle a les nichons flétris, la peau aussi ridée que celle d'une pomme desséchée. Aidée par sa petite-fille, elle nettoie les turnes pour une troupe de marines, fait leur lessive, brûle les barriques de merde des latrines. Deux engagés fabriquent une pancarte dans un morceau de carton, qu'ils lui suspendent autour du cou avant de poser à ses côtés, torse nu et tout suants, tandis qu'un troisième marine les prend en photo à l'aide d'un Polaroid. La pancarte dit MISS DAKOTA DU NORD. Si la *mamasan* comprend la nature de l'insulte, elle n'en montre rien sur le parchemin craquelé de son visage. Les marines affichent un large sourire sur la photo.

Voltaire a écrit sur la cruauté qu'il pouvait déceler chez son voisin, exécuteur des basses œuvres à la Bastille. Il a décrit cette impulsion comme insatiable, avec toutes les caractéristiques d'une addiction à la drogue et à son plaisir luxurieux. S'il n'avait pas été employé par l'État, le voisin aurait payé de sa poche pour pouvoir continuer à vaquer à ces mêmes tâches dans les souterrains de Paris.

Mookie Zerrang n'était pas simplement un homme de main que quelqu'un engageait sur contrat. Il était de ceux qui opèrent aux franges de la famille des humains, attendant le handicapé, l'estropié, celui qui n'a pas droit à la parole, les yeux tout sourires sous le plaisir de l'anticipation lorsqu'il savent que le moment est proche.

Je fus incapable d'avaler une bouchée au petit déjeuner. J'allai dans le salon et finis de nettoyer l'endroit où nous avions découvert Batist. Je fourrai dans un sac-poubelle en plastique la carpette sur laquelle il était allongé et les serviettes en papier dont je m'étais servi pour frotter les planches de cyprès.

– Je descends à la boutique, dis-je à Bootsie.

– Ferme pour la journée, répondit-elle.

– C'est samedi. Nous pourrions avoir quelques clients.

– Non, tu veux passer un coup de fil personnel. Fais-le ici. Je sors, dit-elle.

– Nous n'avons pas beaucoup dormi, Boots. Ce n'est pas la journée pour nous faire du mal.

– Raconte ça à d'autres.

Il n'y avait rien à répondre. Je déverrouillai la boutique et composai le numéro du domicile de Buford LaRose.

– Allo ? dit Karyn.

– Où est Buford ?

– Sous la douche.

– Fais-le venir au téléphone.

– Laisse-le tranquille, Dave. Ne t'approche plus de nous.

– Peut-être devrais-je le surprendre à un autre moment. Que dirais-tu du bal d'inauguration ?

– C'est uniquement sur invitation. Tu n'y seras pas...

Elle s'interrompit, comme si elle jouissait de l'écharde de glace qu'elle avait sur la langue.

– À propos, puisque tu es si attaché à la conservation des choses du passé, tu vas apprécier. J'ai parlé de la zone marécageuse autour de ta boutique à quelqu'un, et j'ai proposé qu'elle soit transformée en réserve naturelle. Naturellement, cela signifiera qu'une propriété commerciale comme la tienne sera achetée par l'État ou le gouvernement fédéral. Oh, je vois Buford qui finit de se sécher. Je te souhaite une belle journée, Dave.

Elle posa le téléphone sur une table et appela d'une petite voix mélodieuse :

– Devine qui c'est?

J'entendis le raclement du combiné lorsque Buford s'en saisit.

– Pas la peine de me le dire, dit-il.

– La ferme, Buford.

– Non, à toi de la fermer, cette fois, Dave. Aaron Crown n'a pas fait ce qu'on lui avait dit de faire. Il était censé jeter son fusil dans l'eau. Au lieu de quoi, il a fait miroiter une boîte de limonade ou quelque chose à une fenêtre et un soldat s'est mis à tirer. J'ai essayé d'arrêter la fusillade.

– Tu étais là ?

– Naturellement.

– Je crois que tu mens, dis-je.

Mais son explication m'avait ébranlé.

– C'est bien ce qui s'est passé. Tu peux vérifier.

– Le Noir qui travaille pour moi a presque été battu à mort la nuit dernière.

– Je suis désolé. Mais qu'est-ce que ç'a à voir avec moi ?

Je sentis faiblir ma colère et mon assurance. Je me frottai un œil avec la paume et vis des cercles concentriques de lumière rouge disparaître petit à petit dans mon cerveau. Mes mains me faisaient l'effet d'être froides et épaisses et je sentais l'odeur de mon propre corps. Je m'apprêtai à parler mais les mots refusèrent de sortir de ma gorge.

– Dave, tu vas bien ? dit-il d'une voix étrange, marquée de sympathie.

Je raccrochai, m'assis au comptoir et y posai les avant-bras, tête baissée. Je sentis une vague d'épuisement et un sentiment d'impuissance me balayer par tout le corps comme au premier stade d'une dysenterie amibienne. Par la fenêtre, j'entendis la voiture de Bootsie rejoindre la route en marche arrière puis je les vis, elle et Alafair, s'éloigner dans le long couloir de chênes en direction de la ville. Un petit miroir métallique était suspendu à un poteau derrière le comptoir. Le visage miniature de l'homme qui s'y reflétait ne ressemblait pas à quelqu'un que je connaissais.

31

En compagnie de Clete, je retournai à Iberia General rendre visite à Batist, puis me rendis au gymnase de Red Lerille à Lafayette. Clete commanda une pomme de terre au four noyée sous le fromage, la crème aigre, le bacon émincé et les oignons verts à la cafétéria à l'extérieur de la salle des haltères. Il la mangea à une table près de la cloison en verre d'où il m'observa tandis que je travaillais aux appareils de musculation une demi-heure durant. Puis il enfila un caleçon de bain et nagea dans la piscine ouverte et chauffée pour me retrouver ensuite au bain de vapeur.

– Comment tu te sens ? dit-il.

– Très bien. C'est juste un petit retour de palu.

Un homme assis à côté de nous plia le journal qu'il lisait, le posa sur la banquette arrière carrelée et sortit. Clete attendit que l'homme ait refermé la porte derrière lui.

– Tu te martyrises injustement, grand homme, dit-il.

– Des gens sont morts. Nous n'avons personne en cellule. Un homme comme Batist se fait attaquer par un dégénéré. Dis-moi un peu ce que j'ai fait de bien.

– Écoute-moi, dit-il, en relevant un doigt devant mon visage.

La peau de ses épaules et de sa poitrine massives paraissait ébouillantée, toute rouge dans la vapeur.

– Tu es officier de police. Tu ne peux pas ignorer ce que tu vois se passer autour de toi. Si tu foires le coup, c'est pas de bol. Au cours d'un incendie, tu te démènes et tu déménages en laissant quelqu'un d'autre faire le décompte. Laisse tomber l'affaire qui t'occupe.

– Un jour, on va se débrouiller pour que tu récupères ton insigne, dis-je.

Il mit la main en coupe autour de ma nuque. Je sentais moiteur et graisse suinter de sous sa paume et ses doigts.

– Si je devais jouer la partie en suivant les règles, je ne pourrais pas couvrir les arrières de mon vieux *podjo*, dit-il.

Son sourire était aussi tendre qu'un sourire de fille.

***

Je le déposai à un hôtel près de la quatre-voies à Iberia et rentrai seul à la maison. Je saluai de la main l'adjoint en voiture garé près de la boutique et m'engageai dans l'allée au sol en terre. Je coupai le contact et écoutai les cliquetis du moteur qui se refroidissait tout en regardant la voiture de Bootsie et les colombes qui se levaient du champ de mon voisin sur fond de soleil couchant avant d'entrevoir, entre deux rideaux gonflés et soufflés par le vent à une fenêtre sur l'arrière de la maison, le visage de Bootsie qui se détourna vite, comme si je n'étais pas là.

Je commençai par me diriger vers la porte de derrière, à formuler des mots dans mon esprit pour exprimer des problèmes que je ne savais même pas définir, puis m'arrêtai, ainsi qu'il arrive lorsque réfléchir n'aboutit à rien, et descendis la pente jusqu'à la boutique à appâts, dans l'odeur verte du soir, une odeur pareille à un gaz, les coques de pacane craquant sous mes chaussures, à croire que je pouvais ainsi marcher au-delà de cette enclave d'espace, de temps et de tension sans amour qu'était devenue la maison de cyprès taillée de la main de mon père.

La guirlande d'ampoules électriques était allumée au-dessus du ponton et j'entendais de la musique sortant par les moustiquaires.

– Qu'est-ce que tu fais, Alf ? demandai-je.

– J'ai pris la clé du juke-box dans la caisse enregistreuse. Il y a un problème ?

– Non, non, aucun.

Elle avait déplacé le juke-box de Jerry Joe Plumb en l'écartant du mur contre lequel je l'avais poussé, face en avant, déverrouillé la porte et empilé les 45-tours sur une serviette moelleuse posée sur le comptoir.

– Je les passe un à un sur mon électrophone portatif et je les enregistre sur bande. J'en ai déjà enregistré quinze, dit-elle. Tu les aimes beaucoup, ces disques, pas vrai ?

J'acquiesçai, en regardant par la fenêtre la galerie illuminée de la maison.

– C'est super, Alf, dis-je.

– C'est qui le torche-cul qui a sectionné le cordon de la machine ?

– Je te demande pardon ?

– Le torche-cul qui a sectionné le cordon. Quel genre de personne irait faire une chose pareille ?

– Et si tu surveillais ton langage ?

– La belle affaire, dit-elle.

Elle retira un disque de son électrophone et le remplaça par un autre, le visage tourné vers le sol de sorte que ses cheveux masquaient son expression.

– Pourquoi es-tu tellement en colère ? demandai-je.

– Bootsie et toi, Dave. Pourquoi vous n'arrêtez pas tout ça ?

Je m'assis sur un tabouret à côté d'elle.

– J'ai fait des erreurs, dis-je.

– Alors, répare-les. Tu es mon père. Tu es censé remettre les choses en état. Et pas de casser le juke-box parce que tu es furieux contre lui.

Je pinçai les lèvres et essayai de trouver les mots justes. S'ils existaient, je ne les connaissais pas.

– Il n'y a plus rien qui va dans notre maison. Et je déteste ça, dit-elle, les yeux brillant avant qu'ils se mouillent de larmes.

– Voyons en ce cas ce que nous pouvons y faire, dis-je, avant de remonter la pente entre les arbres, de traverser la galerie et de pénétrer dans le silence sans vie de la maison.

Bootsie était installée à la table de la cuisine et buvait une tasse de café. Elle avait aux pieds des sandales de paille et portait un pantalon de toile blanche et une chemise en jean délavé. Les traits de son visage semblaient avoir la fraîcheur et le brillant de l'albâtre.

– Le boulot n'en vaut plus la peine. L'heure est venue de raccrocher, dis-je.

– Est-ce que c'est ce que tu désires ?

– Je peux toujours faire l'enquêteur privé avec Clete si nous nous retrouvons coincés.

– Non.

– Je croyais que tu approuverais.

– Je n'ai pas pu m'empêcher d'aller à confesse cet après-midi, dit-elle.

– Pour quelle raison ?

– Je suis allée voir Batist à l'hôpital. Lorsque je suis sortie, j'avais envie de tuer l'homme qui lui avait fait ça. J'avais envie qu'il arrive même pire à

Karyn et Buford. J'ai dit au père Pitre que ce que j'éprouvais ne s'en irait probablement pas, qui plus est. Il a répondu que ce n'était rien, tout allait bien, qu'il est naturel de ressentir ce que je ressens... Mais ça n'ira jamais bien, pas tant que ces gens ne seront pas punis. Nul ne peut être autorisé à s'en tirer après ce qu'ils ont fait.

Son cou était tout empourpré. Je me postai derrière sa chaise, mis mes mains sur ses épaules et pressai les pouces le long de ses vertèbres avant de me pencher et de coller la joue contre sa chevelure. Je sentis son bras se lever au-dessus de ma tête, sa main me toucher la nuque, sa tête se tendre en arrière tout contre la mienne tandis qu'elle frottait ses cheveux contre ma peau. Elle se leva alors de sa chaise et se pressa contre moi, sans plus de retenue, ses seins, son ventre plat, ses cuisses collées contre moi, sa bouche comme une brûlure froide sur ma gorge.

Par la moustiquaire, j'entendais Alafair qui passait *La jolie Blon* sur son électrophone.

***

Sans-Dec Dolowitz était un transfuge du New Jersey et un vieux casseur de coffres-forts. Il avait reçu un trop grand nombre de coups de marteau sur la tête, ce qui lui avait ébréché la cafetière sans rien diminuer de ses talents de casseur mais avait, dans le même temps, pour une raison inconnue, fait naître en lui une propension à l'humour bizarre, laquelle avait fini par lui valoir chez les flics le surnom de Joyeux Luron de la Mafia. Il avait défoncé à l'aide d'un camion, en marche arrière, le domicile d'un entrepreneur dans les Poconos, avant de remplir jusqu'au plafond le bar et la salle de jeu en sous-sol de schiste bitumineux, il avait volé à la faculté de médecine de Tulane une tête d'homme qu'il avait placée dans le sac de bowling d'un témoin du gouvernement, il avait saboté la fête promotionnelle réservée aux familles organisée par un casino flottant en y introduisant une troupe de travestis noirs.

En outre, en termes de renseignements sur le monde de la pègre, il était l'équivalent d'un papier tue-mouches.

Le dimanche matin, en compagnie de Clete, je le trouvai dans le bar-salle de billard de son beau-frère près de l'Industrial Canal à La Nouvelle-Orléans. Il arborait une chemise bordeaux, des bretelles blanches, un pantalon de toile grise à plis rasoir, et un chapeau melon couleur biscuit. Le visage était maigre et hâlé, la moustache aussi noire que du cambouis. Il s'assit en notre compagnie à une table au dessus en feutre, dégustant son café dans une tasse à moka garnie d'une minuscule cuillère en argent. La salle de billard avait un plafond en tôle estampée, un bar avec rail repose-pieds, un sol en plancher et de grandes baies vitrées peintes de lettres vertes qui coloraient la lumière de la salle. Il était tôt encore, et la salle de billard était fermée.

– Donne à Sans-Dec une bière et une dose de whiskey. Et mets ça sur mon ardoise, dit Clete au barman, avant de s'adresser à Dolowitz.

– Tout a l'air de baigner pour toi, Sans-Dec.

– Laisse pisser la bière et le whiskey, dit Dolowitz. Pourquoi le passage au gril ?

– Nous cherchons un mec du nom de Mookie Zerrang, dis-je.

– Un cannibale qui ressemble à King Kong ?

– Il a méchamment amoché un de mes amis. Et en plus, je pense que c'est lui qui a tué Jerry le Raccourci.

Ses yeux marron contemplèrent sans expression un point sur le mur opposé.

– J'ai entendu dire que t'avais plus la cote avec les Giacano ? dit Clete.

Dolowitz secoua la tête avec nonchalance, le visage calme.

– Stevie Gee et toi, vous avez été épinglés pour le braquage de la boutique de prêt sur gages. Tu as été libéré sous caution le premier et tu as cambriolé la maison de Stevie, dit Clete.

– Il a dit, lui, qu'il avait forcé et nettoyé la voiture neuve de ma mère ? dit Dolowitz.

– Tu as mauvaise réputation dans toute la ville et tu as quatre semaines de retard dans le paiement des intérêts pour la somme que t'a prêtée Wee Willie Bimstine, dit Clete

– Je te dirais bien “ Sans dec ”, Purcel, mais ça ne m'intéresse pas de me défendre ou d'avoir des ennuis avec vous deux. Vous voulez faire une petite partie de billard ? Un dollar sur les boules trois, six, neuf.

– Dave peut t'obtenir un peu de pognon de son service. Et moi, de Wee Willie qu'il te lâche. Qu'en dis-tu ? dit Clete.

– Zerrang est free lance, dit Dolowitz. Écoutez, consultez mon casier. J'ai cassé un coffre ou deux et j'ai rendu service à quelques personnes. Des services originaux et créatifs. Zerrang fait sauter les crânes. Et en plus, c'est un malade. Il aime être cruel quand il est pas obligé.

– Il y a trois noms auxquels je veux que tu réfléchisses, Sans-Dec, dis-je. Jimmy Ray Dixon, Dock Green et son épouse, Persephone.

Il était immobile dans son fauteuil, les noms faisant leur chemin dans son regard selon une voie impossible à déchiffrer. Puis la peau à la commissure de sa bouche se mit à tressauter légèrement. Ses yeux se durcirent, sa lèvre supérieure se perla de sueur, comme si l'air de la pièce était devenu soudain renfermé et chaud.

– Et voici la suite, dit Clete. Tu nous donnes les tuyaux sur ces gens, je t'arrange le truc auprès de Wee Willie. Mais tu nous envoies paître et tu rates encore une semaine dans tes remboursements. Tu ferais bien alors de ramener ton cul tout maigre vers les rivages de Jersey, d'y trouver un trou et de te tirer les miches à l'intérieur.

À notre départ, son assurance avait disparu comme l'eau par la bonde d'un évier, son visage chargé d'expressions contradictoires, comme un animal traqué.

J'étais avec Clete sur le trottoir, sous l'auvent en bois tout délabré monté sur colonnades qui ombrageait la façade de la salle de billard. Il faisait frais à l'ombre, le soleil brillait, dur et lumineux, sur le terre-plein au milieu de la chaussée et sur les palmiers.

– Je ne peux pas faire ça, Clete, dis-je.

– Ne foire pas ton coup, *mon*.

Je tapotai à la porte en verre pour que le barman m'ouvre.

– Fais ce qui te pose le moins de problèmes, Sans-Dec. Personne ne va t'obliger à rien, dis-je.

– Va jouer avec tes vers. Gros Tas, là dehors, ça le fait jouir, des trucs pareils. J'espère que dans une prochaine vie, vous reviendrez tous les deux en mecs comme moi ; on verra alors si ça vous plaît, répondit-il.

32

En tant qu'officier de police, vous acceptez le fait que, selon toute probabilité, vous deviendrez l'instrument servant à infliger un mal irréparable à un certain nombre d'individus divers. C'est vrai, ces hommes se construisent leur propre destinée, il est impossible de les faire changer de comportement, ils vivent le serpent au sein ; mais le fait subsiste que c'est vous qui apparaîtrez à un moment donné de leurs existences, pareil au bourreau muni de sa large hache sur un échafaud médiéval, c'est vous qui serez l'instrument d'une mauvaise fortune dont le degré de miséricorde ne diffère pas de celui de votre prédécesseur historique.

Une image ou deux : une balle de .45 à tête molle qui ricoche sur un mur et bascule avant de toucher sa cible ; un coup de matraque assené d'une trop grande hauteur qui écrase la trachée ; la planche qu'on savonne à un tueur d'enfants avec de fausses preuves ; un gars impossible à épingler en toute légalité ; un mec qui demande à vous voir son dernier soir, mais au lieu de trouver l'apaisement, vous le voyez qui vomit sa nourriture dans la cuvette d'acier inoxydable des toilettes chimiques et qui pleure sans pouvoir se maîtriser sur le flanc de sa couchette tandis qu'un directeur de prison lit sa sentence de mort et que deux matons au visage opaque déverrouillent la cage de mort.

Et donc, le boulot devient plus facile si vous pensez à ces gens-là en termes de jargon pénitentiaire qui les séparent effectivement du reste d'entre nous : sociopathes, vomissures, poches à merde, raclures, mécréants, baquets de chiotte, tarés des rues, récidivistes, têtes d'huile, fondus du ciboulot, asticots, gorilles dans la brume. Tous les termes conviennent, aussi longtemps que l'adversaire se trouve pathologiquement différent de nous.

Ensuite, votre propre vision étriquée et unilatérale de la famille des humains se voit dérangée par un événement fortuit qui vous ramène en plein dans le territoire du théologien.

Tôt le lundi matin, trois géomètres dans un bateau de l'État installèrent un théodolite sur un banc de sable dans les bois inondés, face à la boutique à appâts, et commencèrent leurs relevés angulaires, mesurant les dimensions du bayou à l'aide d'une chaîne d'arpenteur avant de placer des poteaux munis de drapeaux à intervalles bizarres sur la rive vaseuse.

– Cela vous dérangerait de me dire ce que vous faites ? demandai-je depuis l'extrémité du ponton.

Celui qui était chargé du théodolite, en cuissardes au bord roulé et chapeau de pluie, chassa quelques moustiques de son visage et répondit :

– L'État ne dispose pas de relevés récents.

– Quelle importance ?

– Si vous avez un problème, adressez-vous à mon chef à Lafayette. Vous croyez qu'on va faire passer une route là où se trouve votre maison ?

J'y réfléchis un instant.

– Ouais, c'est une possibilité, dis-je.

J'appelai son supérieur, un ingénieur de génie civil de l'État, et n'aboutis à rien. Puis j'appelai les services du shérif, dis à Wally que je serais en retard, et me rendis à Lafayette.

Je me trouvais sur Pinhook Road, sur la section ancienne de la route, encore bordée d'arbres et vierge de boîtes à strip-tease, lorsque je vis Karyn LaRose trois voitures devant moi au volant d'un cabriolet Celica jaune brillant. Une voie était fermée, et la circulation chargée au feu rouge, mais personne ne klaxonnait, personne n'essayait de griller un autre conducteur en lui coupant la route.

Excepté Karyn.

Elle monta sur le bas-côté, contourna une rampe de chantier, les roues de sa voiture soulevant un nuage de poussière jusque dans l'habitacle des autres voitures, avant de revenir dans la file juste avant le croisement.

Elle modifia l'angle de son rétroviseur et contempla son reflet, releva le menton, ôta de l'ongle quelque chose au coin de sa bouche, oublieuse des gens alentour. Les ramures de chêne en surplomb miroitaient d'une lumière froide vert et or. Elle rejeta sa chevelure en arrière, mit ses lunettes de soleil et tapota le volant de sa bague en geste d'impatience, à croire qu'elle se trouvait assise à contrecœur sur une scène de théâtre devant un public qui n'aurait pas tout à fait pris conscience de sa présence.

Une Noire âgée, au dos cassé en deux comme une betterave noueuse, aux lunettes aussi épaisses qu'un quartz sur le nez, descendait laborieusement une rue adjacente en s'aidant d'une canne, se frayant un chemin jusqu'à l'arrêt de bus tandis qu'elle agitait frénétiquement un mouchoir à l'adresse du bus qui venait de passer, son sac à main tressautant à son poignet. Elle était vêtue d'une robe en coton imprimé et portait des chaussures marron éculées, lacets défaits, exposant à chaque pas la peau tendre et pâle marquée de cals de la plante du pied.

Karyn la regarda à l'abri de ses lunettes de soleil avant de sortir du flot de la circulation. Elle quitta sa décapotable et écouta sans mot dire tandis que la vieille femme se déchargeait avec force gestes de toute sa rancœur envers les bus de Lafayette. Puis Karyn mit un genou à terre, laça les chaussures de la vieille Noire et lui maintint le coude tandis que celle-ci s'installait sur le siège côté passager de la décapotable. L'instant d'après, les deux femmes passaient au feu signalant les travaux pour continuer sur le boulevard comme deux vieilles amies.

Je suis sûr qu'à aucun moment elle ne m'a vu. Et son acte de gentillesse n'avait pas non plus été un numéro à l'intention des passants, car il était déjà évident qu'elle ne se souciait en rien de ce qu'ils pouvaient penser. Je savais seulement qu'il m'était plus facile de songer à Karyn LaRose en termes univoques, et lui reconnaître des qualités rachetant ses défauts ne faisait que me compliquer la vie.

Vingt minutes plus tard, l'ingénieur d'État m'apprenait qu'un relevé cadastral était en cours concernant la zone marécageuse autour de mon ponton et de ma boutique.

– Qu'est-ce que cela signifie ? dis-je.

– Lyndon Johnson n'appréciait pas certains de ses voisins et il a fait transformer leurs propriétés en parc... C'était une plaisanterie, monsieur Robicheaux... Monsieur, je vous serais reconnaissant de ne pas me regarder comme ça.

***

Helen Soileau releva la tête devant la fontaine à eau lorsque je franchis l'arrière-porte donnant sur le parking du service. Elle redressa le dos, replaça sa chemise dans son pantalon avec ses pouces et m'offrit un large sourire.

– Qu'est-ce qu'il y a de drôle ?

– J'ai une superbe histoire pour toi concernant Aaron.

– Ce n'est pas l'idée que je me fais d'un moment agréable, Helen. Laisse-moi d'abord aller chercher mon courrier.

Je pris mes messages et mon courrier déposés dans mon casier et m'arrêtai près du distributeur de boissons fraîches prendre un Dr Pepper. Sur le dessus de ma liasse se trouvait une enveloppe qui m'était adressée, rédigée au crayon, avec le cachet de la poste de Lafayette et sans mention de code postal. Je n'avais aucun doute sur l'identité de celui qui l'avait envoyée.

Je m'assis dans un fauteuil près du distributeur et ouvris l'enveloppe d'un doigt, comme si j'enlevais le sparadrap d'une plaie. La lettre était rédigée sur une serviette en papier.

Cher monsieur Roboshow,

Je croyais que zétiez honnête, mais vous m'avez chié dessus comme tous les zaut. Dieu merci je sus vieux et j'arrive au bout de ma peine et tous autant que vous êtes, vous pouvez pus me faire mal. Mais ça veut pas dire non plus que je vas accepter votre pitié, non msieur, pas question, j'en ai vu des comme vous zaut toute ma vie et je sais comment que vous pensez, alors essayez pas de vous comporter comme si zétiez meilleur que moi. Dites aussi à ce pisseux cucu de Buford LaRose que je vais régler d'abord queq vieux comptes et qu'après j'en finirai avec lui aussi.

Vous avez la permission de faire passer cette lettre aux gens de la presse.

Sincèrement vôtre
Un démocrate loyal qui a voté pour John Kennedy
Aaron Jefferson Crown

Helen m'attendait dans mon bureau.

– Crown s'est attaqué à Jimmy Ray Dixon. Tu peux croire une chose pareille ? dit-elle.

Je regardai une nouvelle fois la lettre que je tenais à la main.

– C'est quoi, le compte qu'il a à régler avec Jimmy Ray ?

– Si Jimmy Ray le sait, il refuse de parler. Mais on a l'impression qu'il est devenu instantanément grand défenseur de la loi et de l'ordre.

Elle me répéta l'histoire telle qu'elle l'avait entendue par la police de La Nouvelle-Orléans. Nul besoin d'une grande imagination pour recréer la scène. Les images semblaient droit sorties d'un paysage surréaliste, où une créature primitive, à moitié formée, surgissait d'une mare préhistorique de soupe génétique pour entrer dans un monde qui ne souhaitait pas reconnaître ses origines.

***

Jimmy Ray se trouvait à son campement de pêche, en compagnie de trois de ses employés et de leurs femmes près du Bayou Lafourche. Le soir était humide, la cour en terre illuminée par une baladeuse électrique accrochée à un pacanier. Jimmy Ray était allongé sur son plateau à roulettes sous son camion monté sur cric, occupé à démonter un tambour de frein à l'aide d'une grosse clé, tout en hurlant à un deuxième homme de lui rapporter une bière de la cabane. Comme le gars en question ne s'exécutait pas assez vite, Jimmy Ray était entré se prendre sa bière tandis qu'un troisième homme, mort d'ennui et cherchant à s'occuper, prenait sa place sous le camion.

Aaron Crown se tenait tapi sur une branche de cyprès en bordure du bayou, à l'écoute des voix dans le centre illuminé de la cour, incapable de savoir qui parlait car une cabane à outils lui bouchait la vue. Mais il ne faisait aucun doute qu'il s'agissait de Jimmy Ray hurlant ses ordres à ses gens depuis le dessous de son camion.

Aaron Crown relâcha sa prise sur la branche et se laissa retomber en silence dans la cour, vêtu d'un costume en coton deux tailles trop petit pour sa carcasse, qu'il avait probablement volé sur une corde à linge ou dans un dépôt de l'Armée du Salut. Il portait aux pieds des chaussures de basket-ball en cuir blanc aux semelles chargées de couches de boue séchée aussi dures que des galettes.

L'un des employés de Jimmy Ray fumait une cigarette, les yeux fixés sur la brume se levant du marécage, peut-être bâillait-il, lorsqu'il sentit se lever derrière lui une odeur, comme un mélange d'excrément, de lait aigre et de fumée montant d'un feu de viande. Il commença à pivoter quand une main souillée de terre se verrouilla sur sa bouche, des cals aussi durs que des écailles de poisson séché lui meurtrissant les lèvres, et il se sentit tiré tout contre les formes du corps de Crown, collé à chaque creux, chaque relief, moulé contre le phallus, les cuisses, le ventre dur et noueux, suspendu impuissant au cœur de la furie et de la passion sexuelle d'un homme qu'il était incapable de voir, jusqu'à ce que le sang ne lui arrive plus au cerveau comme si on lui avait pincé la jugulaire à l'aide d'un clamp.

L'homme sous le camion vit les baskets maculées de boue, le pantalon informe accroché à des chevilles marquées des cicatrices d'entraves, et il comprit que sa dernière nuit sur terre avait commencé avant même qu'Aaron se mette à secouer le camion sur le cric d'avant en arrière.

L'homme sur son chariot à roulettes avait quasiment réussi à se dégager lorsque le camion bascula latéralement pour lui retomber en diagonale sur les cuisses. Après la première explosion de douleur rouge et noir qui rejeta sa tête en arrière dans la poussière et parut sceller sa bouche et ses yeux en volant l'air de ses poumons, il se sentit petit à petit remonter doucement des ténèbres pour venir flotter à la surface d'une mare de chaleur où deux mains puissantes se libérèrent de son visage, laissant la lumière affluer dans son cerveau et le souffle revenir dans son corps. C'est alors qu'il vit Aaron penché au-dessus de lui, mains en appui sur les genoux, qui le fixait d'un regard curieux.

– Nom de Dieu, j'arrive jamais à me payer le bon bonhomme, qu'y soit négro ou blanc.

Il releva les yeux en entendant un bruit en provenance de la cahute, vit des ombres passer devant une persienne, tandis qu'une voiture bourrée de fêtards brinquebalait d'ornière en nid-de poule sur une route entre les arbres en direction de la clairière. Il avait le visage couvert d'un miroir de sueur brillant dans l'humidité, les yeux plissés pour mieux percer les ténèbres, hésitant, pris entre une soif de sang insatisfaite qu'il avait le moyen d'étancher et la conscience que son incapacité à réfléchir clairement avait toujours été l'arme dont ses ennemis s'étaient servis pour l'atteindre.

Puis, aussi silencieusement qu'il était venu, il se glissa à nouveau dans les ombres et disparut, pareil à quelque crabe au corps épais se déplaçant latéralement sur des appuis mécaniques.

***

– Comment expliques-tu ça ? demanda Helen.

– Ça n'a pas de sens. Qu'est-ce qu'il a dit déjà à l'homme sous le camion ?

Elle lut dans son calepin : « Nom de Dieu, j'arrive jamais à me payer le bon bonhomme, qu'y soit négro ou blanc. »

– Je crois qu'aucun de nous n'a jamais eu idée du programme qu'Aaron a en tête, dis-je.

– Ouais, guerre au genre humain.

– Ce n'est pas ça, répondis-je.

– C'est quoi ?

Il s'agit de la fille, me dis-je.

Je rendis visite à Batist à l'hôpital cet après-midi-là avant de passer en ville et de rapporter trois livres de crevettes décortiquées surgelées et une boîte de salade de pommes de terre, afin que Bootsie n'ait pas à cuisiner, puis je repris le chemin de terre en direction de la maison. Le bayou était à moitié dans l'ombre et la lumière du soleil brillait comme un fil d'or dans les arbres. La poussière se levait à la surface des eaux, soufflée par le vent, et venait se déposer sur les bégonias sauvages qui poussaient en massifs sombres dans les hauts-fonds. Mon voisin installait une guirlande de Noël sur sa galerie tandis que son arroseur rotatif cliquetait en projetant son jet d'eau au milieu des buissons de myrte et des troncs d'arbres dans sa cour. C'était le genre de soirée parfaite qui donnait l'impression d'être hors du temps, si douce, si loin du présent que nul n'aurait été surpris si un porteur de journaux sur sa bicyclette à pneus ballons avait jeté sur la pelouse un journal roulé dont le gros titre annonçait la victoire sur le Japon.

Mais cette perfection se dissipa dès que je m'engageai dans l'allée, lorsque je vis un prêtre à l'aspect frêle, costume noir et col blanc, sortir de sa voiture et me lancer un regard brûlant de colère, à croire que je venais juste de me relever des enfers.

– Puis-je vous aider, mon père ? dis-je.

– Je veux savoir pour quelle raison vous ne cessez de tourmenter M. Dolowitz, dit-il.

Son visage évoquait l'image d'un chou-fleur rouge et noueux.

Je me pliai en deux de manière à voir l'homme sur le siège côté passager. Il se tenait la tête droite, regard vers l'avant, son melon couleur biscuit comme un bol posé sur son crâne.

– Sans-Dec ? dis-je.

– Je crois savoir que vous êtes catholique pratiquant, dit le prêtre.

– C'est exact.

– Alors, pour quelle raison avez-vous contraint cet homme à commettre un crime ? Il est terrifié. Qu'est-ce qui vous arrive, nom d'un chien ?

– Il y a un malentendu, mon père.

– Alors, pourquoi ne pas éclairer ma lanterne, monsieur ?

Je lui pris la main et la serrai, bien qu'il ne me l'eût pas offerte. Elle était aussi légère que des baguettes de balsa dans ma paume et ne correspondait guère à son visage empourpré et colérique. C'était le père Timothy Mulcahy, de l'Irish Channel à La Nouvelle-Orléans, et il était pasteur d'une petite église non loin de Magazine dont les seuls paroissiens étaient les gens trop pauvres ou trop âgés pour quitter le quartier.

– Je n'ai pas menacé cet homme, mon père. Je lui ai dit qu'il pouvait faire ce bon lui semblait, dis-je.

Je me penchai alors vers la vitre côté conducteur.

– Sans-Dec, tu dis au père Mulcahy la vérité sinon tu serviras de serpillière pour nettoyer la cour.

– Ah, il est clair que vous n'êtes pas violent, dit le prêtre.

– Sans-Dec, le moment est venu... commençai-je.

– C'est l'autre mec, cet animal de Purcel, mon père. Mais Robicheaux était avec lui.

Le prêtre haussa un sourcil, puis inclina la tête avant d'afficher un sourire de contrition.

– Eh bien, je suis désolé de m'être montré aussi abrupt. Néanmoins, monsieur Dolowitz n'aurait pas dû être contraint de pénétrer par effraction dans une maison qui n'était pas la sienne.

– Voudriez-vous nous accorder quelques minutes ? dis-je.

Il acquiesça et commença à s'éloigner avant de me toucher le bras pour que je l'accompagne une partie du chemin.

– Ne soyez pas trop dur avec lui. Cet homme a vécu une expérience horrible.

Je retournai à la voiture du prêtre et me penchai au rebord de la portière. Dolowitz ôta son chapeau et le posa sur ses genoux. Son visage paraissait petit, vide de toute identité comme un masque de cire. Il se touchait la moustache avec des gestes nerveux.

– Que s'est-il passé ? demandai-je.

– Je suis entré en douce dans la maison de Dock Green. Quelqu'un avait laissé la clé dans la serrure. J'ai glissé une feuille de journal sous la porte et j'ai fait tomber la clé sur le bout de papier que j'ai tiré sous la porte. Ils m'ont attrapé quand je ressortais. Ils ne savaient pas que j'étais entré. Sinon, je ne serais plus là.

– Qui t'a attrapé ?

– Persephone Green et un nervi qui travaille pour les Giacano et aussi une sorte de pervers qui prend son pied à faire mal aux gens.

Pour la première fois, il releva les yeux pour croiser mon regard. Des yeux pleins de détachement qui me remirent en mémoire cette expression étrange, comme surnaturelle, que nous appelions jadis au Viêt-nam le regard de mille mètres.

– Qu'est-ce qu'ils t'ont fait, collègue ?

Les doigts d'une main se resserrèrent sur le feutre mou de son chapeau.

– M'ont enterré vivant... dit-il. Quoi, z'êtes surpris ? Vous croyez qu'y a que Dock qui s'intéresse aux tombes et qui cause avec les morts sous la terre ? Lui et Persephone, c'est du pareil au même. Elle a trouvé ça drôle. Elle a ri quand ils m'ont mis un tuyau d'arrosage dans la bouche et qu'ils m'ont recouvert avec une pelleteuse. C'était comme si on m'avait enfermé dans un bloc de béton noir, sans un bruit, avec rien qu'un petit filet d'air qui m'arrivait dans la gorge. Ils m'ont seulement déterré ce matin. J'ai fait mes besoins dans mes vêtements.

– Je suis désolé, Sans-Dec. Mais je ne t'avais pas dit de cambrioler la maison de Dock.

– L'autre solution, c'est que je rate une nouvelle fois mon remboursement à Wee Willie Bimstine et que je me retrouve jeté sur une hélice d'avion en marche ? Merci pour votre attitude charitable.

– J'ai une chambre derrière la boutique à appâts. Tu peux rester là jusqu'à ce qu'on règle ton problème avec Wee Willie.

– Vous fericz ça ?

– Bien sûr.

– C'est plein de serpents par ici. Vous voulez le topo sur Dock ? Persephone l'a viré quand elle l'a surpris en train de s'embourber ses nanas.

– C'est de la vieille histoire, ça, Sans-Dec.

– J'ai regardé dans son secrétaire. C'est plein de plans de construction pour des hôpitaux. Des centres de traitement pour les ivrognes et les drogués. Y'avait des chèques annulés de Jimmy Ray Dixon. Allez comprendre.

– Comprendre quoi ?

– Dock fournit en nanas tous les coureurs de chatte de la pègre. C'est la seule raison pour laquelle ils laissent un givré comme lui traîner dans les parages. Mais y passe jamais un marché sans reverser une part aux têtes de spaghetti. Depuis quand la pègre elle travaille avec des gens de couleur ? Vous croyez que c'est un mystère si toute cette ville part en couille ?

– Qui a piégé Jerry Joe Plumb, Sans-Dec ?

– Lui-même.

– Jerry Joe s'est piégé lui-même ?

– Il parlait tout le temps de vous, comment vos deux mères travaillaient ensemble dans le temps, comment il allait tout le temps écouter vos disques de phonographe à votre maison. En même temps, il trafiquait et magouillait avec les Giacano, il blanchissait leur argent, en faisant semblant de pouvoir continuer à avancer des deux côtés de la barrière... Vous ne pigez pas, je me trompe ? Vous savez ce qui vous fera tuer à La Nouvelle-Orléans ? Quand ils vous regardent dans les yeux et qu'ils voient que z'êtes pas comme eux, quand ils savent que z'êtes pas d'accord pour faire des choses que la plupart des gens voudraient même pas y penser. C'est à ce moment-là qu'ils vous ouvrent l'emballage jusqu'à la gorge tout en dégustant un sandwich.

Je sortis du camion mon sac d'épicerie, rempli d'écrevisses surgelées et de salade de pommes de terre, et jetai un œil au prêtre, debout à l'extrémité du ponton, en train de suivre du regard un envol de canards en éventail au-dessus des cimes de cyprès. Sa chevelure était d'un blanc de neige, son visage rougi par le vent dans la lumière allant faiblissant. Je me demandai si ses rêves étaient dérangés par les récits de confessionnal que des hommes comme Dolowitz venaient lui apporter, depuis les régions de ténèbres qui étaient leur lieu d'existence, ou si le sommeil lui venait seulement après qu'il se fut donné l'absolution, lui aussi, en lavant sa mémoire de leurs péchés, défaisant ainsi l'acte déloyal qui avait fait de lui le dépositaire de leur malfaisance.

Je remontai l'allée, au milieu des ombres grandissantes, et rentrai par la porte de derrière.

33

Au lever du soleil, nous nous trouvions, Clete Purcel et moi, assis dans mon camion dans une rue latérale du Garden District voisine du domicile de Persephone et Dock Green. La matinée était froide, des nuages de brume couvraient presque entièrement la maison à un étage d'avant la guerre de Sécession et le mur en brique blanche qui entourait l'arrière-cour. Clete mangeait à même la boîte des beignets fourrés à la gelée et buvait son café dans un grand gobelet en polystyrène.

– Je n'arrive pas à croire que je me sois levé de si bonne heure rien que pour sortir les miches de Sans-Dec de l'incendie, dit-il.

Voyant que je ne répondais pas, il ajouta :

– Si tu crois que tu vas coincer Persephone Green, tu te trompes. Son vieux, c'est Didi Gee, et elle est deux fois plus maligne que lui et tout aussi impitoyable.

– Elle tombera, tout comme lui est tombé.

– C'est le grand crabe qui a tué Didi. Nous ne l'avons jamais touché.

– Peu importe la manière dont tu arrives au cimetière.

– Quoi, nous avons une dispense ? dit-il.

Puis il sortit du camion et traversa la rue d'un pas de promeneur jusqu'au mur du jardin. Les palmiers qui étalaient leur ramure au-dessus des briques étaient d'un vert sombre au cœur de la brume. J'entendis un bruit d'éclaboussure avant de voir Clete se plier en deux et jeter un œil par l'épaisse ferronnerie ouvragée de la grille. Il revint au camion, prit un nouveau beignet et son café posé sur le plancher, puis s'assit sur le siège. Il chassa une image de son esprit en secouant la tête.

– De quoi s'agit-il ? dis-je.

– Il fait sept degrés et elle nage nue. Elle a un sacré mouvement de bras...

Il but une gorgée de café et contempla la grille de fer dans le mur. Il fit la moue, de toute évidence pas encore libéré d'une image qui dansait toujours derrière ses yeux.

– Nom de Dieu, je ne raconte pas de craques, Belle-Mèche, tu devrais voir les pastèques qu'elle se trimbale, cette nana.

– Regarde devant la maison, dis-je.

Une limousine grise à châssis rallongé, suivie par un camion de location, se rangea contre le trottoir. Dock Green sortit de l'arrière de la limo et remonta l'allée principale à grandes enjambées.

– Le spectacle commence, dit Clete.

Il sortit mes jumelles de campagne japonaises de la boîte à gants et cadra sa mise au point sur le chauffeur de la limo, qui essuyait l'eau sur les vitres avant.

– Hé, mais c'est Whitey Zeroski, dit Clete. Tu te souviens, ce fondu de la cafetière qui était propriétaire d'un petit rade à pizzas dans le Channel ? Il était candidat au conseil municipal et il avait collé des mégaphones et des pancartes VOTEZ POUR WHITEY [1] sur sa voiture avant d'aller faire sa tournée de propagande dans les quartiers de couleur un samedi

1. En argot noir, le Blanc. (*N.d.T.*)

soir. Il n'a pas compris pourquoi on lui avait cassé toutes ses vitres.

Quelques instants plus tard, nous entendions les voix de Dock et Persephone Green de l'autre côté du mur du jardin.

– Les choses ont pas besoin d'en arriver là, dit-il.

– T'es trop souvent allé brouter du mauvais côté de la barrière, chéri. J'espère seulement qu'elles en valaient la peine, répondit-elle.

– C'est terminé. Tu as ma parole... Sors de l'eau et discutons. On peut aller prendre le petit déjeuner quelque part.

– Salut, Dock.

– On forme une équipe, Seph. Y a rien qui va nous séparer. Crois-moi quand je te le dis.

– Je déteste te dire une chose pareille, mais tu es un souvenir en voie de disparition. Il faut que je perfectionne mon dos crawlé maintenant... Tourne la tête ailleurs, Dock... T'es plus propriétaire du paysage.

Nous l'entendîmes qui s'élançait du bord de la piscine et ses bras se mirent à plonger en rythme dans l'eau.

– On se les prend bille en tête, dit Clete en s'apprêtant à sortir du camion.

– Non, tout ce qu'on y gagnera, c'est d'enfoncer Sans-Dec un peu plus profond dans la panade.

– Où t'as la tête, Dave ? Ce mec refuserait de te pisser dessus même si tu étais en flammes. L'objectif, c'est de faire sortir Mookie Zerrang de son trou à rats avant de le choper par la peau du cou.

– Il faut qu'on attende, Clete.

Je vis la frustration et la colère s'afficher sur son visage. Je mis la main sur son épaule. Une épaule aussi dure qu'un jambon séché. Voyant qu'il ne disait mot, j'ôtai la main.

– Je te remercie d'être venu avec moi, dis-je.

– Oh ouais, bon Dieu, c'est super, ce qu'on fait. Tu sais pourquoi j'étais flic à La Nouvelle-Orléans ? Parce qu'on pouvait enfreindre toutes les règles et s'en tirer sans ennuis. Les problèmes de cette ville n'auront de fin que le jour où on chassera tous ces enfoirés pour les recoller sous les bouches d'égout, là où est leur vraie place.

– Je crois que Persephone t'a monté à la tête, collègue, dis-je.

– Tu as raison. J'aurais dû être criminel. La vie est plus simple.

Une demi-heure durant, Dock et deux ouvriers sortirent de la maison son mobilier de bureau, son ordinateur, ses dossiers et une énorme bouteille en verre, de celles que l'on monte sur les fontaines à eau, remplie d'un liquide de couleur ambrée et du corps embaumé d'un matou. Les pattes du chat s'appuyaient contre le verre, comme s'il se noyait.

Puis ils repartirent tous trois en abandonnant la limousine. Clete et moi sortîmes de la camionnette pour avancer jusqu'à la grille. À travers les barreaux et les feuilles de bananiers, je voyais la vapeur se lever de la surface turquoise de la piscine et j'entendais les battements de pieds de Persephore qui accompagnaient d'un bruit régulier son dos crawlé.

– C'est Dave Robicheaux. Que dirais-tu d'ouvrir, Persephone ? dis-je.

– Continue à rêver, répondit-elle depuis son nuage de vapeur.

– Tu as volé un test de contrôle pour Karyn LaRose et tu t'es fait renvoyer de l'université. Pourquoi la laisser t'entraîner avec elle dans sa chute une nouvelle fois ?

– Excuse-moi ?

– Je te propose une devinette, Seph. Toi et tes amis êtes à bord d'un avion en compagnie de Karyn et Buford LaRose. Karyn et Buford sont aux commandes. L'avion est en feu. Il n'y a que deux parachutes à bord... Qui va finir par se récupérer les deux parachutes à ton avis ?

Je l'entendis battre l'eau dans le silence, puis sortir à l'autre bout de la piscine.

Elle apparut à la grille en peignoir blanc et sandales, les cheveux enveloppés d'une serviette. Elle déverrouilla la grille qu'elle tira, la faisant pivoter sur ses gonds, avant de tourner les talons et de se diriger vers une table en fer sans dire un mot, les lignes effilées de son long corps moulées contre le tissu du peignoir.

Elle peigna sa chevelure en arrière à l'aide de sa serviette, le visage royal, à l'oblique par rapport à nous, apparemment indifférente à notre présence.

– Qu'est-ce que vous avez en tête ? dit-elle.

Elle avait une voix de gorge, rauque, les joues pâles légèrement creusées, la bouche de la même couleur que les volubilis rouges qui tombaient en cascade du mur derrière elle.

Clete ne cessait de la dévorer des yeux.

– Est-ce qu'on l'a nourri ? demanda-t-elle.

– Il faut que vous me pardonniez. Je me disais que vous ressembliez à Cher, l'actrice de cinéma. Vous avez même un tatouage, dit Clete.

– Mais c'est qu'on n'a pas les yeux dans sa poche !

– Ouais, je remarquais aussi le trou là-bas près du tas de compost. Est-ce que c'est là que vous et les autres avez enterré Sans-Dec Dolowitz ? dit-il.

– Le petit bonhomme à la moustache en trait de crayon ? C'est de ça qu'il s'agit ? demanda-t-elle.

– Il n'aurait pas dû venir ici, Persephone. Il pensait me rendre un service. Il se trompait, dis-je.

– Je vois. Je vais donc m'arranger pour qu'on lui fasse du mal ?

– Tu es dure, dis-je.

– Je ne m'intéresse pas à tes amis, *Dave.* Tu permets que je t'appelle “ Dave ”, n'est-ce pas, dans la mesure où tu m'appelles par mon prénom sans me le demander.

– Comme homme de main, Mookie Zerrang est un mauvais, Seph. Il ne fait pas ça pour l'argent. Ce qui signifie que tu n'as aucun contrôle sur lui.

– T'est-il jamais arrivé d'avoir ce genre de conversation avec mon père, ou est-ce que tu me prends de haut simplement parce que je suis une femme ?

– En toute honnêteté, je crois que ça m'est arrivé.

– Ce que veut dire Belle-Mèche, c'est qu'il a foutu une branlée à Didi Gee à coups de sac de monnaie rempli de gros boulons. Il a fait ça parce que votre vieux avait fait tirer sur son demi-frère. Vous pourriez dire que vous avez l'un et l'autre des liens étroits, comme une vieille histoire de famille, dit Clete.

Clete avait la bouche aux commissures tombantes, le visage empourpré, la cicatrice lui barrant un sourcil et le nez tendue sur les os du crâne. Elle essaya de croiser son regard, avant de détourner les yeux vers les langues de vapeur qui se levaient de sa piscine.

***

– Qu'est-ce qui t'a pris ? lui demandai-je dans le camion.

– Je te l'ai dit, je suis fatigué d'être patient avec les raclures. Tu sais la plus belle heure qu'on a connue ? C'est le jour où on a dessoudé ce trafiquant de drogue et son garde du corps à l'arrière de leur Caddy. À voir les sièges, on avait l'impression que quelqu'un avait balancé une vache dans un broyeur à végétaux. Reconnais-le, ç'a été un superbe après-midi.

– Pas très bon de penser comme ça, Cletus.

– Un jour, tu vas finir par comprendre que tu n'es pas différent de moi, Dave.

– Ouais ?

– Et alors, tu vas te tirer une balle dans la tête.

Il essaya de garder un certain sérieux sur son visage, mais je vis ses yeux qui commençaient à sourire.

– Tu ne changeras jamais, Belle-Mèche, dit-il, avec une expression à nouveau pleine d'allégresse taquine.

Je mis le contact, regardai par la vitre avant et vis Whitey Zeroski, le chauffeur de la limo, qui avançait vers nous. Il arborait un uniforme gris de chauffeur, avec des boutons en laiton et une casquette grise qui tombait sur ses sourcils blancs à la mode militaire.

– Qu'est-ce que vous faites ici, les mecs ? dit-il par ma fenêtre, son regard venant se fixer sur le beignet que Clete s'apprêtait à porter à la bouche.

– Tu veux un beignet, Whitey ? dit Clete.

– Je dis pas non... Merci, Purcel... Je suis coincé ici... Dock dit que je dois rester dans le coin au cas où sa femme voudrait le retrouver chez Copeland pour le petit déjeuner.

– Dock ferait bien d'être un peu plus réaliste, dit Clete.

– Cette prise de bec, tu veux dire ? C'est comme ça tout le temps. Dock pourrait bien abandonner plein de trucs, mais sa femme fera certainement pas partie du lot.

– Ah ouais ? dit Clete.

– Dock est givré, mais il est pas givré au point d'oublier que c'est sa femme la tête pensante de la famille.

– C'est ce qui fait les grandes histoires d'amour, dit Clete.

– Qui est-ce qui a construit le grand casino dans cette ville ? dit Whitey. Des mecs de Chicago et Vegas liés à la mafia, et des grosses têtes en plus, d'accord ? Et où est-ce qu'ils ont construit ça ? Entre Louis Armstrong Park et le lotissement de l'assistance d'Iberville, les deux quartiers les plus dangereux du centre-ville de La Nouvelle-Orléans. Quand on gagne à une table, il suffit de sortir et y a plus qu'à donner l'argent aux petites frappes prêtes à vous sauter dessus. C'est ça qu'on appelle des grosses têtes, bordel ? Vous croyez que les tarés du coin ont pas compris la leçon ?

Nous nous regardâmes, Clete et moi.

***

Vingt minutes plus tard, nous étions sur la I-10, filant rapidement le long du lac Pontchartrain. Le brouillard était chassé des arbres par bouffées sur la rive nord du lac, et la pluie tombait sous le brouillard à la surface de l'eau.

– C'est elle qui sert d'intermédiaire entre les affranchis et Jimmy Ray Dixon d'une part, et l'administration de LaRose, je me trompe ? dit Clete.

– C'est ainsi que je vois les choses.

– Je ne crois pas que je vais pouvoir survivre à l'idée que ce soit un ramolli de la cafetière comme Whitey Zeroski qui m'ait expliqué une chose pareille, dit-il.

***

Tôt le lendemain matin, je me rendis au bar de Sabelle Crown à l'Underpass de Lafayette. Le barman noir me dit que je la trouverais sur le terrain de golf municipal au nord de la ville.

– Le terrain de golf ? dis-je.

– C'est là qu'elle va quand elle veut être toute seule, dit-il.

Il avait raison. Je la trouvai assise sur un banc sous un chêne solitaire près du premier fairway ; un foulard noué sur les cheveux, elle jetait aux pigeons des croûtons de pain qu'elle sortait d'un sac. Le ciel était gris, les feuilles chassées des arbres par le vent.

– Ton vieux a essayé d'écraser Jimmy Ray Dixon sous une voiture, dis-je.

– On en apprend, des choses, dit-elle.

– Qui est-ce qui t'a entraînée dans cette vie marginale avec la pègre, Sabelle ?

– Tu sais, j'ai comme un black-out complet sur tout ça.

– Tu as quitté New Iberia pour La Nouvelle-Orléans et ensuite tu as disparu vers le nord.

– C'est comme qui dirait mon jardin secret, Dave. Buford LaRose a essayé de faire tuer Papa sur la rivière Atchafalaya. Tu n'en as pas déjà fait assez ?

– Es-tu allée à Chicago ? demandai-je.

Elle se frotta les mains pour en ôter les miettes et se dirigea vers sa voiture, l'arrière de son foulard soulevé par le vent.

***

Après mon retour au bureau, je reçus un coup de téléphone du shérif.

– Je me trouve dans la paroisse de Vermilion. Laisse tomber ce que tu es en train de faire et viens jusqu'ici pour un cours d'histoire, dit-il.

– Qu'est-ce qui se passe ?

– Tu as dit que ce Mookie Zerrang cassait les jambes sur la côte du Mississippi et qu'il était homme de main à Miami ?

– C'est ce qui se dit.

– Il n'est pas venu d'aussi loin.

Je signai le registre des présences en sortant et retrouvai le shérif sur un chemin de terre qui rejoignait un pont en bois et en acier qui enjambait la rivière Vermilion à une quinzaine de kilomètres au sud de Lafayette. Il était appuyé contre sa voiture, et dégustait du boudin rouge à même son emballage de papier huilé. Le ciel s'était éclairci, et les rayons du soleil donnaient à l'eau l'aspect d'une feuille d'or martelée. Le shérif s'essuya les lèvres du poignet.

– Mon gars, j'adore ça, dit-il. Mon médecin me dit que mes artères doivent ressembler aux égouts de Paris. Je me demande bien ce qu'il veut dire par là.

– Qu'est-ce que nous faisons ici, patron ?

– Ce nom, “ Zerrang ”, n'arrêtait pas de me trotter dans la tête. C'est alors que je me suis souvenu de l'histoire de ce jeune Nègre pendant la Seconde Guerre mondiale. Tu te rappelles ? C'était le même nom.

– Non.

– Mais si. Il a été électrocuté. Il avait quatorze ans et était probablement débile mental. Il était trop petit pour la taille de la chaise électrique, ou alors l'équipement n'a pas bien fonctionné. J'ai oublié. Mais de toute évidence, ce qui lui est arrivé a été abominable.

Son visage se fit solennel. Il posa le papier huilé et son morceau de boudin sur le capot de la voiture, glissa les mains dans ses poches et contempla la rivière.

– J'ai été témoin d'une seule exécution. Le mec en question était dépravé et ça ne m'a jamais posé de problèmes de conscience. Mais chaque fois que je repense au môme Zerrang en 43, je me demande si la race humaine devrait peupler cette planète... Viens marcher avec moi.

Nous franchîmes un fossé d'irrigation sur une planche avant de nous engager dans un bouquet de micocouliers et de claqueminiers sur la berge. Devant nous, à travers le feuillage, j'apercevais trois grandes et spacieuses demeures au milieu de leur immense terrain de verdure. Mais ici, au cœur de l'enchevêtrement d'air, de plantes grimpantes aériennes et de buissons de mûres, se trouvait le passé d'une Louisiane plus humble – une cahute en cyprès qui n'était plus aujourd'hui qu'un tas de planches, certaines calcinées, des cabinets qui s'étaient affaissés dans le trou creusé sous eux, une cheminée dont les briques s'étaient effondrées dans les herbes comme autant de dents brisées.

– C'est ici que vivait la famille du gamin, du moins jusqu'au jour où un groupe d'ivrognes a incendié leur cahute. Le garçon avait un frère, et le frère avait un fils du nom de Mookie. Que penses-tu de ça ? dit-il.

– Où est-ce que vous avez obtenu tout ça, shérif ? demandai-je.

– Par mon papa, pas plus tard que ce matin. Il a quatre-vingt-douze ans. Mais sa mémoire est remarquable. Il arrive qu'elle ne le laisse pas en repos.

Le shérif retourna une planche noircie de la pointe de sa bottine.

– Votre père a grandi par ici ?

Le shérif se frotta les cals d'une paume contre ses phalanges.

– Monsieur ? insistai-je.

– Il faisait partie de la troupe d'ivrognes qui les ont chassés en brûlant tout. Nous ne pouvons pas rendre les têtes d'huile de Miami responsables de Mookie Zerrang. C'est nous-mêmes qui l'avons fait, Dave.

34

Batist avait quitté l'hôpital ce jour-là, et après le travail, je fis pour lui quelques courses à l'épicerie de la ville avant de me rendre à son domicile.

Il était assis dans un fauteuil capitonné moelleux, vêtu d'une chemise en flanelle qui couvrait les pansements maintenus par du sparadrap sur ses épaules. Sa fille, femme imposante au corps carré qui paraissait plus indienne que noire, se trouvait dans la cour, occupée à battre une courtepointe poussiéreuse à l'aide d'une vieille raquette de tennis.

Je racontai à Batist l'histoire de la famille Zerrang, le garçon de quatorze ans qui avait grillé vif dans la chaise électrique, les ivrognes qui avaient incendié sa maison.

Le visage de Batist resta impassible pendant mon récit. Ses larges mains demeurèrent immobiles sur ses cuisses, les jointures comme du bois taillé.

– Mon papa, y s'est fait tuer par la foudre en travaillant pour vingt *cents* de l'heure, dit-il. Le Blanc qui était propriétaire de la ferme, y savait que les mules, ça attire la foudre, mais il est resté assis sur sa galerie pendant qu'y faisait orage à travers tout le ciel et il a dit à mon papa de pas lever sa charrue de la terre, de pas sortir du champ avant d'avoir fini le dernier sillon. V'là ce qu'il a fait à mon papa. Mais j'ai pas grandi pour haïr les autres pour ça. Ça, non.

– Tu as besoin d'autre chose, collègue ?

– Le Négro l'est là-bas queq'part dans les marais. La femme de Gros Papa, elle a rêvé de lui. Il avançait dans l'eau, avec un grand couteau pliant à la main, le genre de poignard qu'on découpe les cerfs avec.

– Il ne faut pas croire à ces trucs, Batist.

– Un Négro comme lui, ça sort droit de l'enfer. Viens pas dire qu'y peut pas entrer dans les rêves.

Je retournai à mon camion, en essayant de ne pas penser à ses paroles, ni au fait que la femme de Gros Papa avait d'une certaine manière vu dans son rêve le genre de poignard à lame large et repliable utilisé pour parer le gibier, le même type d'arme que celle dont Mookie Zerrang s'était servi pour assassiner Lonnie Felton et sa petite amie au marais Henderson.

***

Le lendemain matin de bonne heure, j'appelai un vieil ami à moi, Minos Dautrieve, de la D.E.A., à La Nouvelle-Orléans. Puis j'appelai Buford à son domicile.

– Retrouve-moi au jardin municipal, dis-je.

– Considérant nos parcours respectifs, cela ne me paraît pas très bienvenu, Dave, dit-il.

– Persephone Green est en train de détruire ton existence. Est-ce que c'est assez bienvenu ?

Une demi-heure plus tard, j'étais assis à une table de pique-nique lorsque je le vis sortir de sa voiture près du vieux poste à incendie en brique dans le parc et passer au milieu des chênes pour se diriger vers moi. Il portait un coupe-vent par-dessus un T-shirt du L. S. U. et un pantalon blanc à pinces sans ceinture. Sa chevelure bouclée était mouillée et fraîchement peignée et il s'était rasé de tellement près que ses joues reluisaient. Il s'assit à la table et croisa les mains. Je poussai un gobelet en polystyrène plein de café vers lui et ôtai le couvercle du plateau-repas.

– Œufs et saucisses plates de chez Victor, dis-je.

– Non, merci.

– Comme tu voudras.

Je plaçai une saucisse au creux d'une tranche de pain français et trempai le tout dans mon café. Avant de le reposer sur mon assiette sans le manger.

– Persephone Green sert d'intermédiaire pour la famille Giacano, Jimmy Ray Dixon et toutes les raclures de La Nouvelle-Orléans qui ont versé de l'argent pour ta campagne. Le remboursement de la dette, c'est la chaîne d'hôpitaux de l'État où l'on soignera les ivrognes et les drogués.

– Les contrats ont tous été répartis entre des entreprises légales, Dave. Et je ne connais pas tous les actionnaires. Pourquoi le devrais-je ?

– Actionnaires ? Dock a essayé de court-circuiter Jerry le Raccourci. Lorsque Jerry Joe a refusé de céder aux pressions, ils l'ont fait tabasser à mort. Est-ce que c'est ce que font des actionnaires habituellement ?

– Est-ce la raison pour laquelle tu m'as fait venir ici ?

– Non. Je n'arrivais pas à comprendre pourquoi tu continuais à accepter parmi tes relations ce type des années soixante, Clay Mason. Puis je me suis souvenu que tu avais publié quelques articles sur la psychopharmacologie, tu sais, guérir les alcooliques avec des médicaments et tout le tremblement.

– Tu fais partie des A. A. Tu ne connais qu'un seul point de vue du problème. Ce n'est pas ta faute. Mais il existe d'autres voies pour aboutir à la guérison.

– C'est pour ça que tu donnes toi-même dans la piquouze ?

Je vis la blessure sur son visage, la gorge qui se nouait.

– J'ai discuté avec un de mes amis de la D.E.A. ce matin, dis-je. Son organisation pense que Mason a mis de l'argent dans ta chaîne d'hôpitaux. Elle pense aussi qu'il est en rapport avec des labos du Nouveau-Mexique qui fabriquent des cristaux de meth. Et ça, c'est de la came méchante, Buford. Les motards adorent ça pour les viols à la chaîne ou pour casser des gueules, des trucs de ce genre-là.

– Est-ce que tu prends plaisir à tout ça ? Pourquoi as-tu cette obsession à notre égard, mon épouse et moi ? Tu ne peux pas nous laisser en paix ?

– Peut-être que j'ai bien connu ce que tu éprouves en ce moment.

– Et tu vas me sauver ?

Il secoua la tête, puis ses yeux se rapprochèrent avant de se voiler. Il resta un long moment parfaitement immobile, pareil à un homme qui s'imagine chevauchant une bicyclette le long d'un précipice.

– C'est Karyn qu'ils tiennent.

Son visage s'obscurcit sous la colère. Il contempla le bayou, à croire que les reflets du soleil étaient à même de le transporter hors de l'instant qu'il venait de se créer de toutes pièces.

– Comment ? demandai-je. Parce qu'elle a triché à l'université ? Persephone la fait chanter pour quelque chose qui remonte à vingt ans ?

– Tu connais le nombre de sociétés universitaires et honorifiques dont elle est membre ? Elle serait déshonorée. L'ironie de la chose, c'est qu'elle n'avait pas besoin de tricher. Ses talents naturels en faisaient une bonne étudiante.

Mais pas la première, me dis-je.

Il étudia mon regard et parut y surprendre les réflexions qui y étaient enfouies.

– Si tu racontes ça à quiconque, je t'attaque en justice pour diffamation. Ensuite, je te casserai la gueule personnellement, dit-il.

– Ce n'est pas moi, ton problème.

Il avait le visage bouffi, mis à nu, ses yeux pareils à des billes marron dans une casserole d'eau.

Je ramassai mon café et la saucisse dans son morceau de pain et me dirigeai vers mon camion. La lumière du soleil ressemblait à une fumée jaune au travers des arbres. Buford était toujours assis à la table de pique-nique, le front sur sa paume, indifférent aux camélias en pleine floraison le long des berges de Bayou Teche.

***

Je n'avais pas restitué à Buford le contenu intégral de ma conversation avec mon ami Minos Dautrieve de la D.E.A. de La Nouvelle-Orléans. Minos et ses collègues s'apprêtaient à faire une descente sur le ranch de Clay Mason à plus de mille kilomètres au sud de la frontière du Texas, dans l'État de Jalisco.

Et Helen Soileau et moi y étions invités.

35

Nous débarquâmes en avion à Guadalajara à midi en compagnie de Minos et de deux autres agents de la D.E.A. Minos était un homme de haute taille, maigre, cynique et de bonne composition. Ses cheveux blonds coupés ras sur le crâne commençaient à blanchir. Lorsqu'il jouait pour la L. S. U. des années auparavant, les journalistes sportifs lui avaient donné le surnom de « Dr Dunkenstein » pour les paniers féroces qu'il rentrait d'une balle claquée appelée « dunk » en faisant vibrer l'anneau, et qui étaient sa marque de fabrique. Tandis que nous nous dirigions vers le hangar d'arrivée, il tira le rideau masquant le hublot de l'avion-charter et regarda les collines dans le lointain, puis une camionnette garée avec une large banquette arrière à trois sièges contre laquelle s'appuyait un homme mal rasé en blue-jean et maillot de football bordeaux qui portait un pistolet sous étui et un insigne doré à son ceinturon.

– Voilà notre bagnole, dit-il.

Helen regarda par le hublot.

– Je n'y crois pas. Monsieur-je-sais-tout, c'est quoi, son nom, déjà, Heriberto, celui qui doit se couper les cheveux à la cisaille à gazon, dit-elle.

– Vous connaissez ce mec ? demanda Minos.

– C'est un agent mexicain des narcotiques. Un prêtre des montagnes nous a dit qu'il avait les mains sales, dis-je.

– Ils ont tous les mains sales. L'un de nos gars a été vendu ici et torturé à mort, dit Minos. Ce mec-là est plutôt inoffensif.

– Belle référence pour le personnage, dit Helen.

Nous sortîmes de la ville pour traverser le petit village de Zapopan. Au centre de la place du village était érigé un belvédère, entouré de pithecolobiums, où jouait un orchestre tandis que des enfants faisaient jaillir hors de bouteilles de lait des fusées qui éclataient haut dans le ciel. Sur un côté de la place se trouvait une cathédrale du XVIIIe siècle d'un rose grisâtre, dont l'escalier était en pierre lisse, les marches en cuvette usées au centre par les genoux de milliers de pénitents qui se faisaient le devoir de les gravir ainsi, douloureusement, le jour de leur anniversaire, en égrenant simultanément leur chapelet.

– C'est une église célèbre. C'est là que se trouve la statue de la Vierge de Zapopan. Il y a eu des tas de miracles ici, mec, dit Heriberto.

– C'est ici, dis-je à Helen.

– Quoi, ici ?

– Mingo Bloomberg m'a dit que le dénommé Arana venait d'un village de Jalisco qui possédait une célèbre statue religieuse, dis-je.

Heriberto contourna un bus garé, sur le toit duquel avaient pris position deux soldats en treillis de camouflage et casque en acier. Un troisième urinait dans la rue. La plaque au coin de la rue disait EMILIANO ZAPATA.

– Le mec que les *rurales* ont abattu près des mines ? Ouais, il aurait dû aller beaucoup plus à l'église. Mais l'était *Indio*, comprenez ? Un jour ils sont à l'église, le lendemain ils sont soûls, à courir les *putas* et à faire plein d'emmerdes au gouvernement. Tu comprends, mec, leur vrai problème, c'est qu'y sont pas très portés sur le boulot.

Helen se pencha en avant depuis son siège derrière nous.

– Tu voudrais pas fermer ta putain de grande gueule ? dit-elle.

– *Gringita*, j'ai rien contre ces gens-là. Mais dans le sud, y nous tuent nos soldats. Vous voulez voir ce qui se passe ? dit il, en sortant une boîte à chaussures pleine de photographies de sous le siège.

Les photos étaient noir et blanc, marquées de pliures et de traces de doigt aux angles, comme si on les avait fait passer un grand nombre de fois à la cantonade. Sur l'une, trois rebelles morts gisaient au bord de la route, le bas du visage encore masqué d'un bandana noué. Ils étaient vêtus de tenues militaires U.S. avec sangles et bandoulière et donnaient l'impression d'avoir été abattus alors qu'ils fuyaient. Plusieurs autres photos montraient une autre scène prise sous des angles différents : une demi-douzaine de cadavres de sexe masculin avaient été suspendus par les pieds à une colonnade en adobe, leurs doigts à quelques centimètres du sol, leurs visages méconnaissables sous le sang séché.

– Le vieux mec qu'on va voir cet après-midi ? Il les encourage, ces mecs, il leur donne de l'argent pour acheter des armes, c'est à cause de lui qu'ils se font tuer. Et ce mec vient de votre pays, *Gringita.*

– Si j'étais vous, je n'en dirais pas plus, dis-je.

Il ouvrit les doigts en l'air, comme s'il en libérait quelque oiseau invisible, et sortit du village pour se diriger vers les montagnes et un endroit qui aurait pu sortir tout droit de l'année révolutionnaire 1910.

***

Nous remontâmes par une route en lacets, à la chaussée rocailleuse, au milieu d'arbres morts, dans un paysage plein de gros rochers lisses, sous une pluie qui recouvrait les vitres comme un plastique liquide, avant de franchir une crête noircie par un incendie de forêt où dansaient les éclairs. Puis nous redescendîmes en laissant l'orage derrière nous pour replonger dans la lumière et une longue vallée cultivée encadrée de vertes collines au lointain et d'un volcan au sommet aplati à l'oblique, à croire qu'on l'avait sectionné à l'aide d'une cisaille à tôle. La route longeait une rivière aux larges berges d'argile alluviale rouge, entaillée par les empreintes de bétail, puis nous nous trouvâmes dans un autre village, aux rues pavées celui-ci, avec des colonnades d'un jaune orangé et une auge à eau en pierre devant la *cerveceria*, minuscule marché de plein air où l'on vendait tranches de ruche à miel et viande fraîche à même des charrettes en bois fermées de moustiquaires sur les côtés pour tenir les mouches à distance.

Les rues et les allées piétonnes sous les colonnades étaient pleines de soldats. Ils étaient tous jeunes et portaient des fusils M-1 de la Seconde Guerre mondiale et des M-16. Certains des M-16 avaient un boulon soudé sur la culasse mobile, ce qui signifiait qu'ils remontaient au début de la guerre du Viêt-nam : ils étaient célèbres parmi les troufions de l'époque pour la culasse qui coinçait souvent et devait être rentrée en forçant dans la chambre d'un coup du plat de la main.

Nous restâmes debout dans la rue pendant que Minos s'entretenait avec toute une troupe d'agents des narcotiques mexicains rassemblés autour du hayon arrière d'un camion de l'armée. L'air brillait, rafraîchi par la pluie, et la vue portait à des kilomètres. Heriberto avait le regard fixé au loin sur un ranch blanc aux tuiles bleues construit sans grande logique sur le flanc d'une colline. Il tenait les jambes légèrement écartées, une expression contemplative sur le visage.

– Grand jour pour le *Tejano.* On va bien le baiser, mec, dit-il.

– C'est là qu'il habite ? Vous croyez qu'il a pu nous voir arriver ? demandai-je.

– On a coupé son téléphone. Il va aller nulle part.

Je pris Minos à l'écart.

– Qu'est-ce qu'ils s'attendent à trouver là-bas, l'armée russe ?

– Beaucoup de ces mecs parlent anglais, Dave.

– Ils ont bousillé l'opération.

– Pas dans leur esprit. C'est leur manière de dire " quittez la ville " aux gens qui leur sont en temps normal intouchables. Mason devrait être flatté.

– Tu ne l'aimes pas.

– Ma sœur a été enfant-fleur dans les années soixante. Elle pensait que ce mec était un grand homme. Elle s'est chargée au hash et à l'acide et s'en est partie flotter dans le crépuscule depuis une fenêtre du neuvième étage.

Nous suivîmes une caravane de six camions de l'armée dans la descente d'un chemin de terre tout en lacets jusqu'au mur d'enceinte entourant le ranch de Clay Mason. Les murs étaient coiffés de tessons de bouteille et de spirales de barbelés, le portail en bois de l'entrée verrouillé d'une chaîne et barré de l'intérieur par une traverse. Le camion de tête, dont l'avant s'ornait d'une lame de bull en forme de soc de charrue, prit de la vitesse, grondant au passage des ornières tandis qu'à l'arrière les soldats étaient ballottés en tous sens, et vint se fracasser contre les battants du portail qu'il arracha de leurs gonds.

Les soldats mirent la maison sens dessus dessous, se déployèrent dans les cours et les dépendances, chassant à coups de pied devant eux les poulets comme des sacs de plume explosant dans les airs, allant même sans raison apparente jusqu'à tuer un porc qui fuyait dans une grange avant de le balancer dans le puits.

– Est-ce que tu peux mettre un terme à ces conneries ? dis-je à Minos.

– Tu vois ce gros lard avec son ceinturon à bandoulière ? Il est diplômé de l'École des Amériques de Fort Benning. Il était également propriétaire d'un bordel. Il a fait sauter l'œil en verre d'une fille en la cognant parce qu'elle lui avait tenu tête. Non, merci.

Alors que sa maison était mise en pièces, Clay Mason était appuyé contre un poteau en résineux sur son perron de façade et fumait une cigarette roulée, ses yeux de farfadet malfaisant fixés sur Minos et moi. Sa chevelure s'étalait comme une paille blanche de sous son Stetson en dôme pointu.

– Karyn m'avait prévenu que vous étiez rancunier, dit-il.

– Désolé pour la maison. Je n'y suis pour rien, dis-je.

– Sûr que si, nom de Dieu.

Et une dent jaune vint briller derrière sa lèvre avant qu'il ajoute :

– Espèce de petit pisseux.

Il balança sa cigarette d'une pichenette, avança jusqu'au coin de la maison en s'aidant de sa canne, et urina dans la cour, lâchant un pet sonore en nous tournant le dos avant de secouer son pénis, petit homme en bottes et chapeau, dans sa veste étriquée et minable, dont le pouvoir avait touché des milliers de jeunes existences.

Helen et moi avançâmes derrière la maison d'habitation, où les soldats avaient obligé cinq ouvriers agricoles à s'appuyer, bras et pieds écartés, contre le mur en pierre de la grange. Les ouvriers étaient jeunes et effrayés, ils ne cessaient de se retourner pour voir si on leur pointait des fusils dans le dos. Les soldats les passèrent à la fouille mais ils les gardèrent appuyés à bout de bras contre le mur.

– Ça ne me plaît guère d'être dans ce coup, Dave, dit Helen.

– Ne regarde pas. Nous en serons bientôt sortis, répondis-je.

Nous entrâmes dans la grange. L'étage était plein de foin, les stalles zébrées de rais de lumière, le sol en terre aussi moelleux qu'un caoutchouc mousse sous le fumier séché accumulé. Par les portes à l'extrémité opposée, je vis des chevaux enfoncés dans l'herbe jusqu'au ventre sur fond de montagne bleue.

Un équipement complet de cavalier était accroché à des chevilles en bois fixées sur un poteau : une paire de chaps en cuir, une bride, un ciré jaune, un gilet d'équitation en tricot, des gants évasés en peau de cerf et deux lourds éperons mexicains aux roulettes grosses comme des demi-dollars. Je fis tourner une des roulettes d'un coup de pouce. Les pointes en étaient gluantes et couvertes de minuscules résidus de poil marron.

Derrière le poteau, une selle argentée s'étalait sur un chevalet à bois. Je passai la main sur le cuir, les reliefs froids du métal, la marque brûlée au fer d'une compagnie de bestiaux texane sur l'un des quartiers. Le troussequin était ouvragé de roses, avec, sur l'arrière, en incrustation de nacre, un camélia épanoui.

– De quoi s'agit-il ? dit Helen.

– Tu te souviens, le dénommé Arana a déclaré que le *bugarron* chevauchait une selle d'argent avec des fleurs sculptées ? Je pense que Clay Mason est notre homme.

– Qu'est-ce que tu peux y faire ?

– Rien.

– Et c'est tout ?

– Qui sait ? dis-je.

Nous ressortîmes sous un soleil aveuglant dans la fraîcheur du jour et le vent chargé des odeurs d'eau, d'herbe et de chevaux.

Mais les jeunes ouvriers agricoles appuyés bras et jambes en croix contre le mur ne passaient pas du tout un moment agréable. L'ombre était fraîche à l'abri de la grange mais ils suaient à grosses gouttes, les bras tremblant sous la tension et l'épuisement. Un des garçons avait une marque en forme de V à l'envers qui lui dégoulinait sur les jambes, et les soldats ricanaient de son air honteux.

– L'École des Amériques ? dis-je au gros mec à ceinturon avec bandoulière.

J'essayai de sourire.

Il portait des lunettes de vue teintées et me dépassait en taille. Ses yeux me contemplèrent avec indolence avant de se porter sur Helen, dont ils détaillèrent la silhouette.

– Quoi que vous voulez ? dit-il.

– Vous ne pourriez pas lâcher un peu de mou à ces gars ? Ce ne sont pas des trafiquants, ce sont de simples *camposinos*, je me trompe ? dis-je.

– C'est nous qui décident ce qu'y sont. Occupez-vous de la femme... L'est *guapa*, hein ? L'est peut-être lesbienne, mais une *puta*, c't' une *puta*.

Il écarta les paumes en coupe, comme s'il portait deux gros melons.

– Qu'est-ce qu'il t'a dit ? demanda Helen.

– Il n'a rien dit du tout, dis-je.

– Si, il a dit quelque chose. Répète-le, espèce de tas de merde de fayot, sinon tu vas voir ce qui va t'arriver.

Le policier se détourna, un sourire ironique aux lèvres, une lueur au coin de l'œil.

Helen avança sur lui, mais je me postai devant elle, mes yeux rivés aux siens. La colère dans son regard se reporta sur moi, comme une ménagère cherchant à passer sa furie sur toute la vaisselle qui lui tombait sous la main, puis elle disparut. Je marchai avec Helen jusqu'à la maison d'habitation, laissant le dos de mes doigts lui frôler la main. Elle s'écarta de moi.

– La prochaine fois, ne t'en mêle pas, dit-elle.

– Ces gamins ont payé pour nous.

– Oh ! ouais ?... Ben... je suis sûre que tu as raison... Vous, les queutards à la redresse, vous avez toujours raison... Allez, viens, on ferme. J'ai eu ma dose de ramasseurs de tomates pour aujourd'hui.

Elle ouvrit la marche, franchit le seuil de la maison dont la porte était ouverte, et entra dans le salon où Clay Mason était assis dans un profond fauteuil en cuir de cervidé au milieu de débris de verre cassé, d'armes anciennes arrachées des murs, de livres ouverts en tous sens, de mobilier retourné. Sur un mur en stuc, épinglé à l'intérieur d'une vitrine au verre brisé, se trouvait un drapeau de la république du Texas aux couleurs passées par le soleil.

Mason tenait les mains croisées sur sa canne, les paupières rétrécies sur un regard mouillé par la rancœur.

– Ne vous levez pas... Je veux juste aller aux toilettes... Quel gentleman, dit-elle avant de poursuivre son chemin vers le fond de la maison sans ralentir le pas.

– On dirait que vous allez passer au travers, dis-je.

– Ma famille a durement gagné jusqu'au plus petit centimètre de cet endroit, nom de Dieu. Nous serons encore ici quand le reste de vous autres ne sera plus que poussière.

Un coin supérieur du drapeau du Texas s'était décroché du fond en feutrine bleue auquel il était épinglé. Je passai la main par la vitrine brisée, lissai le tissu et le remis en place avant de le repiquer. Des bandelettes de tissu d'uniforme noisette à la couleur passée où s'inscrivaient dans une encre presque illisible les noms de batailles de la guerre de Sécession étaient cousues autour du drapeau.

– Ce drapeau appartenait au Quatrième du Texas. C'était les gars de John Bell Hood, dis-je.

– Mon arrière-grand-père a porté cet étendard.

– C'est votre famille qui habitait dans le ranch voisin de celui des LaRose à l'ouest du Pecos, n'est-ce pas ? Jerry Joe Plumb m'a parlé de vos pratiques, les forages à l'oblique dans les nappes des autres et le passage des dos mouillés.

– Est-ce que vous lisez les journaux ? Il y a une révolution en marche ici, les gens se battent. Tout ce que vous faites aide ces hommes-là à tuer les Indiens Mayas.

– Les hommes comme vous trouvent toujours une bannière sous laquelle se ranger, Dr Mason. La vérité, c'est que vous vivez par procuration à travers les souffrances d'autrui.

– Sortez...

Il fouetta l'air d'un revers de la main, une petite pichenette, comme s'il chassait une mauvaise odeur.

Je cherchai une réplique cinglante, mais n'en trouvai aucune. Clay Mason avait passé une vie entière à flotter au-dessus des débris de tous les naufrages qu'il avait causés, apparemment immunisé contre toutes les lois morales et darwiniennes qui étaient le lot du reste d'entre nous, et mes efforts de rhétorique résonnaient en échos stupides comparés aux invectives dont il usait et abusait depuis des décennies.

J'enjambai le verre brisé sur le parquet en chêne vers l'embrasure de la porte ouverte. Au-dehors, les soldats chargeaient les camions.

– Attends un peu, Belle-Mèche, dit Helen dans mon dos. On dirait que notre ami a fait disparaître d'un coup de chasse d'eau toute sa réserve de friandises. Sauf que ça lui est revenu à la figure. Devine un peu ce qui est resté coincé sur le rebord de la cuvette ?

Elle plongea le bout du petit doigt dans un ballon d'enfant et maintint la poudre blanche dans une colonne de lumière avant de l'essuyer sur un mouchoir en papier.

– C'est un peu mouillé. Tu peux demander au gros de venir ici, et voir s'il accepte de goûter ? dit-elle.

36

J'aurais dû le voir venir. Mais non. Je ne vis rien.

Le matin suivant notre retour de Guadalajara, le shérif ouvrit la porte et se pencha à l'intérieur de mon bureau.

– C'était les services de police de Lafayette. Il vaudrait mieux que tu y ailles. Sabelle Crown est coincée dans une voiture sur les rails de la Southern Pacific.

– Que s'est-il passé ?

– Elle a été enlevée par ce Zerrang alors qu'elle se trouvait sur le terrain de golf municipal. Qu'est-ce qu'elle faisait sur un terrain de golf ?

– Elle nourrissait les pigeons.

– Toujours est-il que Zerrang a dû l'emmener quelque part. Et de toute évidence ç'a été très moche. Quand il en a eu fini, elle était inconsciente et il l'a abandonnée dans sa voiture sur la voie de chemin de fer. Pourquoi Zerrang en veut-il à Sabelle Crown ?

– Il veut son père, dis-je.

– Je ne pige pas.

– Mookie Zerrang travaille pour Persephone Green et Jimmy Ray Dixon. Jimmy Ray sait que tôt ou tard Aaron finira par le tuer.

– Pour quelle raison ?

– Je pense que c'est en rapport avec Sabelle.

– Pour te dire la vérité, Dave, franchement, je n'en ai rien à foutre des motivations de ces gens-là. C'est comme d'essayer de comprendre pourquoi la merde pue. Tout ce que je souhaite, c'est qu'ils fichent le camp de notre paroisse et qu'ils ne reviennent plus. Tu veux bien y aller s'il te plaît ?

Le shérif se frotta l'œil comme pour en ôter une poussière avant d'ajouter.

– Sauf que je ne comprends pas pourquoi un mec irait torturer une femme pour l'abandonner ensuite sur une voie ferrée. Pourquoi ne s'est-il pas contenté de la tuer pour mettre un terme à ses souffrances ?

– Parce que, de cette façon, la douleur qu'il inflige est bien plus grande.

Helen et moi prîmes une voiture de patrouille direction Lafayette par la quatre-voies. Des torches signalétiques brûlaient dans le brouillard lorsque nous arrivâmes au passage à niveau où la locomotive du train de marchandises avait embouti la grosse voiture dévoreuse d'essence de Sabelle par le travers avant de la pousser sur cinquante mètres le long des rails dans une gerbe d'étincelles.

Nous nous garâmes sur le bas-côté de la route avant de traverser le champ d'herbes jusqu'à la carcasse démolie de la voiture gisant à côté de la voie ferrée. Elle était retournée sur le toit, le bloc-moteur avait défoncé l'habitacle, et le toit était écrabouillé contre la colonne de direction. Les pompiers de Lafayette avaient recouvert la carrosserie, le moteur et le réservoir à essence de mousse carbonique, et ils essayaient d'ouvrir la fenêtre côté passager à l'aide d'un cric hydraulique.

Un infirmier s'était faufilé sur le ventre par la vitre côté passager de la voiture retournée, et je l'entendais qui parlait à l'intérieur du véhicule. Quelques instants plus tard, il ressortait en rampant.

Sa chemise et ses deux mains gantées de latex étaient souillées de taches de sang.

Il s'assit dans l'herbe, les mains sur les cuisses. Un pompier mit une plaquette de tabac à chiquer dans la bouche de l'infirmier pour qu'il en sectionne un morceau avant de l'aider à se relever en le prenant par un bras.

– Comment ça se présente ? dis-je.

– La voiture n'a pas brûlé. Sinon, c'te dame, elle a pas vraiment de chance, répondit-il.

Son regard plongea dans le mien et il y vit la question restée sans réponse qui s'y trouvait toujours. Il secoua la tête.

J'ôtai ma veste, détachai mon étui agrafé de mon ceinturon, et me faufilai difficilement par la fenêtre côté passager dans la voiture. Je sentis l'essence, un mélange d'odeurs de coussins moisis, de vieille graisse et de câbles électriques brûlés.

La tête et le haut du torse de Sabelle étaient pressés sous des couches successives de métal ployé et elle n'avait quasiment aucune mobilité. Je ne voyais rien de la partie inférieure de son corps. Elle toussa, et je sentis la bruine de sa salive toucher mon visage comme une brume chaude.

– Qu'est-ce qu'il t'a fait, petite ? dis-je.

– Tout.

– Ces mecs, là-dehors, c'est les meilleurs. Ils vont te sortir d'ici très vite.

– Quand je ferme les yeux, je sens le monde qui tourne. Si je ne me dépêche pas de les rouvrir, je sais que je ne reviendrai pas... J'ai trahi Papa, Dave.

– Ce n'est pas ta faute.

– Mookie Zerrang sait où il se trouve.

– Il est encore temps d'arrêter tout ça. Si tu veux bien me faire confiance.

Son regard se porta très loin dans le vide avant de revenir sur le mien. Une de ses joues était marbrée de veines éclatées. Le métal déchiré autour de sa tête ressemblait à une auréole découpée dans une plaque d'étain tordue.

Elle me dit où chercher.

– Jimmy Ray Dixon a été ton mac à La Nouvelle-Orléans, n'est-ce pas ? Ensuite il t'a emmenée dans le Nord et tu as travaillé pour lui à Chicago.

– J'ai fait mes propres choix. Je n'ai pas à me plaindre.

– Ton père a assassiné Ely Dixon, n'est-ce pas ?

– Essuie-moi le nez, Belle-Mèche. J'ai les mains prises dans quelque chose.

Je parvins à extraire mon mouchoir de ma poche-revolver et lui essuyai doucement la lèvre supérieure. Elle toussa à nouveau, une quinte longue et forte cette fois, jusqu'à s'étrangler, la gorge agitée par des sursauts de nausée, et j'essayai de lui maintenir le menton pour éviter qu'elle se coupe aux bords aiguisés du métal qui lui enveloppait la poitrine. Le mouchoir que je récupérai portait en son milieu une fleur d'un rouge éclatant.

– Il faut que j'y aille, dis-je.

– Dis à papa que je regrette.

– Tu es la meilleure fille dont un père puisse rêver, Sabelle.

Je crus un instant que ses yeux s'étaient plissés en pattes-d'oie. Mais il n'en était rien. Ses yeux étaient hantés par la peur, et mes paroles n'avaient pas de sens.

Je sortis à reculons par la vitre côté passager et me retrouvai sur l'herbe. Je sentais l'odeur d'eau croupie dans un fossé, les relents de terreau de coques de pacanes pourrissantes dans un verger, j'avais le goût du brouillard sur la langue, j'entendais le bourdonnement des pneus d'automobiles sur la chaussée pavée. Je m'éloignai à l'instant précis où une équipe de pompiers et de flics de Lafayette commençaient à ouvrir un côté de la carcasse de la voiture à l'aide d'énormes cisailles hydrauliques qu'on appelait les Mâchoires de la Vie. Le métal déchiré résonna exactement comme le cri d'un humain.

***

Je repris avec Helen la I-10 vers la rivière Atchafalaya. La brume tombait, les champs, chênes et palmiers en bord de route étaient d'un gris mouillé, et devant nous j'apercevais les lueurs bleu orangé d'une station-service au cœur des rouleaux de brouillard montant de la rivière.

– Qu'est-ce qui te tracasse ? dit Helen.

Je touchai la pédale de frein.

– Il faut que je fasse quelque chose, dis-je.

– Quoi ?

– Peut-être que Zerrang n'a pas pris directement la route de Basin. Peut-être qu'il existe un autre moyen de lui moucher la chandelle.

– Je ne sais pas ce que c'est, mais quoi qu'il en soit, ça n'a pas l'air de te faire plaisir.

– Qu'est-ce que tu dirais d'aller lui sauver sa carrière, à Buford LaRose ? dis-je.

J'appelai son domicile depuis la cabine de la station-service. Je voyais par la vitre les saules sur les berges de l'Atchafalaya, là où nous étions censés rejoindre deux bateaux à moteur des services de police du shérif, paroisse de St. Martin.

– Buford ?

– Qu'y a-t-il ?

– Sabelle Crown est morte.

– Oh ! mec, ne me dis pas ça.

– On l'a torturée avant de l'abandonner dans sa voiture sur une voie ferrée. Et c'est Mookie Zerrang le responsable.

Je l'entendis qui écartait le combiné de son oreille, j'entendis le raclement du combiné sur une surface dure. Avant que le souffle de Buford ne redevienne audible à l'autre bout du fil.

– Tu avais raison à propos d'Aaron Crown, dis-je. Il a bien tué Ely Dixon. Mais c'était une erreur. Il était entré dans la maison pour tuer Jimmy Ray. Il ne savait pas que Jimmy Ray avait déménagé et loué la maison à son frère.

– Quelle raison avait-il de tuer Jimmy Ray Dixon ?

– C'est Jimmy Ray qui a fait de Sabelle une prostituée... Tu as la preuve que tu ne t'étais pas trompé. Ce qui signifie que tu demandes à Persephone Green qu'elle rappelle Mookie Zerrang.

– Est-ce que tu es fou ? Penses-tu que j'aie une quelconque autorité sur ces gens-là ? Au nom du ciel, mais qu'est-ce qui t'arrive ?

– Non, c'est eux qui te commandent.

– Écoute, le déterreur de cadavres était là à cogner à ma porte. Je lui ai fait quitter ma propriété au bout d'un pistolet.

– Quel déterreur de cadavres ?

– Dock Green, qui d'autre ? Sa femme l'a largué. Il nous a accusés Karyn et moi de faire ménage à trois avec elle. Je crois que c'est tout à fait dans le style de la dame.

– Ça me paraît un peu tard pour jouer au vertueux, dis-je.

– Et ça veut dire quoi ?

– Tu as traité Sabelle Crown comme de la merde.

Il resta silencieux pendant un long moment, me sembla-t-il. Puis il dit :

– Ouais, je n'ai pas bien agi à son égard... J'aimerais pouvoir tout changer... Au revoir, Dave.

Il raccrocha doucement le téléphone.

***

Helen et moi étions assis dans la cabine du bateau du shérif de la paroisse St. Martin. Les tuyaux d'échappement crachaient au ralenti à fleur d'eau tandis qu'un adjoint fumait une cigarette dans l'écoutille ouverte, attendant que le pilote revienne de son camion avec un jerrycan d'essence.

Je sentais le regard d'Helen sur moi.

– Qu'est-ce qu'il y a ? dis-je.

– Je n'aime pas l'expression de ton visage.

– La journée n'a pas été très bonne.

– Peut-être faudrait-il que tu ne sois pas de la partie cette fois-ci, dit-elle.

– C'est bien vrai, ça ?

– À moins qu'il ne distribue les cartes autrement, Mookie Zerrang reviendra vivant, Belle-Mèche.

– Eh bien, on ne sait jamais d'avance comment les choses vont tourner, dis-je.

Elle avait les lèvres gercées et les frotta du gras du doigt, les yeux voilés par des pensées cachées.

***

Nous descendîmes l'Atchafalaya, la proue balayée par les embruns soufflés par la vitesse, avant de nous engager dans un chenal latéral et une crique entourée de bois inondés. Sous le ciel verrouillé, l'eau de la crique prenait une teinte jaune lumineux qui n'avait rien de naturel, comme si c'était le seul élément des environs à posséder quelque couleur. Droit devant, dans la brume, j'apercevais la silhouette brillante d'une plate-forme pétrolière abandonnée, puis un canal entre les bois et à l'intérieur d'un enchevêtrement de plantes grimpantes aériennes, de cyprès et de saules, une cahute bâtie sur pilotis.

– C'est là, dis-je au pilote du bateau.

Il coupa les gaz, inspecta les bois par la vitre, puis inversa le moteur pour éviter de nous laisser filer dans la berge.

– Tu veux foncer là-dedans bille en tête ? demanda-t-il.

– Tu connais une autre manière ?

– Fais venir quelques mecs de la brigade anti-émeutes en hélico, qui te transformeront cette cahute en allumettes, répondit-il.

Un enquêteur en civil de la criminelle, de la paroisse St. Martin, qui se trouvait sur l'autre bateau s'avança sur la proue et se servit d'un mégaphone pour s'adresser aux occupants de la cahute comme s'il ignorait leur identité.

– Nous voulons parler à tous ceux qui sont à l'intérieur. Il faut que vous descendiez cette échelle main sur la tête. Comme ça, y'aura personne de blessé, dit-il.

Mais il n'y eut aucun bruit en réponse, hormis celui des moteurs du bateau au ralenti et de la pluie qui avait commencé à tomber à grosses gouttes sur la surface de la crique. Le policier en civil s'essuya le visage de la main et essaya à nouveau.

– Aaron, on sait que t'es là-dedans. On a peur que quelqu'un soit venu jusqu'ici pour te faire du mal, *podna*. L'heure est venue de laisser tomber, tu crois pas ?

À nouveau, rien que le silence. La veste du policier en civil s'était assombrie, mouillée de pluie, sa cravate soulevée par le vent et rabattue sur sa chemise. Il regarda vers notre bateau, haussa les épaules et rentra dans la cabine.

– Allons-y, chef, dis-je au pilote.

Il poussa la manette des gaz et engagea notre bateau dans le canal. Le sillage que nous laissions derrière nous se perdait entre les arbres, rassemblant au passage débris et jacinthes mortes avant de retomber par-dessus les rondins pour finalement disparaître dans les profondeurs du sous-bois inondé. Le second bateau se laissa glisser dans les hauts-fonds derrière nous jusqu'à ce que sa coque vienne racler la vase.

Nous abandonnâmes la proue, Helen et moi, pour sauter dans l'eau et nous retrouver enfoncés jusqu'aux cuisses tandis que des nuages de boue grise éclataient à la surface autour de nous. Helen portait un fusil à pompe Remington calibre douze, au canon scié deux centimètres au-dessus de la pompe. Je tirai la glissière de mon .45, fis monter une balle dans la chambre et mis le cran de sûreté.

Une barque en aluminium à fond plat équipée d'un moteur hors-bord était attachée à un pilotis sous la cahute. Helen et moi avancions dans l'eau, à dix mètres l'un de l'autre, sans parler, les yeux fixés sur les fenêtres de la cahute fermées de volets et l'échelle qui remontait jusqu'à une porte ouverte dont l'embrasure était masquée d'un rideau en toile de jute soufflé par le vent.

Sur ma gauche, le policier en civil de St. Martin et trois adjoints en uniforme s'étaient déployés en ligne et se frayaient un chemin à travers un bouquet de saules.

J'avançai avec Helen sous la cahute et écoutai. J'enserrai un pilotis d'une main pour essayer de détecter des mouvements à l'étage.

Rien.

Helen tenait le calibre douze à deux mains, à l'oblique contre la poitrine, les phalanges toutes blanches sur la crosse et la pompe. Son jean bleu délavé était trempé jusqu'au derrière. L'air était froid et faisait sur la peau une sensation de flanelle humide, et je sentais une odeur de lépidostées échouées en train de pourrir et de gaz à l'embouchure d'une grosse conduite d'égout.

Puis quelque chose vint frôler mon visage, comme une irritation passagère, une feuille mouillée, une mouche à viande. Sans même y réfléchir, jc m'essuyai le visage de la main, avant d'éprouver la même sensation, plus forte cette fois, sur mon sourcil, mon front, dans mes cheveux, directement sur mon visage tandis que je relevais la tête pour contempler le planchéiage de la cahute.

Helen avait la bouche entrouverte, le visage blanc comme un linge.

Je m'essuyai la figure sur ma manche de veste et fixai la longue zébrure rouge qui barbouillait le tissu.

Je sentis mon corps se révulser tout entier comme si l'on m'avait craché dessus. J'arrachai ma veste, la trempai dans l'eau au niveau de mes genoux et m'en essuyai la figure et les cheveux d'une main tremblante.

Au-dessus de moi, des filaments de sang coagulé pendaient aux planches, se soulevant et retombant sous le vent.

Je me dégageai de sous la cahute, ôtai le cran de sûreté de mon .45 et commençai à gravir l'échelle posée sous un angle peu prononcé presque à la manière d'un escalier. Helen s'éloigna dans l'eau et pointa le calibre douze sur la porte au-dessus de ma tête, attendant que je sois sur le point de quitter sa position de tir et me suivre.

J'atteignis le dernier barreau de l'échelle et m'immobilisai, la main sur le jambage de la porte. Le rideau en toile de jute accroché à des clous était gonflé par le vent, soufflé à l'intérieur de la pièce, et je découvris un réfrigérateur rouillé sans alimentation électrique, une table et une chaise, une couchette en bois solitaire, une peau de raton laveur dont on avait raclé les restes de chair à l'aide d'une cuillère.

Je me hissai et pénétrai dans la cahute, arrachant le rideau avant de claquer la porte contre le mur d'un coup de pied.

Sauf qu'elle ne pivota pas pour se plaquer contre la cloison.

Je sentis le bois cogner viande et os, une masse dense et pesante qui refusait de céder sous la poussée.

Je serrai le .45 à deux mains et le pointai sur l'énorme forme noire derrière la porte, mon doigt tout glissant de sueur à l'intérieur du pontet.

Mes yeux refusaient d'accepter la vision de l'homme qui me faisait face. Comme le fait qu'il était pendu tête en bas. Et ce qu'on lui avait fait subir.

Le fil de fer à clôture dont on avait cerclé ses chevilles avant de le passer autour de la panne faîtière s'était enfoncé tellement profond dans les chairs qu'il était quasiment invisible.

Helen pénétra dans la pièce d'un pas lourd et malhabile, le fusil pointé devant elle. Elle baissa son arme sur le côté et regarda le pendu.

– Oh, bon sang, dit-elle.

Elle ouvrit le volet d'une fenêtre, s'éclaircit la gorge et cracha. Elle se retourna vers moi, avant de relâcher son souffle. Elle avait le visage décoloré, comme si elle était restée longtemps face à un vent froid.

– Je crois qu'il a eu son compte, dit-elle.

Elle retourna alors à la fenêtre, le revers du poignet collé contre les lèvres. Mais cette fois elle se ressaisit et lorsque son regard revint sur moi, elle avait repris bonne figure.

– Viens, on peut encore le choper, dis-je.

L'enquêteur en civil de la criminelle et deux des adjoints nous attendaient au bas de l'échelle.

– Qu'est-ce qu'il y a là-haut ? dit le mec en civil.

Son regard essayait de lire sur nos visages la réponse à sa question.

– *Quoi,* c'est un secret entre vous deux, ou quoi ?

– Allez voir vous-même. Faites attention dans quoi vous mettez les pieds, dit Helen.

– Crown a tué Mookie Zerrang. Il n'a pas pu aller bien loin, dis-je.

– Il est pas allé loin du tout, dit le troisième adjoint qui pataugeait dans notre direction depuis l'extrémité opposée du bois. Voyez donc là-bas sur cette petite butte.

Nous tournâmes tous la tête, dirigeant nos regards entre les troncs d'arbres également espacés vers une portion desséchée de vase compacte qui ressortait des eaux comme la bosse sur le dos d'une baleine noire. Elle était couverte de palmiers nains, marquée des traces entrecroisées de pattes palmées de ragondins, et, au milieu des palmiers, accroupi sur les talons, fumant une cigarette roulée, se tenait Aaron Crown.

Nous avançâmes dans l'eau dans sa direction, toujours l'arme à la main. S'il nous entendit ou s'il nous vit, ou si même il se souciait le moins du monde de nous savoir dans les parages, il n'en laissa rien paraître.

Sa peau comme ses vêtements étaient peints de sang, depuis le haut de son crâne chauve jusqu'aux croûtes de boue sur les chaussures de basket qu'il avait aux pieds. Ses yeux, finalement vidés de toute la chaleur et l'énergie qui avaient toujours défini son existence, paraissaient contempler le monde au travers d'un masque écarlate. Nous nous postâmes en cercle autour de lui, nos armes pointées vers le sol. Dans l'air humide, la fumée s'accrochait au coin de sa bouche comme des filaments de coton.

– Tu es au courant pour Sabelle ? dis-je.

– Ç'ui qu'y a là-bas, il a pas été capable de causer d'aut'chose avant de mourir, répondit-il.

– Tu es un homme malfaisant, Aaron Crown, dis-je.

– Moi, je vois pas les choses comme ça.

Il écrasa la cendre brûlante de sa cigarette entre deux doigts jusqu'à l'éteindre complètement.

– Si les gens de la télé y sont par là, faut que je me fasse un brin de toilette.

Il leva la tête vers nos visages, ses yeux sans paupière en attente d'une réponse.

37

Le matin de Noël, j'étais assis à la table de la cuisine, avec, devant les yeux, une photographie du *Daily Iberian* : Buford et Karyn dansant ensemble au country-club. À les voir, on aurait dit qu'ils étaient éternels.

Bootsie s'arrêta derrière moi, sa paume posée sur mon épaule.

– À quoi penses-tu ? demanda-t-elle.

– Jerry Joe Plumb... Aucun journaliste ne fera jamais état de son nom pour l'associer au leur, mais il a payé leurs dettes à leur place.

– Il a aussi payé les siennes, Dave.

– Peut-être bien.

La fenêtre était ouverte et un vent parfumé soufflait depuis le pâturage de mon voisin et gonflait les rideaux au-dessus de l'évier. Je remplis une tasse de café et de lait chaud que j'emportai au-dehors sous le soleil. Alafair était assise à la table de jardin en séquoia ; elle jouait avec Tripod sur les genoux et écoutait l'enregistrement qu'elle avait fait des disques du juke-box offert par Jerry Joe. Elle retourna Tripod sur le dos et le fit rebondir gentiment en le tirant par la queue tandis qu'il repoussait son avant-bras de ses pattes.

– Merci pour tous les cadeaux. C'est un Noël super, dit-elle.

– Merci aussi pour tout ce que tu m'as donné, dis-je.

– Est-ce que Tripod peut encore avoir un peu de crème glacée ?

– Bien sûr.

– Tous les tarés sont partis, n'est-ce pas ?

– Ouais, les pires du lot, en tout cas. Les autres reçoivent toujours ce qu'ils méritent au bout du compte. C'est juste que nous ne sommes pas là pour le voir.

Je crus peut-être qu'il me faudrait expliquer ma remarque, mais je n'en fis rien. Alafair avait en fait subi bien plus que moi des choses de la vie au cours de sa jeune existence, et sa compréhension du monde était souvent bien meilleure que la mienne.

Elle entra dans la maison avec Tripod sous le bras avant de réapparaître sur le perron.

– J'ai oublié. On a tout mangé, dit-elle.

– Il y en a dans le congélateur de la boutique. Je vais en chercher, dis-je.

Je descendis la pente au milieu des feuilles qui tombaient des branches de chêne et de pacanier en surplomb. J'avais accroché des guirlandes de Noël autour des fenêtres de la boutique et suspendu des couronnes tressées de branches de pin, de houx et un ruban rouge sur les murs de cyprès patinés par le temps, et Alafair avait collé un Père Noël découpé dans du papier cadeau satiné sur la porte. Le bayou était vide de bateaux, et le bruit de mes chaussures résonnait si fort sur le ponton qu'il renvoyait des échos sur la surface de l'eau en faisant s'envoler dans un claquement d'ailes une assemblée de merles dans les arbres.

J'avais sorti la crème glacée du congélateur à gibier et m'apprêtai à verrouiller la porte lorsque je vis Dock Green garer une Lincoln noire près de la rampe à bateaux avant de s'avancer vers moi.

– C'est Noël. Nous sommes fermés, dis-je.

– LaRose a ma femme dans sa maison, dit-il.

– Je ne pense pas que cela soit vrai. Même si ça l'était, c'est une grande fille, elle est capable de faire ses propres choix.

– Je peux te le donner, ce mec, haché menu et frit.

– Ça ne m'intéresse pas.

– C'est pas juste.

Il s'assit à une des tables-dévidoirs et contempla le bayou. Il avait le cou aussi raide qu'une section de tuyau. Un muscle tressautait sur sa joue.

– Je pense que tu es impliqué dans la mort de Jerry Joe, dis-je. Simplement, je ne peux pas le prouver. Mais je ne suis pas non plus obligé de te parler. Alors, que dirais-tu de foutre le camp d'ici ?

Il se frotta un œil du plat de la paume.

– J'ai jamais tué personne. J'ai besoin que Persephone revienne. C'est pas juste qu'y puisse me voler ma vie, me menacer d'une arme, je peux rien faire à tout ça... J'avais dit à Seph que c'est comme ça que les choses allaient tourner si on se mettait à fricoter avec des gens qui sont nés avec de l'argent... Ils prennent, ils ne donnent pas.

Je me rendis compte alors qu'il était ivre.

– Prends une chambre dans un motel ou retourne à ton camp de pêche, Dock. Je vais demander qu'on te ramène, dis-je.

Il se remit debout, comme s'il s'éveillait d'une transe, et dit, s'adressant au vent plus qu'à ma personne :

– Il est le maître des choses au-dessus du sol, mais il entend pas les voix qui sont dans les profondeurs de la terre... On peut me traiter de taré, ç'a pas d'importance, elle et moi, c'est pour toujours.

Je retournai dans la boutique et demandai une voiture de patrouille. Lorsque je ressortis, il n'était plus là.

***

Ce soir-là, nous sortîmes en famille, Bootsie, Alafair et moi, dîner à l'extérieur avant de revenir par East Main et son couloir de chênes verts, à regarder les lumières et les décorations des demeures XIXe siècle le long de Bayou Teche. Nous longeâmes l'hôtel de ville et la bibliothèque municipale, la grotte illuminée de projecteurs abritant une statue de la mère du Christ, là où se tenait jadis la maison de George Washington Cable, les espaces verts sombres et leur bordure de bambous autour des Shadows, et au centre de la ville, le pont mobile bâti de fer et de bois qui enjambait le Teche.

Je passai devant la vieille gare de la Southern Pacific et remontai la route de St. Martinville et, sans même réfléchir, comme un coup d'œil en arrière sur quelque culpabilité absoute, je laissai mon regard s'attarder sur la maison à ossature en bois dans laquelle Karyn LaRose avait grandi. Le garage qui avait contenu les caisses de son père, pleines de boules de chewing-gum, de dents de monstre en plastique et d'ongles de vampire était toujours à la même place, à l'avant de la propriété, ses portes fermées par un cadenas, et je me demandai s'il arrivait jamais à Karyn, de passage au volant de sa voiture, de revoir la petite fille qui jouait là, jadis, dans la cour, les mains gluantes des suintements multicolores dignes d'un arc-en-ciel que la gomme moisie laissait filer au travers des jours dans le plancher.

– Regardez, au bout de la route, c'est un incendie, dit Alafair.

Au-delà du virage devant nous, on apercevait la fleur rouge orangé dans le ciel, la fumée dont les panaches venaient masquer la lune. Nous nous rangeâmes sur le bas-côté pour laisser passer un camion à incendie.

– Dave, c'est la maison de Karyn et Buford, dit Bootsie.

Nous sortîmes du virage, et au-delà des champs dénudés, la maison donnait l'impression d'être illuminée de l'intérieur par un métal incandescent. Un seul camion équipé d'une pompe était sur les lieux, et les pompiers tiraient un tuyau depuis le camion vers le porche d'entrée.

Je m'arrêtai de l'autre côté de la route et courus vers le camion. Je sentais déjà sur la peau la chaleur dégagée par la maison.

– Il y a quelqu'un là-dedans ? demandai-je.

Les visages des pompiers avaient la couleur jaune du suif à la lumière des flammes.

– Il y avait quelqu'un à la fenêtre du premier, mais personne n'a pu sortir, dit un lieutenant. Vous êtes des services du shérif, non ?

– Exact.

– Il y a une coulée d'essence qui mène de l'arrière de la maison jusqu'aux étables. Quel genre de sécurité avez-vous donc par ici, nom de Dieu ? dit-il.

– Buford était inquiet à cause d'Aaron Crown, pas de Dock Green, dis-je.

– Qui ça ? dit-il.

Un autre camion-pompe remonta la route, mais la chaleur avait déjà troué la toiture, les peupliers contre le mur en pignon étaient enveloppés par les flammes, et le rougeoiement au travers des bardeaux en train de s'effondrer s'épanouissait en un cercle qui allait s'élargissant sans fin, définissant en formes rouges et noires tout ce qui appartenait à Buford : les écuries et les selleries en brique, les champs déjà hersés en prévision des plantations pour l'année à venir, le magasin de la compagnie et ses barriques de pacanes de chaque côté de la porte d'entrée, l'arbre dégarni et austère dont ses ancêtres membres des Chevaliers du Camélia Blanc s'étaient servis pour lyncher des membres du gouvernement de *carpetbaggers*, les chevaux aux marques mexicaines qui fuyaient pris d'effroi dans un grondement de sabots à travers la succession de bosquets de feuillus à croire qu'on ne les avait jamais débourrés ni habitués à la bride.

C'est alors que je vis Buford sortir par la porte d'entrée, une couverture trempée d'eau tenue en cône au-dessus de la tête.

Il arracha la couverture et la balança sur le côté, comme si c'était elle qui contenait la chaleur qui lui avait brûlé le corps. Il dégageait une odeur de cendres, de charbon de bois, de cheveux calcinés, et la fumée se levait en filets sales de ses vêtements.

– Où est-elle ? dit-il, fixant de ses yeux égarés les pompiers dans la cour.

– Qui ça ? Qui d'autre est là-dedans ? dit un pompier.

– Où est-elle, Dave ?

– Je ne sais pas, Buford, dis-je.

– Elle était sur l'escalier, tout à côté de moi...

– Elle n'a pas réussi à sortir, collègue, dis-je.

Je tendis la main pour lui saisir le bras. Je sentis le muscle dur et lisse de son biceps me frôler la paume puis plus rien, il n'était plus là, courant vers le rectangle de flammes au-delà des piliers grecs du porche d'entrée. Un pompier en manteau de grosse toile et large chapeau essaya de le plaquer et s'écrasa violemment, les bras pleins de vide, contre les briques de l'allée.

Buford remonta les marches, les bras devant le visage, ne chancelant qu'un instant dans la chaleur qui desséchait sa peau, mordait et déchiquetait l'intérieur de sa maison, puis il croisa les avant-bras pour se protéger les yeux, traversa les flammes et disparut à l'intérieur.

J'entendis un pompier hurler :

– Arrosez-le, arrosez-le, arrosez-le, nom de Dieu !

Le jet d'eau sous pression ricocha sur l'embrasure de la porte et vint trancher le tourbillon de feu en train de dévorer l'escalier, remplir les lustres de musique, ravager le plancher, souffler les fenêtres jusque dans la cour.

C'est alors qu'ils nous apparurent, l'espace d'un instant, pareils à deux silhouettes noires indistinctes prises au cœur du brasier d'un haut fourneau, hanches jointes, mains tendues droit devant, à croire qu'ils offraient ce faisant un témoignage silencieux du sens de leurs propres existences avant de s'en retourner au sein du lac brûlant devenu leur nouveau territoire.

Épilogue

Le printemps mit bien longtemps à venir cette année-là. Les journées restèrent froides jusqu'en mars, les marécages gris sous le gel meurtrier. Tous les matins, au lever du soleil, Batist tirait ses lignes de fond, sa pirogue cognant contre la base boursouflée des troncs de cyprès. Je l'observais depuis la fenêtre de la boutique qui récupérait chaque hameçon vide avant de le réappâter et de le laisser retomber dans l'eau, essuyant la froidure de sa main sur son pantalon tandis que la brume se levait de ses épaules ployées. Puis il rentrait dans la boutique, agité de frissons malgré sa veste en duvet, et nous buvions le café ensemble avant de préparer les poulets et les chapelets de saucisses pour les quelque pêcheurs ou touristes susceptibles de passer ce jour-là.

Nul ne revit jamais Persephone et Dock Green ; certains disent qu'ils ont fui le pays, peut-être pour l'Amérique du Sud. Détail ironique, alors même qu'un employé d'une station-service à St. Martinville avait identifié Dock Green comme étant l'homme qui lui avait acheté un jerrycan d'essence le soir même où Buford et Karyn avaient trouvé la mort, le jerrycan retrouvé sur la plantation des LaRose ne portait pas d'empreintes, et, en l'absence de témoin oculaire de l'incendie volontaire, Dock n'aurait jamais été reconnu coupable.

La vérité profonde était que les tendances à la folie de Dock Green avaient toujours eu leur utilité, tout comme celles d'Aaron Crown, et le nouveau gouverneur de Louisiane, homme d'affaires pragmatique, n'était guère porté à ressasser inutilement des événements passés en les laissant ainsi encombrer sa vision de l'avenir.

Jimmy Ray Dixon ?

Il a un créneau horaire en soirée dans une radio de La Nouvelle-Orléans : il dirige un talk-show et assez régulièrement raconte à ses auditeurs que l'esprit de son frère a finalement trouvé le repos. Pourquoi maintenant ? Il ne répond pas à cette question. Il n'est pas très à l'aise quand on prononce le nom de Mookie Zerrang, et lorsqu'il l'entend, sa rhétorique devient soudain plus religieuse et plus abstruse.

Les filles de Dock Green continuent à travailler, dans les mêmes bars, aux mêmes coins de rue, Jimmy Ray se joue et se moque de ses auditeurs qui ne l'en aiment que plus, et Aaron Crown est placé dans un quartier de haute sécurité à Angola, où il nie sa culpabilité devant des journalistes européens qui lui ont consacré leur première page.

Les acteurs sont toujours les mêmes, seul le public change.

Ou peut-être ne s'agit-il là que de l'interprétation blasée du cours des choses par un officier de police, dans la mesure où peu d'entre eux parurent s'intéresser à la mort de Jerry le Raccourci, un homme dont chacun savait qu'il opérait par choix aux franges de la pègre de La Nouvelle-Orléans, et, ce faisant, avait mérité son destin.

Nul glaive draconien ne tomba non plus sur l'existence de Clay Mason. Il fut expulsé du Mexique, sa propriété saisie, mais peu de temps après, il visitait à nouveau les campus universitaires, se faisait interviewer sur Internet, vendait son baratin mensonger à la télévision. Un mécène des arts lui acheta une demeure dans les collines aux abords de Santa Fe, où ses prosélytes et compagnons fêtards des années soixante venaient se rassembler. Un célèbre photographe de New York l'y a pris en photo sur la terrasse, le visage aussi crevassé de rides et sans âge que le cirque bleu des montagnes en arrière-plan, un Stetson au rebord intérieur galonné de cuir enfoncé sur la tête, son regard de lutin malfaisant fixant droit l'objectif. La légende sous la photo disait : « Un Lion en Hiver ».

Mais je pense avoir appris à ne plus me lamenter sur les us et coutumes de ce monde, surtout lorsque le printemps est proche.

Il plut à verse la troisième semaine de mars, puis le ciel se dégagea, clair et sans nuages, et un matin, la nouvelle saison était là, le marais reprit sa couleur verte, les nouvelles feuilles aux bouquets d'arbres inondés bruissant sous la brise qui soufflait du golfe, les troncs des cyprès peints de lichen.

Je montai à cru, Alafair en croupe, son Appaloosa et nous descendîmes la route, pareils à deux pinces à linge en bois chevauchant son échine, avant de lâcher un cerf-volant dans le vent. C'était un cerf-volant de bonne taille, au papier décoré en blason du drapeau américain, et il monta vite dans le ciel, de plus en plus haut, jusqu'à n'être plus bientôt qu'une petite tache lointaine au-dessus des champs de cannes à sucre au nord.

En mon œil intérieur, depuis les airs, aussi haut que le cerf-volant d'Alafair, je vis la plantation des LaRose, la mer de collines et leurs bois de feuillus, les champs carrés où les cavaleries confédérée et fédérale avaient chargé, à l'assaut l'une de l'autre, pour se massacrer mutuellement et laisser leurs chevaux éventrés hurlant parmi les chaumes de canne, et je me demandai quelle étape darwinienne il faudrait voir mis en œuvre avant notre dégénérescence complète, lorsque des enfants faisant voler des drapeaux en papier dans le ciel céderaient la place à des créatures informes à moitié humaines grondant comme un tonnerre dans un hurlement de cors sur la route menant à Roncevaux.

Ce soir-là, nous mangeâmes des écrevisses chez Possum à St. Martinville, avant de passer devant la vieille église au centre de la ville pour aller marcher, sous les chênes d'Evangeline près du Teche, là où j'avais, pour la première fois, embrassé Bootsie l'été de 1957 et senti les ramures des arbres tournoyer au-dessus de ma tête. Alafair était au bord du quai derrière l'église, occupée à jeter des morceaux de pain dans une colonne de lumière électrique à la surface de l'eau. Bootsie glissa le bras autour de ma taille et me cogna d'un coup de hanche.

– À quoi penses-tu, l'artiste ? dit-elle.

– On ne sait jamais bien, dis-je.

Ce soir-là, je dégustai en sa compagnie un morceau de tourte aux noix de pécan sur la table de jardin dans l'arrière-cour, puis, ainsi qu'on tendrait la main pour toucher un morceau du passé, en s'abandonnant à ce monde de jeu d'où la raison est absente et qui vous emporte hors du temps, j'enclenchai la platine stéréo d'Alafair contenant l'enregistrement sur cassette de tous les disques du juke-box offert par Jerry Joe.

Nous dansâmes au rythme de *Jolie Blon* et *Tes yeux bleus* avant de passer en surmultiplié avec *Bony Maronie*, *Long Tall Sally et Short Fat Fanny*. Plus loin dans les ténèbres, au-delà de l'éclat du projecteur dans le mimosa, le bétail de mon voisin se regroupait dans la coulée alors qu'une tempête électrique veinait le ciel d'éclairs au sud. L'air fraîchit soudain, épais des odeurs sulfureuses d'ozone, le vent se mit à chasser la terre entre les nouvelles pousses de canne, plaquant la glycine de notre garage contre les murs en planches tandis qu'ombres et silhouettes protéennes se formaient et se reformaient, pareilles à des acteurs grecs sur une scène en plein air cherchant à nous attirer à eux par quelque charme malin, bien loin de nos corvées pastorales, jusque dans un amphithéâtre en bord de mer, où nous serions une nouvelle fois les témoins de l'histoire inachevée qui est la nôtre.

Rivages / noir
Dernières parutions

Petits Romans noirs irlandais (nº 505)
Sherlock Holmes dans tous ses états (nº 664)

Eric Ambler — *Le Masque de Dimitrios* (nº 680)
Sale Histoire (nº 721)
Docteur Frigo (nº 771)
Claude Amoz — *Étoiles cannibales* (nº 487)
Racines amères (nº 629)
Raul Argemi — *Les morts perdent toujours leurs chaussures* (nº 640)
Patagonia tchou tchou (nº 792)
Olivier Arnaud — *L'Homme qui voulait parler au monde* (nº 547)
Ace Atkins — *Blues Bar* (nº 690)
Cesare Battisti — *Terres brûlées* (nº 477)
Avenida Revolución (nº 522)
William Bayer — *Le Rêve des chevaux brisés* (nº 619)
Pèlerin (nº 659)
La Ville des couteaux (nº 702)
Wallflower (nº 763)
Marc Behm/Paco Ignacio Taibo II
Hurler à la lune (nº 457)
A.-H. Benotman — *Les Poteaux de torture* (nº 615)
Marche de nuit sans lune (nº 676)
Éboueur sur échafaud (nº 729)
Joseph Bialot — *La Ménagerie* (nº 635)
James C. Blake — *Les Amis de Pancho Villa* (nº 569)
Crépuscule sanglant (nº 637)
Un Monde de voleurs (nº 743)
Lawrence Block — *Moisson noire* (nº 581)
Michel Boujut — *La Vie de Marie-Thérèse qui bifurqua quand sa passion pour le jazz prit une forme excessive* (nº 678)
Marc Boulet — *L'Exequatur* (nº 614)

Frederic Brown — *La Nuit du Jabberwock* (nº 634)
La Fille de nulle part (nº 703)

Edward Bunker — *L'Éducation d'un malfrat* (nº 549)
Stark (nº 766)

Declan Burke — *Eight Ball Boogie* (nº 607)

James Lee Burke — *Sunset Limited* (nº 551)
Heartwood (nº 573)
Le Boogie des rêves perdus (nº 593)
Purple Cane Road (nº 638)
Jolie Blon's Bounce (nº 739)
Bitterrott (nº 770)

Sean Burke — *Au bout des docks* (nº 782)

Giacomo Cacciatore — *L'Homme de dos* (nº 796)

James Cain — *Au bout de l'arc-en-ciel* (nº 550)

G. Carofiglio — *Témoin involontaire* (nº 658)

Daniel Chavarría — *Le Rouge sur la plume du perroquet* (nº 561)

George Chesbro — *Hémorragie dans l'œil du cyclone mental* (nº 514)
Loups solitaires (nº 538)
Le Rêve d'un aigle foudroyé (nº 565)
Le Seigneur des glaces et de la solitude (nº 604)

Andrew Coburn — *Des voix dans les ténèbres* (nº 585)
La Baby-sitter (nº 712)

Piero Colaprico — *La Dent du narval* (nº 665)
Derniers Coups de feu dans le Ticinese (nº 722)

Michael Connelly — *Moisson noire* (nº 625)

Christopher Cook — *Voleurs* (nº 501)

Robin Cook — *Quelque Chose de pourri au royaume d'Angleterre* (nº 574)

Peter Corris — *Signé Mountain* (nº 788)

Peter Craig — *Hot Plastic* (nº 618)

David Cray — *Avocat criminel* (nº 504)
Little Girl Blue (nº 610)

Jay Cronley — *Le Casse du siècle* (nº 468)

A. De Angelis — *Le Banquier assassiné* (nº 643)

J.-P. Demure — *La Culotte de la mort* (nº 682)

J.-C. Derey — *L'Alpha et l'Oméga* (nº 469)

Pascal Dessaint — *Mourir n'est peut-être pas la pire des choses* (nº 540)
Les hommes sont courageux (nº 597)
Loin des humains (nº 639)

J. Dickson Carr — *Les Nouveaux Mystères d'Udolpho* (nº 758)

Peter Dickinson	*L'Oracle empoisonné* (nº 519)
	Quelques Morts avant de mourir (nº 537)
Sean Doolittle	*Savemore* (nº 773)
Rolo Diez	*Les 2001 nuits* (nº 772)
Tim Dorsey	*Triggerfish Twist* (nº 705)
	Stingray Shuffle (nº 706)
L.L. Drumond	*Tout ce que vous direz pourra être retenu contre vous* (nº 717)
James Ellroy	*Le Dahlia noir* (nº 100)
	L.A. Confidential (nº 120)
	Crimes en série (nº 388)
	American Death Trip (nº 489)
	Destination morgue (nº 595)
	Revue POLAR spécial Ellroy (nº 662)
	Moisson noire (nº 668)
	Tijuana mon amour (nº 750)
V. Evangelisti	*Anthracite* (nº 671)
	Nous ne sommes rien, soyons tout ! (nº 774)
Howard Fast	*Un homme brisé* (nº 523)
	Mémoires d'un rouge (nº 543)
François Forestier	*Rue des rats* (nº 624)
David Fulmer	*Courir après le diable* (nº 780)
Kinky Friedman	*Passé imparfait* (nº 644)
	Une fessée pour Watson (nº 720)
B. Garlaschelli	*Alice dans l'ombre* (nº 532)
	Deux Sœurs (nº 633)
Doris Gercke	*Aubergiste, tu seras pendu* (nº 525)
Barry Gifford	*L'Imagination du cœur* (nº 731)
A. Gimenez Bartlett	*Des serpents au paradis* (nº 636)
	Un bateau plein de riz (nº 719)
David Goodis	*Nightfall* (nº 741)
	Ceux de la nuit (nº 760)
Joe Gores	*Privé* (nº 667)
James Grady	*Comme une flamme blanche* (nº 445)
	La Ville des ombres (nº 553)
	Les Six Jours du condor (nº 641)
Davis Grubb	*Personne ne regarde* (nº 627)
Wolf Haas	*Silentium !* (nº 509)
	Quitter Zell (nº 645)
P. Hamilton	*Hangover Square* (nº 732)
Josephine Hammett	*Dashiell Hammett, mon père* (nº 736)
Joseph Hansen	*À fleur de peau* (nº 631)
	Promesses non tenues (nº 681)
	Gravedigger (nº 757)
Cyril Hare	*Meurtre à l'anglaise* (nº 544)
	Le Clarinettiste manquant (nº 686)

John Harvey	*Now's the Time* (nº 526)
	Derniers Sacrements (nº 527)
	Bleu noir (nº 570)
	De chair et de sang (nº 652)
	De cendre et d'os (nº 689)
	D'ombre et de lumière (nº 777)
	Demain ce seront des hommes (nº 778)
M. Haskell Smith	*À bras raccourci* (nº 508)
Tony Hillerman	*Blaireau se cache* (nº 442)
	Le Peuple des ténèbres (nº 506)
	Le Vent qui gémit (nº 600)
	Le Cochon sinistre (nº 651)
	L'Homme squelette (nº 679)
	Le Chagrin entre les fils (nº 713)
Mike Hodges	*Quand tout se fait la malle* (nº 734)
Craig Holden	*Les Quatre Coins de la nuit* (nº 447)
	La Rivière du Chagrin (nº 685)
Rupert Holmes	*La Vérité du mensonge* (nº 699)
Philippe Huet	*L'Inconnue d'Antoine* (nº 577)
	L'Ivresse des falaises (nº 751)
Fergus Hume	*Le Mystère du Hansom Cab* (nº 594)
Lorent Idir	*Un nageur en plein ciel* (nº 767)
Eugene Izzi	*Le Criminaliste* (nº 456)
Bill James	*Franc-Jeu* (nº 583)
	Sans états d'âme (nº 655)
	Mal à la tête (nº 684)
	Club (nº 708)
	En son absence (nº 747)
Hervé Jaouen	*Les Moulins de Yalikavak* (nº 617)
Stuart Kaminsky	*Soleil post mortem* (nº 733)
	L'Impossible Monsieur Grant (nº 744)
Thomas Kelly	*Le Ventre de New York* (nº 396)
	Rackets (nº 773)
Claude Klotz	*Darakan* (nº 730)
Helen Knode	*Terminus Hollywood* (nº 576)
Jake Lamar	*Le Caméléon noir* (nº 460)
	Nous avions un rêve (nº 748)
Michael Larsen	*Le Serpent de Sydney* (nº 455)
	Le Cinquième Soleil (nº 565)
Hervé Le Corre	*L'Homme aux lèvres de saphir* (nº 531)
Alexis Lecaye	*Einstein et Sherlock Holmes* (nº 529)
Cornelius Lehane	*Prends garde au buveur solitaire* (nº 431)
	Qui sème le vent (nº 656)
	Les Fantômes du vieil hôtel (nº 793)
Dennis Lehane	*Un dernier verre avant la guerre* (nº 380)
	Ténèbres, prenez-moi la main (nº 424)

	Sacré (nº 466)
	Mystic River (nº 515)
	Gone, Baby, Gone (nº 557)
	Shutter Island (nº 587)
	Prières pour la pluie (nº 612)
	Coronado (nº 646)
	Un pays à l'aube (nº 800)
Christian Lehmann	*La Tribu* (nº 463)
Robert Leininger	*Il faut tuer Suki Flood* (nº 528)
Elmore Leonard	*La Loi de la cité* (nº 632)
	Bandits (nº 674)
	Médecine apache (nº 675)
	Glitz (nº 695)
	3 heures 10 pour Yuma (nº 701)
	Dieu reconnaîtra les siens (nº 725)
	Quand les femmes sortent pour danser (nº 726)
	L'Homme au bras de fer (nº 752)
	Paiement cash (nº 785)
	Gold Coast (nº 786)
Bob Leuci	*L'Indic* (nº 485)
Ted Lewis	*Billy Rags* (nº 426)
Eva-Marie Liffner	*Chambre noire* (nº 761)
Chuck Logan	*Presque veuve* (nº 696)
	Brume de chaleur (nº 762)
Steve Lopez	*Le Club des Macaronis* (nº 533)
Ernesto Mallo	*L'Aiguille dans une botte de foin* (nº 745)
J.-P. Manchette	*Chroniques* (nº 488)
	Cache ta joie (nº 606)
D. Manotti	*Nos Fantastiques Années fric* (nº 483)
	Lorraine connection (nº 683)
Thierry Marignac	*À quai* (nº 590)
Ed McBain	*Le Paradis des ratés* (nº 677)
	Alice en danger (nº 711)
Stéphane Michaka	*La Fille de Carnegie* (nº 700)
Bill Moody	*Sur les traces de Chet Baker* (nº 497)
	Bird est vivant ! (nº 768)
R. H. Morrieson	*L'Épouvantail* (nº 616)
Tobie Nathan	*613* (nº 524)
	Serial Eater (nº 718)
Jim Nisbet	*Comment j'ai trouvé un boulot* (nº 710)
	Le Codex de Syracuse (nº 753)
Jean-Paul Nozière	*Je vais tuer mon papa* (nº 660)
	Cocktail Molotov (nº 746)
Jack O'Connell	*Et le verbe s'est fait chair* (nº 454)
	Ondes de choc (nº 558)

Renato Olivieri	*Ils mourront donc* (nº 513)
	L'Enquête interrompue (nº 620)
J.-H. Oppel	*Chaton : trilogie* (nº 418)
	Au Saut de la Louve (nº 530)
	French Tabloïds (nº 704)
Samuel Ornitz	*Monsieur Gros-Bidon* (nº 716)
Abigail Padgett	*Poupées brisées* (nº 435)
	Petite Tortue (nº 621)
Hugues Pagan	*Tarif de groupe* (nº 401)
	Je suis un soir d'été (nº 453)
Robert B. Parker	*Une ombre qui passe* (nº 648)
David Peace	*1974* (nº 510)
	1977 (nº 552)
	1980 (nº 603)
	1983 (nº 672)
	GB 84 (nº 735)
	44 Jours (nº 769)
	Tokyo année zéro (nº 790)
Pierre Pelot	*Les Chiens qui traversent la nuit* (nº 459)
	Pauvres Zhéros (nº 693)
Anne Perry	*Un plat qui se mange froid* (nº 425)
Andrea G. Pinketts	*La Madone assassine* (nº 564)
Gianni Pirozzi	*Le Quartier de la Fabrique* (nº 756)
	Romicide (nº 775)
Philip Pullman	*Le Papillon tatoué* (nº 548)
Michel Quint	*À l'encre rouge* (nº 427)
Rob Reuland	*Point mort* (nº 589)
John Ridley	*Ici commence l'enfer* (nº 405)
Christian Roux	*Les Ombres mortes* (nº 575)
	Kadogos (nº 749)
Marc Ruscart	*L'Homme qui a vu l'homme qui a vu l'ours* (nº 657)
D. Salisbury-Davis	*L'Assassin affable* (nº 512)
James Sallis	*Drive* (nº 613)
Louis Sanders	*Passe-Temps pour les âmes ignobles* (nº 449)
G. Scerbanenco	*Le sable ne se souvient pas* (nº 464)
	Les Amants du bord de mer (nº 559)
	Mort sur la lagune (nº 654)
	Vénus privée (nº 794)
	Ils nous trahiront tous (nº 795)
John Shannon	*Le Rideau orange* (nº 602)
Roger Simon	*Final Cut* (nº 592)
Pierre Siniac	*Carton blême* (nº 467)
	La Course du hanneton dans la ville détruite (nº 586)

Maj Sjöwall/Per Wahlöö	
	Roseanna (n° 687)
	L'Homme qui partit en fumée (n° 688)
	L'Homme au balcon (n° 714)
	Le Policier qui rit (n° 715)
	La Voiture de pompiers disparue (n° 723)
	Meurtre au Savoy (n° 724)
	L'Abominable Homme de Säffle (n° 754)
	La Chambre close (n° 755)
	L'Assassin de l'agent de police (n° 764)
	Les Terroristes (n° 765)
Jerry Stahl	*À poil en civil* (n° 647)
Richard Stark	*Backflash* (n° 473)
	Le Septième (n° 516)
	Flashfire (n° 582)
	Firebreak (n° 707)
Jason Starr	*Mauvais Karma* (n° 584)
	La Ville piège (n° 698)
	Frères de Brooklyn (n° 738)
Rex Stout	*Le Secret de la bande élastique* (n° 545)
D. Swierczynski	*The Blonde* (n° 759)
Paco I. Taibo II	*Le Trésor fantôme* (n° 465)
	Nous revenons comme des ombres (n° 500)
	D'amour et de fantômes (n° 562)
	Adios Madrid (n° 563)
Paco I. Taibo II/Sous-Commandant Marcos	
	Des morts qui dérangent (n° 697)
Hake Talbot	*Le Bras droit du bourreau* (n° 556)
Josephine Tey	*Le Plus Beau des anges* (n° 546)
Tito Topin	*Photo Finish* (n° 692)
	Parfois je me sens comme un enfant sans mère (n° 737)
Nick Tosches	*Dino* (n° 478)
	Night Train (n° 630)
Jack Trolley	*Ballet d'ombres à Balboa* (n° 555)
Cathi Unsworth	*Au risque de se perdre* (n° 691)
E. Van Lustbader	*Tableau de famille* (n° 649)
Jean Vautrin	*Le Roi des ordures* (n° 789)
Marc Villard	*La Guitare de Bo Diddley* (n° 471)
	Entrée du diable à Barbèsville (n° 669)
	Le Roi, sa femme et le petit prince (n° 776)
M. Villard/J.B. Pouy	*Ping-Pong* (n° 572)
	Tohu-Bohu (n° 673)
	Zigzag (n° 791)

J.-M. Villemot	*Ce monstre aux yeux verts* (nº 499)
	Les Petits Hommes d'Abidjan (nº 623)
	L'Évangile obscur (nº 781)
M. Wachendorff	*L'Impossible Enfant* (nº 653)
Jim Waltzer	*Keene en colère* (nº 740)
John Wessel	*Le Point limite* (nº 428)
	Pretty Ballerina (nº 578)
Donald Westlake	*Le Couperet* (nº 375)
	Smoke (nº 400)
	Le Contrat (nº 490)
	Mauvaises Nouvelles (nº 535)
	La Mouche du coche (nº 536)
	Jimmy the Kid (nº 554)
	Dégâts des eaux (nº 599)
	Pourquoi moi ? (nº 601)
	Pierre qui roule (nº 628)
	Adios Shéhérazade (nº 650)
	Personne n'est parfait (nº 666)
	Divine Providence (nº 694)
	Les Sentiers du désastre (nº 709)
	Bonne Conduite (nº 727)
	Motus et bouche cousue (nº 728)
	Argent facile (nº 783)
	Mort de trouille (nº 784)
J. Van De Wetering	*Le Perroquet perfide* (nº 496)
	Meurtre sur la digue (nº 518)
	Le Cadavre japonais (nº 539)
Charles Willeford	*Combats de coqs* (nº 492)
	La Différence (nº 626)
	La Machine du Pavillon 11 (nº 742)
John Williams	*Gueule de bois* (nº 444)
Colin Wilson	*Meurtre d'une écolière* (nº 608)
	Le Doute nécessaire (nº 670)
Daniel Woodrell	*La Mort du petit cœur* (nº 433)
	Chevauchée avec le diable (nº 434)
	Un hiver de glace (nº 803)